SOPHIE VILLARD

MADAME EXUPÉRY

und die Sterne des HIMMELS

Roman

PENGUIN VERLAG

Der Roman enthält zahlreiche Zitate aus Antoine de Saint-Exupérys *Der Kleine Prinz*. Diese stammen aus der Übersetzung von Grete und Josef Leitgeb, © 1950 und 2015 Karl Rauch Verlag, Düsseldorf. Die Zitate auf S. 51 und S. 54 stammen aus Consuelo de Saint-Exupérys Memoiren *Die Rose des kleinen Prinzen – Erinnerungen an eine unsterbliche Liebe*, erschienen im Marion von Schröder Verlag. Das Zitat auf S. 7 stammt aus: Alain Vircondelet und José Martinez Fructuoso, *Antoine und Consuelo de Saint-Exupéry – eine legendäre Liebe*, erschienen im Kunstmann Verlag. Die Zitate auf S. 445 und S. 446 stammen aus Consuelo de Saint-Exupérys *Sonntagsbriefe*, erschienen im List Verlag.

MIX
Papier aus verantwor-
tungsvollen Quellen
FSC
www.fsc.org   FSC® C083411

Klimaneutral*
Druckprodukt
ClimatePartner.com/14044-1912-1001

Penguin Random House Verlagsgruppe FSC® N001967

2. Auflage

Dieses Werk wurde vermittelt durch die
Literaturagentur Hille und Schmidt
Umschlag: Favoritbüro
Umschlagmotiv: © Elisabeth Ansley/Trevillion Images; © MM_photos/
MeSamong/Dennis van de Water_Shutterstock
Redaktion: Susann Harring
Satz: Buch-Werkstatt GmbH, Bad Aibling
Druck und Bindung: CPI books GmbH, Leck
Printed in Germany
ISBN 978-3-328-10686-9
www.penguin-verlag.de

Für alle Erwachsenen,
die noch Schafe in Kisten und
Elefanten in Boas erkennen
und Affenbrotbaumkeime ausreißen,
wo sie sie entdecken.

Sophie Villard, 2021

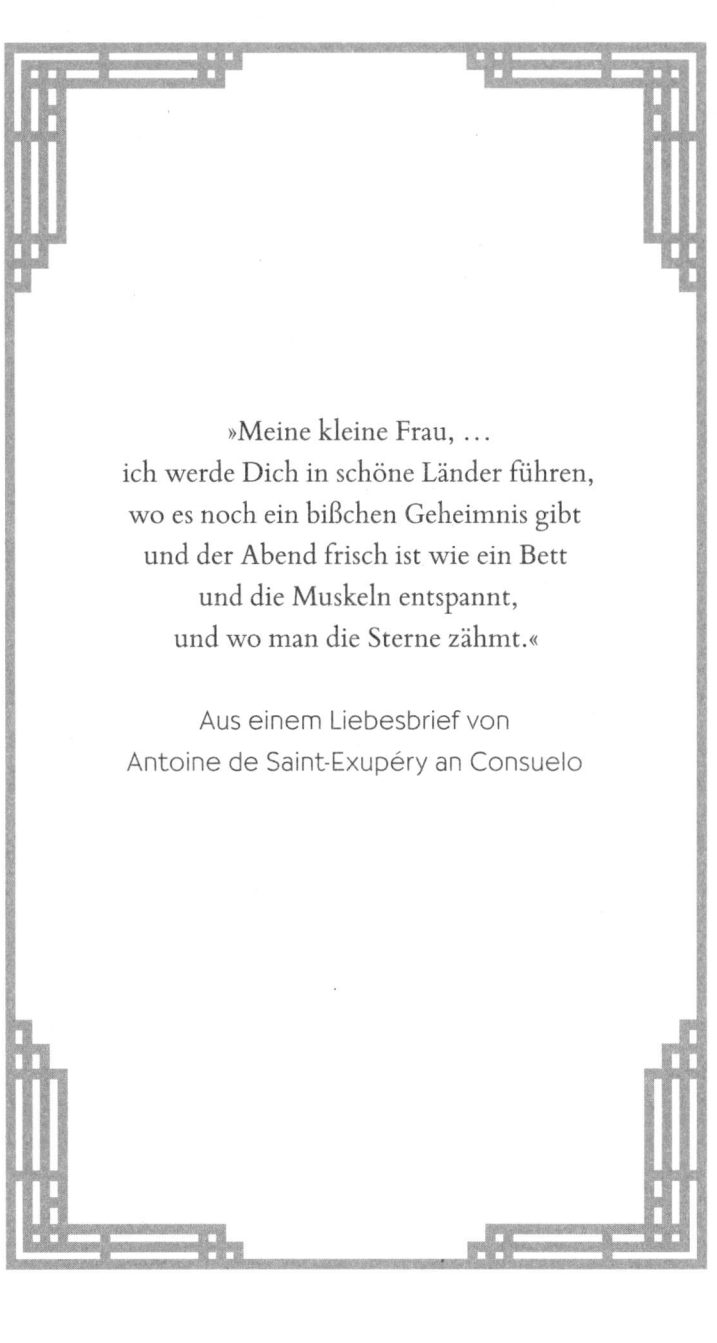

»Meine kleine Frau, …
ich werde Dich in schöne Länder führen,
wo es noch ein bißchen Geheimnis gibt
und der Abend frisch ist wie ein Bett
und die Muskeln entspannt,
und wo man die Sterne zähmt.«

Aus einem Liebesbrief von
Antoine de Saint-Exupéry an Consuelo

Prolog

Geliebte Consuelo, meine Rose des Herzens dort im fernen New York,

ich schreibe Dir von meinem Feldbett aus, meinem einzigen Rückzugsort, seit ich von Dir fortgegangen bin, um der Rettung unseres geliebten Frankreich zu dienen. Die jungen Pilotenkameraden staunen weiterhin über meine Kartentricks und lauschen den Geschichten, die ich aus meinem Leben erzähle – von der Wüste, von den Vulkanen, von den Künstlercafés und von Dir. Ja, unsere Geschichte habe ich Ihnen ausführlich berichtet, mein Vögelchen, Deine und meine.

Ich bin nach meiner Genesung von dem dummen Treppensturz nun wieder für die Aufklärungsflüge eingeteilt. Morgen soll ich starten und die Küste vor Marseille fotografieren, die Küste meiner Familie. Die Küste unserer Liebe. Erinnerst Du Dich an unsere Zeit in El Mirador, als wir unter Pinien speisten und die Schiffe in der Bucht beobachteten? Für mich waren es die schönste Monate unserer Ehe, neben dem Sommer im Bevin House natürlich, im Haus des kleinen Prinzen, meinem möglicherweise letzten Paradies.

Du wunderst Dich sicher, warum ich so in der Vergangenheit schwelge. Nun, hier unter der gleißenden Sonne des Mittelmeers, zwischen den zwanzig Jahre jüngeren Kameraden, die sich die Zeit mit Liegestütze und Kniehebelauf vertreiben, bleibt einem nicht viel anderes, als sich in den Schatten des Lagers unter eine Zeltplane zurückzuziehen und zu träumen.

Meine liebe Rose, ich träume von Dir. Ich träume von uns. Was wir alles erlebt haben – in guten wie in schlechten Tagen. Ich bin Dir dankbar, meine Geliebte, dass Du es mit einem Träumer und Abenteurer wie mir so lange ausgehalten hast. Dreizehn Jahre, wer hätte das von uns gedacht?

Consuelo, wenn ich diesen Brief nun schließe, dann wisse, dass Du immer in meinem Herzen sein wirst. Du bist mein, und ich bin dein. Du warst und bist die Einzige. Die Einzige, die mein Herz bewegen konnte und mich zu Taten angespornt hat, die ich nicht für möglich hielt. Ich und mein Schweinehund, wir hätten es uns gemütlich gemacht, wenn Du nicht in mein Leben geplatzt wärst.

Mein Paradiesvögelchen, pass auf Dich auf. Ich werde bald zu Dir zurückkehren, sobald dieser furchtbare Krieg vorbei ist und Frankreich wieder unser Frankreich ist, befreit von den deutschen Barbaren. Dann werden wir endlich wieder am Boulevard Saint-Germain auf der Terrasse des Café de Flore sitzen und Pastis trinken, und dann werde ich Dir Millionen kleine Prinzen malen.

Aber meine Rose, falls mir dies nicht gelingt, wünsche ich mir eines von Dir: Bitte erzähle unsere Geschichte! So wie ich meinen jungen Kameraden von uns erzählt habe. Unsere Liebe soll den Menschen Ermutigung sein und zugleich auch Mahnung, wie schwer das Leben es uns manchmal macht. Sie soll zeigen, dass bei allen hochfliegenden Träumen und Plänen, bei allem Glamour und Ruhm, bei aller Wut und aller Zerstörung am Ende doch nur eines zählt: die Verbundenheit zweier Herzen in Liebe.

Ich liebe Dich, meine Rose. Bleibe behütet!

In ewig, Dein kleiner Prinz, Antoine
Alliierter Luftwaffenstützpunkt Borgo, Korsika, 30. Juli 1944

Der Condé-Bleistift mit der Kohlemine Nummer fünf huschte und kratzte über das Papier. Wie Consuelo dieses Geräusch liebte, *que bonito*, denn es bedeutete, dass Tonio endlich wieder mit Freude arbeitete! Sie trat an seinen Stuhl heran und ließ den Blick über die Palette von Bleistiften verschiedener Stärken auf der dunkelgrünen Lederunterlage des Schreibtisches vor ihm gleiten. Über das Notizbuch, den Kurbelanspitzer, den Wasserfarbmalkasten, die Pinsel bis zum Zeichenblock. Auf dem Teppich um den Papierkorb herum lagen zahlreiche zerknüllte Blätter – aber dort, auf dem obersten, frischen Skizzenblatt, an dem Tonio gerade zeichnete, lugte er doch schon hervor: dieser kleine Kerl, der stets ein wenig verloren in der Gegend herumstand. Der kleine Kerl mit dem blonden Strubbelhaar und der roten Schleife um den Hals: der kleine Prinz!

»*Una taza de café!*« Sie stellte das heiße, duftende Getränk, das sie unten in der Küche frisch für ihn gekocht hatte, neben die Remington-Schreibmaschine. Tonio lächelte dankend, griff sofort nach der Tasse und schlürfte gierig. »Das tut gut! Weißt du, ich komme ganz gut voran, aber irgendwie ist er noch nicht ganz richtig, unser Prinz. Er ist noch nicht flügge.« Den Kopf hin- und herwiegend, schaute er nachdenklich auf seine Zeichnung. »So wie er jetzt aussieht, kann ich ihn noch nicht auf seine Abenteuer schicken.«

Bevor Consuelo sich eine Meinung bilden konnte, ging die Tür einen Spaltbreit auf, und Hannibal streckte den Kopf mit dem faltigen Gesicht und der platten Schnauze ins Zimmer, setzte sein Hundelächeln auf und trabte mit seinen kurzen Beinchen freudig auf Tonio zu. Der stellte die Kaffeetasse mitten auf die letzte Zeichnung und beugte sich zu der Bulldogge hinunter, um sie zu kosen, dass die kleinen Ohren nur so flogen: »Na, Hanni, warst du schon draußen? Noch nicht? Dann wird es aber Zeit, was?« Hannibal sprang mit den Vorderfüßen auf seine Knie und versuchte, ihn abzulecken. Lachend ließ Tonio sich von der Sitzfläche auf den Teppich gleiten und balgte mit der Bulldogge, bis Consuelo rief: »Komm, Hanni, wir gehen Gassi an den Strand.«

Hanni hörte *Gassi* und flitzte durch die Tür hinaus, die Krallen kratzten über die Holztreppe. Wie schön das hier alles ist, dachte Consuelo und gab Tonio einen Kuss. Sie durften in Zeiten wie dieser das schneeweiße dreistöckige Holzhaus mitten auf der Landzunge Eaton's Neck von Long Island bewohnen, an drei Seiten umgeben vom Meer, dessen Wellen sie gegen die Felsen schlagen hörten, wenn sie abends auf der Veranda saßen. Der schattige Garten mit seinen alten Bäumen und den üppigen Dahlien und den Rosenbüschen schien wie ein Märchenwald, der sie bewachte. Über seinen Wipfeln stand der Himmel, so blau und blank, als ob niemals mehr ein Wölkchen aufziehen würde.

Dabei waren sie durch schwere Gewitter geirrt, bis sie nun endlich hier angekommen waren. Und Consuelo wusste nur zu gut, dass der Wind bald wieder auffrischen würde, denn jenseits dieses kleinen Paradieses tobten die Stürme sehr wohl.

»Kommst du nach dem Spaziergang noch mal hoch? Vielleicht fällt uns gemeinsam eine Lösung ein, wie unsere kleine Hauptperson hier ganz und gar richtig wird.« Tonio drehte sich wieder zu seinem Schreibtisch um und spitzte den Bleistift an.

»Mit Vergnügen«, sagte Consuelo. Er hatte schließlich noch keines seiner Bücher selbst illustriert. Womöglich konnte ihm ihr künstlerischer Hintergrund helfen, und sie wollte ihm gerne zur Seite stehen, ihrem Abenteurer, ihrem Herrn der Lüfte, ihrem Ehemann seit – sie musste überlegen –, seit elf Jahren. Sie stieg die Stufen hinter Hanni hinunter. Was hatten sie nicht alles für Turbulenzen durchflogen in dieser Zeit – und genau deshalb war es nun jeden Morgen umso schöner, ihn am Schreibtisch sitzen zu sehen. Die Phase der wilden Abenteuer war doch wohl endlich vorbei, denn mit Anfang vierzig fühlten sie sich beide wahrhaftig nicht mehr jung und übermütig. Seit seinen diversen Flugzeugabstürzen plagten Tonio Rückenschmerzen, Gleichgewichtsstörungen und Ohrensausen. Und sie selber – nun ja, sie hielt sich mit Schwimmen und Gymnastik fidel, aber eine Brille hatte sie sich letztens doch anschaffen müssen. Selbstverständlich trug sie sie nur im äußersten Notfall. In ihrem Stammlokal, dem Café Arnold in Manhattan, brauchte sie sie für die Speisekarte zum Glück noch nicht. Sie wusste schließlich, was es dort gab.

Stammlokal. Sie stutzte bei diesem Gedanken. Nun war also ein Lokal am Columbus Circle direkt am Central Park ihr Stammlokal. Sie öffnete die Verandatür, und Hanni stürmte hinaus. Dabei war ihr Lieblingslokal doch das Les

Deux Magots am Place Saint-Germain-des-Prés, mitten in Paris. Sie merkte, wie ihr Herz schneller schlug. Wann – ja, wann, wenn überhaupt jemals – würde sie wieder auf der Terrasse an einem der runden Marmortischchen sitzen, einen Milchkaffee trinken und den Flaneuren zuschauen können? Momentan flanierten dort nur deutsche Uniformen und dralle, deutsche Bürodamen, die die Besatzungsverwaltung am Laufen hielten und sich in der Mittagspause bei Chanel die N° 5 kauften, um wie die Pariserinnen zu duften. Oder bei einem der Modehäuser versuchten, in ein Kleid zu passen, als ob ihnen das jemals die Eleganz der Pariserinnen verleihen könnte.

Schnell verdrängte sie die traurigen Gedanken und pfiff nach Hannibal, der hinter einem Rosenbusch schnüffelte. »Komm, Hanni. Ab geht's an den Strand. Na los!«

Man konnte weglaufen vor diesen Gedanken, vor der Realität, dem Grauen.

Aber weit kam man nicht. Nicht einmal hier, auf einem anderen Kontinent, in einem Traumhaus am Meer, in dem Tonio endlich wieder arbeiten konnte. An einem Buch, das ihn begeisterte. An einer Geschichte, die ihm am Herzen lag, in die er alles hineinlegen wollte, was ihm wichtig war. Ein Weihnachtsmärchen für Kinder hatten sich die amerikanischen Verleger gewünscht. Die Abgabefrist war deshalb ganz schön knapp. Schon Ende September wollten sie das Manuskript haben, damit das fertige Buch noch vor dem Fest in den Buchläden liegen konnte. Ein immenser Druck für Tonio, den er sich bislang Gott sei Dank kaum anmerken ließ.

Sie jedenfalls hatte sich vorgenommen, ihm den Aufenthalt hier in Bevin House, dem Haus des kleinen Prinzen, wie sie es schmunzelnd nannten, so angenehm wie möglich zu machen. Denn vielleicht konnte sie ihn dadurch ein klein wenig länger zurückhalten.

Zurückhalten von dem, was er unausweichlich tun würde. Er hatte bereits mehrmals davon gesprochen.

Hannibal drehte sich am Ende der Rasenfläche ausgelassen um die eigene Achse und versuchte sich in den Schwanz zu beißen vor lauter Freude, dass es nun hinunter an den Strand ging. Das beinahe lagunenartige Grün des flachen Meerwassers leuchtete Consuelo durch die Bäume schon entgegen. Sie zwang sich, nur noch auf den Weg zu achten, Schritt für Schritt auf den steinigen Pfad zu setzen, der die Böschung hinabführte.

Schritt für Schritt.

Welch verschlungene Wege das Leben doch für uns parat hält, dachte Consuelo und hörte Hanni schon am Strand freudig bellen. Heute schrieb Tonio im Auftrag amerikanischer Verleger Kinderbücher, doch damals, als sie sich kennenlernten, war davon noch lange nichts in Sicht gewesen. Damals, in Buenos Aires, als Tonio Streckenpilot bei der Luftpost war und über die Weiten Patagoniens hinwegflog – und sie, nun ja, sie eine Frau in der Blüte ihrer Jahre, der das Leben allerdings bereits einige Streiche gespielt hatte …

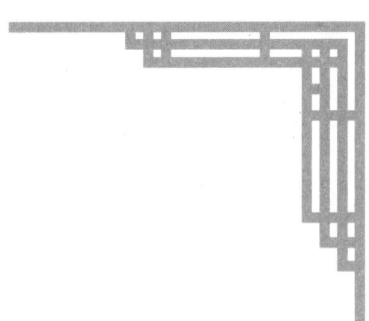

Wenn Du eine Blume liebst, die auf einem Stern wohnt, so ist es schön, bei Nacht den Himmel zu betrachten. Alle Sterne sind voll Blumen.

Kapitel 1

Oberdeck der *Massilia*, Küste vor Buenos Aires,
September 1930

Consuelo trat an die Reling und reckte ihr Gesicht der Sonne entgegen. Vielleicht würde das südamerikanische Licht die Ringe unter ihren Augen ein wenig aufhellen, die immer noch von der Trauer zeugten. Der Fahrtwind blies ihr die Locken aus dem Gesicht. Sie atmete tief die Meeresluft ein und bemerkte, wie sich nun langsam der vertraute Duft der alten Heimat untermischte. Erdig, süß, schwül, fast meinte sie, die Kaffeebohnen der Plantagen wahrzunehmen, den Duft ihrer Kindheit in El Salvador.

Mit sehr gemischten Gefühlen betrachtete sie die immer näher kommende Silhouette von Buenos Aires, der Stadt, die sich das Paris von Südamerika nannte. Ihr Herz zog sich zusammen, wenn sie an ihre ferne, geliebte Wahlheimat, das echte Paris, dachte, den Platz auf der Welt, an dem sie am liebsten weilte. Sie vermisste schon jetzt das ruhige Band der Seine, die Quirligkeit der Boulevards, die Bohème-Atmosphäre der Caféterrassen und natürlich die Klänge der Chansons und der Nachrichten aus den Radios.

Mehr als zehn Jahre war es her, dass sie sich als junge Studentin aufgemacht hatte, um in Europa zu leben, in Spanien und später in Frankreich, wo sie in der Stadt ihrer Träume von Dichtern und Künstlern den Spitznamen »Vulkan von Paris« erhalten hatte. Welchen Spaß hatte sie dort als junge Frau gehabt, hatte getanzt, gelacht, gemalt – und schließlich geheiratet. Sie schluckte. Ach, wie vermisste sie die anregenden Abende und Nächte im Café Napolitano und in den Tanzbars mit ihrem Enrique und all den spanischen Freunden, zu denen Picasso, Miró und Dalí zählten. Im Napolitano hatten sie nach Enriques Tod sogar ein Porträt von ihm aufgehängt und ihm weiterhin jeden Abend zugeprostet. *Dios mío*, Enrique. Sie zog ihre schwarze Kostümjacke enger um sich. Warum nur hast du mich so früh verlassen? Lediglich elf Monate waren uns vergönnt. Sie spürte, wie ihr Tränen in die Augen stiegen, und drehte sich schnell von der Reling weg. Bloß nicht weinerlich werden. Sie würde hier in Südamerika so schnell wie möglich ihre Angelegenheiten regeln und dann nach Paris zurückkehren. Sie bemerkte, wie der Kapitän den Schub drosselte. Aus den drei dicken Schornsteinen der *Massilia* kam nur noch wenig Rauch, dafür fuhr ihr das Signal des Horns durch den Körper.

Es verkündete ihre Ankunft in der Neuen Welt.

Über die Holzbohlen und eine Treppe erreichte sie den Gang der ersten Klasse und lief über den weichen Teppichboden in Richtung ihrer Kabine. Du musst dich zusammenreißen, ermahnte sie sich. Reiß dich zusammen! Du bist hier in Enriques Heimat gereist, um die Witwenrente zu klären, bei dieser Gelegenheit deine Familie in El Salvador zu besuchen und vernünftige Entscheidungen für deinen weiteren Lebensweg zu treffen. Dinge, die Millionen Frauen schon tun mussten.

Wenn auch nicht unbedingt mit Ende zwanzig.

Als sie ihren Kabinenschlüssel ins Schloss steckte, öffnete sich die Nachbartür, und Benjamin Crémieux trat heraus, mitsamt Gepäck, offenbar schon zum Aussteigen bereit.

»Consuelo, meine Liebe.« Er sah wohl sofort, dass sie aufgewühlt war, machte Anstalten, sie in den Arm zu nehmen, unterließ es dann aber doch. »Consuelo, damit Sie nicht nur schwierige Termine im schönen Buenos Aires vor sich haben, möchte ich Sie gerne einladen. Ich halte ab morgen meine Vorträge für die Alliance Française, und übermorgen Abend gibt es einen kleinen Empfang der *Amigos del Arte,* unter anderem mir zu Ehren.« Er richtete sich übertrieben auf und schaffte es sogar, sie um einen Kopf zu überragen, obwohl er ebenfalls sehr klein war.

»Wie schön für Sie, aber …«

»Sie dürfen nicht Nein sagen, Consuelo. Auf keinen Fall!«

Sie lächelte über seinen Eifer. »Warum denn nicht, mein lieber Benjamin, *por qué?* Weil Sie ein so vorbildlicher und unterhaltsamer Gesellschafter für mich waren auf dieser Überfahrt?« Irgendwie hatte sie ihn in diesen elf Tagen auf See ein wenig lieb gewonnen, diesen kauzigen, jungen Schriftsteller, Lektor und Literaturkritiker aus Paris. Gleich am ersten Tag der Reise hatte er betont, wie sehr er Enrique Gómez Carrillos Werk bewunderte, und sich sogleich erboten, dessen Witwe stets zu den Abendessen zu begleiten und neben ihr zu sitzen, sodass sie nicht alleine war und nicht von anderen Herren angesprochen wurde. An manchem Abend hatte er sie anschließend sogar überredet, noch auf einen Schlummertrunk mit in die Bar zu kommen, wo sie mit anderen Passagieren Konversation betrieben und dem Spiel des berühmten Konzertpianisten Viñes gelauscht hatten, der sich auf ebendiesem Schiff zur Tournee nach Südamerika begab. Abschließend hatte Benjamin sie stets formvollendet und zurückhaltend bis zu ihrer Kabinentür eskortiert und sich für die Nacht verabschiedet.

»Zum Beispiel!« Er lachte und zauste an seinem beinahe orthodoxen Vollbart, ein Zeichen dafür, dass er angestrengt nachdachte, wie Consuelo inzwischen herausgefunden hatte. Er rang um Argumente. »Und weil ich Ihnen dort einen der talentiertesten Nachwuchsschriftsteller unserer Zeit vorstellen möchte. Einen Franzosen, der für die Luftpost hier in Argentinien als Pilot arbeitet.«

Consuelo wandte sich endgültig ihrer Tür zu, öffnete sie und betrat die Kabine. »Mein lieber Benjamin. Wie Sie während der Überfahrt feststellen konnten, bin ich dieser Tage noch nicht besonders gut in Gesellschaft. Und an neuen Bekanntschaften bin ich schon gar nicht interessiert. *Gracias.*«

Er fasste sie am Arm, damit sie die Tür nicht schloss. »Aber Consuelo, Sie müssen kommen! Das sind Sie mir schuldig.« Die Augen hinter der Nickelbrille wirkten flehend.

»Ich bin Ihnen etwas schuldig?« Sie schüttelte den Kopf.

Er ließ ihren Arm los, aber seine Miene hellte sich auf, als ob ihm nun endlich der zwingende Grund eingefallen wäre. »Aber sicher, meine Liebe. Sehen Sie, um ehrlich zu sein, habe ich bereits an den Vorsitzenden der *Amigos del Arte* telegrafiert, dass ich die junge Witwe des ehrenwerten Schriftstellers und Konsuls Enrique Gómez Carrillo an Bord kennengelernt habe und dass ich sie zu dem Empfang mitbringen werde. Ihnen eilt ein legendärer Ruf voraus, wissen Sie. Die Zeitungen haben auch hierzulande groß über Carrillos Tod berichtet und dabei Fotos von Ihnen gezeigt. Ihre Schönheit wird sehr bewundert.«

»Ach, hören Sie auf, Benjamin!« Was wurde er jetzt noch zum alten Schmeichler auf den letzten paar Seemeilen.

»Doch, glauben Sie mir. Alle wollen Sie sehen. Wie stehe ich denn da, wenn Sie jetzt nicht erscheinen?«

Consuelo lachte und tätschelte ihm den Mantelarm. »Sie Armer, *pobre chico*!«

»Allerdings.« Er schaute auf den Teppichboden wie ein Schuljunge.

»Also gut. Schicken Sie mir einen Wagen in mein Hotel.«

»Sie werden es nicht bereuen!« Er warf ihr einen spielerischen Luftkuss zu und machte sich daran, sein Gepäck den Gang entlangzuschleppen.

Sie schaute ihm nach, bis er um die Ecke bog, dann zog sie sich in die Kabine zurück und packte die letzten Utensilien in ihre Koffer.

Kapitel 2

Buenos Aires,
zwei Tage später

Der Wagen hatte sie pünktlich abgeholt und hielt nun auf dem breiten Boulevard vor dem Sandsteingebäude, welches das älteste Nobelhotel der Stadt beherbergte. Hier sollte der Empfang zu Ehren der französischen Delegation rund um Benjamin stattfinden. Dies war wirklich wie ein Stück Paris mitten in Argentinien, dachte Consuelo, als sie an dem Hotel hochschaute, dessen Haussmann-Fassade auch perfekt in die Kulisse der Champs-Élysées gepasst hätte. Überhaupt erschien ihr Buenos Aires mit seinen edlen Kaufhäusern, den teuren Autos und den im neusten Chic über die Trottoirs eilenden Damen und Herren mit ihren Hüten, Capes und Kostümen ganz wie Paris. Nur die riesigen Palmen, die in den Parks und auf den Plätzen als Begrünung dienten, verrieten, dass der Place de la Concorde fern war. Und die Tangoweisen, die aus den vorbeifahrenden Cabriolets und den offenen Fenstern der Wohnungen und Restaurants drangen.

Sicherlich konnte man hier ohne Probleme ein anregendes Bohème-Leben in den kleinen Cafés führen, überlegte Consuelo, ebenso in den zahlreichen Theatern, für die die Stadt so bekannt war, und natürlich in den Tango-Bars. Obwohl das als verrucht galt und man als Dame der Gesellschaft selbstverständlich nicht mittanzte, sondern höchstens zuschaute. Wie schade.

Aber heute Abend und in ihrer aktuellen Stimmung war ihr sowieso nicht nach Tanzen zumute. Gestern hatte sie ihre Termine in der Stadt wahrgenommen. Sogar Staatspräsident Don El Peludo hatte sie empfangen, um ihr zum Tod ihres Gatten zu kondolieren, die Regelungen der Hinterbliebenenrente höchstpersönlich in die Wege zu leiten und der um so vieles jüngeren Witwe, die nun ganz auf sich gestellt war, eine bestmögliche Versorgung zu sichern. Consuelo hatte wieder einmal gestaunt, wie populär Enrique hier drüben in Argentinien gewesen war – fast so etwas wie ein Nationalheld offenbar, obwohl er doch aus Guatemala stammte und erst spät die argentinische Staatsbürgerschaft angenommen hatte. Seine Bücher waren hier seit Jahrzehnten überaus beliebt, er galt als einer, der nach Europa ausgezogen war und es geschafft hatte.

Natürlich war schon sein Begräbnis in Paris äußerst ungewöhnlich gewesen, als Consuelo neben Enriques Freund, dem Dichter und Literaturnobelpreisträger Maurice Maeterlinck, von der Feierstunde in der Église de la Madeleine aus hinter der geschmückten Kutsche mit dem Sarg zum Friedhof Père-Lachaise gelaufen war – gefolgt von mehr als tausend Freunden, Wegbegleitern, Politikern und Kulturfunktionären aus ganz Europa, alle in Schwarz. Sie schüttelte den Kopf, wenn sie an diese Szene dachte, die sie wie im Schlaf durchwandert hatte, wie in einem absurden Traum: Enrique war doch ganz einfach ihr Enrique gewesen, sonst niemand. Dass sein Abschied solch ein Aufsehen erregt hatte, war ihr immer noch unbegreiflich.

Das Treffen mit dem argentinischen Staatspräsidenten

gestern war insofern noch zusätzlich ein wenig eigenartig verlaufen, als mitten im Gespräch ein Attaché an ihn herangetreten war, der ihm eine Meldung zu der drohenden Studentenrevolution ins Ohr flüsterte, von der schon an Bord der *Massilia* gemunkelt worden war. Consuelo hatte alles verstehen können, weil der Präsident nicht mehr so gut hörte und der Attaché entsprechend laut geflüstert hatte. Die Revolution sei für nächsten Mittwoch geplant, hatte sie vernommen und sich gefragt, wie denn das so genau festzustellen sei. Sie hatte an ihrem Glas mit gutem argentinischem Rotwein genippt, während der Präsident mit dem Attaché tuschelte, und daran gedacht, dass sie übermorgen sowieso aufbrechen wollte, um ihre Familie in El Salvador zu besuchen, und die möglichen Unruhen sie somit nicht betreffen würden.

Sie zwang ihre Gedanken zurück zum heutigen Abend, als der Fahrer des Wagens den Fond öffnete und sie auf das breite Trottoir vor dem Hotel hinaustrat. Sie bedankte sich, die Limousine fuhr fort, und ihr erster Impuls war, einfach am Eingangsportal vorbeizulaufen und lieber einen ausgedehnten Abendspaziergang durch die beleuchtete Stadt zu unternehmen, als sich durch diesen Empfang zu quälen. Aus einer Nebenstraße klangen Fetzen von Salsa-Musik an ihr Ohr, die Luft war lau und erfüllt von den Gerüchen der Restaurants und Bodegas. Aber sie erinnerte sich, dass sie Benjamin mit ihrem Erscheinen einen Gefallen tat; nur für ihn würde sie diesen Abend mit Contenance und Anmut durchhalten.

Das Streichquartett in der holzgetäfelten Ecke mit der rotgoldenen Barocktapete und dem raumhohen Spiegel langweilte sie nun schon seit einer halben Stunde mit den guten alten Weisen toter europäischer Komponisten. Warum hatte man nicht wenigstens eine Tango-Combo aufspielen lassen? Consuelo hielt sich an ihrem Champagnerkelch fest und ließ die Erzählung ihres Gegenübers, eines französischen Wissenschaftlers, der hier weilte, um die in den letzten Jahren stark zugenommenen Verkehrsströme der argentinischen Hauptstadt zu analysieren, an sich vorbeirauschen. Benjamin hatte sie ganz am Anfang kurz begrüßt und war dann von der Menge verschluckt worden, war er doch einer der Ehrengäste und musste mit allen Honoratioren des Landes plauschen. Consuelo bemerkte wohl, wie einige Gäste auf sie schauten und über sie tuschelten – »Ach, das ist Carrillos Witwe? Die ist aber jung!« –, aber sie versuchte, es auszublenden. Ihr Glas war fast leer, sie würde noch einige Anstandsminuten warten, dann würde sie in ihr Hotel zurückfahren, um mit den paar Bekannten, die sie auf der Überfahrt kennen- und schätzen gelernt hatte, noch einen allerletzten Abschiedstrunk zu nehmen. Denn die zusammengewürfelte Dampfergesellschaft würde sich nun naturgemäß in alle Winde zerstreuen. Sie selbst musste sich nach den anstrengenden letzten Tagen in der Stadt mit all den Terminen und dem inzwischen so ungewohnten, energiegeladenen spanischen Stimmengewirr um sie herum ein wenig erholen und für die Weiterreise wappnen. Bei ihrer Familie musste sie zuversichtlich und stark erscheinen. Immerhin kehrte sie aus Europa zurück, und man würde sie in ihrem Heimatort wie eine Heldin empfangen wollen, nicht wie eine verlorene Tochter, die keine Ahnung hatte, wie sie ihr weiteres Leben gestalten sollte.

Sie trank ihren Champagner aus und schaute zu Benjamin hinüber, der weiterhin in Gespräche vertieft war. Zur Not würde sie eben gehen, ohne sich von ihm zu verabschieden.

Sie hatte dem Wissenschaftler soeben viel Erfolg mit seinen Studien gewünscht und gerade ihren Mantel an der Garderobe in Empfang genommen, als ein sehr großer Mann – er überragte sie um zwei Köpfe – mit üppigen Augenbrauen, zurückliegendem Haar, unrasierten Wangen und raumgreifenden Gesten in die Halle stürmte. Er trug einen leichten Anzug mit einem wehenden Schal um den Hals, aber keinen Mantel, und blieb abrupt stehen, als er Consuelo erblickte. »Ich wusste gar nicht, dass hier auch schöne Frauen anwesend sein würden!«, dröhnte er, dass jeder in der Halle es hören konnte.

Consuelo blieb einen Moment still stehen, erstaunt ob der Inbrunst und spontanen Ehrlichkeit, mit der er das gesagt hatte – und ob der unglaublichen Energie, die er verströmte. Aber dann besann sie sich, zog die Augenbrauen hoch und fuhr fort, ihren Mantel anzuziehen. Ungehobelte Menschen konnte sie nicht besonders gut leiden. Obwohl dieser hier mit seiner überbordenden Vitalität und der beinahe schon kindlichen Direktheit eine ganz ungewöhnlich geheimnisvolle Ausstrahlung besaß, das musste sie zugeben. »Sie werden entschuldigen, ich bin gerade im Aufbruch begriffen«, sagte sie etwas umständlich und versuchte, um ihn herumzugehen, hatte er sich ihr doch mitten in den Weg gestellt.

»Aber nein. Auf gar keinen Fall.« Er fasste nach ihrem Mantel, drehte sie elegant wieder heraus und warf den Mantel auf den Garderobentisch. »Sie dürfen mich nicht verlassen, bevor ich Sie kennengelernt habe. Das ist ganz und gar nicht anders möglich!« Er bot ihr den Arm. »Bitte erweisen Sie mir die Gunst, einen Drink mit Ihnen zu nehmen.« Seine Augen flehten um ein Ja.

Consuelo hakte sich nicht ein. »Wie käme ich dazu? Wo Sie sich noch nicht einmal vorgestellt haben.«

»Entschuldigen Sie vielmals.« Er machte eine Verbeugung. »Ich bin …«

»Das ist Antoine de Saint-Exupéry«, kam Benjamin ihm zuvor, der aus dem Saal in die Halle eilte, wohl um den Freund zu begrüßen. »Der Schriftsteller Schrägstrich Flieger, von dem ich Ihnen erzählt hatte.«

Saint-Exupéry lächelte. »Schriftsteller Schrägstrich Flieger bin ich also?« Er umarmte seinen Freund. »Wenn schon, dann würde ich eher sagen, Flieger Schrägstrich Schriftsteller. Aber sehr nette Einführung, mein Guter. In der Tat komme ich gerade von einem einwöchigen Flugeinsatz bis ans Ende von Patagonien. Kunterbunte Vögel habe ich da gesehen, und kleine Affen, so klein wie Ihre Hand.« Er nahm Consuelos Rechte. »So entzückend klein wie Ihre Puppenhand.« Er schaute ihr in die Augen. »Dürfte dieser schreibende Flieger Sie also nun zu einem Drink in der Sesselgruppe dort vorne entführen?« Er deutete auf die ledernen Clubsessel mit den Rauchtischen in der Ecke der Halle und lächelte sehr charmant.

»Ich war gerade im Begriff …«, setzte Consuelo noch einmal schwach an und entzog ihm schnell die Hand, in Gedanken noch bei den verwirrenden kleinen Affen und bunten Vögeln. Die aus dem Hauptsaal heranwehenden Klänge des unermüdlichen Streichquartetts kontrastierten äußerst eigenartig mit diesen Bildern.

Aber lange konnte sie über ihre Empfindungen nicht nachdenken, denn nun hatte sie gleich zwei gegen sich. Benjamin hakte sie unter und zog sie schon zu den Sesseln. »Sie sind im Begriff, mit uns beiden ein wenig zu plaudern.« Er beugte sich nah an ihr Ohr, sodass sein Freund nichts hören konnte. »Glauben Sie mir, Sie werden es nicht bereuen, meinen Freund Saint-Ex kennenzulernen. Es wird niemals langweilig mit ihm.«

Nun gut, ein paar Minuten konnte sie wohl noch bleiben. Dann würde sie das Treffen mit ihren Bekannten ein wenig verkürzen und ihren Schönheitsschlaf morgen früh ein wenig verlängern.

Sie ließ sich von Benjamin zu einem Clubsessel führen, nahm Platz und bekam von diesem Antoine umgehend einen Gin in die Hand gedrückt. »Nun müssen Sie mir aber erzählen, was Ihre Puppenhände unternehmen, wenn Sie nicht ein Glas Gin oder eine Zigarette halten.« Er gab ihr Feuer und steckte sich auch eine an. Benjamin saß schmunzelnd daneben.

»Sie führen einen Pinsel oder arbeiten mit Hammer und Meißel«, gab Consuelo zurück. Wer direkt fragte, bekam direkte Antworten. Puppenhand! Pah!

»Eine Künstlerin! Das habe ich sofort geahnt, als ich Sie sah! Würden Sie einmal etwas für mich malen? Vielleicht die Wolken, durch die ich täglich fliege, oder die Gipfel der Anden. Ich könnte Sie mitnehmen nach Patagonien, und Sie könnten die bunten Vögel verewigen. Oder auch die Seehunde in Feuerland. Es gibt dort nämlich sehr viele Seehunde, wissen Sie. Ich habe schon einmal einen im Frachtraum mitgebracht. Er ist jetzt allerdings im Zoo. Meine Badewanne war ihm zu klein.« Er rieb sich über die Wangen. »Ach, entschuldigen Sie bitte mein unrasiertes Auftreten.« Er sprang auf. »Geben Sie mir nur ein paar Minuten. Ich besuche schnell den Hotelfriseur.« Und schon war er den Gang hinuntergeeilt und verschwand im Salon.

»Was um Himmels willen ... was ist das für ein Mann, Benjamin?« Consuelo saß stocksteif in ihrem Sessel. So einen Menschen hatte sie noch nie erlebt. »Ich weiß nicht, was ich ...«

Benjamin lachte. »Sagen Sie nichts, tun Sie nichts, warten Sie einfach ab. Es lohnt sich. Bestimmt.« Er zwinkerte ihr zu, und schon kam Antoine frisch rasiert und nach Eau de Cologne duftend wieder in die Halle und kniete sich direkt vor Consuelos Sessel auf den Marmorboden, von den Anwesenden in der Halle erstaunt beäugt. »Ich möchte Ihnen die Sterne zeigen. Kommen Sie mit?«

»Aber ...« Consuelo sah zu Benjamin hinüber, der nur lächelte.

»Ich möchte Ihnen die Sterne zeigen. Ich fliege Sie ganz nah heran.«

Du meine Güte, *Dios mío!* »Aber ich fliege nicht! Ich bin noch nie geflogen. Mir ist es schon zu rasant, wenn ich nur sehr schnell gehe.«

Saint-Exupéry lachte, nahm ihre Hände in seine und drehte die Innenflächen nach oben. »Ich kann in Ihren Handlinien lesen, wissen Sie? Ich bin gut darin.« Er schaute auf die Linien. »Und hier sehe ich ganz eindeutig, dass Sie jetzt gleich, noch heute Abend, mit mir in mein Flugzeug steigen werden und dem Mond ganz nahe kommen.«

Benjamin spürte wohl, wie sprachlos sie war, und kam ihr zu Hilfe. »Das geht leider nicht, Antoine. Sie ist gleich verabredet mit guten Bekannten von uns. Sie muss los.«

Consuelo nickte lahm und stellte ihren Gin auf dem Rauchtischchen ab.

Antoine kam federnd auf die Beine. »Aber das ist doch kein Problem. Wie viele Freunde sind es denn?«

»Es sind acht«, sagte Benjamin. »Und …«

»Und du kommst auch mit, mein Freund, nicht wahr? Neun Leute und wir zwei.« Antoine schaute Consuelo lächelnd an. »Wir passen alle komfortabel in mein Flugzeug.« Er haute Benjamin auf den Rücken. »Bitte, alter Freund!« Er sah ihn an wie ein Welpe.

Benjamin lachte und stand auf. »Also gut. Ich verabschiede mich nur noch von meinen Gastgebern.«

Antoine half Consuelo schon in den Mantel. »Welcher ist Ihr Lieblingsstern? Die Venus? Ich wette, es ist die Venus. Ich werde sie Ihnen alle zeigen, die Sterne. Das werde ich!« Er zündete sich eine neue Zigarette an. »In einer halben Stunde sind wir am Flugplatz – und dann beginnt Ihre Reise mit mir ins leuchtende Firmament.« Er lächelte sie an, und sie wusste nicht, ob ihr nur flau im Magen wurde, weil sie an den Aufstieg des Flugzeugs dachte.

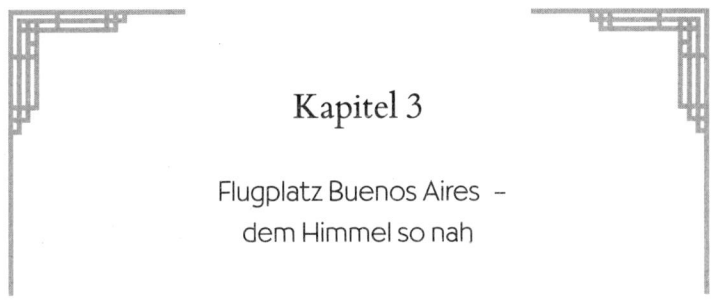

Kapitel 3

Flugplatz Buenos Aires – dem Himmel so nah

Der Flughafen-Kleinbus, den Antoine schnell geordert hatte, hielt eine knappe Stunde später auf dem Flugplatz etwas außerhalb der Stadt. Die mächtigen, bauchigen silbernen Postmaschinen standen aufgereiht auf der Wiese. Consuelo konnte sie nicht so schnell durchzählen, aber es waren bestimmt an die zehn Stück.

»Wir haben natürlich großes Glück, dass ich mit meinen zarten neunundzwanzig Jahren schon der Direktor der Luftpostgesellschaft hier drüben bin«, sagte Antoine strahlend und wandte sich an einen Mechaniker, der in einem ölverschmierten Arbeitsanzug vorbeikam. »Welche ist startklar? Diese? In Ordnung, dann los!« Er nahm Consuelo fest an der Hand. »Sie bleiben nah bei mir. Alle anderen steigen bitte hinten ein«, wandte er sich an Benjamin und die weiteren acht Fluggäste. »Aber Sie, Consuelo, sind heute meine Co-Pilotin!« Er drückte ihre Hand.

Sie entzog sie ihm und sah ihre Begleiter im Bauch des silbernen Vogels verschwinden. Sollte sie dort wirklich einsteigen? Sollte sie ihr Leben in die Hände dieses großen, lauten Mannes geben, dieses französischen Adligen, den das Leben in die südamerikanischen Weiten, auf südamerikanische

Luftwege verschlagen hatte? In die Hände dieses Mannes, der einer der eigenartigsten Menschen war, denen sie jemals begegnet war? Eigenartig – nein, das war gar nicht der richtige Ausdruck, überlegte sie, als sie die letzten Schritte über den Rasen bis zur Maschine lief. Nicht eigenartig – einzigartig. Natürlich war jeder Mensch einzigartig. Aber es gab eben doch soundso viele Büroangestellte, die gerne Tennis spielten oder ins Theater gingen. Soundso viele Fabrikarbeiter, denen ihr Gärtchen am Wochenende Freude bereitete. Soundso viele Unternehmer, die sich den neusten Wagen kauften und es liebten, darin chauffiert zu werden. Dieser Mann aber, das spürte sie, dieser hier war ein Wesen, wie es keines je gegeben hatte und jemals wieder geben würde. Er war ein Angestellter der Luftpostgesellschaft, der die Welt offensichtlich mit allen Poren aufsog. Der die Wolken, Meere, Berge, Wüsten und Urwälder liebte. Dem bunte Vögel wichtig waren, und kleine Affen. Der gerne mit lebensgroßen Spielzeugen durch die Luft flog.

»Allez hop!« Er griff um ihre Taille, hob sie mit Leichtigkeit in die Maschine und drängte sie nach vorn zu dem Co-Pilotensitz, rechts neben dem seinen. Sie nahm auf dem kalten Leder Platz und staunte über die vielen Instrumente und Anzeigen vor sich auf dem Armaturenbrett. Überall waren Knöpfe und Schalter, Chronometer und Tachometer und weiß der Kuckuck was sonst noch für -meter. Antoine neben ihr lächelte wohl über ihr beunruhigtes Gesicht, und als ob es ein Sonntagsausflug mit dem offenen Wagen wäre, drehte Antoine den Zündschlüssel und bediente den Steuerknüppel. Die Propeller sprangen lautstark an, und die Maschine holperte über den Rasen, bis sie die Rollbahn erreichte. Antoine lenkte sie in Position. Consuelo hörte ihre Freunde hinter dem Vorhang johlen und Scherze machen. Viel zu laut und zu übermütig, was ihr verriet, dass sie ebenso aufgeregt waren wie sie selbst.

»Bereit?« Antoine lächelte ihr zu, gab Gas, das Flugzeug beschleunigte stark, und er zog den Steuerknüppel nach hinten. Die Maschine röhrte ohrenbetäubend und hob ab, die Freunde hinter ihnen kreischten und lachten. Consuelos Magen hüpfte kurz, dann wurde sie in den Sitz gepresst. Sie flog! Sie flog tatsächlich! Sie überprüfte, ob ihr schlecht wurde. Aber nein, es war gut. Es war richtig gut. Es war geradezu unglaublich! Sie glitten durch die Luft und stiegen und stiegen. Die silbernen Flügel schienen den Vogel tatsächlich zu halten.

Vorsichtig traute sie sich, durch das Schiebefenster auf ihrer Seite nach unten zu schauen. Sie sah die von Scheinwerfern erhellte Wiese kleiner werden und verschwinden. Schon tauchte das Lichtermeer der großen Stadt unter ihnen auf. Daneben zog sich das dunkle Band des Río de la Plata entlang und mündete schließlich in den dunkelblauen, in der Dämmerung fast schwarzen Teppich des Atlantiks. Und das alles einfach so vor ihrem kleinen Fenster! Wie schön das war! Wie beeindruckend und schön! Aber wie zerbrechlich die Erde von hier oben aussah. Wie zerbrechlich und klein. So klein, als könnte man sie an einem Tag umschreiten und der Sonne auf der anderen Seite jederzeit Guten Morgen sagen.

Sie lehnte sich in ihrem Sitz zurück und schaute zu Antoine, der die ganze Zeit nur stumm lächelte. »Ich wusste, Sie würden es mögen«, sagte er und legte die Maschine in eine steile Linkskurve. »Das auch?« Er grinste.

Sie klammerte sich an ihren Sitz. »Lassen Sie das!«

»Aber wieso denn?« Er legte die Maschine in die entgegengesetzte Kurve.

»Fliegen Sie ordentlich!« Sie hieb ihm leicht auf die Hand am Steuerknüppel, aber natürlich nicht zu doll.

Sofort machte er sich einen Spaß daraus. »Was tun Sie da? Sie greifen den Piloten an! Wir werden abstürzen!«, schrie er und drückte den Steuerknüppel abrupt nach vorn, sodass das Flugzeug in den Sturzflug ging. Von hinten kreischten ihre Freunde. Antoine lachte und zog den Knüppel wieder zu sich heran.

Consuelo holte tief Luft und vergewisserte sich, dass ihr Magen der Attacke standgehalten hatte und nicht rebellieren würde. Von hinten hörten sie ängstliches Gemurmel. »Tun Sie das nie wieder!«, zischte sie.

»Ich werde es nicht wieder tun, unter einer Bedingung.« Antoine grinste.

»Und die wäre?« Consuelo sah ihn unsicher an. Die Motoren dröhnten, die Rotoren reflektierten das erste Mondlicht dieser Nacht.

»Dass Sie mir einen Kuss geben.« Antoine lehnte sich über den Steuerknüppel in ihre Richtung.

Sie wich zurück. »Schauen Sie nach vorne! *Maldito*, zum Donnerwetter, was denken Sie sich eigentlich? Ich bin eine junge Witwe, und falls Sie das nicht wissen: In meiner Kultur bedeutet ein Kuss sehr viel.«

Er lächelte, zog sich auf seinen Sitz zurück und flog eine so extreme Kurve, dass Consuelo mit ihrer Hüfte fast parallel zur Erde stand. »Sehen Sie dort unten, das helle Band?«, fragte Antoine. »Das dürfte die Prachtstraße der Stadt sein, die Avenida de Mayo, da die Plaza de Mayo mit der Casa Rosada, dem

Regierungssitz, sehen Sie? Und dahinter der Hafen, hell erleuchtet.«

Sie krallte sich an den Armlehnen des Sitzes fest. »Hören Sie auf damit! Bringen Sie uns zurück, *inmediatamente*!«

Er legte die Maschine in die andere Kurve, genauso steil, von hinten kamen die ersten Geräusche, die andeuteten, dass einem Teil der Passagiere sehr schlecht geworden war. Sie zog den Vorhang zurück und sah, wie einige der Freunde Tüten vor ihren Mund hielten. Schnell zog sie den Vorhang wieder zu. »Sie sind ein Irrwisch, wissen Sie das? Sie haben uns hier in die Falle gelockt. Und das alles nur für einen Kuss von mir?«

Er lachte und ließ die Maschine wieder ganz ruhig und gleichmäßig dahingleiten. »Allerdings!« Er rückte wieder näher an sie heran. »Und?«

Sie verschränkte die Arme. »Vergessen Sie es! *Sobre mi cadáver* – nur über meine Leiche!«

»Wie Sie wünschen!« Sofort setzte er zum Sturzflug an. Die Freunde hinter dem Vorhang schrien, Consuelos Magen hopste bis an ihren Rachenraum heran.

»Ich finde, das Flussbett des Río de la Plata ist doch auch kein schlechter Ort zum Sterben. Irgendwann werden wir sowieso alle von dieser Erde gehen, deren Auswüchse an Zivilisation sie bereits jetzt einem bösartigen Termitenhaufen gleichen lassen. Mancher geht früher, mancher später, mancher stirbt im Bett, mancher eben im Flugzeug.«

Mit letzter Kraft krallte sich Consuelo an ihrem Sitz fest. »Ziehen Sie hoch! Ziehen Sie hoch, *Dios mío*!«

Er tat es. Sie glättete ihr Kleid. Ihr Magen hatte sich wieder an seinen angestammten Platz verzogen. »Sie wollten mir doch die Sterne zeigen und nicht mit Loopings angeben.«

»Da haben Sie recht.« Er nickte ernst, wendete, und das Flugzeug entfernte sich von der leuchtenden Stadt. Schon schwebten sie durch absolute Dunkelheit, Consuelo hatte keine Ahnung, wie hoch sie flogen, aber sie schienen zu steigen. Die Scheinwerfer vor ihnen fingen nichts ein außer ab und an einige Wolkenfetzen, das Flugzeug wackelte ein wenig, als ob es über Schlaglöcher fuhr wie ein Auto. »Keine Angst. Wir werden nun gemeinsam zu den Sternen aufsteigen, liebe Consuelo. Sehen Sie, gleich haben wir die Wolkenschicht durchdrungen.« Und tatsächlich. Als keine Wolkenfetzen mehr zu sehen waren und das Gewackel aufgehört hatte, breitete sich vor ihnen ein Sternenmeer aus, wie Consuelo es nur aus ihrer Kindheit kannte, wenn sie wegen der Hitze nachts nicht hatte schlafen können und mit ihren Schwestern einen Streifzug über die Kaffeeplantage unternommen hatte. Die Mutter hatte natürlich darüber geschimpft. Aber oft genug hatten die Schwestern in solch schwülen Nächten, wenn sie wieder heimkehrten und sich ins Haus schleichen wollten, die Mutter auf der Bank vor der Veranda vorgefunden, wie sie mit einem Mate-Tee in der Hand in den Himmel schaute und wahrscheinlich immer noch um ihren Mann trauerte, der sie so früh zur Witwe gemacht hatte. Fast so früh, wie ich nun Witwe bin, dachte Consuelo auf einmal. Nur dass ich keine drei Kinder habe, sondern die Möglichkeit, mein Leben noch einmal ganz neu zu gestalten.

»Das Kreuz des Südens.« Antoine zeigte nach vorne. »Wir fliegen direkt darauf zu. Beeindruckend, nicht?«

Sie lachte auf. »Sie als Europäer wollen mir erklären, dass das Kreuz des Südens etwas Faszinierendes hat?«

»Wie dumm von mir. Consuelo, Sie begeistern mich. Sie

haben mich vom ersten Moment an mit Ihrer grazilen Eleganz eingefangen. Aber ich war mir gleich sicher, dass Sie nicht so ein Modepüppchen von der Stange sind, wie ich sie zu Dutzenden in Paris kennengelernt habe. Die wissen nämlich nicht mal, dass am Himmel überhaupt etwas blinkt. Bei denen blinken nur die Diamanten.« Seine Augen drangen tief in ihre.

»Schauen Sie geradeaus, um Himmels willen! Schauen Sie geradeaus!«

»Und was soll ich da sehen, Ihrer Meinung nach? Außer Sternen natürlich?«

Consuelo schwieg kurz. Dann sagte sie: »Eine Zukunft, wie Ihrer reichen Fantasie entsprungen.«

»Woher wollen Sie denn wissen, dass ich eine reiche Fantasie habe? Sie haben doch noch nicht viel von mir gehört.«

»Benjamin hat mir von Ihrem ersten Roman erzählt. Wer ein ganzes Buch schreibt, der hat doch wohl Fantasie.«

»Das mag sein. Aber ich möchte Sie warnen. Dieses Buch – *Südkurier* heißt es und handelt von meinen Abenteuern als Streckenpilot in Afrika – dieses Buch haben genau drei Leute gekauft: meine Mutter, meine Schwester und meine Cousine.«

Consuelo lachte. »Nicht schlecht für den Anfang.«

»Und ich fände es für den Anfang nicht schlecht, wenn Sie mir einen winzigen Kuss auf die frisch rasierte Wange gäben.« Er hielt sie ihr hin, ohne den Blick von den Scheinwerferschneisen vor der Flugzeugnase abzuwenden. »Denn das würde mich beglücken und mir die kleine Hoffnung schenken, dass Sie mich möglicherweise nicht ganz hässlich, ungehobelt und unverschämt finden und sich stattdessen vorstellen könnten, ein wenig Zeit auf dieser Erde mit mir zu verbringen.« Er hielt die Maschine gerade, und sie durchflogen ruhig und gleichmäßig die dunkle Nacht, nur beobachtet von den Tausenden Sternen, die verheißungsvoll funkelten.

Es schickte sich natürlich überhaupt nicht. Und sie hatte ihn gerade erst vor ein paar Stunden kennengelernt. Und er war ein Luftpostpilot, der tage- und nächtelang hauptsächlich über der Pampa flog. Und er war ein wenig, nun ja, einzigartig-eigenartig und hatte dieses Temperament, das ihrem eigenen südamerikanischen sehr nahekam.

Sie küsste ihn ganz vorsichtig auf die angenehm duftende Wange, deren Muskelspannung ihr verriet, dass er glücklich lächelte.

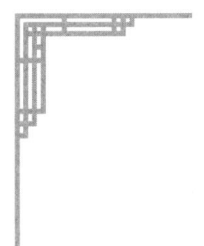

Kapitel 4

Buenos Aires,
am folgenden Tag

Sie erwachte in einem Bett, das sie nicht kannte, und als sie sich aufsetzte, sah sie ihre Freunde Benjamin und Viñes, den Pianisten, der sie auf der *Massilia* so oft mit seinem virtuosen Spiel erfreut hatte und zu der Gruppe der Bekannten gehörte, die gestern im Frachtraum der Maschine mitgelitten hatten. Sie lagen auf dem Fußboden vor dem Bett unter Wolldecken und schliefen.

Consuelos Kopf brummte fürchterlich, und ein wenig war ihr auch noch schlecht. *Qué pasa aquí?* Sie erinnerte sich an den Flug und den vorsichtigen Kuss – und wie ihr danach plötzlich ganz schwummerig geworden war. Von der Aufregung über die unerhörte Situation, ihre unerhörte Tat, die zum Glück den Passagieren im hinteren Teil des Flugzeugs verborgen geblieben war. Oder hatte ihr Gleichgewichtssinn doch noch den Kampf gegen die Luftlöcher und Flugkurven verloren? Sie wusste es nicht.

Sie lehnte sich gegen das Kopfteil des fremden Bettes und überprüfte erst einmal, ob ihr sonst noch irgendetwas wehtat, ob vielleicht etwas auf einen Absturz hindeutete. Sie betrachtete ihre Unterarme, die unversehrt auf der Bettdecke lagen. Nein, alles schien in Ordnung zu sein. Nur wo zum

Donnerwetter waren sie hier gelandet? Dieses Zimmer mit dem vollgestopften Bücherregal und dem Schreibtisch, der überquoll von Papier und auf dem sehr präsent eine nagelneue Remington-Schreibmaschine stand. Ein Flieger-Ledermantel hing an der Zimmertür, die sich nun öffnete. Antoine erschien mit einer dampfenden Tasse und hielt sie ihr lächelnd hin. »Brühe? Das würde Ihnen jetzt guttun!« Er reichte sie ihr und blieb in vernünftigem Abstand vom Bett stehen.

Sie nahm die heiße Tasse, deren Inhalt herrlich duftete. Sie bemerkte, dass ihre Hände noch ein wenig zitterig waren, und legte sie um das warme Porzellan. »Was ist passiert? Wo sind wir?«

»Keine Angst, ich hab euch nicht verschleppt. Ihr seid bei mir in der offiziellen Pilotenunterkunft der Aeroposta mitten in Buenos Aires im modernsten Hochhaus der Stadt.« Er deutete zum Fenster. »Später können Sie sich orientieren. Wir sind nicht weit weg von Ihrem Hotel. Ich wollte nur gestern Nacht kein Aufsehen erregen, indem ich Sie, ohnmächtig, und diese zwei ebenfalls Bewusstlosen in Ihre Zimmer trage.« Er grinste. »Der Flug hat euch alle mehr mitgenommen, als ich gedacht hätte.«

»Sie waren aber auch ein Scheusal mit diesen Kurven und Beinahe-Loopings.« Consuelo trank einen Schluck Brühe und seufzte wohlig, als die heiße Flüssigkeit ihren Magen erreichte. Sie bemerkte genau, dass Antoine seine Position nicht veränderte, sondern gebührenden Abstand hielt. Gut so.

»Sie brauchen keine Angst vor mir zu haben, Consuelo, mein Vögelchen.« Antoine liebkoste sie mit seinem Blick, dass ihr ganz warm wurde. Oder kam das von der Brühe? »Ich möchte Sie immer beschützen und behüten. Ihnen soll nichts Böses passieren auf dieser Welt.« Er kniete sich vor das Bett. »Es ist bereits Mittag durch, und ich muss gleich zum Flugplatz, um mich auf den Nachtflug vorzubereiten, den ich heute absolvieren muss. Aber würden Sie mir morgen früh, wenn ich wieder da bin, die Ehre erweisen, mit mir zu frühstücken? In einem schönen Restaurant?« Er schaute auf Benjamin, der sich nun langsam regte. »Morgen, wenn es allen wieder richtig gut gehen wird? Meinetwegen auch in Gegenwart unseres guten Freundes hier?«

Benjamin stöhnte und richtete sich halb auf. »Meine Güte. Saint-Ex, du bist völlig von Sinnen. Was hast du mit uns gemacht?« Er rüttelte am Pianisten. »Viñes, mein Guter! Du kannst aufwachen. Wir haben es überlebt!«

Viñes öffnete die Augen und blieb liegen. »Nie wieder steige ich in so ein Ding. Nie wieder!«

»Zumindest nicht, wenn Saint-Ex es steuert.« Benjamin rieb sich den Nacken und steckte sich. »Krieg ich auch so eine Brühe?«

Antoine lachte und verschwand aus dem Zimmer.

»Wie soll ich denn heute Abend bloß mein Konzert geben?«, jammerte Viñes. »Ich trete in der Konzerthalle mit dem besten Orchester des Kontinents auf, aber meine Hände zittern noch wie verrückt. Ich fürchte, meine Beine werden mich nicht einmal bis zum Klavierhocker tragen. Und von dem Lärm der Flugzeugmotoren dröhnt mir noch immer der Kopf. Sie wollen mir wohl meine Karriere zerstören, Saint-Ex, was?«, sagte er nun an Antoine gewandt, der mit zwei Tassen in der Hand zurückgekehrt war. »Nichts lag mir ferner. Ich wollte mit diesem Flug einzig und allein diese besondere Dame für mich gewinnen, deren Augen hinter einem Schleier von schwarzen

Wimpern bezaubern, deren Haut wie schönstes Mahagoni glänzt und deren Mund so geschwungen ist wie eine Welle des Mittelmeers.«

»Uff!« Benjamin verdrehte die Augen.

»Ist mir das gelungen?« Antoine sah Consuelo fast flehend an.

Consuelo stellte die Tasse auf den kleinen Nachttisch, schlug die Bettdecke zurück und kam so elegant wie möglich auf die Beine. Hui, die fühlten sich noch immer an wie aus Gummi, aber sie ließ sich nichts anmerken. »Herzlichen Dank für die Brühe und die Unterkunft, Monsieur de Saint-Exupéry. Benjamin, Viñes und ich müssen nun gehen.« Sie scheuchte die zwei Begleiter mit einer Handbewegung vom Boden auf. »Wir werden Sie morgen früh in der Brasserie Monaco zum Frühstück erwarten, nicht wahr, Benjamin?« Ihre Abreise war ja erst für den Nachmittag geplant. Also konnte sie diesen äußerst charmanten, einzigartig-eigenartigen Antoine doch noch ein wenig besser kennenlernen, *por qué no?* Mit Benjamins Begleitschutz natürlich. Sie hieb ihm in die Seite.

»Selbstverständlich, selbstverständlich.« Benjamin rieb sich den Kopf. »O Mann. Ob wir auf dem Weg zu Ihrem Hotel wohl bei einer Apotheke vorbeigehen könnten?«

Viñes indes baute sich vor Antoine auf. »Sollte ich heute Abend wegen Ihnen mein Konzert verhauen und meine Karriere an den Nagel hängen müssen, schicke ich Ihnen meinen Anwalt.« Er reichte ihm seine leere Tasse.

Antoine lachte. »Ich bin mir sicher, Sie werden das beflügeltste Konzert Ihres Lebens spielen.« Er nahm die Tassen in Empfang und wandte sich noch einmal an Consuelo. »Wenn ich heute Abend über die Weiten der Pampa und die Felsen von Patagonien fliege, schreibe ich Ihnen im Herzen den schönsten Liebesbrief.«

Consuelo wurde rot und drängte Benjamin zum Aufbruch.

»Vielleicht schreibe ich ihn auch in echt«, setzte Antoine hinterher und blickte zu seinem Schreibtisch und auf seine Pilotenuhr. »Das könnte ich noch schaffen.« Er nickte und schob sie zur Tür. »Auf Wiedersehen, meine Freunde. Erholen Sie sich gut. *Hasta mañana!*«

Damit schloss sich die Tür hinter ihnen. Sie standen im nüchternen Hausflur des modernen Hochhauses. Was war das nur für ein ungewöhnlicher Mann, dachte Consuelo noch, als Benjamin schon fragte: »Fahrstuhlfahren gefällig, irgendjemand?«

»Nein, bloß nicht!«, riefen Viñes und Consuelo im Chor. Und einvernehmlich stiegen sie die neun Stockwerke über die Treppe hinunter, den Handlauf des Geländers zur Sicherheit immer fest umfasst.

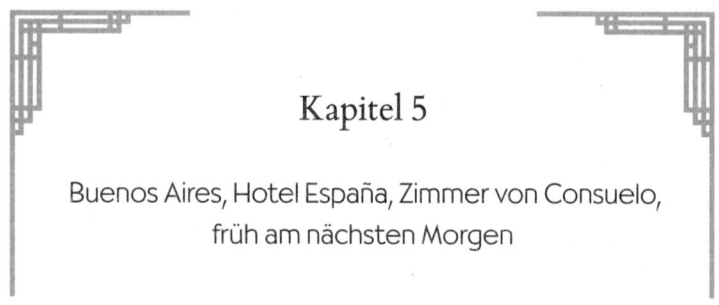

Kapitel 5

Buenos Aires, Hotel España, Zimmer von Consuelo,
früh am nächsten Morgen

Consuelo war gerade aus der Dusche ihres marmornen Bade-zimmers getreten, als heftig an ihrer Zimmertür geklopft wurde. Was für ein ungehobelter Mensch störte um diese Uhrzeit und in dieser Art und Weise? Sie schlüpfte in den flau-schigen Hotelbademantel, und auf dem Weg zur Tür hörte sie bereits: »Consuelo! Consuelo! Ich bin es, Antoine! Ma-chen Sie auf! Sie sind in großer Gefahr! Die Revolution ist losgegangen!«

Was war losgegangen? Sie verknotete die Kordel und ver-suchte, ihre Gedanken zu sortieren. Ach, diese seltsame Revo-lution, von der bei Don Peludo und auf dem Schiff die Rede gewesen war. Die hatte sie ganz vergessen bei all der Auf-regung rund um den Flug. Und waren sie nicht zu früh, diese Revolutionäre? Zu früh! Revolution also? *Dios mío!* Sie trat schnell ans Fenster, und tatsächlich! Dort unten auf der Straße rannten junge Männer mit Gewehren über den Schultern vorbei, die Schaufenster des gegenüberliegenden Juwelier-ladens waren bereits mit Holzbrettern verbarrikadiert. Wie fest hatte sie denn geschlafen, zum Himmeldonnerwetter noch mal, dass sie nichts davon mitbekommen hatte? Jetzt im Nachhinein fiel ihr auf, dass sie heute Morgen auch nicht das übliche Lachen und Werkeln der Zimmermädchen auf dem Flur gehört hatte.

Sie eilte zurück zur Tür, öffnete sie, und Antoine stürmte herein: »Das Personal hat sich verdrückt. Sie sind hier völlig ungeschützt.« Er musterte ihren Bademantel. »Schnell, ziehen Sie sich an. Wir müssen fort. Luxushotels wie dieses sind die bevorzugten Ziele der Studenten. Und Sie, meine Liebe, sind auch noch bekannt als Mitglied des Establishments. Es war sogar ein Foto in der Zeitung von Ihrem Treffen mit Don El Peludo, zum Kuckuck.«

Der Regierungschef! Er war doch nicht etwa … »Was ist mit ihm? Ist er …?«

»Sie kämpfen noch vor der Casa Rosada.« Er öffnete ihren Schrank und warf ihr ein Kleid zu. »Gehen Sie ins Badezimmer und ziehen Sie sich an. Hier drinnen sind wir eine Zielscheibe par excellence!«

An ein paar Stellen noch feucht, zog sie hastig Unterwäsche, Strümpfe und Kleid über, griff nach ihrer Handtasche, stopfte ihren Pass, Schmuck und Geld hinein und folgte Antoine wenig später durch die leeren Hotelflure.

»Wir verschwinden durch die Küche und schlagen uns über die Höfe zur Parallelstraße durch.« Er ergriff ihre Hand und zog sie weiter.

»Aber wohin wollen wir denn?« Ihre Absätze hallten im leeren Hof wider, bevor sie durch eine Toreinfahrt auf die Avenida de Mayo gelangten. Antoine bedeutete ihr, geschützt in der Toreinfahrt zu bleiben, während er die Lage auf dem breiten Boulevard in Augenschein nahm. »Jetzt!«, rief er, und dicht an der Hauswand rannten sie geduckt bis zum nächsten Hauseingang, in den Antoine sie hineindrängte.

»Wohin, Antoine? Wohin bringen Sie mich?«

»Na, in die Brasserie Monaco, natürlich. Wir wollen doch ordentlich frühstücken, nicht wahr?«

»Sie sind verrückt!« Consuelo lachte.

Ein Mann, der seinen Hut festhielt, rannte quer über die leeren Fahrbahnen bis zum gegenüberliegenden Hauseingang. Ein Schuss krachte, schlug aber nur eine Delle in den Asphalt einige Meter hinter dem Mann. Consuelo zuckte zusammen.

»Sie brauchen keine Angst zu haben«, sagte Antoine. »Diese Zivilisten können nicht zielen. Es dauert mehrere Monate, bis ein Mensch zum Töten ausgebildet ist.«

»Wie beruhigend.« Sie atmete schneller und spähte auf die Dächer. Dort oben konnte sie tatsächlich einen jungen Mann mit einem Gewehr hinter einem Schornstein erkennen. Sie dachte an Mexico-City, wo sie auf einer Reise einmal eine ganz ähnliche Erfahrung gemacht hatte, während der Mexikanischen Revolution damals, bei der es immer wieder zu Ausbrüchen von Gewalt gekommen war, als die zapatistischen Kräfte versuchten, eine neue Gesellschaftsordnung aufzubauen. Damals hatte es nur wenige Tote und einige Verletzte mit Streifschüssen gegeben. Vielleicht hatte Antoine also recht. Sie beruhigte sich ein wenig und sah, wie der Schütze auf dem Dach seinen Posten verließ, vielleicht unterwegs zu einem dringenderen Einsatzort.

Antoine kümmerte sich indes gar nicht mehr um das Geschehen auf der Straße oder auf den Dächern, sondern sah ihr tief in die Augen. »Ich habe den schönsten Tisch der Brasserie reserviert, der Wirt ist ein Freund von mir und ein alter Haudegen. Der lässt keinen Aufständischen sein Lokal verwüsten.« Er wandte sich ab und sondierte nun doch die Lage auf der Straße. »Und sie brauen dort den allerbesten Kaffee der Stadt – aus salvadorianischen Kaffeebohnen natürlich. Den wollen wir uns doch nicht entgehen lassen?« Er schaute ein letztes Mal rechts und links. »Los rüber!«, rief er dann, und sie rannten quer über den leeren Boulevard bis zu einem Hauseingang schräg gegenüber. »Sehen Sie, jetzt sind wir schon fast da. Und Benjamin wird es auch schaffen.« Er zog etwas aus seiner Anzugtasche. »Hier ist er übrigens, mein Brief an Sie.« Er überreichte ihr einen schweren Packen Papier. Das waren doch bestimmt dreißig Seiten! Sie nahm es entgegen und sah ihm fassungslos zu, wie er verlegen das Blatt einer Platane von seiner Brust wischte, das dort beim Überqueren der Straße hängen geblieben war. »Lesen Sie ihn bitte, wenn Sie alleine sind.« Er schaute rechts und links. »Los!« Und wieder rannte er zum nächsten Hauseingang, sie hinterher.

»Einmal um die Ecke, und dann sind wir da!« Vornübergebeugt stützte Antoine die Hände auf die Knie und atmete schwer. »Diese Rennerei. Bin ich nicht mehr gewöhnt. Ich sitze eindeutig zu viel in meinem Beruf.« Er hustete. »Falls Sie einmal meine Frau werden, würden Sie dann besser auf mich aufpassen, als ich es tue?«

Bevor sie sich von diesem Satz erholen und eine Antwort finden konnte, schrie er wieder: »Los!« Und sie rannten die letzten Meter bis zur Brasserie Monaco.

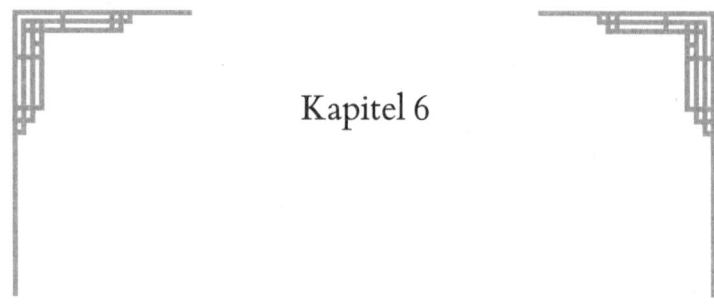

Kapitel 6

Sie zog den Brief sofort aus der Tasche, sobald sie am Abend alleine in ihrem Hotelzimmer war. Nicht in ihrem alten Zimmer im Luxushotel, sondern in einem deutlich kleineren und weniger komfortablen des Hauses, in dem auch Benjamin logierte. Die Hotelleitung hier war den sozialistischen Zielen der Revolution wohlgesinnt und hatte ihr Zuflucht gewährt, solange der Hafen und die Bahnhöfe als strategische Punkte belagert wurden, was ihre Abreise nach Hause, nach El Salvador, vorerst verhinderte. Das Hotel schien aber ein sicherer Ort zu sein. Benjamin hatte es für sie arrangiert, gleich nach dem völlig friedlichen und wirklich sehr vorzüglichen Frühstück in der Brasserie Monaco, bei dem sie nur ab und an einen Revolutionär mit Karabiner vor der Fensterscheibe hatten vorbeirennen sehen.

Den Frachtflughafen auf der Wiese weit außerhalb der Stadt hatten die Revolutionäre nicht ins Visier genommen. Antoine hatte sie somit nach dem Frühstück verlassen, um seine Schicht anzutreten und Post an den Südzipfel des Kontinents zu befördern.

Mit ihrer eigenen Post, dem Brief, den er ihr geschrieben hatte, ließ Consuelo sich nun in den schäbigen Ohrensessel am

Fenster sinken, kaum dass sie den Mantel ausgezogen hatte. Beinahe vierzig Seiten zählte sie, eng beschrieben mit einer kleinen huschenden Handschrift. So eng, dass sie Mühe hatte, alles zu entziffern ...

Sie vertiefte sich in die Lektüre.

Eine halbe Stunde später glitten ihr die Seiten aus der Hand und segelten auf den Teppich. Sie starrte an die stockfleckige Tapete. Dieser Brief – das war eine Entführung ins Reich der Sinne, der Träume, der Sterne. Es war ein Brief, wie sie ihn noch niemals gelesen hatte – und sie hatte weiß Gott schon den einen oder anderen Liebesbrief erhalten in ihrem Leben. Dieser war eher ein Essay über die Liebe als nur ein Brief. Und er zeugte überdeutlich von der Begabung seines Verfassers, seine Leser von der ersten Zeile an zu fesseln. Dieses war nicht der Brief eines Piloten im Streckendienst, sondern eines Sprachvirtuosen, der mit seiner Gabe Großes bewirken konnte. Es war der schönste Brief, den sie je gelesen hatte. Es war überhaupt das allerschönste Schriftstück, einschließlich ihrer bisherigen Lieblingswerke aus der Weltliteratur, das sie kannte.

Sie klaubte die Seiten vom Teppich auf und las noch einmal die ersten Worte: »Madame ... Liebste, wenn Sie gestatten ...«

Madame ... Liebste, wenn Sie gestatten ..., wiederholte sich der Satz in ihrem Kopf mit seiner Stimme, immer und immer wieder.

Madame ... Liebste, wenn Sie gestatten ...

Sie überflog, wie er sie einlud, ein Leben wie im Flug mit ihm zu teilen, ohne Gepäck und mit schlaflosen Nächten, in schwindelerregender Geschwindigkeit. Wie er bat, sie möge ihm dabei festen Boden unter den Füßen schenken und stets eine Tasse heißen Kaffees nebst einem Blumenstrauß für ihn bereithalten.

Sie wühlte sich durch die Seiten, um den allerletzten Satz noch einmal zu lesen, obwohl sie ihn längst auswendig kannte: »Ihr Verlobter ... wenn Sie es wünschen.«

Ihr Verlobter!

Wenn Sie es wünschen. Wenn Sie es wünschen.

Schlaflose Nächte. Schwindelerregende Geschwindigkeit. Eine Tasse heißen Kaffees. Blumenstrauß. Kein Gepäck. Wie im Flug.

Sie sprang auf. Sie musste einen Spaziergang machen, um einen klaren Kopf zu bekommen und nachzudenken. Jetzt. Allein. Sofort. Sie brauchte frische Luft. Zum Glück konzentrierten sich die Kämpfe inzwischen nur noch auf ein paar Straßenzüge rund um den Regierungspalast, nachdem die Studenten die anderen strategischen Plätze schnell unter ihre Kontrolle gebracht hatten.

Als sie auf die schmale Straße vor dem Hotel mit den vielen Balkonen trat, auf denen die Leute bereits wieder entspannt beim Kaffee oder Dominospielen saßen, zog sie sich den Hut ein wenig tiefer in die Stirn und wandte sich nach links. Der Weg über die Boulevards und Straßen, die so sehr aussahen wie in Paris, ängstigte sie eher, als dass er sie erfreute. Denn dies war eben nicht die Avenue Henri-Martin mit ihrem so vertrauten rosafarbenen Kirschblütenmeer, und leider war weit und breit auch kein Jardin du Luxembourg in Sicht. Wenn sie hier hinter die schönen Kulissen schaute, dann war dort nichts, keine alten Freundschaften, keine Bekanntschaften, kein Atelier. Wenn Benjamin und Viñes in wenigen Tagen abgereist sein würden, zurück nach Hause, dann wäre sie ganz alleine.

Nicht mal einen Kellner, der sie kannte und fröhlich begrüßte, gab es hier in dieser Stadt. Keinen Bäcker, der das Baguette schon für sie parat hatte, kein Geschäft für Künstlerbedarf, in dem man schon wusste, was sie wollte.

Wenn sie Antoines Antrag folgte, dann wäre sie hier einzig und allein Antoines Frau. Fliegerfrau, derzeit stationiert in Buenos Aires. Die meiste Zeit allein, weil er auf seinen Nachteinsätzen über den halben Kontinent flog.

Das mit dem Kaffee und dem Blumenstrauß, das konnte sie wohl hinbekommen. Aber würde ihr das reichen? Sie war doch nun wirklich nicht mehr neunzehn Jahre alt, wo man sich ins Abenteuer stürzte, ohne an die Folgen zu denken, keineswegs!

Außerdem hatte sie doch gerade erst eine Ehe hinter sich. Wollte sie da wirklich schon die nächste? Und was würde ihre Familie in El Salvador dazu sagen? Schließlich hatte sie sich dort angekündigt, um Erholung zu finden und Abstand von ihrem Leben in Europa zu gewinnen. Und um sich einmal ganz in Ruhe und in aller Freiheit zu überlegen, wie es weitergehen konnte.

Sie gelangte an einen baumgesäumten Platz, an dessen Seite eine Basilika aufragte, die von der Form her mit der Kuppel und den Türmen ein wenig an Sacré-Cœur erinnerte. Gott wolle nicht, dass wir traurig und ängstlich seien, er wolle uns frohen Herzens und zupackend erleben, kamen ihr die Worte ihrer Mutter in den Sinn, die sie so oft gehört hatte in ihrem Heimatdorf am Fuße der Vulkane zwischen den Reihen der Kaffeepflanzen. Ihre Mutter war leider nicht da, um ihr weiteren Rat zu geben. Aber Gott war da.

Sie betrat die kühle Kirche und sah, dass sie leer war, bis auf den Pater, der am Altar Kerzen für die Messe aufstellte. Als er ihre Schritte hörte, drehte er sich um. Vielleicht spürte er, dass dort jemand kam, der dringend Hilfe brauchte. Jedenfalls ließ er die Kerzen liegen, kam die Stufen herunter in den Gang und begrüßte sie.

»Setzen wir uns«, sagte er ohne weitere Vorrede und deutete auf eine der Bänke.

Sie rutschte hinein und bekreuzigte sich Richtung Altar.

»Was drückt Ihnen aufs Herz?« Das gütige Gesicht des alten Paters beruhigte Consuelo.

Sie zögerte einen Moment, aber dann fasste sie Mut: »Ich habe einen Heiratsantrag bekommen von einem außergewöhnlichen Mann.«

»Erzählen Sie mir von ihm.«

Und sie erzählte, was sie mit Antoine erlebt hatte.

Der Pater verzog keine Miene, auch nicht bei der Stelle mit dem Kuss.

Dann holte sie den Brief aus ihrer Handtasche. Der Pater nahm ihn und las ihn langsam. Als er ihn ihr zurückgab, sagte er ernst: »Wenn Sie diesen Mann lieben, dann rate ich Ihnen, ihn zu heiraten. Er ist eine Naturgewalt, er ist ein ehrlicher Mensch, und er ist ledig. Mit Gottes Hilfe werden Sie ein glückliches Heim begründen.«

Consuelo zitterte am ganzen Körper, aber sie schaffte es, dem Pater ordentlich zu danken und die Kirche zu verlassen, ohne von der Wucht dieser Entscheidung niedergedrückt zu werden.

Draußen lief sie, so schnell sie konnte, ohne zu rennen, über den Platz und verschwand in einer Seitenstraße. Erst als sie an einer kleineren Grünfläche mit dicht stehendem Gebüsch vorbeikam, stoppte sie und sank auf eine Bank. Sie spürte den dicken Brief in ihrer Manteltasche und ließ ihren Blick am struppigen Stamm der übergroßen Dattelpalme hinaufwandern, die den Rasen zentral beschattete. Eine verdammte Dattelpalme war es – und eben nicht ein Kirschbaum der Avenue Henri-Martin oder eine alte Buche im Jardin du Luxembourg.

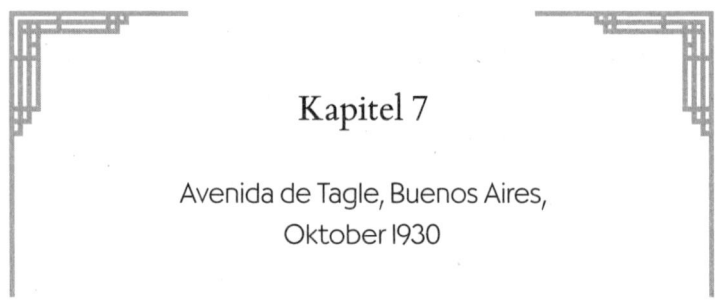

Kapitel 7

Avenida de Tagle, Buenos Aires,
Oktober 1930

Der Garten hinter dem Haus in der Vorortstraße war ein kleines Paradies. Palmen spendeten Schatten auf der Rasenfläche, auf der Oleandersträucher blühten. Orchideen, die gelbe und lilafarbene Signale an die umherschwirrenden Insekten sendeten, wiegten sich in der leichten Brise des Atlantiks und zur Melodie des Gezwitschers zahlreicher Vögel. In diesem Garten konnte kein Unheil drohen. In diesem Garten waren sie geborgen und behütet. Das wollte Consuelo gerne glauben.

Sie hatten das Haus gemietet als Domizil für die Zeit, in der sie auf die Hochzeit warteten. Denn ja, Consuelo hatte den Rat des Paters angenommen und war nun offiziell Antoines Verlobte. Er hatte gestrahlt, als sie ihm das verkündet hatte. Hell und stolz. Allerdings war da auch dieser kleine Anflug von Angst auf seinem Gesicht erschienen. Winzig klein und nur einen Augenblick lang. Aber sie hatte ihn gesehen.

Und ihn schnell wieder verdrängt. So war es ihr schließlich auch ergangen, als sie sich erstmals verlobt hatte. Immerhin war es ein Versprechen. Ein Versprechen, dass dieser Bund, so er denn vor Gott und der Welt geschlossen und besiegelt sein würde, für immer halten sollte. Bis dass der Tod uns scheide.

Bis dass der Tod uns scheide.

Als sie nun aber aus dem Fenster hinaus in den blühenden Garten sah, wo eine gescheckte Straßenkatze über die Wiese streifte, da war der Gedanke an das Ende fern. Schließlich befanden sie sich am Anfang. Am Anfang ihres gemeinsamen Lebens. Sie spürte, wie Antoine von hinten an sie herantrat und seine Arme um sie schlang. Er gab ihr einen Kuss auf die Wange. »Das ist so ein famoses Plätzchen, das wir für uns gefunden haben. So schön. Und du hast es so liebevoll dekoriert.«

In der Tat hatte sie sich alle Mühe gegeben, dem bereits eingerichteten Haus eine persönliche Note zu verleihen. Sie hatte in den großen Kaufhäusern der Stadt die dicksten Sofakissen mit dem aufwendigsten Stickwerk zusammengetragen, hatte Überwürfe und Decken auf den Sofas platziert, nebst Zimmerpflanzen in Keramikkrügen und aztekischen Wandbehängen.

In dem Studio im ersten Stock, das Tonios Schreibraum sein sollte, hatte sie sich besonders viel Mühe gegeben. An der Wand hing das Fell eines Alpakas, das sie bei einem Antiquitätenhändler aufgetrieben hatte, ein ausgestopfter Tukan äugte an seinem gewaltigen, bunten Schnabel vorbei von einem Sims. Zentral stand der Schreibtisch, den eine gegerbte Lederunterlage zierte. Briefbeschwerer, Bleistifte, Füllfederhalter, eine Papierablage aus Elfenbein und natürlich ein spanischer Keramikkrug mit frischen Oleanderzweigen aus dem Garten vervollständigten das Bild. Auf der kleinen Kommode an der Seitenwand aber thronte der Clou: ein Fässchen mit Zapfhahn, in dem sich der beste Portwein befand, den sie hatte auftreiben können. So würde Tonio bestimmt gerne an seinem Schreibtisch sitzen, wenn er nicht gerade auf einem Flug war. Denn das eine war ihr ganz klar, nachdem sie inzwischen auch sein Buch *Südkurier* gelesen hatte: Er musste schreiben. Das war seine Berufung. Das war sein eigentlicher Auftrag in diesem Leben. Nicht die Fliegerei. Und sie wollte ihm diesen Weg ebnen, so gut sie konnte.

Sie spürte, wie Tonios Finger unter ihre Bluse gleiten wollten und anfingen, sich mit den Knöpfen zu beschäftigen. Es war Sünde. Natürlich war es Sünde, so zusammenzuleben, bevor sie verheiratet waren. Consuelo war sehr bewusst, wie entsetzt die Menschen in der Stadt gewesen waren, als sie von der Liaison der Witwe des ehrenwerten Konsuls Enrique Gómez Carrillo mit dem Flieger gehört hatten. Einem Postangestellten, auch wenn es immerhin die Luftpost war. Und auch noch ein Franzose! Und das alles so unerhört offen, in einem gemeinsamen Haus am Rande der Stadt! Aber wie hätten sie auch in seiner winzigen Pilotenunterkunft in dem Hochhaus im Zentrum bleiben können, noch dazu in diesen revolutionären Zeiten? Hier hatten sie Ruhe und waren wenigstens ein klein wenig für sich. Dennoch, so viel stand fest: Sie waren das Gesprächsthema der Saison. Consuelo hoffte, dass das Gerede bald ein Ende haben würde.

Wenn sie nämlich verheiratet wären.

Das Aufgebot im Rathaus von Buenos Aires war schon bestellt. Es fehlte nur noch eines. »Hat deine Mutter dir schon geantwortet?«, fragte sie, befreite sich aus seiner Umarmung und knöpfte den untersten Knopf ihrer Bluse wieder zu. »Wird sie zur Hochzeit kommen?« Das konnte sie schaffen, in vier Wochen hier zu sein, wenn sie die Überfahrt baldmöglichst antrat.

Antoine drehte sich weg und ging zu dem offenen Küchentresen, um sich aus dem Wasserkrug zu bedienen. »Sie schreibt, sie habe viel zu tun.«

»Aber hat sie dich beglückwünscht, hat sie einen Gruß für mich hinterlassen?«

Er führte den Keramikbecher zum Mund und trank einen großen Schluck, den er langsam, sehr langsam die Kehle hinunterrinnen ließ. »Sie schreibt von meinen Schwestern und von unserem Familienschloss Saint-Maurice-de-Rémens in der Nähe von Lyon, wo wir in meiner Kindheit immer unsere Sommer verbracht haben. Dort liegt viel im Argen, weißt du. Das Dach hat seit dem letzten Sturm ein Leck. Es regnet hinein. Darum muss man sich kümmern.«

Consuelo schwieg. Natürlich verstand sie, dass die ehrenwerte Gräfin Marie de Saint-Exupéry sich immer um alles selbst bemühen musste, seit der Vater gestorben war – da war Antoine erst vier Jahre alt gewesen. Aber waren diese aktuellen Baumaßnahmen am uralten Familienschloss, an dem vermutlich ständig irgendwelche Reparaturen nötig waren, ein Grund, die Hochzeit ihres Sohnes zu verpassen? Eine Hochzeit, auf die sie in der Tiefe ihres Herzens wohl bereits einige Zeit mit Ungeduld wartete, schließlich war Antoine fast dreißig Jahre alt.

Seltsam. Eine seltsame Familie. Mit einem sehr alten Namen. Aber vielleicht waren diese europäischen Adligen nun einmal so. Ihre eigene Familie, daheim in El Salvador, hatte allerdings auch etwas verhalten reagiert, als sie ihnen von ihrer Verlobung geschrieben hatte. Der Antwortbrief ihrer Schwester hatte keine Gratulation enthalten, sondern war sehr kurz ausgefallen. Ob eine Hochzeit so kurz nach dem Tod von Enrique denn das Richtige sei, hatte sie gefragt und dazu geraten, erst einmal in Ruhe über die Zukunft nachzudenken, anstatt sich sofort wieder zu binden. Lieber sollte sie den jungen Mann erst einmal besser kennenlernen, bevor sie ein heiliges Eheversprechen abgäbe.

Nichts anderes tue ich doch gerade, dachte Consuelo und verbot sich weitere störende Gedanken. Sie waren jung, sie waren verliebt, sie waren unabhängig. Sie hatten vor, zu heiraten und ihre Liebe zu legitimieren. Was sprach also dagegen?

»Hast du heute schon deine sechs Seiten geschafft?«, wechselte sie rasch das Thema und lächelte Tonio unter halb geöffneten Augenlidern an. Sie bemerkte sofort, wie er sich entspannte, seine kleine Fluchtburg, die Küchennische, verließ und zu ihr zurückkam.

»Aber natürlich, meine Drillmeisterin«, sagte er leise in ihr Ohr. Sie spürte seinen Atem, seine Wärme, sein Drängen, als er sich an ihren Körper schmiegte. »Heißt das, es ist Zeit für meine Belohnung?«

Sie schob ihn mit dem Zeigefinger ein Stück von sich. »Erst, wenn du mir vorgelesen hast, was du geschrieben hast. Wie immer.«

Er lachte. »Wie immer. Ich liebe deine Akkuratesse, das ist nun wirklich gar nicht mittelamerikanisch, sondern sehr europäisch.« Er nahm sie an der Hand und zog sie mit sich in sein Studio. Auf dem Besuchersessel neben seinem Schreibtisch hieß er sie Platz zu nehmen und setzte sich selbst vor seine dicht beschriebenen Seiten. »Ich glaube, ich werde den Roman *Schwere Nacht* nennen, wenn er fertig ist. Was meinst du? Immerhin geht es um meine Nächte im Cockpit über den Weiten Patagoniens. Und diese Nächte sind wirklich nicht leicht.«

»Nenn es doch lieber gleich *Nachtflug*. Das ist eingängiger.« Sie streifte die Schuhe ab, zog die Beine auf die Sitzfläche und sah ihn gespannt an. »Lies vor, ich kann es kaum erwarten.«

Und sie lauschte seiner Stimme und den Klängen seiner Sätze. Seine Sprache war so poetisch, realistisch und ergreifend zugleich. Was schlummerte alles in diesem Mann? Gut, dass sie jetzt da war. Sie würde darauf achten, dass er sein Talent nicht ungenutzt versiegen ließ in dem Sturm der Aktivitäten, die er jeden Tag suchte: Meist wollte er in Gesellschaft essen und trinken, in den Lokalen und Hotels der Stadt, er wollte flanieren auf den Boulevards und die Zeitung lesen beim Café crème auf einer Terrasse. Er wollte schöne Schreibutensilien kaufen in den feinen Läden, die beste Schokolade, den edelsten Rum. Er brauchte offensichtlich ein ständiges Brummen um sich herum, ein Tosen, nur dann fühlte er sich lebendig. Ein Brummen wie ein Flugzeugmotor? Denn das war wohl der Platz, den er am allermeisten liebte, wenn sie an ihren gemeinsamen Flug und seine Leichtigkeit und seinen Übermut dort oben dachte: sein Cockpit bei Nacht, nur er, seine Maschine, die Sterne und der Mond.

Sie beobachtete seine Augen, die über die Zeilen glitten, als er vorlas. Sah, wie hochkonzentriert und angeregt er dabei war. Nein, dieses hier war seine eigentliche Bestimmung: das Schreiben. Nicht das Fliegen. Sie würde schon darauf achtgeben, dass er das nicht durcheinanderbrachte, wenn sie erst verheiratet wären.

Wenn nur die Mutter nicht so abweisend wäre. So unnahbar, so fern. Und wenn sie nur endlich käme, diese Marie de Saint-Exupéry, und ihnen ihren Segen gäbe. Sie spürte, dass Antoine ihn brauchte. So stark er auch schien, dieser fliegende Baum von einem Mann. Er brauchte das Ja seiner Mutter, seiner Familie, zu einer Heirat mit ihr.

Oder würde er sie auch ohne heiraten?

Sie sah, dass er die letzte Seite in die Hand nahm, die nur zu einem Drittel beschrieben war, und begann, die Knöpfe ihrer Bluse sehr langsam aufzuknöpfen, sodass die Spitzen des Mieders sichtbar wurden. Sie räkelte sich auf dem Sessel, damit ihr Rock ein Stück nach oben rutschte, und berührte mit ihrer Zehenspitze sein Knie.

Antoine vergaß, den letzten Satz zu Ende zu lesen, warf die Seiten auf den Schreibtisch und war mit einem Schritt bei ihr.

Kapitel 8

Amtszimmer im Rathaus von Buenos Aires,
vier Wochen später

Nervös zog sie den wadenlangen Rock ihres zweiteiligen Kostüms glatt. Sie hatte sich für dieses dunkelblaue Ensemble entschieden, das sie zugegebenermaßen ein wenig wie eine Sekretärin aussehen ließ. Aber in Weiß zu heiraten schien ihr absurd. Schließlich war sie nicht mehr unberührt und noch immer in Trauer um Enrique. Schwarz war ihr zu schroff vorgekommen, und schließlich war es nur das Standesamt, nicht die Kirche, nicht wahr? Nur das Standesamt. Sie merkte, wie ihr der Schweiß ausbrach, als sie auf Antoine blickte, der neben ihr saß, vor ihnen der Tisch, der sie von dem Standesbeamten trennte. Ihre Pässe lagen dort und das Papier, die Urkunde, die sie unterzeichnen sollten. Die Worte des grauhaarigen Beamten flossen an ihr vorbei. Ihre Hände zitterten. Antoine neben ihr wirkte regelrecht zusammengesunken, fast als wollte er sich in Luft auflösen. Der Standesbeamte reichte ihr einen Füllfederhalter und zeigte auf eine Linie auf dem Blatt, die vor ihren Augen hüpfte. Sie zielte sorgfältig und unterschrieb. Der Beamte schob die Papiere zu Antoine hinüber und reichte ihm den Füller. Antoines Hand zitterte noch mehr als ihre eigene, und als sie den Blick hob und in sein Gesicht sah, bemerkte sie die Träne, die seine Wange hinunterrann. Er starrte

63

auf die Linie, die sein Schicksal besiegeln sollte, als sei es eine Schlange, die jede Minute zubeißen würde.

Die Gräfin war nicht erschienen. Nicht in der ersten Woche in ihrem Haus in Tagle. Nicht in der zweiten Woche. Nicht in der dritten. Nicht in dieser vierten. Sie hatte noch nicht einmal einen weiteren Brief geschickt.

Nichts. *Nada.*

Antoine war zunehmend stiller geworden in ihrem Haus. Er hatte seine täglichen Seitenzahlen im Schreibzimmer absolviert. Aber immer öfter hatte er danach Ausreden gefunden, warum er unbedingt in der Stadt mit Bekannten zu Abend essen müsste, alleine, ohne sie. Und sie hatte die Sorgenfalten auf seiner Stirn gesehen, hatte die Reifen seines gemieteten Sportwagens auf der Auffahrt durchdrehen hören, wenn er fortfuhr, so schnell er konnte, wie vom Leibhaftigen gejagt.

Und meist war er erst in den frühen Morgenstunden zurückgekommen. Oft betrunken. Gott sei Dank war ihm nichts zugestoßen außer einem kleinen Auffahrunfall, den er mit ein paar Pesos schnell hatte aus der Welt schaffen können.

Es war ein Jammerbild, wie er hier nun saß auf diesem kleinen Stuhl, in diesem tristen Büro. Als eine weitere Träne aus seinem Augenwinkel quoll und auf das Papier neben seine zitternde Hand mit dem Füller tropfte, sprang Consuelo auf, riss ihm den Stift aus der Hand und warf ihn dem Beamten zu. Sie zog Antoine vom Stuhl hoch: »Das reicht. Wir gehen.«

Draußen in der Sonne, die ganz so tat, als ob es ein wunderbarer Tag sei, ein Tag zum Feiern, wischte sich Antoine über die Augen und zündete eine Zigarette an.

Consuelo spürte, wie ihre ganze Körperspannung zu schwinden drohte und dass sie sich möglichst schnell irgendwo hinsitzen sollte, damit er nicht merkte, wie schwach sie war. Aber sie riss sich zusammen und zwang sich, leise und ruhig zu sprechen: »Ich werde abreisen, Antoine. Schon morgen. Gib mir Zeit, ein paar Dinge im Haus in Tagle zu packen, und folge mir nicht.« Sie zog ihre Sonnenbrille aus der Handtasche und setzte sie auf. »Falls du mich suchst, du findest mich in Paris. Aber nur, wenn du dich endgültig für mich entscheidest. Mit dem Segen deiner Mutter, *si es necesario*.« Denn das war ganz offensichtlich nötig.

Damit drehte sie sich um und marschierte so festen Schrittes, wie es ihr möglich war, zur nächsten Hausecke. In die Straße eingebogen, merkte sie, wie ihre Knie nun wirklich nachgaben, und kauerte sich wie ein Pariser Clochard in einen Hauseingang, um ihren Tränen freien Lauf zu lassen.

»Du willst wohl schwimmen?« Consuelo tätschelte Hannibals Hals, der freudig hechelnd und auffordernd vor ihr herumsprang. Sie hob ein Stück Treibholz auf, und Hanni bellte zustimmend. Das Wasser war heute nicht besonders unruhig, der Hund würde das Stöckchen mit Leichtigkeit apportieren können.

»Pass auf! *Atención*!« Sie warf den Stock, so weit sie konnte, Hanni stürmte ins Wasser und paddelte mit hoch erhobenem Kopf. Das grün-graue Nass schnappte nach ihm, aber er paddelte und paddelte geradewegs auf das Stöckchen zu.

Consuelo setzte sich auf einen Felsbrocken und hielt das Gesicht mit geschlossenen Augen in die Sonne. Fast dreißig Grad herrschten heute. Wie gut die Wärme auf der Haut tat, wie gut der salzige Duft des Meeres, das sanfte Geräusch der heranrollenden Wellen. Sie öffnete die Augen, um nach Hanni zu sehen, aber der suchte immer noch seinen Stock. Dieses Wasser zu ihren Füßen, das Wasser des Atlantiks, erstreckte sich von hier bis an die Küste ihres geliebten Frankreich. Ihres geliebten, gebeutelten Frankreich. Würde sie jemals wieder an der Côte d'Azur in der Bucht von Agay schwimmen? Jemals wieder in diesem exquisiten Fischrestaurant in der Bretagne Austern essen?

Noch war der Süden des Landes sogenannte freie Zone unter der Vichy-Regierung. Wie lange noch, das wusste nur der liebe Gott. Doch auch dort war das Leben dem Diktat der Besatzer bereits unterworfen. Sie dachte an die Freunde Léon und Suzanne Werth, die sich im Juragebirge versteckt hielten, weil ihnen als Juden die Deportation drohte. Sie dachte an Antoines Mutter in Grasse. Ihr drohte kein Lager, aber kam sie mit den Lebensmittelmarken zurecht? Es brach Consuelo das Herz, wenn sie sich vorstellte, wie die alte Dame kerzengrade in der Schlange stand, um ein Stück Butter oder ein Brot zu ergattern, oder sich vor dem Postamt einreihte und sehnsüchtig auf eine Nachricht von ihrem Sohn aus Amerika hoffte, die dann allzu oft von der Zensur abgefangen wurde oder auf den mehrfach unterbrochenen Postwegen einfach nicht durchkam. Was war die alte Aristokratin aber auch stur. Vielleicht hätten sie sogar ein Visum für die USA bekommen, wenn sie sich bemüht hätten. Aber Marie hatte gesagt, was die meisten Menschen irgendwann sagen: Einen alten Baum verpflanzt man nicht.

Hanni stürmte triefend aus dem Wasser, stolz seinen Stock im Maul tragend. Er legte ihn Consuelo zu Füßen und schüttelte sich.

»Puh, Hanni, danke für die Dusche«, rief sie lachend und tätschelte den Hund. »Noch mal? *Otra vez, sí?*«

Hanni machte die Vorderbeine lang und schob den Hintern hoch, bellte auffordernd und beobachtete genau, wie Consuelo den Stock aufhob und warf. Sofort stürmte er wieder ins Wasser, so schnell die kurzen Beinchen es zuließen.

Die gute Marie, nahm Consuelo ihre Gedanken wieder auf. Wie hatte sie ihr letztlich doch noch geholfen, damals nach der geplatzten Hochzeit in Buenos Aires, als Consuelo schon glaubte, dass alles zu Ende sei und sie Tonio aus ihrem Leben streichen müsse.

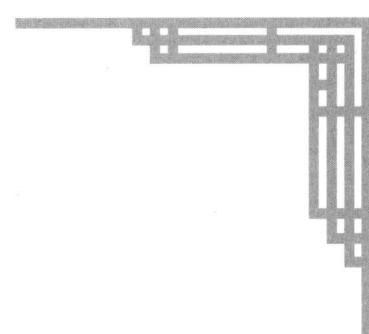

»*Sie duftete und sie glühte für mich. Ich hätte niemals fliehen sollen! Ich hätte ... ihre Zärtlichkeit erraten sollen. Die Blumen sind so widerspruchsvoll!*«

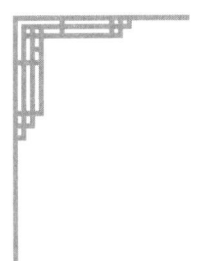

Kapitel 9

An Bord der *Massilia,*
Dezember 1930

Bis in Kabine 91 der ersten Klasse hinein, in der sie unter der Bettdecke angezogen und sogar noch in Schuhen lag und weinte, hörte man das dämliche Signalhorn des Schiffes, das ihre Abfahrt in die Alte Welt verkündete. Die *Massilia,* die sie hergebracht hatte, brachte sie nun zurück, nachdem das Schiff seine emsige Pendelei zwischen den Kontinenten in der Zeit ihrer peinlichen Verlobung ununterbrochen fortgesetzt hatte. Überhaupt schien es, dass alle Welt völlig ungerührt mit schnöden Alltagsdingen fortfuhr. Alle außer ihr, die sie nun, als geschmähte Frau, als Gesprächsthema Nummer eins jeder Abendgesellschaft in Buenos Aires, wie ein ausgesetzter Hund jaulend davonlief. Sie hatte sich in dieser Situation und mit dem Brief ihrer Schwester zur Verlobung im Hinterkopf nicht einmal mehr getraut, ihrer Familie gegenüberzutreten und wie vor etlichen Wochen geplant nach El Salvador weiterzureisen. Denn Geschichten wanderten bekanntlich schnell auf diesem von Legenden lebenden Erdteil.

Und das alles nur, weil sie sich in einen Mann verliebt hatte, der sich nicht entscheiden konnte.

Sie drehte sich auf den Bauch und weinte in die Matratze. Noch einmal tutete das Horn wie zum Hohn. Sie schniefte und zog ihre Tasche zu sich heran, die sie noch nicht ausgepackt hatte, um ein Taschentuch hervorzuziehen. Sie würde sich auf dieser Überfahrt die Mahlzeiten auf die Kabine bringen lassen und sich überlegen, wie ihr elendes Leben nun weitergehen sollte. Ohne eine Menschenseele zu sehen, zu hören und zu sprechen. Außer den Steward, notgedrungen.

Sie fingerte am Reißverschluss der Tasche herum und bekam ihn schließlich auf. Wo hatte sie nur die Taschentücher? Diese scheußlichen Dinger mit der eingestickten Kaffeebohne, die ihre Mutter ihr damals mit auf den Weg gegeben hatte, als sie die Kaffeeplantage verlassen hatte, und von denen sie sich trotz allem nicht trennen konnte. Hier! Sie zog daran, und gleich mehrere landeten auf dem Teppich. Als sie nach dem obersten greifen wollte, stutzte sie: Dort zwischen dem steifen Stoff lag ein Blatt Papier, ein Zettel. Sie hob ihn auf. Was war denn das?

»Liebe meines Lebens, verlass mich nicht für immer! Wisse, Dein Pilot wird Dir folgen, egal, wohin Du gehst.« Darunter die Zeichnung eines Flugzeugs samt Sternenhimmel, das ein Herz umkreise, als sei dieses ein Planet.

Consuelo schluchzte nur noch mehr und warf den Zettel von sich! Was sollte diese List denn nun wieder bedeuten? Er wollte sie nicht heiraten, aber er würde sie nicht gehen lassen? Sie nahm eines der Taschentücher und schnäuzte laut hinein, als es an der Kabinentür klopfte.

Der Steward? Sie hatte doch noch gar nichts bestellt …

Sie ließ es klopfen.

Und klopfen.

Erst als die Rufe des Stewards äußerst beunruhigt klangen und er drohte, die Tür aufzubrechen, erhob sie sich und erschien mit verschmierter Wimperntusche, wie sie sehr wohl wusste, an der Tür. Auf dem Tablett, das er ihr entgegenhielt, befand sich nicht etwa ein Teller mit dampfendem Essen – sondern ein Telegramm.

Er tat, als ob er ihren Zustand nicht wahrnehme. »Es ist das früheste Telegramm, das uns je erreicht hat. Gerade, als wir die Leinen losmachten, Madame.« Er lächelte. »Außerdem, Madame, überfliegt uns schon seit dem Ablegen eine Maschine der Postgesellschaft, und zwar sehr tief – *zu* tief für den Geschmack unseres Kapitäns, wenn es auch sehr unterhaltsam für unsere Gäste an Deck ist. Man hat den Piloten sogar winken sehen.« Er grinste. »Der Kapitän hat jetzt den Überflug verboten. Der Pilot hat abgedreht.« Er verbeugte sich, »Madame«, und verschwand den langen Gang hinunter.

Consuelo schloss die Tür und lehnte sich dagegen. Das Telegramm bestand nur aus drei Worten: »Ich werde kommen.«

Sie zerriss es und warf die Schnipsel auf den Boden.

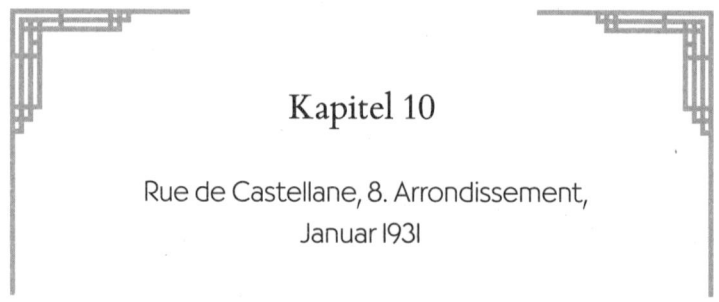

Kapitel 10

Rue de Castellane, 8. Arrondissement, Januar 1931

Paris! Endlich wieder Paris! Consuelo atmete den Duft des Regens auf dem Asphalt ein und den der Baguetterie gegenüber, sog die französischen Sprachfetzen auf, die um sie herum erklangen, spürte die alten Bürgersteigplatten unter ihren Absätzen, als sie auf das Gebäude mit der Nummer zehn zusteuerte. Sogar die sonst so lähmende kontinentaleuropäische Winterluft, die in ihren Mantelkragen kroch, erfrischte sie heute ungemein. Der Taxifahrer hatte ein Stück weiter hinten halten müssen, weil ein Lastwagen, der etwas für das Lokal zwei Häuser weiter liefern wollte, die Straße versperrte. Paris! Zu Hause! Sie war zu Hause. Hier würde sie niemand vertreiben. Hier war sie eine Pariser Frau mit lateinamerikanischen Wurzeln, die ihr Leben leben konnte, wie es ihr beliebte! Seit der aufsehenerregenden Beerdigung von Enrique war genug Zeit vergangen, sodass kaum damit zu rechnen war, dass Pressefotografen sie beim täglichen Gang zum Kiosk oder zur Baguetterie ablichten wollten. Und die Geschichte von ihrem missglückten Verlobungsabenteuer mit einem unbekannten französischen Nachwuchsschriftsteller in Buenos Aires war bei Weitem nicht populär genug, als dass sie auf dieser Seite der Erde neues Interesse an ihrer Person geschürt hätte.

Welch ein Glück. Welch eine Freude. Welch eine Gelassenheit ihr das schenkte. Vielleicht war es doch gar nicht so schlecht, dass Antoine so ein Zauderer war und die Ehe sie nicht nach Südamerika gezwungen hatte. Hier, in der Stadt der Moderne, der Stadt der Kunst, der Stadt der Avantgarde konnte sie sich endlich wieder frei entfalten. Hier konnte sie durchatmen. Hier konnte sie Consuelo sein, ganz ohne Erwartungen.

Sin expectativas! Sí!

Sie vergewisserte sich, dass der Fahrer ihr die Koffer hinterhertrug, und bedankte sich mit einem überaus großzügigen Trinkgeld, als er sie ihr auch noch nach oben schleppte und vor der Wohnungstür abstellte.

Was ihre eigenen Erwartungen an ihr zukünftiges Leben in der Stadt waren, darüber war sie sich auf der Überfahrt klar geworden: Sie würde sich vorerst vollends auf sich selbst konzentrieren. Sie würde nun endlich ihrer Neigung und ihrem Talent folgen und ihre Leidenschaft für die Malerei und Bildhauerei auf ein neues Niveau heben. Plötzlich wurde sie ganz aufgeregt, als ihr just ein verwegener Gedanke kam: Vielleicht könnte sie in ihrem fortgeschrittenen Alter, mit dreißig Jahren, sogar doch noch Kunst in Paris studieren, so wie sie es sich einst als junge Frau in San Francisco auf der Kunstschule erträumt hatte! Wenn nicht jetzt, wann dann? Natürlich hatte sie sich in den zurückliegenden Jahren ständig weitergebildet, hatte Privatstunden bei Malern und Bildhauern genommen und auch vor der Ehe mit Enrique viel ausprobiert, mit Materialien und Stilen experimentiert. Aber während ihrer kurzen gemeinsamen Zeit hatte er sie stets darauf hingewiesen, dass sie sich doch nicht mit solch einer Arbeit zu befassen brauche.

75

Als seine Gattin habe sie andere Aufgaben, und neben ihm müsse sie glänzen, anstatt sich den Malerkittel überzustreifen und ihre Hände in ein buntes Mosaik zu verwandeln. Nun ein fundiertes Studium, das wäre doch der richtige Schritt! Sie musste sich gleich in den nächsten Tagen über das Prozedere erkundigen und ihre Mappe auf Vordermann bringen.

Dieses Kribbeln, das den Aufbruch ins Unbekannte begleitete und das sie noch aus ihrer Jugend kannte, stieg in ihr auf. Wie sie sich darauf freute! Und auf ihre Cafébesuche mit alten Freunden und Bekannten – ah, die Cafés mit ihren Terrassen, auf denen man sich fühlte, als sei alles möglich im Leben. Alles. Dort wieder zu sitzen und Café crème zu trinken, auch darauf freute sie sich. Und auf lange Spaziergänge durch die Stadt, immer der Nase nach.

Gar nicht so schlecht, mein neues Leben, dachte sie, gar nicht so schlecht! Zufrieden blickte sie aus dem Fenster auf die gegenüberliegende Häuserzeile mit ihren weißen Fassaden und den schmalen Balkonen mit den schmiedeeisernen Brüstungen, hinter denen Paare, Familien und Alleinstehende ihrem Pariser Alltag nachgingen.

So wie sie ab jetzt auch!

Sie drehte sich um und betrachtete den Raum, den sie beim Hereinkommen so schnell durchschritten hatte, um die Vorhänge am Fenster aufzuziehen und das Licht hereinzulassen, in dem nun der Staub tanzte. Dieser Raum war das Herz der kleinen Wohnung, die außerdem nur noch aus einem Schlafzimmer mit Bad en Suite und einer schmalen Küche bestand. Wie immer fühlte sie sich sofort geborgen zwischen den prall gefüllten Bücherregalen dem Stuck und dem Parkett mit dem abgewetzten Chaiselongue, auf dem laut Enriques

Erzählungen vor einigen Jahrzehnten, als er als junger Mann nach Paris gekommen war, bereits sein guter Freund Oscar Wilde betrunken genächtigt hatte. Das Kernstück des Raumes bildete aber der riesige Kamin mit seinem Sims, auf dem sich all die Andenken befanden, die ihr und Enrique wichtig gewesen waren: ein Foto von ihnen beiden Arm in Arm vor El Mirador, ihrem Landhaus in Nizza. Dort hatten sie so gerne Zeit verbracht, und Enrique hatte stets sehr diszipliniert und ganz genau nach der Uhr schauend seine Arbeitsstunden an seinen Manuskripten erledigt, bevor er sich um fünf Uhr nachmittags draußen auf der weinumrankten Terrasse mit Blick auf das Mittelmeer bei einem Mojito entspannte. Consuelo hatte es indessen sehr viel Freude bereitet, frühmorgens über den Bauernmarkt zu schlendern und während der Vormittagsstunden und am Nachmittag ein dreigängiges Menü zu zaubern mit den frischesten Muscheln, dem knackigsten Radicchio, den feinsten weißen Böhnchen und der besten Flunder, die sie finden konnte. Sie liebte die aromatischen Gewürze, die eine alte Kräuterfrau an einem der Marktstände feilbot. In der Küche von El Mirador hatte sie eine ganze Reihe von Kräutertöpfen aufgebaut und das sprießende Grün üppig in ihren Gerichten verwendet. Wenn Enrique mal wieder anmahnte, sie müssten doch endlich eine Köchin beschäftigen, es schicke sich nicht, dass die Hausherrin selber koche, hatte sie ihm gedroht, El Mirador zu verlassen und alle Gewürze und natürlich ihr Wissen um die Zubereitung seiner Lieblings-Bouillabaisse mitzunehmen. Da hatte er stets lachend klein beigegeben und ihr die Freude an der Küchenarbeit gegönnt.

Das war El Mirador.

Aber hier in der winzigen Küche der Rue de Castellane

freilich machte das Kochen weit weniger Spaß. Es fehlten der Platz und der Zauber, wenn man beim Umrühren auf das Meer schauen konnte und die leichte Brise spürte, die durch das geöffnete Fenster hereinwehte. Gut, für sie allein würde es wohl reichen, um ab und zu etwas zuzubereiten. Aber natürlich gab es hier auch genug Restaurants direkt vor der Tür.

Sie wandte den Blick von dem Foto von El Mirador ab und schaute zur Büste hinüber. Sie spürte noch die nassen Gipsstreifen, die sie auf Enriques kaltes Gesicht gelegt hatte, aus dem das Leben entwichen war. Wie in Trance hatte sie diese Handlung durchgeführt. Wie im Traum. Dort hatte nur noch die Hülle ihres Enrique gelegen, dort auf dem Sofa, auf dem einst Oscar Wilde genächtigt hatte. Bis wenige Stunden vorher hatte Enrique Besuch empfangen, den Consuelo von der Wohnungstür die paar Schritte bis zum Sterbenden geführt hatte. Für alle hatte Carrillo noch ein aufmunterndes Wort gefunden. Dann hatte er ihr leise gesagt, sie solle niemandem mehr öffnen.

Die Gipsmaske war wunderschön geworden, fand Consuelo. Und sie thronte stolz und mittig auf dem Kaminsims. Dies war das Refugium von Carrillo gewesen. Nun war es das ihre. Sie richtete sich auf. Sie würde ein gutes Haus führen und ihm keine Schande machen.

Das Telefon klingelte. »Ein Ferngespräch aus Buenos Aires«, sagte das Fräulein und kabelte prompt um.

»Bist du das, Consuelo?«, hörte sie Antoines Stimme scheppernd. »Weißt du, mein Vögelchen, ich kann nicht schlafen ohne dich. Das Haus in Tagle ist ein Geisterschloss.«

Sie schwieg.

»Bist du dran, Consuelo? Meine Mutter ist gestern hier

angekommen, und wir werden gemeinsam nach Europa reisen, um die Hochzeit zu planen und bei unserer Familie zu feiern. Sind das nicht gute Nachrichten?«

Sie zählte die Bücher in der dritten Regalreihe von unten und kam bis zum Buch Nummer neun mit einem hübschen dunkelblauen Schmuckledereinband und goldenen Intarsien. Sie nahm es heraus. Es waren die Geschichten von 1001 Nacht.

»Nun sag doch bitte etwas, meine Consuelo. Ich besteige den nächsten Ozeandampfer, sobald er hier vertäut ist, und habe meiner Mutter und mir schon die besten Kabinen reserviert. Nicht lange, und ich bin bei dir, meine zarte Orchidee. Ist das nicht wunderbar?«

»Ich bin verabredet, Antoine. Ich muss los.« Sie legte auf. Und wankte mit wackligen Knien zur Chaiselongue. Er blieb also tatsächlich dran. Sein Telegramm war kein leeres Versprechen gewesen. *Dios mío*, warum tat er ihr das nur an? Ausgerechnet jetzt, da sie so schöne eigene Pläne gefasst hatte.

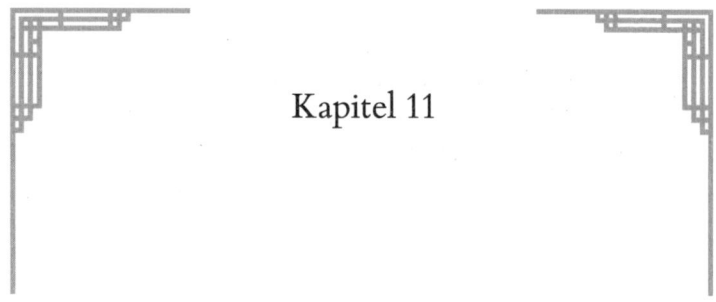

Kapitel 11

No, sie würde sich durch Antoine nicht von ihrem Vorhaben abbringen lassen. Am nächsten Morgen schon kniete sie vor dem alten Wandschrank, in dem sie ihre Malutensilien und ihre Mappe verstaut hatte. Auch wenn Enrique es vielleicht gerne gesehen hätte: Weggeworfen hatte sie ihre Studien und Arbeiten aus all den Jahren selbstverständlich nicht. Sie zog am Band, um die Schleife zu lösen, die die dicke Mappe zusammenhielt. Bleistiftskizzen, Kohlezeichnungen, Collagen und Aquarelle, fein gesammelt und sogar mit Daten versehen. Wie schön war es, die alten Werke wiederzusehen. Sie erinnerte sich, wie der leichte Sommerwind unter ihr Kleid gefahren war, als sie an der Staffelei in den Tuilerien die filigranen Studien von den Blättern eines Ahorns angefertigt hatte. An die Arbeit an den Aquarellen, die sie in El Mirador vom Meer und den Pinien gemalt hatte, noch immer wirkten sie ganz zart und frisch. An den Geruch von Meersalz, Fisch und Schlick, der ihr in die Nase gestiegen war, als sie die Kohleskizzen von den Fischern in der Normandie gemacht hatte, wo sie stürmische Herbst-Vacances verbracht hatten. Und dort war sogar noch die Collage mit Bast, Wolle, Stoffresten und getrockneten Blüten aus Mexiko Stadt, die eine bunte Fiesta zeigte.

Sie sortierte die Arbeiten und zog noch einmal den Bewerbungsbogen der Universität hervor, den sie sich gleich gestern Nachmittag nach dem Telefonat mit Antoine besorgt hatte. Darauf war genau vermerkt, welche Unterlagen einzureichen waren. Immerhin hatten sie an ihrem Alter keinen Anstoß genommen, als sie sich nach den Zugangsvoraussetzungen erkundigt hatte. Alle Anforderungen konnte sie auf Anhieb erfüllen, stellte sie fest. Aber halt, hier fehlte doch noch etwas: die Kohleskizze eines Aktes. Eine solche hatte sie in der Tat noch nie angefertigt.

Jedoch – sie schnürte die ausgewählten Arbeiten wieder in die Mappe und machte eine Schleife – wusste sie schon genau, wo sie dem abhelfen konnte.

Es war gewagt, aber irgendwann musste man schließlich mutige Schritte tun und der Wahrheit ins Auge schauen, nicht wahr? Wenn nicht jetzt, wann dann? Mit der Mappe unter dem Arm lief sie wenige Minuten später los in Richtung Montmartre.

Denn jetzt musste André helfen. Ihr alter Freund André Derain. Wie bedauerte sie, dass sie die Anfänge seiner Arbeit verpasst hatte, als er zu Beginn des Jahrhunderts mit Matisse den Fauvismus begründet hatte, bei dem sie in Farben geradezu geschwelgt und wie im Rausch unbändige Lebenskraft und Vitalität auf die Leinwände gebannt hatten. André war inzwischen ein wenig moderater geworden, seine Bilder waren nicht mehr ganz so überbordend, er schien nun im Alter zurückzukehren zur klassischen Malerei. Aber das tat seiner handwerklichen Meisterschaft keinen Abbruch, und er lebte nach wie vor in seiner Ateliergemeinschaft Les Fusains am Fuße des Montmartre. Jedes Mal, so auch heute, freute

Consuelo sich sehr, wenn sie sich dem kleinen Häuschen mit den lilafarbenen Fachwerkstreben und ebenso lila Fensterläden auf der schiefen Bergstraße näherte und durch die quietschende Tür schlüpfte, hinter der sich die Wohnungen der Künstler befanden, die sich im Innenhof zu lichtdurchfluteten Ateliers öffneten.

Miró hatte seine Arbeitsstätte ebenfalls hier, Picasso und Braque ganz in der Nähe. Und so geschah es manchen Abend, dass sie vorbeischauten und man nach getaner Arbeit gemeinsam zum Essen ging. Denn gearbeitet wurde hier hart. Andrés Tage begannen in der Regel vor Sonnenaufgang und endeten erst, wenn er vor Erschöpfung nicht mehr an der Staffelei stehen konnte, wusste Consuelo. Regelmäßig hatte er junge Damen als Modelle dort, meist Kunststudentinnen, für die es eine Ehre war, vom Meister verewigt zu werden, und die sich einen besseren Nebenverdienst nicht denken konnten. Regungslos hockten sie auf dem Stuhl in der Mitte des Ateliers, lagen ausgesteckt auf einer Chaiselongue oder standen an die zentrale Eisensäule gelehnt, die den Werkstattcharakter des Raumes verstärkte. Und André wurde nicht müde, immer und immer wieder den Lichteinfall auf Haar und Haut festzuhalten, in allen Nuancen und Facetten das Farbspiel zu dokumentieren und zu variieren. Meist spielte er dazu auf einem Grammofon klassische Musik ab. Consuelo hatte diesen Sitzungen schon oft beigewohnt – als Beobachterin. Nun würde sie André bitten, sie aktiv teilhaben zu lassen.

»Meine liebe Consuelo!« André breitete die Arme aus und kam mit dem Pinsel in der Hand von der Staffelei in der Mitte des Ateliers auf sie zu, sobald er sie entdeckt hatte. Tatsächlich saß unter dem Oberlicht ein nacktes Modell. »Wie schön, dich wiederzusehen. Wie ich höre, musstest du einiges klären in Enriques Heimat, Gott hab ihn selig.« Er deutete einen Handkuss an. »Wie traurig, dass du das alles so jung durchleben musst.« Er zog sie aufgeregt in die Mitte und deutete auf sein Ölgemälde, das schon sehr weit vorangeschritten war. »Ist das Licht nicht einmalig heute? Einmalig? Den ganzen Morgen sind wir schon so beschäftigt. Und das Licht ist grandios, einfach grandios.«

Consuelo inspizierte die dicken, noch feucht glänzenden Farbschichten und zeigte dem Modell einen erhobenen Daumen, das junge Mädchen freute sich.

»Was hast du da unter dem Arm?«, fragte Derain und zog an der Mappe. »Ich will es sehen. Sind das etwa Arbeiten von dir?« Er schaute sie erstaunt an. »Endlich zeigst du mir mal etwas? Nach all den Jahren, in denen du dich geziert hast. Wieso nicht früher?«

»Weil man einem Meister ungern seine Gesellenstücke präsentiert.«

»Aber doch, natürlich, gerade! Schäfchen, vor mir brauchst du doch keine Angst zu haben! Ich sage dir ehrlich, was ich denke, das ist richtig. Aber ich bin mir sicher, dass du das gewisse Etwas hast.«

Sie atmete tief ein. »Sag mir bitte frei heraus, ob es mit einem Studienplatz klappen könnte.« Mit leicht zitternden Händen öffnete sie die Mappe auf dem groben Werktisch an der Seitenwand des Ateliers. Derain beugte sich sofort darüber und nahm jedes einzelne Blatt in die Hand. Er nickte und pfiff und summte zufrieden. Dann ordnete er alles wieder vorsichtig ein und klappte die Mappe zu. »Es ist eine Schande, dass du dich erst jetzt bewirbst. Ich erkenne ganz klar großes

Talent, freilich das Handwerk muss noch zur Perfektion ausgebildet werden.« Er reichte ihr die Mappe zurück. »Wenn ich könnte, würde ich das Auswahlkomitee drängen, dich zu nehmen, Chérie.«

Consuelo atmete auf. »Drängen musst du das Komitee nicht, aber es gibt etwas anderes, was du für mich tun könntest.«

Er zog fragend die Augenbrauen hoch.

Consuelo zeigte auf das Modell.

»Du brauchst eine Aktstudie?« André lächelte und machte eine weitschweifige Geste. »Such dir ein Plätzchen in meinem Reich und leg los. Materialwünsche?« Er schritt hinüber zu seinem Werkschrank.

»Kohle.«

Er zog die Stifte hervor, dazu festes Papier. »Voilà!« Er lächelte. »Auf eine erfolgreiche Bewerbung, Kollegin.«

Consuelo wurde rot vor Freude.

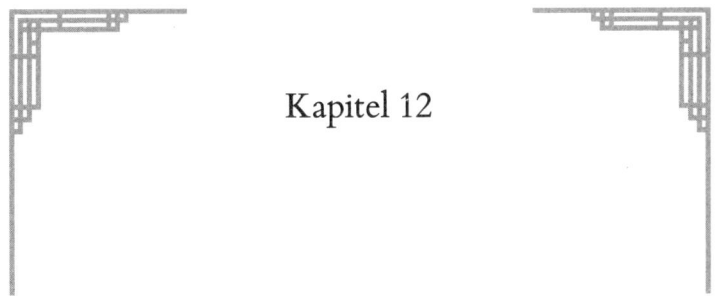

Kapitel 12

Das nächste Telefonat aus Südamerika erreichte sie zwei Tage
später, als sie gerade Hut und Mantel ablegte, nachdem sie im
Les Deux Magots allein zu Mittag gegessen hatte. Natürlich
war es ein Luxus, in dem schicken Lokal zu speisen, doch so
ganz alleine auch ein wenig langweilig. Aber sie hatte keine
Lust gehabt, alte Bekannte zu kontaktieren und über die Ereignisse auf der Reise nach Buenos Aires, über weitere Pläne
und Amouren ausgefragt zu werden – all dies hing irgendwie
in der Luft. So starrte sie nun auf den bimmelnden Apparat,
aber dann nahm sie doch ab. Es konnte schließlich auch jemand anderes sein. Vielleicht sogar schon die Universität, die
ihr mitteilen wollte, dass sie für das Studium der bildenden
Kunst zugelassen war.

Aber nein.

»Mein Vögelchen, wir legen in ein paar Minuten ab, ich
habe mich noch einmal von Bord geschlichen und den Hafen-
meister bestochen, mich telefonieren zu lassen. Denn ich
musste dir noch schnell sagen, wie sehr ich mich auf dich
freue. Maman ist nun auch sehr gespannt auf ihre Schwiegertochter.«

»Gute Fahrt!« Consuelo wollte auflegen.

»Warte, eines musst du noch wissen: Ich bringe dir extra etwas ganz Besonderes mit.« Er schwieg.

Sie tat ihm nicht den Gefallen nachzufragen. So leicht ging sie ihm nicht an den Haken. Die Leitung rauschte.

»Einen jungen Puma!«, platzte er schließlich heraus. »Er haust im Badezimmer meiner Kabine, und er hat schon meinen Pantoffel zerkaut.«

Consuelo schaute auf die Sprechmuschel des Telefons und wusste nichts zu sagen außer noch einmal: »Gute Fahrt!« Dann warf sie schnell den Hörer auf die Gabel, ihre Mundwinkel zuckten.

Nein, sagte sie sich, während sie spürte, dass sie zu lächeln begann, nein, *nein*! Verbanne diesen Anruf aus deinem Kopf, *inmediatamente*!

Du kleidest dich jetzt sofort wieder ordentlich an, und dann unternimmst du einen sehr langen Spaziergang durch das Viertel bis zur Seine. Sie wird dich wieder in den richtigen Gedankenfluss bringen und dir helfen, dich auf deine Pläne zu konzentrieren.

Puma.

Schluss! Nimm den Mantel und geh. Vergiss den Schirm nicht, falls es noch einmal anfängt zu regnen. Puma. Nun geh schon und kehre unterwegs in ein Café ein und bestelle einen Milchkaffee, der dir die Flausen aus dem Kopf treiben wird und dich daran erinnert, dass du die Witwe von Enrique Gómez Carrillo bist, die nun ihre künstlerische Karriere energisch vorantreibt und nicht dem nächsten Mann in die Arme eilt.

Hörst du?

Puma. Consuelo nahm den Mantel auf und den Schirm

dazu und steckte ein wenig Kleingeld ein. Aber unten auf dem Gehsteig begannen ihre Mundwinkel schon wieder zu zucken.

Der junge Puma im Badezimmer und die werte Frau Gräfin in der Nebenkabine.

Als sie auf den großen Boulevard einbog, musste sie schließlich laut lachen. Zum Glück war dies Paris, und hier durfte man lachen, wann und wo man wollte. Auch als Frau und alleine. Prompt lächelte ihr ein vorbeieilender Passant zu und lüftete ein klein wenig seinen Hut. Consuelo konnte es kaum erwarten, das Ufer der Seine zu erreichen, um den Fluss, der seit Jahrhunderten ruhig und gleichmäßig dahinströmte, um seinen Rat zu bitten.

Antoine war wirklich eine Wucht, ein Wirbelwind, ein Irrwisch, ein solcher Träumer, dachte sie, als sie auf der Brüstung der Pont-Royal lehnte und dem Wasser beim Treiben zusah. Mit ihm würde das Leben in der Tat nie langweilig werden. Er würde sie gewiss in schöne Länder und ferne Welten entführen. Die Sterne stets dicht über dem Kopf, zum Greifen nahe.

Und doch so fern?

Er war eine Herausforderung. Aber vielleicht war es einen Versuch wert, ihn wenigstens anzuhören, wenn er in Europa ankam.

Mit seiner Mama, der Gräfin.

Und seinem Puma.

Dios mío! Sie prustete wieder los.

Kapitel 13

Nach den Anrufen kamen die Telegramme. Jeden Tag zwei, eines morgens, eines abends. Es waren kurze Mitteilungen, wie es an Bord lief, was Antoine dachte, wie sehr er sie vermisste. Der Puma hatte auch den zweiten Pantoffel gefressen, und Antoine schenkte ihn schließlich dem Zoodirektor von Sevilla, der zufällig ebenfalls an Bord war. Bei der Äquatortaufe gab es einen Zwischenfall, bei dem eine belgische Passagierin offenbar ihren Verstand verlor und ab da ständig miaute wie eine Katze.

Consuelo amüsierten diese kleinen Meldungen, die eine Geschichte erzählten. Nicht nur über die Schiffspassage, sondern vielmehr über diesen fantasiebegabten jungen Mann, der nach Europa reiste, um erwachsen zu werden und in den Stand der Ehe zu treten. Tat er das? Irgendwie fiel es ihr schwer zu glauben, dass er sich nun mit ihr zusammen wirklich etablieren wollte, ein ernsthafter Ehemann werden würde, ein Familienoberhaupt gar. Wahrscheinlicher war doch wohl, dass er immer dieser Junge bleiben würde, dieser forsche Junge mit den verrückten Ideen.

Und wen würde sie, Consuelo, denn wirklich lieben können – den übermütigen, wilden Jungen oder den ernsthaften

Ehemann? Ehemann, *Dios mío* – falls die Meldung vom Einverständnis seiner Mutter nicht wieder eines seiner Hirngespinste gewesen war.

Sie legte das letzte Telegramm, das heute Morgen gekommen war, zu den anderen auf dem Kaminsims und machte sich fertig, um auszugehen. Sie war zum Mittagessen im Café de Flore verabredet mit Salvador Dalí und seiner Frau Gala. Sie freute sich darauf, mit den guten Bekannten endlich mal wieder frei von der Leber weg Spanisch sprechen zu können. Denn auch Gala, die aus Russland stammte, beherrschte die Sprache ihres Gatten inzwischen sehr gut. Nur wenn Dalí ins Katalanische verfiel, nachdem er zu viel Rotwein getrunken hatte, wurde es für alle schwierig. Aber so weit musste es heute Mittag nicht kommen.

Sie zog die Wohnungstür hinter sich zu und eilte das Schneckentreppenhaus hinunter. Gerade, als sie auf die Straße vor dem Haus trat und das Gesicht kurz der Sonne entgegenstreckte, die sich an diesem beinahe schon frühlingshaften Tag hervorgewagt hatte und die kühle Luft ein wenig aufwärmte, kam ein Bote auf sie zu: »Consuelo Carrillo?«

»*Sí*.«

»Ein Telegramm.«

Schon wieder? Es war doch noch gar nicht abends. Sie nahm es entgegen und schaute auf die großen Buchstaben: »Komm nach Almería. STOPP. Außerplanmäßiger Halt dort in zwei Tagen. STOPP. Dringend. STOPP Antoine.« Sie ließ das Telegramm sinken. Er hatte doch eigentlich erst in Marseille aussteigen wollen.

Nachdenklich setzte sie ihre Sonnenbrille auf und wanderte langsam durch die Straßen, an den korinthischen Säulen der

Église de la Madeleine vorbei und durch den Tuileriengarten mit seinen streng zurechtgeschnittenen Kastanienalleen. Sie umrundete die Wasserbecken und schenkte den schönen Statuen von Rodin und Giacometti kaum Aufmerksamkeit, sondern überquerte schon bald die Seine. Das Wasser des Flusses sah heute lebendig, frisch und ziemlich grün aus, es floss sehr schnell, wie sie feststellte, als sie eine dieser so hübsch gefärbten Mandarinenten beobachtete, die sich treiben ließ.

Sollte sie seiner Bitte folgen? Almería war schließlich nicht um die Ecke. Sie würde einen Tag im Zug verbringen, um dorthin zu gelangen. Spanien. Immerhin war es Spanien. Und wärmer würde es dort sein. Sonnig. Und sie könnte das Meer sehen. Riechen. Schmecken.

Und Antoine. Oh, Antoine. Sie zwang sich, die Erinnerung an seine Hände auf ihrem nackten Körper und seine Lippen an ihrem Hals zu verdrängen. Weg, fort!

Was wollte er nur? Es ließ ihr keine Ruhe, bis sie ins Café und an den Tisch der Dalís trat. Dort riss sie sich endlich zusammen, um Galas blutroten Wagenradhut zu bewundern und wenigstens einen kleinen Happen zu essen. Obwohl sie jetzt sehr aufgeregt war und ihr Magen in der Folge so tat, als habe er gar keinen Hunger.

Sie stocherte in ihrer Quiche. Almería. Antoine. Gala gestikulierte und erzählte irgendetwas, Salvador rollte dazu mit den Augen, was er so gut konnte. Doch Consuelo war weit weg. In Almería. Bei Antoine.

Aber nein, stopp, *no*! Sie war doch soeben dabei, sich ein eigenes neues Leben aufzubauen. Ein bescheidenes Leben als selbstständige Frau und freischaffende Künstlerin, in dem sie sich zwar keine großen Sprünge würde erlauben können, in dem sie aber selbstbestimmt und zufrieden ihre Tage gestalten könnte. Als ihre eigene Chefin, als ihre eigene Beraterin, als ihre eigene Partnerin. Sie wäre die einzige Person, der sie Rechenschaft über die Dinge, die sie tat, ablegen müsste. Die einzige, die sie begeistern, überzeugen, unterhalten und verpflegen müsste. Frei. Sie wäre frei.

Und allein. Ohne jemanden, der sie mit einem Puma zum Lachen oder mit winzigen Affen und fliegenden Seehunden zum Staunen bringen würde. Ohne jemanden, dem sie ein Mahl kochen oder mit dem sie auf einer Caféterrasse bei einer Gitane und einem Glas Champagner über das Leben philosophieren konnte. Ohne jemanden, der sie zu den Sternen flog und ihr den Mond vom Himmel holte, wenn es nötig war.

Während sie Salvadors Bartspitzen wippen sah und seine lebhafte Erzählung über neue Ausstellungsbeteiligungen als Hintergrundgeräusch wahrnahm und während sie Gala mit dem Taschenspiegel ihren Lippenstift nachziehen und mit dem Kellner schäkern sah, ertappte sie sich bei der Überlegung, welche Richtung sie nach dem Mittagessen vom Café aus wohl am besten einschlagen musste, um zum Bahnhof zu gelangen und eine Fahrkarte nach Almería zu kaufen.

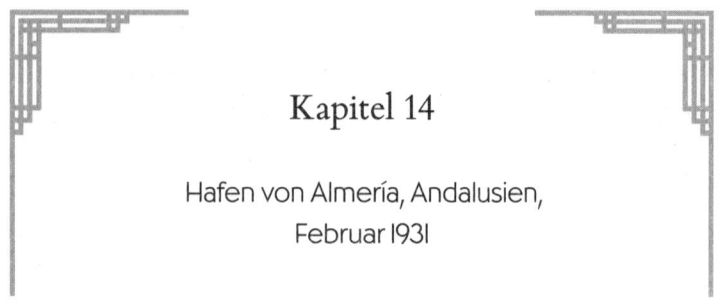

Kapitel 14

Hafen von Almería, Andalusien,
Februar 1931

Die Sonne strahlte am wolkenlosen Himmel und schickte ihre wohltuende Wärme auf Consuelos nackte Arme, die ihr Seidenkleid freiließ, das mit seinem knalligen Rot ein wenig an ein Flamenco-Kostüm erinnerte. Natürlich wollte sie schick aussehen für Antoine, aber eine kleine Wollstola hatte sie sich dennoch umlegen müssen, denn die Februarsonne in Andalusien besaß noch nicht so viel Kraft, wie sie es sich gewünscht hätte. Doch wie wunderschön es hier war! Sie hörte das Wasser gegen die Kaimauern unter ihr platschen. Möwen kreischten über dem Hafenbecken und stritten sich um eine Makrele. Fischer, von ihrem Tagwerk bereits zurückgekehrt, flickten ein Stück entfernt auf Stühlen hockend Netze, riefen sich Witze zu und lachten laut.

Consuelo war ebenfalls bester Laune, sorgfältig geschminkt und frisiert. Bereits die Ankunft in der andalusischen Hafenstadt mit ihren Palmen und den maurischen Gebäuden mit Zinnen und Türmen und Ornamenten hatte ihr Zuversicht geschenkt. Die spanischen Witze, die nun an ihre Ohren drangen, versetzten sie beinahe in Euphorie. Sie war an einem herrlichen Ort, wo man seinen Urlaub verbrachte – und sie würde gleich Antoine wiedersehen!

Sie beschattete die Augen mit der Hand und blickte zum Ozeanliner hinaus, der groß und schwer vor dem Hafen in der Bucht lag. Er war dort vor Anker gegangen, weil das Hafenbecken nicht tief genug war. Wie Consuelo von einem Hafenarbeiter erfahren hatte, gab es ein technisches Problem an Bord. Es sei etliche Seemeilen vor der Küste bereits bemerkt und gemeldet worden, weil es nicht eigenständig behoben werden konnte. Mechaniker in Arbeitsanzügen machten sich nun am Kai bereit und beluden ein Fischerboot mit Werkzeug, um an das große Schiff heranzufahren, damit der Liner seine Route nach Marseille doch noch würde fortsetzen können. Der alte Fischer, dem diese Tour einen netten Nebenverdienst einbringen würde, stand mit verschränkten Armen neben seinem Steuerrad und sah zu. Ab und zu ließ er einen anerkennenden Blick zu Consuelo in ihrem schönen Kleid wandern.

Sie konzentrierte sich wieder auf den Ozeandampfer und nahm sogar ihr Opernglas aus der Handtasche, das sie extra mitgebracht hatte. Wo war Antoine? Sie suchte die Reling mit den Augen ab, konnte ihn aber nicht entdecken. Weder am Oberdeck noch an einem der unteren. Vielleicht war er schon von Bord gegangen. Sie drehte sich um und inspizierte das Hafengelände. Aber kein Antoine.

»Wir legen ab. Wollen Sie mit, Señora?«, fragte der alte Fischer auf einmal und lächelte sie zahnlos an.

»Mit?« Sie sah ihn verständnislos an.

»Na, zum Dampfer. Sie scheinen doch jemanden zu suchen dort drüben an Bord.«

Ach ja, *por qué no?* Sie verstaute ihr Opernglas im Täschchen. Tonio war ganz offensichtlich noch nicht an Land, vielleicht sollte sie ihn einfach abholen. Oder sie konnten an Bord alles besprechen, was es zu besprechen gab. Vielleicht lernte sie so auch gleich die Frau Mama kennen. Genau! Möglicherweise war das der ganze Grund, warum Antoine sie herbestellt hatte: Er wollte, dass sie mit seiner Mutter wenigstens ein paar Worte wechselte, bevor die Hochzeitsvorbereitungen mit der ganzen Familie losgehen würden.

Sie ergriff die Hand eines Mechanikers, der sie stützte, als sie in das schwankende Boot stieg, in dem es stark nach Fisch und Salz roch. Schon legte der alte Fischer ab und steuerte auf den riesigen Ozeandampfer zu. Immer größer und bedrohlicher wurde er, je näher sie kamen. Consuelo sah die Seepocken, die seinen Rumpf befallen hatten, die Schrammen in seiner eisernen Außenhaut, den Rost an der Ankerkette. Und immer noch keinen Antoine, der sich über die Reling beugte und ihr zurief.

»Wen sollen wir melden, Señora?«, fragte der Mechaniker.

»Melden?«

»Sie dürfen nur an Bord, wenn Sie sich identifizieren. Kann schließlich nicht einfach ein blinder Passagier mit raufkommen, nicht wahr?«

Consuelo überlegte kurz. Es war natürlich nicht ganz korrekt. Aber es würde vielleicht bald so sein und machte ihr den Zugang sehr viel leichter: »Melden Sie, Madame de Saint-Exupéry.«

»In Ordnung. Warten Sie bitte.« Der Mechaniker verschwand über die inzwischen angehängte Treppe in der Bauchluke des Dampfers. Wenige Minuten später erschien nicht er an der Treppe – sondern Antoine!

Umwerfend sah er aus, leicht gebräunt, mit aufgekrempelten

Hemdsärmeln und um die Schulter gelegtem Pullover, ausgeruht irgendwie, die Sonnenbrille ins Haar gesteckt. Er sah sie an und strahlte über das ganze Gesicht: »Du bist gekommen! Mein Vögelchen! Du bist bei mir!« Anstatt sie nach oben zu bitten, stieg er die Treppe herunter und sprang zu ihr ins Boot. »Bringen Sie uns an Land!«, rief er dem Fischer zu und steckte ihm einen Geldschein zu. »Schnell!«

»Aber …« Der Fischer schaute auf den Geldschein und dann die Treppe hoch zur Luke im Dampfer.

»Die Mechaniker sind mindestens eine Stunde beschäftigt. Die wollen jetzt nicht zurück. Fahren Sie uns stattdessen! Ich möchte an Land!« Er umarmte die immer noch sprachlose Consuelo fest und gab ihr einen Kuss. »Ich halte es nicht mehr aus auf dem großen Kahn und ohne dich. Ich möchte mit meiner geliebten Frau den Fuß auf europäisches Festland setzen und den Duft und die Pracht der Orangenhaine von Valencia genießen.«

Consuelo roch sein Rasierwasser, spürte seine starken Arme und seine Brustmuskeln, als er sie an sich gedrückt hielt. Hörte seine laute Stimme und sah seine Augen blitzen. Aber er konnte doch nicht einfach durchbrennen! »Was ist mit deiner Mutter?«

»Das Schiff fährt sie nach Marseille. Wir nehmen die Abkürzung mit dem Wagen über Land. Spanien ist so schön, und ich möchte es mit dir erleben! Nur mit dir, mein feuriger Paradiesvogel.« Er musterte ihren Aufzug. »Wie schön du bist!« Dann bedeutete er dem Fischer, abzulegen. »Nun fahren Sie doch. Ich möchte endlich wieder festen Boden unter den Füßen haben.«

»Aber deine Mutter wird sich Sorgen machen.«

»Ich schicke ihr ein Telegramm von unterwegs.« Er lachte. »Ich bin doch schon groß.«

Ganz so sicher war Consuelo sich da nicht. Aber die Hauptsache war doch, Antoine war da. Er wollte bei ihr sein. Ihr die Orangenhaine von Valencia zeigen.

Sie kuschelte sich eng an ihn, als der alte Fischer sie zum Kai chauffierte.

Zum Landesteg ihres neuen Lebens.

Antoine wollte zu diesem Leben ganz offensichtlich dazugehören. Von ihren Studienplänen würde sie ihm später berichten. Jetzt zählten erst mal nur er und sie – und die Orangenhaine von Valencia.

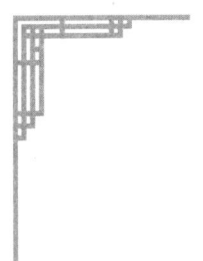

Kapitel 15

El Mirador, Nizza,
Frühling 1931

Den Duft der Orangenblüten, gepaart mit dem Summen
der Bienen in den Hainen an den sanften Hängen und dem
süßen Geschmack der Früchte, wenn der Saft beim Hinein-
beißen herausspritzte, würde Consuelo nicht so schnell vergessen. Romantische Tage hatten sie in Valencia und seiner
Umgebung verbracht, hatten Spaziergänge unternommen, die
Stadt mit der beeindruckenden Kathedrale, die im 13. Jahrhundert auf den Mauern einer alten Moschee errichtet worden war, mit der Stierkampfarena und der ursprünglichen, go-
tischen Seidenbörse besucht.

Jetzt sauste sie neben Antoine im offenen Bugatti gen Nizza,
ein gepunktetes Tuch um die Haare, die Sonnenbrille auf der
Nase, knallroter Lippenstift selbstverständlich, und eine Zigarette in der Hand.

Sie blickte zu Antoine hinüber, der konzentriert, aber mit
einem entspannten Lächeln auf die Straße blickte. Sie wusste
inzwischen, dass er gerne schnell fuhr. Aber sie vertraute ihm,
dass er ein Auto ebenso zuverlässig steuern konnte wie ein
Flugzeug. Und mit ihm zusammen machte es sogar Spaß, so
rasant unterwegs zu sein. Sie wandte ihren Blick zum Meer
und entdeckte eine versteckte Bucht, nicht weit abseits der

Straße. Und als ob er ihre Gedanken ahnte, verlangsamte er und parkte den Wagen unter einer Pinie.

»Was ist?«, fragte Consuelo erstaunt. Eigentlich hatten sie keinen Stopp geplant.

»Überraschung, mein Vögelchen!« Er beugte sich zu ihr herüber und gab ihr einen Kuss. »Das ist doch der ideale Ort für unser Picknick.« Er stieg schon aus und lief zum Kofferraum. »Und zufälligerweise habe ich hier einen prall gefüllten Korb mit lauter Köstlichkeiten, die mir die Küchencrew aus dem Hotel zusammengestellt hat.«

»Oh, Tonio!« Consuelo schlug die Hände zusammen vor Freude. Wie lieb, dass er an so etwas gedacht hatte.

»Schau!« Er lüftete ein wenig die Leinenserviette, die über den Inhalt des Korbes gelegt war, und Consuelo entdeckte Baguette, Chorizo, Oliven, Manchegokäse, sonnengetrocknete Tomaten und in Salz eingelegte Zitronen. Dazu einen guten Rotwein aus der Region. Tonio klemmte sich eine Wolldecke, die er ebenfalls aus dem Kofferraum nahm, unter den Arm und lief voran. Auf dem Sand der kleinen Bucht breitete er sie aus. Es war ein wenig kühl, doch die Mittagssonne hatte schon genug Kraft, um ihnen dieses kleine Mahl beim Rauschen der Wellen zu ermöglichen.

Tonio gab ihr einen Kuss. »Lass es dir schmecken, Chérie.«

Das musste er ihr nicht zweimal sagen. Sie genoss die feinen Speisen und lauschte seinen Kindheitserinnerungen an die Sommermonate im Familienschloss Saint-Maurice-de-Rémens. »Wir haben zwischen hohen Gräsern ein Nest gebaut, wo uns niemand sehen konnte. Und Maman hat uns Fabeln und Märchen erzählt. Ich habe dabei am liebsten auf dem Rücken gelegen und den Wolken beim Fliegen zugesehen. Und dann habe ich mir vorgestellt, wo sie hinfliegen und dass es sehr schön sein muss, so als Wolke auf alles hinunterblicken zu können und uns dort unten ganz klein auf der Wiese vor dem alten Schloss zu entdecken.« Er stellte seinen Teller fort und legte sich auf den Rücken – so wie damals. Sie tat es ihm gleich und kuschelte sich in seinen Arm. »Weißt du, Vögelchen, damals in Saint-Maurice, da sind meine Geschwister und ich morgens nach dem Frühstück losgezogen und haben uns vorgestellt, wir seien auf einer unerforschten Insel. Und dann haben wir jede Ecke des Parks und jeden Winkel des Schlosses erkundet und nach Schätzen gesucht, bis der Gong zum Mittagessen rief.«

»Und was für Schätze waren das?« Consuelo schmiegte sich enger an ihn.

»Oh, das waren wichtige, große, gewaltige Schätze. So wie liegen gebliebene grüne Glasflaschen am Wegesrand. Oder Kerne von Pfirsichen vom letzten Jahr. Oder Astgabeln, die plötzlich zu Wünschelruten wurden. Und Vogelfedern. Alles kam in meine Schatzkiste. Die stand stets sicher verstaut unter meinem Bett, bewacht von meinem Steckenpferd.«

Consuelo lachte.

»Wenn dann einmal in der Woche das Wasser angeheizt wurde und wir alle nacheinander in die Badewanne stiegen, dann war nicht zu übersehen, dass wir viel gegraben hatten. Maman hat über die Schmutzränder stets gelacht und uns nach dem Bad direkt ins warme Bett geschickt. Und dann hat sie Bücher vorgelesen, bis wir eingeschlafen sind.«

»Wohnt deine Mutter immer noch permanent dort, so ganz alleine, denn ihr Kinder seid ja aus dem Haus?«

Er nickte. »Seit sie es von unserer Tante geerbt hat,

tatsächlich auch das ganze Jahr über, wenn sie nicht gerade zu Besuch bei der Verwandtschaft ist. Das Haus ist natürlich viel zu groß und macht enorm viel Arbeit. Aber wie alle in der Familie liebt Maman es sehr. Ich wünschte …«

Er verstummte, aber Consuelo ahnte, was er am liebsten gesagt hätte. Er wünschte, dass sie dort bei der Mutter leben könnten, bis die Hochzeit über die Bühne gegangen war. Aber das war natürlich nicht möglich, solange die Familie weiterhin Bedenken wegen Antoines Auserwählter hegte. Es tat weh, aber Consuelo musste es vorerst akzeptieren. Als Antoine seiner Mutter aus Valencia telegrafiert hatte, dass er gedachte, bei Consuelo zu wohnen, bis die Hochzeit gefeiert sei, war auch das nicht recht gewesen und das Antworttelegramm sehr knapp ausgefallen: »Die Familie ist nicht überzeugt.«

Offensichtlich war es Antoine auf der Überfahrt also nicht gelungen, die Mutter vollends von seiner Hochzeit mit ihr, dieser Mittelamerikanerin mit einer guten Portion Mayablut, die noch dazu Witwe war, zu begeistern, selbst wenn sie immerhin ebenfalls Katholikin war.

Antoine hatte ihre Gedanken offenbar erraten, denn er setzte sich auf und sagte: »Sie brauchen noch ein wenig Zeit, um sich an dich zu gewöhnen, mein Paradiesvögelchen. Aber Mutter und auch meine Schwestern werden es begreifen, wenn sie dich erst einmal kennengelernt haben. Glaub mir.« Er begann die Picknicksachen zusammenzuräumen. »Komm, lass uns aufbrechen, sonst kommen wir erst in der Dunkelheit in El Mirador an.«

Denn dort wollten sie die Wartezeit verbringen, hatten sie beschlossen. In Consuelos schönem Anwesen bei Nizza.

Welch ein Glück, dass es ihnen zur Verfügung stand. Dort konnten sie sich die Zeit so hübsch wie möglich gestalten.

Sie würde ihm jeden Tag ausreichend Kaffee zubereiten, würde ihm einen Schreibplatz einrichten mit einer Vase und frischen Blumen aus dem Garten, ganz wie in ihrem Haus in Tagle. Sie würde zum Markt fahren und ein raffiniertes Menü zaubern. Und ihm einen Cocktail mixen, wenn er mit seinem Tagwerk fertig war.

Moment.

Sie musterte sich im Seitenspiegel, als sie nun wieder über die Küstenstraße rasten, und richtete ihr Tuch, das vom Fahrtwind ein wenig verrutscht war. Sie würde nicht den Fehler begehen, Antoine in Enriques Schablone zu drängen. Antoine war anders. Er würde El Mirador auf seine Weise genießen und nutzen. Und natürlich war es von dem Haus aus nur eine Stunde Fahrt nach Agay, wo seine Schwester Didi mit ihrem Mann Pierre auf dem Château Agay lebte. Antoines Mutter verbrachte dort viel Zeit im Jahr. So auch jetzt, da sie vom Schiff aus direkt zu ihrer Tochter und ihrem Schwiegersohn aufgebrochen war. Antoine wollte die Familie oft besuchen und bearbeiten, damit sie endlich, endlich Consuelo kennenlernen würde und die Hochzeit stattfinden konnte.

Sie hatten eben mit einer Heiratskandidatin gerechnet, die in ihren Kreisen aufgewachsen und ausgebildet worden war, eine adlige Französin, machte Consuelo sich klar, als sie deutlich langsamer durch einen kleinen Küstenort rollten, in dem die Tische der Cafés gut besetzt waren. Und nicht mit einem kleinen Vulkan aus El Salvador mit künstlerischen Ambitionen und feurigem Akzent.

»Das ist es?«, fragte Antoine nach einer weiteren Stunde endlich und steuerte den Wagen durch das Haupttor auf El Mirador zu. »Alle Achtung, Consuelo! Blick aufs Meer, Blick auf die Berge. Und diese Blumenpracht. Beschäftigst du hier einen Gärtner?«

Sie lächelte. Damals hatten sie einen gehabt, das stimmte. Eine Köchin war ihr nicht ins Haus gekommen, aber sie hatte eingesehen, dass sie den Garten nicht allein bewältigen konnte. Die Anlagen der Beete und Wege waren nach mehr als einem Jahr der Abwesenheit noch gut zu erkennen, auch wenn das Unkraut sich das Gelände zurückerobert hatte. Doch das Anwesen hatte Charme. Ohne Frage. Genug Charme, dass sie es hier eine ganze Weile aushalten könnten. Irgendwann musste diese störrische Familie doch weich gekocht sein.

Sie stieg aus und streckte sich. »So schön wie unser Haus in Tagle?«

Er lief um die Wärme ausstrahlende und noch brummende Kühlerhaube herum auf sie zu und wirbelte sie empor. »Schöner als das Haus in Tagle. Denn du bist hier bei mir, und wir sind in unserem geliebten Frankreich, in meiner Heimat.« Er gab ihr einen Kuss. »Und ab sofort werden wir zusammenbleiben. Für immer.«

»Hier?«

»Das wissen nur die Sterne, mein Vögelchen. Aber wo wir zusammen sind, dort ist unser Zuhause. So wird es immer sein, verstehst du?«

Sie nickte und schmiegte sich fest an ihn. Fast vergessen waren das Drama vor dem argentinischen Standesbeamten und ihre Flucht. Jetzt würden sie vereint sein bis in alle Zeiten.

Sie wollte es so gerne glauben.

Kapitel 16

Die Tage verliefen gleichmäßig und ruhig. Es wirkte beinahe so, als ob sie gar nicht auf eine Entscheidung der Familie warteten. Vielmehr glich es ganz einem Ferienaufenthalt: Consuelo fuhr zum Markt zum Einkaufen und kochte, er stand etwas später auf, arbeitete dann aber fleißig an *Nachtflug* und war gut gelaunt, wenn er sich mittags an den sorgfältig gedeckten und mit Blumen aus dem Garten geschmückten Tisch auf der Terrasse setzte, wo sie das Mittagessen zusammen bei diesem unglaublich schönen Blick auf das glitzernde Blau in allen Schattierungen in der Bucht von Nizza genossen. Die Weinranken rund um die Terrasse hatte Consuelo ein wenig gestutzt, aber den vor der Sonne schützenden Bewuchs über ihnen hatte sie wuchern lassen.

Am Nachmittag arbeitete Consuelo an ihrer Staffelei im Garten. Tonio schaute ihr oft lange über die Schulter und war begeistert. Auf ihre Studienabsichten hatte er sehr herzlich reagiert und wartete nun gemeinsam mit ihr gespannt auf Post von der Universität.

Abends genossen sie eine gute Flasche aus dem umfangreichen Weinkeller, den Enrique über die Jahre liebevoll zusammengestellt hatte. Und manchmal, nur ganz selten, holte

Consuelo die Zigarren aus dem Humidor im Wohnzimmer, und Tonio saß im Abendlicht in dem mit Stoff bespannten Liegestuhl und paffte Rauchwolken in die klare Luft.

Ob er dabei über seine Arbeit am Buch nachdachte oder über seine Familie und ihre immer noch abweisende Art gegenüber Consuelo – sie wusste es nicht. Sie hatte ihn im Sportwagen mehrmals nach Agay davonrasen sehen. Aber immer war er mit verschlossenem Gesicht und trüber Miene zurückgekehrt und hatte auf ihren fragenden Blick hin nur langsam den Kopf geschüttelt.

Geduld. Es brauchte also Geduld. Consuelos Stärke war das nicht. Aber in dieser Situation wollte sie sie beweisen. Wollte sie aufbringen und warten. Denn nach diesen engen Wochen in Valencia und auch hier durfte Tonio ihr nicht einfach entgleiten, nicht noch einmal. Schon jetzt spürte sie ein Ziehen und Zerren in ihrer Brust, wenn er nur für einen Tag fort war. Sie liebte seine Umarmungen, seine Küsse, seinen Körper, seine Wärme, wenn er sich nachts an sie schmiegte. Er murmelte im Schlaf, und er brummte. Oft stützte sie ihren Kopf neben ihm auf dem Nachtlager in die Hand und betrachtete ihn im Licht des Mondes, der durch das Fenster lugte. Er war wie ein Geborgenheit suchendes Kind. Er kuschelte seinen Kopf in ihre Seite, und wenn sie über sein Haar streichelte, dann lächelte er. Ja, sie wollte ihn beschützen und begleiten durch diese Welt dort draußen, die immer schneller, technischer, lauter wurde. Sie wollte ihn beschützen und für ihn da sein. Ganz wie er es in seinem langen ersten Liebesbrief in Buenos Aires gefordert hatte. Sie wollte das. Für immer.

Wenn seine Familie nur endlich zustimmte.

»Was hältst du davon, wenn wir uns einmal Gesellschaft einladen?«, fragte Tonio eines Abends. »Mein bester Freund und Mentor Léon und seine Frau Suzanne machen in der Nähe Urlaub. Wollen wir sie nicht mal zum Essen zu uns bitten?«

Consuelo strahlte. »Unbedingt. Ich kann es kaum erwarten, deine Freunde kennenzulernen. Und du weißt, wie viel Freude es mir bereitet, ein Menü zu entwerfen und zu kochen.« Sie sprang auf. »Ich hole mir gleich einen Stift und einen Zettel und mache einen Einkaufsplan.« Das war doch mal eine willkommene Abwechslung hier in ihrer einsamen Finca! Sie wusste bisher nur, dass Léon rund zwanzig Jahre älter war als Tonio, seine Frau Suzanne auch. Als Schriftsteller und Kunstkritiker war Léon sehr angesehen, auch wenn er mit seinen kommunistischen Ideen manchmal aneckte.

Zwei Tage später war es so weit. Die Küche sah aus wie ein Schlachtfeld, als vor dem offenen Fenster der Mercedes der Werths hielt. Consuelo befreite sich aus ihrer Schürze und eilte mit Tonio nach draußen, um die Gäste zu begrüßen.

Die Männer umarmten sich schulterklopfend, Suzanne wandte sich gleich an Consuelo: »Die Muse aus Mittelamerika! Wie schön, meine liebe Consuelo, dass wir uns endlich einmal begegnen. Du musst eine mutige Frau sein!«

»Herzlich willkommen in El Mirador. Ich habe mich auch sehr auf euch gefreut. Kommt bitte.« Consuelo führte sie zu dem Tisch auf der Terrasse, wo sie die Aperitifs einnehmen wollten, und bat Suzanne, sich neben sie zu setzen. Mutig? Was meinte sie mit mutig? Fand sie es mutig, als Frau auf einem anderen Kontinent zu leben, fernab der Familie? Oder worauf bezog sich dieser Kommentar?

»Ach!« Suzanne ließ den Blick begeistert über die Hügel

und die Meeresbucht gleiten. »Das ist aber wirklich ein Plätzchen, an dem es sich aushalten lässt.«

Consuelo schenkte ihr einen Martini ein, und als die Männer ebenfalls saßen, stießen sie an.

»Vielen Dank für die Einladung in dein schönes Refugium, Consuelo«, sagte Léon. »Und vielen Dank, dass du unseren Antoine so glücklich machst. Wenn ich die verliebten Blicke richtig deute, die er dir ständig zuwirft, dann würde ich behaupten, dass ihr euch gesucht und gefunden habt.« Er prostete. »Auf euch!«

»Und darauf, dass meine Familie bald zur Vernunft kommt«, setzte Tonio hinzu.

Léon lachte. »Das ist natürlich gleichzeitig das Schöne und die Krux an Familien. Sie sind sehr festgefahren in ihren Traditionen und Vorstellungen.« Er wandte sich an Consuelo. »Aber ich bin mir sicher, mit deinem Charme und deinem Esprit wirst du sie bald für dich einnehmen, und dann steht einer Hochzeit nichts mehr im Wege.«

»Dein Wort in Gottes Ohr«, sagte Tonio und sprang auf. »Aber nun kommt! Ich zeige euch das Anwesen, während Consuelo die letzten Handgriffe am Essen anlegt, nicht wahr, mein Schatz?«

»Ich helfe dir«, sagte Suzanne und folgte Consuelo in die Küche, während die Männer mit ihren Gläsern in der Hand durch den Garten wanderten.

Als Vorspeise hatte Consuelo einen Crevettensalat angedacht, den sie nun auf vier feinen Tellern anrichteten. »Was meintest du vorhin mit der Bemerkung, ich müsse eine mutige Frau sein?«, rang sich Consuelo endlich zu der Frage durch, die sie die ganze Zeit beschäftigte.

Suzanne lachte. »Das war nicht ganz ernst gemeint, entschuldige. Aber ein wenig Chuzpe muss man schon haben, um Antoine einfangen zu wollen.«

»Wie meinst du das?« Consuelo zupfte ein Blatt Lollo Rosso zurecht und dekorierte die Crevetten mit einer Haube Crème fraîche.

»Nun, er ist schwer zu bändigen. So würde ich es mal vorsichtig ausdrücken.« Suzanne deutete auf den Teller, den sie fertig gemacht hatte. »Gut so?«

Consuelo nickte und verteilte schweigend Olivenöl und Essig auf den vier Salaten, während sie die Bemerkung sacken ließ.

»Versteh mich nicht falsch«, fügte Suzanne hinzu, als das Schweigen sich ausdehnte. »Er ist ein toller Mann, und wen er liebt, den beschützt und behütet er. Aber es ist wohl nicht damit zu rechnen, dass er zum Briefmarkensammler und Häkeldeckchen-Bewunderer wird.«

»Wie kommst du darauf, dass ich Häkeldeckchen fertige?« Jetzt war es aber auch mal genug.

Suzanne schmunzelte. »Entschuldige. Das erscheint mir auch abwegig, wenn ich dich so sehe in deinem eleganten Kostüm – ist das Chanel? Sehr hübsch. Aber du weißt, was ich sagen will.« Das Lächeln verschwand aus ihrem Gesicht, ihr Blick wurde ernst. »Antoine ist ein guter Freund von uns, wir lieben und schätzen ihn sehr. Und da er dich liebt, liegst du uns auch sehr am Herzen. Wenn du also irgendwann einmal Hilfe brauchst, zögere nicht, dich an mich zu wenden, ja?« Sie hob den Kopf zum Fenster. »Ach, schau, da kommen die zwei schon.« Sie nahm die ersten Teller auf. »Dann kann es losgehen, nicht wahr?«

Consuelo blieb keine Zeit mehr für eine Erwiderung, also nahm sie die beiden anderen Teller und trug sie hinter Suzanne auf die Terrasse. Es wurde ein ausgelassener, fröhlicher Abend mit Geschichten aus der Pariser Literaturszene und Reiseberichten der Werths, die durch Léons Vorträge viel herumkamen. Die Sonne versank hinter den Hügeln, Kerzen wurden entzündet, einzelne Lichter weit entfernt in der Dunkelheit zeugten von Schiffen in der Bucht. Consuelo genoss die Geselligkeit und die herzliche Art der Werths sehr. Aber einen kleinen Stachel der Unruhe spürte sie doch, denn sie bekam Suzannes Worte nicht aus dem Kopf.

Einige Tage später hielt Tonios Bugatti mit quietschenden Reifen auf dem Kies nur wenige Zentimeter vor der Treppe zum Haus. Consuelo stand gerade mit einem Messer und einer Zucchini am offenen Küchenfenster, um Ratatouille zu kochen. Schnell legte sie alles ab und wischte sich die Hände an dem Handtuch trocken, das sie über der Schulter trug. Sie sah seinen Blick, sein Strahlen. Er kam aus Agay von seiner Schwester. Hieß das …? Sie rannte nach draußen.

Er breitete die Arme aus, fing sie auf und wirbelte sie herum: »Sie stimmen zu. Sie wollen dich endlich kennenlernen. Übermorgen geben sie ein Diner für dich und mich. Mutter ist da und Didi, und auch Cousine Yvonne kommt extra aus Paris angereist.« Er küsste sie stürmisch und stellte sie ab. »Ist das nicht großartig?«

Consuelo schmiegte sich an seine breite Brust. Endlich! Welch eine Chance. Welch ein Schritt. Welch eine Freude!

Und im nächsten Augenblick: Welch ein Druck!

Diesen Besuch durfte sie nicht vermasseln!

Sie musste zum Friseur. Was sollte sie nur anziehen? Was brachte man einer Gräfin mit, was einer zukünftigen Schwägerin?

Sie begann zu schwitzen, als ob sie soeben den bergigen Weg zum Haus im Laufschritt erklommen hätte.

Sie sah in Tonio strahlende Augen. Er war offenbar überzeugt, dass nun alles gut werden würde. Sie durfte ihn nicht enttäuschen.

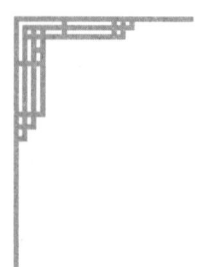

Kapitel 17

Château Agay,
zwei Tage später

Der Friseur hatte ihr Haar zwar schön gefärbt und zum Glänzen gebracht, aber er hatte es viel zu sehr gekräuselt. Viel zu sehr! Er galt als der beste Friseur Nizzas, aber an ihren Haaren hatte er sich aufgeführt wie ein Dorffriseur. Wie sah sie denn nun aus? Tonio sagte natürlich, sie sehe hervorragend aus, auch in ihrem eleganten pastellfarbenen Zweiteiler in *bleu* mit der Brosche. Aber sie kam sich verkleidet vor. Verkleidet als eine Frau, die versuchte, französisch und adlig auszusehen. Was für eine lächerliche Vorstellung! Sie würde niemals französisch aussehen. Dass sich in ihrem Blut allerdings nicht nur Maya-Gene tummelten, sondern auch die eines großen südamerikanischen Adelsgeschlechts, das konnte eventuell doch ein Vorteil sein. Aber vermutlich spielte dies auf dieser Seite des Erdballs keine entscheidende Rolle.

Sie zückte ihren Taschenspiegel, während Tonio noch schneller als sonst über die kurvige Küstenstraße raste. Auf der einen Seite flogen die Villen und Pinien nur so vorbei; auf der anderen Seite breitete sich die ruhige Fläche der Bucht von Saint-Raphaël aus wie ein maritimes Zentrum, um das sich alles drehte. Es bebilderte die Fahrt, als sei es ein ganz gewöhnlicher Ausflug an einem freundlichen Frühlingstag. Consuelo klappte den Spiegel auf, obwohl ihr bei dieser Fahrweise fast schlecht wurde. War das die richtige Lippenstiftfarbe? Nicht zu knallig? Zu viel Mascara? Hoffentlich sah sie in den Augen der zukünftigen Familie nicht aus wie eine Flamencotänzerin, die sich im Kostüm geirrt hatte.

Sie tupfte noch einmal Puder auf eine glänzende Stelle an der Stirn und klappte den Spiegel energisch zu. Schluss. Sie sah gut aus. Sie war eine bildhübsche Frau. Sie war noch halbwegs jung, sie war eloquent. Nun gut, ganz so blutjung, wie die Familie sich das für ihren Antoine vielleicht gewünscht haben mochte, war sie natürlich nicht mehr. Und sie konnte nicht anders, als das R ordentlich zu rollen, etwas, das sicherlich ein wenig irritierte, wenn man es noch nicht kannte. Aber immerhin sprach sie sehr gut Französisch. Besser als alle dort Anwesenden zusammen Spanisch. Sie war modern, sie war frisch, sie war emanzipiert – sie würde die Familie begeistern. Mit der Emanzipation möglicherweise nicht. Aber sie war eine interessante Frau, die Lebenserfahrung und Weltläufigkeit mitbrachte. Sie würde sie um den Finger wickeln.

»Herzlich willkommen«, sagte Didi und reichte Consuelo die Hand. Der durchgedrückte, blasse Arm wirkte dabei wie ein Abstandshalter. Ein echtes Lächeln hätte diesem strengen und nicht sehr anziehenden Gesicht mit den eng stehenden Augen wirklich gutgetan, dachte Consuelo, die selbst über beide Ohren strahlte und hoffte, dass diese verdammte Brosche auf ihrem Kostüm nicht wie verrückt im Takt ihres Herzschlags, der völlig außer Kontrolle war, hüpfte.

Tonio umarmte seine Schwester und ging dann mit ausgebreiteten Armen auf seine Mutter zu, die ein paar Schritte hinter Didi aus dem Schlossportal getreten war. Sie war eine schmale Person mit Lachfalten um die Augen, aber auch tiefen Furchen auf der Stirn, die von ihrem Leid als Witwe und der Anstrengung als alleinerziehende Mutter erzählten. Sie kannte das von ihrer eigenen Mutter. Aber es waren eben genau diese Frauen, die die Familien am Laufen hielten und das Glück ihrer Kinder im Auge behielten. Als nach einer ersten strengen Musterung ein kleines Lächeln auf dem Gesicht der Gräfin erschien, beruhigte sich Consuelos Herz ein wenig. Sie machte einen Knicks vor der älteren Dame und wartete, bis sie ihr die Hand reichte. Es war eine kalte Hand. Aber der Druck war kräftig und zupackend.

Solch einen Handschlag mochte sie.

»Folgt mir ins Haus«, sagte Didi. »Die anderen sind bereits im Salon versammelt und halten sich an ihrem Aperitif fest.« Damit schritt sie voran durch das Portal in eine karge, mittelalterliche Halle. Consuelo konnte sich hier ohne Probleme Rittergelage und sogar Reiterspiele vorstellen. Zum Glück öffnete Didi nun eine kleine Holztür an der Seite, und sie traten in einen wesentlich bescheideneren Raum, der wie ein Esszimmer ausgestattet war. Nur die Kerzenhalter an den Wänden, in denen tatsächlich schon Kerzen flackerten, von denen Wachs auf den Steinboden tropfte, vermittelten noch den Eindruck einer Ritterburg.

Cousine Yvonne lehnte in Abendrobe lässig an der Wand und raffte sich nur sehr langsam zur Begrüßung auf. Sie wirkte noch abweisender als die Schwester und hatte den Schriftsteller André Gide mitgebracht, der sich sofort auf Antoine stürzte, um von Autor zu Autor zu plaudern. Consuelo sah sich schon kurze Zeit später alleine herumstehen wie eine kleine mittelamerikanische Bananenpalme mitten im Raum. Keiner sprach mit ihr, alles plauderte, als ob sie nicht anwesend sei. Dabei war sie heute Abend doch das Objekt der Neugierde.

Am Esstisch mit den vielen Bestecken, Tellern, Beitellern und noch mehr Gläsern wurde es nicht besser. Zwar saß Tonio neben ihr und drückte ihr anfangs ermutigend die Hand unter dem Tisch. Aber niemand richtete ein Wort an sie. Man unterhielt sich über die Sommerfrische damals auf Schloss Saint-Maurice-de-Rémens, über den literarischen Betrieb in Paris und über die besten Herrenausstatter in der Londoner Savile Row, wo André Gide kürzlich geweilt hatte.

Consuelo nippte an dem tiefdunklen Rotwein. Viel zu schwer war er. Sie schnippelte an ihrer Pâté und dem Rinderbraten herum, der gezaubert worden war, und achtete dabei darauf, kerzengerade zu sitzen und die Ellenbogen am Körper zu lassen. Die Köchin, die servierte, weil es offenbar an weiterem Personal mangelte, tat ihr extra viel auf den Teller. Entweder, um sie zu ärgern, weil sie es nicht schaffen würde, oder – und das schien Consuelo wahrscheinlicher – aus Mitleid, damit sie Kraft sammelte.

»Nun, Consuelo, erzählen Sie uns doch ein wenig von sich«, sagte Didi auf einmal, und alle anderen Tischgespräche verstummten abrupt. »Wie empfinden Sie Frankreich dieser Tage? Ist es ein angenehmes Land zum Leben?«

Was sollte das denn für eine Frage sein? Hier in diesen national gesinnten Kreisen ging es wohl jetzt darum, das Land zu loben. »Frankreich ist mir so sehr ans Herz gewachsen, dass ich es als meine Wahlheimat bezeichnen möchte. Wenn ich es mir aussuchen kann, lebe ich am liebsten hier. Besonders in Paris.«

Cousine Yvonne zog die Augenbrauen hoch. »Paris, selbstverständlich. Wie man hört, haben Sie dort auch illustre Freunde in der Kunstszene. Spanische Freunde.« Sie lächelte, aber nicht nett.

Consuelo legte die Gabel auf dem Teller ab. »Dass sie Spanier sind, das spielt für mich dabei eine zweitrangige Rolle, obwohl ich mit ihnen natürlich sehr gerne in meiner Muttersprache rede. Aber abgesehen davon sind Picasso, Miró und Dalí sehr interessante und amüsante Zeitgenossen.« Nimm das.

»Selbstverständlich.« Die Cousine lächelte noch eine Spur kälter. Und Consuelo ahnte schon, dass sie sich nicht geschlagen geben würde. Tatsächlich: »Sollte mir zu Ohren gekommen sein, dass Sie auch selbst künstlerisch tätig sind? Haben wir denn schon einmal irgendwo ein Werk von Ihnen gesehen?«

Consuelo nahm das Rotweinglas in die Hand und schwenkte es. Der Rotwein hinterließ schöne Schlieren am Glas. »Falls Sie sich in den kleinen, angesagten Galerien der linken Seineseite auskennen, vielleicht.« Das entsprach zwar nicht ganz den Tatsachen, aber es konnte ja noch werden, nicht wahr?

Didi schaltete sich ein. »Werden Sie diese Ambitionen aufrechterhalten, sollten Sie in den Stand der Ehe treten?«

Du liebes bisschen. Consuelo merkte, wie sie in Wallung geriet. Sie nahm Anlauf zu einer passenden Antwort und gestikulierte schwungvoll mit ihrem Glas, dabei stieß sie gegen Tonios aufgestützten Arm neben ihr, und der Rotwein ergoss sich in einem Schwall über seine Hose. Er sprang auf und wischte mit der Serviette schimpfend daran herum, Consuelo saß starr auf ihrem Stuhl. Als sie die Augen hob, sah sie das hämische Grinsen der Cousine.

Niemand sagte etwas, keiner kam ihr mit einem auflockernden Spruch zu Hilfe. Und Antoine war zu sehr mit seiner Hose beschäftigt, als dass ihm hätte einfallen können, dass er ihr in dieser Situation eigentlich zur Seite springen und das Ganze mit einem Scherz abmildern müsste.

Die Mutter schaute nur stumm mit trauriger Miene auf ihren Teller.

Und als André Gide gar anfing zu lachen, sprang Consuelo auf und rannte aus dem Raum, durch den Rittersaal – und aus dem Schloss, die Straße hinunter in die grillenzirpende Dunkelheit.

Heiße Tränen sprangen ihr aus den Augen.

Wenige Minuten später rollte der Bugatti im Schritttempo neben ihr, die Beifahrertür wurde von innen aufgestoßen. Sie schlüpfte hinein, und sie fuhren schweigend zurück nach El Mirador.

Kapitel 18

El Mirador,
drei Tage später

Consuelo lag im Bett, die Augen zur Wand. Diese Kopfschmerzen! Diese höllische Migräne. Sie hatte sie befallen,
noch auf der Fahrt von Schloss Agay zurück nach El Mirador. Tonio hatte sie aus dem Bugatti und direkt ins Bett
tragen müssen. Jede Bewegung fühlte sich an, als ob sie die
Gliedmaßen einer Bleipuppe bewegen sollte. An Sitzen und
Trinken war nicht zu denken. Vielleicht sollte sie einfach für
immer hier liegen bleiben, hier in dem Bett in El Mirador.
Hier störte sie niemanden. Hier war sie nicht der Eindring-
ling aus Südamerika, der einen französischen Mann aus gutem
Hause stehlen wollte. Hier war sie Consuelo. Eine Frau, die
unabhängig leben und leben lassen wollte. Warum mussten
sie denn überhaupt heiraten?

Und wollte Tonio das denn noch nach dem peinlichen Auftritt in Agay, der nur zu deutlich belegte, dass sie einfach nicht
in diese Kreise passte? Wer noch nicht einmal ein Abendessen
bei der Schwester überstand, der konnte doch wohl kaum eine
angemessene Ehefrau eines Adelssprosses sein. Denn etwas anderes wurde in dieser Familie wohl nicht von ihr erwartet.
Sie sollte Tonio umhegen und ihn verwöhnen. Eigene Ambitionen waren nicht erwünscht. Und überhaupt, nach diesem

Auftritt war sie als gesamte Person noch weniger willkommen als zuvor.

Es war vorbei, es war unmöglich geworden!

Und das Schlimmste war, wie sehr Tonio darunter litt. Er hatte ihr zwar bereits verschiedene Heilkräutertees ans Bett gebracht, die nun duftend auf dem Nachttisch standen. Aber es war ihm nicht gelungen, sie aufzumuntern oder die Situation in einem anderen Licht erscheinen zu lassen als dem der Peinlichkeit, dieser schmerzenden, unerträglichen Schmach. Im Gegenteil: Sie spürte deutlich, wie bedrückt er war. Wie er immer bedrückter wurde. Und noch gravierender: Er konnte nicht mehr schreiben. Seit sie aus Agay zurückgekehrt waren, klapperte die Schreibmaschine nicht mehr wie gewohnt aus dem Nebenzimmer. Es war eine Stille, die nicht zu ertragen war. Kein Klacken der Tasten, kein zufriedenes Summen von ihm, wenn er die beschriebenen Seiten ordnete, kein gemurmeltes »Nein, doch anders«, »So ist es besser«, »Jetzt ist es richtig« beim Korrigieren.

Nichts.

Nur der Mistral vor dem Fenster, die Grillen mit ihrem ewigen Gezirpe und das gelegentliche Summen einer Biene, die auf der Suche nach Nektar durch den Garten flog.

Consuelo schloss die Augen. Ihr Kopf drohte zu platzen. Sie öffnete sie erst, als sie spürte, dass Tonio sich auf die Bettkante gesetzt hatte und ihr über den Kopf strich. »Schau, mein Vögelchen, ich hab zwei Sachen für dich mitgebracht, die dich hoffentlich ein wenig aufmuntern werden«, sagte er sanft und reichte ihr als Erstes ein Skizzenblatt mit einer Bleistiftzeichnung. Darauf erkannte sie ein kleines Porträt von sich selbst – es war ihm erstaunlich gut gelungen, ihre Wangenknochen, Haare und Augen darzustellen. Auf dem Bild lachte sie und tanzte in einem Reigen aus Rosenblättern ausgelassen und mit wehendem Rock. In einer dieser Sprechblasen, die die Comics in den Zeitungen benutzten, stand: »Ich tanze durch das Leben, und nichts kann mich aufhalten!«

Gerührt streichelte sie Antoines Hand und lächelte.

»Siehst du. Deine Gesichtsmuskeln, die die Mundwinkel heben, funktionieren noch«, sagte Tonio leise und reichte ihr einen Brief. »Und das hier kam soeben. Von deiner Schwester. Wenn ich könnte, würde ich ihn dir vorlesen.« Er küsste sie auf die Stirn und stand auf. »Vielleicht schaffst du es ja noch irgendwann, mir Spanisch beizubringen.« Er ließ sie mit dem Brief allein, nachdem er ihn für sie geöffnet hatte.

Mühsam folgte Consuelo der kleinen, engen Handschrift ihrer Schwester: »Liebe Consuelo, wir vermissen Dich und hoffen, es geht Dir gut. Dein letzter Brief klang sehr zuversichtlich und froh. Wenn Du diesen Antoine tatsächlich so sehr liebst, wie es durch Deine Zeilen drang, wünschen wir Dir natürlich von Herzen, dass es mit der Hochzeit dort in Europa doch noch klappt.« Consuelos Augen füllten sich mit Tränen, aber sie zwang sich, zu Ende zu lesen. »Leider können wir derzeit nicht bei einem solchen Freudentag dabei sein oder auch nur kommen, um Deinen Auserwählten einmal kennenzulernen, denn wir haben einen Kaffeerostbefall auf der Farm! Ein großer Teil der Ernte ist in Gefahr, und wir werden uns um Neubepflanzung kümmern müssen. Aber das soll jetzt nicht Deine Sorge sein. Werde glücklich mit Deinem französischen Piloten, und flieg mit ihm bis zu den Sternen des Himmels! Wir denken an Dich und senden Dir unsere Liebe, Deine Dolores (Amanda und Mutter lassen herzlich grüßen).«

O nein, Kaffeerost. Das war das Schlimmste, was ihnen

hätte passieren können, wusste Consuelo. Der Pilz breitete sich enorm schnell aus. In ihrer Kindheit hatte es einmal eine ähnliche Katastrophe gegeben. Die Farm hatte sich nur mühsam davon erholt, denn die Jungpflanzen wuchsen langsam und trugen erst nach drei oder vier Jahren wieder Blüten.

Sie sank erschöpft zurück in die Kissen. Auch wenn dieser Bericht aus der Heimat sie für einen kurzen Moment abgelenkt hatte – ihre Misere hier vor Ort war nicht beendet. Sie schloss die Augen, und bevor sie einschlief, betete sie für ihre Familie, dass sie die Situation auf der Plantage in den Griff bekämen.

Die Gräfin erschien vier Tage später. Sie machte kein großes Aufsehen, zog sich einen Stuhl an Consuelos Bett, nahm ihre Hand und hielt sie fest. Stumm. Tonio kochte ihr einen Kaffee und stellte ihn zu den Wundertees auf den Nachttisch. Niemand sprach.

Bis Marie schließlich mitteilte: »Ich habe für euch kurzfristig einen Termin auf dem Standesamt bekommen. In gut einer Woche, am 22. April, heiratet ihr im Rathaus von Nizza. Einen Tag später werden wir auf dem Château Agay in der Kapelle kirchlich feiern.«

»Bei Didi?«, fragte Tonio leise.

»Bei Didi. Sie hat meiner Anweisung zu folgen. Und sie tut es. Genau wie ich kann sie es nicht ertragen, ihren Antoine so betrübt zu sehen. Sie richtet sogar Grüße aus und gute Besserung. Auch für Sie, junge Dame.«

Consuelo zog die kalte, von Adern überzogene Hand der Gräfin, die die ihre immer noch umschloss, fester an sich und drückte sie.

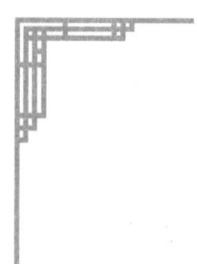

Kapitel 19

Standesamt Nizza,
22. April 1931

Die Zeremonie im Rathaus von Nizza verlief kurz und nüchtern. Als sie wieder auf dem Vorplatz in der Sonne standen, umarmte Tonio sie fest und küsste sie innig.

Es war so schade, dass ihre Familie an diesem wichtigen Tag nicht an ihrer Seite sein konnte. Aber immerhin war sie nun tatsächlich Madame de Saint-Exupéry und die Zeit der wilden Ehe vorbei. Allerdings traute sie sich noch nicht ganz, aufzuatmen und zu genießen, dass sie nun die Gattin dieses Baums von einem Mann war, der den Kopf stets in den Wolken trug, selbst wenn er nicht in seinem geliebten Cockpit saß.

Schließlich fehlte noch der Segen Gottes. Es war ihnen allen wichtig, dass auch in der Kirche Ja gesagt wurde. Ihm und seiner Mutter. Und ihr, Consuelo, ebenfalls. In der Kindheit und Jugend, während ihrer Wanderjahre durch Spanien und Frankreich und auch direkt nach Enriques Tod hatte ihr der Glaube stets Halt gegeben. Und vor Gott wollte sie jetzt versprechen, diesem Mann eine gute Ehefrau zu sein und an seiner Seite zu bleiben, bis dass der Tod sie scheide. Dann würde Gott sie auch weiterhin mit starker Hand beschützen, wenn sie es brauchte – zuallererst bei der schwierigen Feier morgen im Schloss der Schwester.

Aufgeregt zupfte Consuelo an der schwarzen Spitze ihres Schleiers. Auf einmal kam es ihr verrückt vor, dass sie als Zeichen für die anhaltende Trauer um Enrique für die kirchliche Hochzeit mit Antoine dieses schwarze Kleid mit ebendiesem Schleier gewählt hatte. Aber in Weiß zu heiraten kam ihr auch verkehrt vor, als Witwe und in ihrem Alter. Schnell wischte sie die Gedanken weg und konzentrierte sich auf das Anlegen von Kette und Ohrringen. Nein, ganz egal, was die Gäste dachten – wichtig war doch, dass sie und Antoine diesen Tag genossen und die Legitimierung ihrer Liebe gebührend feierten. Freilich durfte er sie nicht sehen, bevor sie die Kapelle betrat. Deshalb war nun Suzanne an ihrer Seite, um sie zu unterstützen und die Anspannung ein wenig zu mildern. Zu diesem Zweck hatte sie einen furchtbar süßen Mirabellenlikör mitgebracht, von dem ein Gläschen die Nerven schon etwas beruhigt hatte.

»Hör auf zu zupfen, es sieht alles gut aus«, sagte Suzanne bestimmt und nahm ihre Hand. »Freue dich auf die Zeremonie – und noch viel mehr auf alles danach.«

»Aber die Familie …«

»Ignoriere die Zweifel der Familie. Antoine hat sich für dich entschieden, und das allein zählt.« Sie schob sie aus der Tür des kleinen Nebenzimmers der Sakristei, in das sie sich zurückgezogen hatten, während draußen schon die Ankunft der Gäste, die Stimmen, das Lachen, die Rufe zu hören gewesen waren. Nun war alles ruhig, denn die Feiergesellschaft saß bereits in der Kapelle und wartete auf sie, auf die Braut.

Zitternd schritt Consuelo neben Suzanne um den kleinen Bau herum bis zur Eingangstür. Dort drückte ihr die neue Freundin, die ihr mit ihrer Lebensfreude und Klugheit schon so teuer geworden war, einen Kuss auf die Wange, öffnete die Tür und deutete ihr einzutreten. Die Orgel begann zu spielen, und ganz alleine in ihrem bodenlangen schwarzen Kleid, mit einem Strauß roter Rosen im Arm, schritt Consuelo durch den Mittelgang auf Tonio zu, der am Altar stand und die Hände knetete.

Sehr wohl nahm sie das entsetzte Schnaufen des einen oder anderen der rund einhundert Familienmitglieder und Freunde zählenden Hochzeitsgesellschaft war, das wohl ihrer Kleiderwahl galt. Doch auf den letzten Metern vergaß sie alles um sich herum und sah nur noch Tonios Augen, sein Lächeln und wie er die Hände nach ihr ausstreckte und sie an seine Seite zog, als der Priester mit der Zeremonie begann.

Wenig später auf der Terrasse vor der Kapelle, an der frischen Luft und mit dem Panoramablick über die Meeresbucht, als die Glocken verstummt waren und Didis Kinder Blumen streuten, wich die Anspannung endgültig der Freude. Ein Fotograf knipste Consuelo an Tonios Arm. Didi hatte ein Streichquartett verpflichtet und schenkte einen Aperitif vom Weingut Agay an die Hochzeitsgesellschaft und die neugierigen Schaulustigen aus dem Ort aus. Beim Hochzeitswalzer, gleich hier draußen auf der Terrasse am Meer, lag Consuelo in Tonios Armen. Er war ein hervorragender Tänzer, und so war es, als schwebten sie auf Wolken. Sie war nun also tatsächlich ganz und gar Madame Consuelo de Saint-Exupéry, dachte sie glücklich und lehnte sich an seine starke Brust.

Hoffentlich habe ich mir das auch gut überlegt, schoss es ihr auf einmal durch den Kopf. Aber als Tonio sich nach dem Tanz zu ihr beugte und sie erneut küsste, als ob nicht hundert Gäste um sie herum stünden und Didi mit den Augen rollte, waren diese Bedenken schnell vergessen.

Ihr großer Tag war wie im Flug vergangen, und ehe sie es sich versahen, nahmen sie ihren üblichen Tagesrhythmus in El Mirador schon wieder auf. Eine Hochzeitsreise war nicht geplant, nicht zuletzt, weil Consuelo mit der postalischen Gratulation zur Hochzeit von André Derain die Einladung erhalten hatte, sich an einer Gemeinschaftsausstellung in Paris zu beteiligen, in einer kleinen Galerie an der Rive Gauche. Ha, manche Träume wurden eben schneller wahr, als man dachte! Sie plante nun, ein Aquarell von der Küste beizusteuern. Tonio hingegen wollte endlich fertig werden mit *Nachtflug*. Er freute sich sehr, dass André Gide sich auf der Hochzeitsfeier sogar bereit erklärt hatte, ein Vorwort zu schreiben.

Die Manuskriptseiten lagen bald auf einem Stapel auf dem Schreibtisch, mit einer Schnur zusammengebunden und mit einigen wenigen letzten Bleistiftkorrekturen versehen. Während er auf Andrés Vorwort wartete, wurde Tonio von Tag zu Tag unruhiger. Was sollte ab jetzt seine Aufgabe sein? Und vor allem: Wie sollte er bloß Geld verdienen? Die Tantiemen seines ersten Buches *Südkurier* waren nicht erwähnenswert. Und selbst wenn er *Nachtflug* an einen Verlag vermitteln könnte, würde es aller Voraussicht nach ihre finanzielle Situation nicht wesentlich verändern. Eine Rückkehr zur Aeroposta war auch nicht mehr möglich, seit vor Kurzem bekannt geworden war, dass das Unternehmen Pleite gemacht hatte und Betrugsvorwürfen gegen die in Frankreich ansässige Konzernleitung nachgegangen wurde.

Consuelos Witwenrente von Enrique war in dem Moment erloschen, als sie geheiratet hatten. Selbst wenn sie hier in El Mirador wohnen blieben – die Zigaretten, das gute Essen, das Benzin – wie sollten sie das nur alles bezahlen? Abgesehen davon, dass Consuelo bereits festgestellt hatte, dass nicht nur sie selbst sehr gerne spontan Kleider aus feinen Stoffen und Accessoires kaufte, die in den Schaufenstern der Boutiquen von Nizza auslagen, sondern dass auch Tonio einen Hang zu teuren Schreibutensilien, Ledergepäck, italienischen Schuhen und Pralinen aus den beschaulichen Manufaktur-Lädchen in den Gassen der Stadt hatte.

Als sie eines Mittags auf der Terrasse unter dem Weinlaub saßen und den Kaffee nach dem Essen genossen, sprach Tonio aus, was Consuelo sich schon gedacht hatte: »Wir müssen nach Paris. Wir müssen *Nachtflug* anbieten, und ich muss dort unbedingt eine Arbeit finden.«

Consuelo nickte.

Und schon zwei Tage später verschlossen sie die Türen von El Mirador, luden die Taschen und Koffer in den Bugatti und fuhren gen Norden.

Kapitel 20

Paris, Rue de Castellane,
Frühsommer 1931

Der Verlag Gallimard nahm *Nachtflug* sehr gerne an, zumal
sie mit Tonio nach dem *Südkurier* bereits einen Vertrag über
weitere Bücher angedacht hatten. Leider musste Consuelo
feststellen, dass der Vorschuss, den Tonio für dieses zweite
Buch erhielt, hinten und vorne nicht reichen würde, um
ihre Lebenshaltungskosten zu decken – trotz der Eigentums-
wohnung in der Rue de Castellane, die sie nun gemeinsam
bewohnten. Jeden Tag zweimal im Restaurant speisen, wie
Tonio es hier in der Hauptstadt offenbar genoss, die Einkaufs-
touren durch die Buchhandlungen und Boutiquen, die Ein-
tritte für Theater, Oper und Kabarett – es war absehbar, dass
sie diesen Lebensstil nicht lange würden pflegen können.

Außerdem stellte Consuelo eine beunruhigende Ver-
änderung an Tonio fest, hier in der Großstadt. Schon nach
wenigen Tagen wirkte er gehetzt, getrieben, nervös. Sogar
seine Körperhaltung veränderte sich. Er lief ein wenig geduckt und mit weichen Bewegungen über die Boulevards,
fast wie ein Tiger entlang seiner Käfigstäbe. Er schlich an den
Hausfassaden entlang, überquerte die Zebrastreifen beinahe
im Laufschritt, und sein Blick huschte die ganze Zeit unruhig
hin und her.

Dazu kam, dass er mehr trank als in El Mirador und weitaus weniger gesund aß. Er konsumierte zu jeder Tageszeit an jeder Ecke in jedem Café einen Kaffee, und sein Lebensrhythmus verschob sich immer weiter in die Nacht. Er feierte mit alten Studienkollegen und neuen Verlagsbekanntschaften in den Bars, sodass es oft passierte, dass er erst im Morgengrauen in die Rue de Castellane zurückkehrte und sich erschöpft auf den Diwan fallen ließ, komplett angezogen, schnarchend und nach Rauch und Wein riechend. Wenn Consuelo versuchte, ihn darauf anzusprechen, und vorschlug, diesen Lebenswandel zu überdenken, wich er aus, verließ das Zimmer, die Wohnung, ja manchmal sogar die Stadt, um in einem Wald am Endbahnhof eines Vorortzuges einen gestreckten Marsch in der Natur zu unternehmen.

Um dann zurückzukehren zum alten Trott.

Seine Bemühungen um eine Arbeit schienen erfolglos zu verlaufen. Bald hatte Consuelo den Eindruck, als ob er sich gar nicht mehr richtig anstrenge, etwas Geeignetes zu finden. Er gefiel sich offenbar in der Rolle des Bohemiens, der soeben seinen zweiten Roman abgeliefert hatte. Dass allerdings auch Bohemiens gelegentlich Rechnungen zu begleichen hatten, schien ihn nicht besonders zu interessieren.

Consuelo gewöhnte sich bald an, ihren eigenen Rhythmus zu entwerfen. Sie stand am frühen Morgen auf, unternahm einen Spaziergang zum Bäcker, um ein Croissant für sich zu besorgen, kochte sich in der kleinen Küche einen Kaffee und lauschte Tonios Schnarchen auf dem Diwan beim kurzen Frühstück am Küchenfenster. Dann schlich sie an Tonio vorbei ins Schlafzimmer, wo sie sich am Fenster ein winziges Malstudio eingerichtet hatte, bestehend aus einem Barhocker vor der Staffelei und einer Ablage für ihre Farbtuben, Pinsel und Kohlestifte. Sie hatte zwar immer noch nichts von der Universität gehört, bereitete sich aber intensiv auf das Studium vor, indem sie Studien der Natur betrieb und Zweige und Blätter skizzierte, die sie in den Parks von Paris bei ihren Spaziergängen fand. Sie klemmte sich Postkartenfotografien der berühmten Gebäude der Stadt an die Staffelei und übertrug die Proportionen auf ihre Leinwand, um sie nachzumalen.

Tonio zog nur die Augenbrauen hoch, wenn er das sah, und riet ihr, lieber abstrakt zu arbeiten. Aber sie wusste, sie musste erst einmal das Handwerk aus dem Effeff beherrschen, bevor sie in die Fantasie abglitt. Es machte ihr Spaß, mit Formen und Farben zu experimentieren. Manchmal war sie fast ein wenig enerviert, wenn Tonio sie doch einmal einlud, mit ihm zum Essen auszugehen oder eine Theatervorstellung zu besuchen. Sie musste doch zeichnen und malen. Was sollte sie da in einem Theater?

Tonio hingegen schien keine Eile zu haben, wenigstens das Schreiben wieder aufzunehmen, wenn er sich schon keinen Broterwerb suchte. Sprach sie ihn darauf an, wich er aus und sagte, er sei verabredet. Sie fragte sich, ob ihm womöglich eine neue Idee fehle oder ob die Atmosphäre dieser Stadt, dieser quirligen, lebendigen Stadt, ganz einfach Gift für seinen bereits in sich so quirligen Geist war, der offensichtlich am besten funktionierte, wenn um ihn herum Stille herrschte und er unmittelbaren Kontakt zur Natur hatte.

Die Stimmung zwischen den jungen Eheleuten war nach wenigen Wochen in der engen Wohnung der Rue de Castellane ordentlich geladen, und die Ersparnisse waren beinahe aufgebraucht, als Tonio eines Mittags einen Anruf erhielt.

Consuelo hörte ihn nur Ja und Selbstverständlich und In Ordnung und Vielen Dank sagen. Dann legte er auf und kam lächelnd zu ihr. Zum ersten Mal seit Langem ein ausgeglichenes, ehrliches, entspanntes Lächeln! »Jetzt wird alles gut, mein Täubchen. Jetzt haben wir gefunden, was wir brauchen.« Er nahm sie in den Arm, ganz fest.

Sie genoss es, wie er ihr über das Haar streichelte, und horchte seinem gleichmäßigen Herzschlag nach, als sie an seiner Brust lehnte. Gleichmäßig und ruhig schlug es, viel ruhiger als in den letzten Wochen. »Und was ist das?« Sie wollte so gerne glauben, dass es eine gute Idee war, ein solider Plan, der ihre Ehe und ihre Finanzen in die richtige Bahn lenken würde.

Er schob sie eine Armeslänge von sich weg, wohl um ihr bei der Verkündung ins Gesicht schauen zu können. »Wir, mein Paradiesvögelchen, wir gehen nach Casablanca.«

Perplex sah sie ihn an. »Nach Afrika?«

»In der Tat, mein Schatz. Mein alter Arbeitgeber von der Aeroposta betreibt dort nun die Strecke Casablanca – Port Étienne. Ich werde wieder in den Flugdienst eintreten.«

»Und ich?« Wie stellte er sich das nur vor? Was sollte sie denn dort machen? In Casablanca. Wo war das? Marokko?

»Du wirst für uns ein heimeliges Nest schaffen, in das ich nach meinen Flugeinsätzen zurückkehren kann. Ich werde sehr gut verdienen, weißt du. So gut, dass wir bald von unseren Sorgen befreit sind.« Er strich ihr durch das Haar. »Zumal es dort kurz vor der Wüste deutlich weniger Theater, Kabaretts, Cafés, Buchläden und Boutiquen gibt.« Er lachte.

Als ob das so amüsant wäre. Casablanca. *Dios mío!* Wie lange sollte das gehen? Und was war, wenn sie doch noch einen Studienplatz hier in Paris bekäme?

»Ich habe schon zugesagt. Wir werden übermorgen abreisen«, sagte Tonio. »Von Toulouse aus nehmen uns die Kollegen mit und setzen uns in Casablanca ab.« Er löste sich von ihr. »Wie ich mich freue: Die Wüste wartet wieder auf mich. Das Cockpit. Die Nacht. Der blanke Sternenhimmel und der Mond über dem afrikanischen Kontinent.« Er spannte die Arme auf, als wollte er die Welt umarmen. »Fang schon mal an zu packen, Chérie. Und überlege, was du noch brauchst, was du dort vielleicht nicht bekommst. Die Kollegen haben Platz in der Frachtmaschine. Wir können einiges mitnehmen.« Er zog sich die Jacke über und setzte die Sonnenbrille auf. »Ich werde mich noch einmal ausgiebig ins Café de Flore begeben, wenn du nichts dagegen hast. Kommst du heute Abend dort zum Abendessen vorbei?«

Er verließ pfeifend die Wohnung.

Casablanca.

Fernab von allem. Fernab von Paris. Ihrem Paris. Auch wenn die Stadt nicht das Beste in Tonio hervorbrachte, war es doch die Stadt, die Consuelo am meisten liebte auf der Welt. Am allermeisten. Hier war sie frei, hier war sie vertraut mit allen Straßenecken, zumindest in ihren geliebten Vierteln im Zentrum rund um die Seine.

Casablanca.

Was gab es dort? Bazare? Fliegergattinnen, mit denen sie Tee trinken konnte, während Tonio über die Wüste düste?

Sie lief ins Schlafzimmer und streckte sich lang auf dem Bett aus. Ihr Blick fiel auf die Staffelei mit den noch feuchten Farben darauf. Selbst wenn sie die Studienzulassung bekäme, das neue Semester würde erst im Frühjahr starten. Vielleicht konnte sie die Zeit dort wenigstens nutzen, um zu malen. Die

Bazare, die Suqs, die Wüste – das alles gab doch hervorragende Motive ab. *Sí*, die Staffelei und die Farben mussten mit, wenn sie in dieses Abenteuer einwilligen sollte.

Vielleicht war diese Entwicklung also gar nicht so schlecht. Tonio würde in der Einsamkeit seines Cockpits über der Wüste weit weg von Paris sein und vielleicht wieder ihr Tonio werden. Ihr Tonio, mit dem Sprühen in den Augen und der überbordenden Fantasie und der Kraft wie ein Berberfürst. Er würde wieder der Tonio sein, der seiner Berufung mit frischem Elan folgen konnte und neben dem Fliegen wieder genug Ruhe und Ausgeglichenheit fand, um zu schreiben.

Einen Versuch war es auf jeden Fall wert. *Vamos a Casablanca!*

Kapitel 21

Casablanca,
Frühherbst 1931

Der Geruch von Curry, Safran, Myrrhe, Koriander, Apfeltabak, gebratenem Hammelfleisch und gedünstetem Couscous wogte durch die engen Gassen des Bazars, als Consuelo sich mit ihrem Einkaufskorb durch die Menschenmassen schob. Sie sah Tücher um Haare geschlungen, lange Gewänder, schwere Bastkörbe auf Frauenköpfen, Männer, die Lastenkarren hinter sich herzogen. Händler neben ihren konisch aufgetürmten Gewürzen in allen Farben, von warmem Orange über Gelb, Rot, Grün, Lila, Braun bis hin zu Weiß und Ocker, riefen Angebote und hielten ihr Probierschälchen entgegen. Eselskarren, beladen mit Säcken voller frischer Waren, quetschten sich durch die Menge, die Treiber brüllten und gestikulierten wild, um durchzukommen. Die Gespräche der Marktbesucher wurden mehr geschrien als ruhig ausgetauscht. Sie schmeckte noch die durchdringende Süße des honigtriefenden Baklava-Gebäcks, das ihr ein Händler so dicht vor das Gesicht gehalten hatte, dass sie es hatte probieren müssen. Ihre Füße auf dem unebenen Altstadtpflaster rutschten gelegentlich weg, wenn sie auf die weggeworfenen Schalen von Nüssen oder Bananen oder die Reste von Datteln und Feigen trat. All diese Eindrücke prasselten gleichzeitig auf Consuelo ein. Auch nach drei Wochen staunte sie noch über diese Unmittelbarkeit, diese brutale Unmittelbarkeit.

Wenn Tonio nicht an ihrer Seite weilte, so wie jetzt, da er mit dem Postflugzeug seine Strecke flog und planmäßig erst in zwei Tagen zurück sein sollte, fühlte sie sich, sobald sie die angenehm kühle Wohnung im Ausländerviertel verließ und in die Realität des nordafrikanischen Lebens eintauchte, tatsächlich wie ein exotisches Vögelchen, das aus dem Käfig flattert: frei und flink und alles von oben bestaunend. Gleichzeitig aber winzig und mit einem Piepsstimmchen ausgestattet, den Angriffen von Falken, Bussarden oder Adlern ausgeliefert.

Sie zog ihren Korb enger an sich und wich einem Händler aus, der sie in seine Bazarbuchte ziehen wollte, um ihr seine zugegebenermaßen wunderschönen Seidenstoffe zu zeigen, die sich auf Ballen bis an die Decke stapelten. Wieder dieses Zuviel an Farben, diese unglaubliche, betäubende Schönheit: Türkis, Rosa, Gelb, Hellgrün, Rot, Orange bis Erdigbraun.

Natürlich würde sie sich daraus gerne ein Kleid schneidern lassen, und dazu diese orientalischen Pantoffeln mit der nach oben gebogenen Spitze und den Bommeln vom Nachbarstand tragen. Aber – sie schüttelte den Händler ab, indem sie schnell weiterlief – sie wollte doch auf Tonio warten, damit er einmal mit ihr gemeinsam herkam. Mit einem Mann würden sie anders verhandeln als mit ihr. Sie war heute nur hier auf dem Markt, um frisches Gemüse einzukaufen, ein paar getrocknete Feigen und einen Lammbraten, den sie einlegen wollte und der bei Tonios Rückkehr ihr Festmahl sein sollte.

Sie sprang über einen Orientteppich, den ein Verkäufer genau vor ihren Füßen ausrollte. Wenn sie ein passendes Budget hätten, könnten sie hier die tollsten Dinge kaufen für ihre Wohnung und sie später mit zurücknehmen nach Paris.

Paris!

Ach, schon fehlte ihr die Stadt, schon nach diesen wenigen Wochen. Das Leben als Fliegerfrau war aber auch wirklich nicht besonders abwechslungsreich. Neben Bazarbesuchen gab es noch Teegesellschaften mit den anderen Gattinnen im Wartestatus: die der anderen Flieger, aber auch die der französischen Botschaftsmitarbeiter, die der französischen Handelsvertreter und Dependance-Direktoren. Sie alle standen sich nichts aus in ihren Luxuswohnungen und Restaurants, Bars und Teestuben. Die europäische Elite blieb unter sich und senkte ihren Lebensstandard in keinster Weise. Aber, *Dios mío*, wie langweilig das alles war! Wie unfassbar langweilig. Schon vor einer Woche war Consuelo der Gesprächsstoff ausgegangen, als alles über die Inneneinrichtung, die Einkaufsmöglichkeiten und die kulturellen Vergnügungen gesagt war. Ein Kino gab es immerhin, das sich auf französische Filme und die Nachrichtensendung aus dem Heimatland konzentrierte. Und natürlich die Buchhandlung von Madame Allard, in der sie sich mit Lesestoff eindecken konnte. Aber sonst war hier schlicht nichts zu tun.

Außer zu warten.

Bis Tonio heimkehrte für die wenigen Tage, die er dann freihatte. In diesen Tagen aßen sie zusammen, Tonio redete nicht viel, denn die Einsamkeit der Wüstenflüge, das Schweigen seines silbernen Riesenvogels, färbte auf ihn ab. Immerhin war er ausgeglichen und zufrieden, wenn er vom Fliegen kam. Er erzählte, er schreibe wieder, abends in der Unterkunft auf seinem Feldbett oder auch mal im Cockpit, wenn ruhiges Wetter herrschte und das Flugzeug fast wie von alleine flog. Er war inspiriert und produktiv, ganz anders als in Paris. Hier war er glücklich und ruhig. So ruhig allerdings, dass es auch schon wieder beunruhigend war.

Bei Consuelo hingegen war genau das Gegenteil der Fall. Nun fühlte sie sich wie der eingesperrte Tiger. Sie hatte ihre Staffelei zwar mitgebracht und aufgebaut. Aber ausgerechnet hier, im Land der Farben, fehlte ihr die Inspiration, die Lust und die Ruhe zu malen. Das Einzige, was sie bisher gemalt hatte, wollte sie Tonio nun präsentieren.

»Zieh die Schuhe aus, und mach die Augen zu«, sagte sie deshalb aufgeregt zu ihm, als sie ihn zwei Tage später endlich vom Flughafen abgeholt hatte und sie vor der Wohnungstür angekommen waren. Sie war äußerst gespannt, wie er reagieren würde, denn dieses Mal hatte sie während seiner Abwesenheit wirklich fleißig gewerkelt. Nicht nur, dass sie einen Lammbraten zubereitet hatte, dessen Geruch schon zu ihnen nach draußen drang. Sie hatte auch noch eine Überraschung für Tonio vorbereitet.

Als er ihrer Aufforderung gefolgt war, öffnete sie die schwere, dunkle Holztür mit den Eisenbeschlägen und führte ihn durch den geschwungenen Türsturz in die Eingangshalle. Mitten auf dem blanken Marmorboden blieb sie stehen: »Augen auf!«

Tonio öffnete sie und konnte sein Erstaunen nicht verbergen: »Chapeau!« Er drehte sich im Kreis, um den ganzen Raum zu betrachten. »Wie schön, Consuelo!« Er betrachtete die ockerfarbene Wandfarbe, eine spezielle Erdfarbe, wie man ihr versichert hatte, die nun seit zwei Tagen in gewischten Schwüngen den Raum schmückte. »Hast du das ganz alleine geschafft, oder hattest du Handwerker da?«

Consuelo strahlte stolz. »Ganz alleine. Jeden Tag einen Raum.«

Tonio rannte durch den Türbogen ins Wohnzimmer hinüber. »Tatsächlich hier auch! Knalliges Indigo! Wie schön!« Er umarmte sie stürmisch.

»Und das Schlafzimmer ist rot wie Tonziegel in der Provence.«

Er flüsterte: »Da freu ich mich aber schon, das einzuweihen.« Er drückte sie fest an sich. »Wie gemütlich du es uns hier machst! Das wird ein richtiges Heim, weißt du? Hier können wir es gut aushalten die nächsten Jahre!«

Sie verharrte in der Umarmung, ihr Körper wurde steif. Die nächsten Jahre? *No, no, no!* Ein paar Monate war sie gewillt so zu leben. So lange, bis sie aus ihren Schulden heraus waren und vielleicht genug zusammengespart hatten, um in Paris neu anzufangen. Oder bis ihr Studium losging. So lange schon. Aber: Jahre?

»Was riecht denn hier so gut?« Er löste die Umarmung. »Ist das etwa mein Lieblingslammbraten?« Schon lief er voraus in die Küche, deren Wände nun in einem zarten Grün leuchteten, das an den französischen Frühling erinnerte. Er zog die Ofenklappe auf, um einen Blick in die Kasserolle zu werfen. »Tatsächlich!« Zufrieden warf er die Klappe wieder zu. »Dann bleibt mir nur noch, den Rotwein zu entkorken, was?« Er gab ihr einen Kuss. »So habe ich mir die Ehe immer vorgestellt, Consuelo. Wie schön es ist mit uns hier in Afrika.« Er summte, als er zwei Gläser füllte und ein paar Oliven aus dem Vorratsglas angelte, um sie in eine kleine Schale zu füllen.

Natürlich war es schön. Und dass er sich über ihre Arbeit freute, ebenso. Die Wandfarben auszusuchen und zu streichen, hatte sogar Spaß gemacht. Auch die Zubereitung des Bratens und das Abholen vom Flugplatz mit dem wie immer herzigen und kussreichen Wiedersehen.

Aber sollte das alles sein?

Für die nächsten Jahre?

Vielleicht für immer?

Kapitel 22

Casablanca,
Oktober 1931

»Heute will ich dich verwöhnen«, sagte Tonio eines Morgens beim Frühstück. Zwei Tage zuvor war er frisch und energiegeladen von einem Flugeinsatz zurückgekehrt. »Du kümmerst dich immer so liebevoll um mich und umsorgst mich. Jetzt bist du mal dran! Schau, was ich für dich vorbereitet habe.« Er händigte ihr ein Blatt Papier aus. »Geh damit in den Hamam, an dem wir vor ein paar Wochen einmal vorbeigelaufen sind, weißt du noch?«

Diese palastartige Therme an der Prachtstraße mitten in der Stadt war ihr natürlich bekannt. Die Frauen der anderen Piloten hatten sie schon öfters dazu eingeladen, dort einmal einen gemeinsamen Nachmittag zu verbringen, denn es war ein Hamam nur für Damen, und man wurde mit Massagen und heißen Tüchern, sanfter Musik und kalten Güssen von einer aufmerksamen Dienerschaft umsorgt, selbstverständlich ebenfalls ausschließlich Frauen. Aber bisher hatte Consuelo immer abgelehnt.

»Ich soll dorthin?« Sie schaute ihn erstaunt an. »Und was machst du?« Schließlich würde sie wohl einige Stunden dort verbringen.

Er lächelte. »Das wirst du sehen, wenn du zurückkommst. Und nun ab mit dir, du bist angemeldet.«

Das ließ sie sich nicht zweimal sagen – und schon eine Dreiviertelstunde später fand sie sich in einem Dampfbad wieder, dessen Duft von Orange und Zimt sie überwältigte. Die Steinliege war beheizt, sodass ihr Rücken sich entspannte, der tiefe, rhythmische Ton der Klangschalen trug das Seine dazu bei. Hier konnte man es eine Weile aushalten, dachte sie und schloss genussvoll die Augen.

Anschließend gönnte sie sich eine Massage. Als sie so auf dem Bauch lag und die Frau mächtig an ihren Schultern knetete, fiel ihr erst auf, wie verspannt diese gewesen waren. Wer weiß, wie lange schon. Es ist doch seltsam, wie wenig wir im Alltag unseren Körper wahrnehmen und seine Zeichen deuten, dachte sie. Man sollte viel öfter innehalten und Entspannung suchen. Sie lächelte und dankte stumm ihrem Tonio, der ein Gespür dafür gehabt hatte, dass ihr eine solche Aufmerksamkeit gerade guttat.

In einem angenehm warmen Soleschwimmbecken drehte sie anschließend ein paar Runden und dachte an die Tage, an denen sie manchmal von El Mirador aus an die Bucht gefahren waren, um in der Abendsonne zu schwimmen. Sie sah Tonios entspanntes Gesicht vor sich, wenn er auf dem Rücken paddelte und in den rot gefärbten Himmel schaute.

Sie stieg aus dem Wasser, nahm eine kühle Dusche und kuschelte sich in einem flauschigen Bademantel auf eine Liege. Eine Frau brachte ihr Minztee und Zitronenwasser. Beinahe wäre sie auf der weich gepolsterten Liege zur Lautenmusik eingeschlafen. Aber sie ermahnte sich, dass sie nun den Hamam verlassen musste, um zu Tonio zurückzukehren.

Sie war schon gespannt, welche Überraschung er vorbereitet hatte.

»Schließ die Augen«, sagte er zu ihr, kaum dass sie die Haustür geöffnet hatte. Er stand barfuß in der Eingangshalle, das Hemd aufgekrempelt, und strahlte vor Freude. »Nein, warte, ich binde dir lieber ein Tuch um, dann kannst du nicht schmulen.« Er zog einen ihrer Seidenschals vom Garderobenständer und band ihn ihr vor die Augen.

Es war ein ungewöhnliches Gefühl, sich von ihm an der Hand führen zu lassen. Natürlich kannte sie die Räumlichkeiten inzwischen gut genug, und spätestens an der Treppe, die er ihr vorsichtig hoch half, wusste sie, dass es auf die Dachterrasse ging.

Oben angekommen, spürte sie die herbstliche Abendsonne auf der Haut, die immer noch Kraft hatte, hörte die Geräusche der Stadt, nahm den leichten Wind wahr, der heute von der Sahara herüberwehte und Wärme mitbrachte.

»Voilà!« Ihr Mann befreite sie von dem Tuch, und sie konnte sehen, was er vorbereitet hatte. Es war ganz unglaublich! Tonio hatte die Dachterrasse in einen Traum aus Tausendundeiner Nacht verwandelt: Er hatte die Teppiche aus dem Wohnzimmer und dem Schlafzimmer hier heraufgeschleppt, dazu alle in der Wohnung verfügbaren Kissen, die er auf den Teppichen zu einem bequemen Lager drapiert hatte. Drum herum flackerten Kerzen auf großen Leuchtern, die er offenbar eigens für diesen Abend gekauft hatte. In der Mitte des Kissenlagers stand ein rundes Messingtablett, auf dem in kleinen Schälchen allerlei Leckereien standen. Consuelo entdeckte Datteln, Oliven, Käsewürfel, Nüsse, Feigen, Couscous, Orangenstücke, kleine Portionen Hühnchenfleisch und auch Lamm. Dazu Baklava, Kokosnuss und sogar Ananas.

Sie umarmte ihn und wollte ihn nicht mehr loslassen. »Das hast du so schön gemacht!«

»Für mein Vögelchen. Meine Prinzessin aus Tausendund-einer Nacht!« Er strahlte. »Nun setz dich, lass uns essen. Wir wollen doch den Sonnenuntergang nicht verpassen, nicht wahr?«

Und so aßen sie und erzählten und lachten und beobachteten, wie die Sonne hinter der Medina versank, der Himmel sich schwarz färbte und die Sterne begannen, ihn zu bevölkern. Es wurden immer mehr, während sie dort stundenlang, Arm in Arm, zwischen den Kissen lagen. Tonio zeigte immer wieder auf einzelne Sternbilder und erklärte sie ihr.

Und so fest an ihn gekuschelt, wünschte Consuelo sich, dass diese Nacht nie endete.

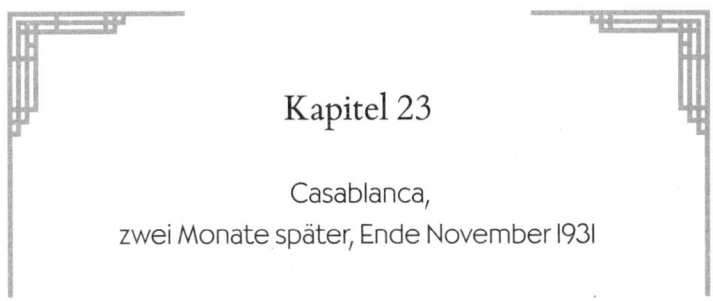

Kapitel 23

Casablanca,
zwei Monate später, Ende November 1931

Der Muezzin hatte soeben zum Morgengebet gerufen. Consuelo lag schon seit einigen Minuten wach im Bett, sie nahm diese Rufe kaum noch wahr, so sehr hatte sie sich an die regelmäßige Geräuschkulisse gewöhnt in den Monaten, die hinter ihr lagen. Sie drehte sich auf die Seite und betrachtete den schlafenden Tonio, dessen Kinn von der ersten Morgensonne beschienen wurde, die nun langsam in ihr Fenster stieg und einen Streifen über den Steinfußboden, das Bett und die ziegelrot gestrichene Wand zeichnete. Tonio schlief selig und ruhig wie ein Kind, seit sie hier waren, fiel ihr auf. Kam eben nicht mit einem Whiskeyschädel morgens um sechs Uhr aus der Bar getorkelt, wie es in Paris so oft der Fall gewesen war. Nein, hier schlief er beinahe zu normalen Zeiten, wenn er nach ein paar Tagen zu Hause den Rhythmus seiner Nachtflüge abgelegt hatte. Er hatte sich angewöhnt, nach dem gemeinsamen Abendessen, das sie nun meist auf der Dachterrasse mit Blick auf die Medina, Kerzen und einem guten Rotwein zelebrierten, noch zwei, drei Stunden alleine im Wohnzimmer zu schreiben, während sie bereits zu Bett ging. Meist kam er gegen ein Uhr hinterher und konnte somit am Vormittag einen normalen Tagesablauf mit ihr beginnen.

Sie genossen die gemeinsamen Streifzüge durch die Stadt, kauften tatsächlich noch edle Teppiche, Keramikkrüge, Messingtöpfe und Seidenstoffe auf dem Bazar. Sie staunten über die Fertigkeiten der Schlangenbeschwörer, aßen am Wegesrand in den fliegenden Küchen gegrilltes Hammelfleisch und tranken Tee. Tonio hatte so eine Art, andere Franzosen auf hundert Meter zu erkennen, und sie ihn. So lernten sie in der Stadt Fremdenlegionäre und Gestrandete kennen, Glückssucher und Abenteurer.

Sooft es die Zeit zuließ, fuhren sie in den Villenvorort Ain Diab ans Meer, wo sich eine Corniche am Strand entlangwand, fast wie die von Nizza. Die stürmischen Wellen des Atlantiks, der frische Wind, der dort sofort an ihren Kleidern zerrte, der schier endlose Himmel, der in der aufgewühlten See versank – all das ließ Consuelo durchatmen und die Enge und Stickigkeit der Stadt vergessen. Die Spaziergänger auf der Promenade flanierten hier ebenso wie an der Côte d'Azur – außer, dass sie nicht ganz so viel schmusten, wie die Franzosen es an lauen Abenden vielleicht getan hätten. Die Palmen wiegten sich dazu, und es machte Spaß, den Frachtschiffen und Jachten beim Anlaufen des Hafens zuzuschauen.

Casablanca begann fast ein wenig heimelig zu werden – wenn nur nicht, ja wenn nur nicht der Alltag in Tonios Abwesenheit weiterhin so trostlos gewesen wäre. Sie streichelte ihm über die Wange. Er brummte und öffnete die Augen. Als er sie sah, lächelte er glücklich. »Guten Morgen!« Er gab ihr einen Kuss. »Ich habe geträumt, dass wir gemeinsam in Saint-Maurice-de-Rémens waren. Du hast im Garten die Kirschbäume gemalt, und ich habe im Salon geschrieben. Didi war da und meine Mutter. Sie haben dich in den Arm genommen, und Mutter hat gesagt, dass sie sich keine bessere Schwiegertochter vorstellen kann.«

Consuelo setzte sich auf. Was musste er sie jetzt an die Familie erinnern? Das war vielleicht das Einzige, was sie hier nicht vermisste. Sie stieg aus dem Bett und schnürte sich den seidenen Kimono um: »Ich mache uns einen Mokka.« Gerade wollte sie über die kalten Steine durch die Halle in die Küche gehen, als es an der Haustür klopfte. Ein Bote reichte ihr ein Telegramm durch den Türspalt: »Für Monsieur«, sagte er und verschwand.

»Vom Chef?«, rief Tonio aus dem Schlafzimmer. »Soll ich etwa außerplanmäßig zum Flugplatz?«

Consuelo zuckte mit den Schultern und warf ihm das Telegramm zu. Hoffentlich nicht. Er war doch gerade erst angekommen. Abwartend blieb sie vor dem Bett stehen.

Er zuckte zusammen, als er las, was dort stand. Schaute zu ihr hoch, als könne er es nicht fassen. Las es noch einmal. Und noch einmal. Dann sprang er mit einem Satz aus dem Bett und eilte zum Schrank: »Pack deine Sachen. Wir müssen sofort nach Paris!«

Im Haus des kleinen Prinzen,
Eaton's Neck, Long Island,
Juli 1942

Zurück vom Spaziergang, betraten sie das Haus, und Consuelo stellte Hannibal eine Schale mit frischem Wasser hin. Der Hund schlabberte sofort begierig los. Dann legte er sich mit einem Seufzer quer auf das Zebrafell vor den Kamin im Wohnzimmer, das einer der Ahnen der Hausbesitzerfamilie vielleicht einmal von einer Jagd in Afrika mitgebracht hatte. Sie musste Mister Bevin einmal fragen, wenn er zu Besuch kam, nahm Consuelo sich vor, als sie die Treppe hinaufstieg.

Tonio saß beinahe unverändert vor dem Schreibtisch, nur die Rauchwolken im Zimmer waren so dicht geworden, dass man die Buchrücken in den umlaufenden Regalen fast nicht mehr erkennen konnte. Consuelo ging zum Erkerfenster und schob es hoch. Es quietschte wie immer höchst unangenehm, aber die hereinströmende frische Luft war wohltuend.

»Mach doch nicht so einen Aufruhr, wenn du hier reinkommst«, sagte Tonio und zog nervös an seiner Zigarette. »Da kann ich mich noch weniger konzentrieren als vorher.«

»Ich dachte, ich soll dir helfen«, gab sie zurück und stellte sich an seine Seite.

Er riss das Papier, an dem er soeben gearbeitet hatte, aus dem Block, zerknüllte es und warf es in Richtung des Papierkorbs, der aber bereits so voll war, dass das Knäul abprallte und zu Boden fiel. »Er sieht noch nicht richtig aus. Er hat immer noch das Gesicht eines Embryos.« Er klopfte mit dem Stift auf die Schreibtischunterlage und starrte vor sich hin. »Er müsste mehr – genau, jetzt weiß ich es! – er müsste mehr so aussehen wie dieses Selbstbildnis, das du in New York gemalt hast.« Er schaute sie aufgeregt an. »Hast du es noch? Kannst du es holen? Du weißt schon, das mit den kurzen Haaren, dem Schal und den Sternen um den Kopf.«

Ja, sie wusste schon. Sie wusste auch noch genau, in was für einer Lage sie gewesen war, als sie es gezeichnet hatte: soeben mit einem überfüllten Schiff aus Europa angekommen, das allgegenwärtige Sternenbanner vor Augen und fremde Geräusche im Ohr, und immer dieser Wind, der am Tuch um ihren Hals zerrte. Sie hatte seit zwanzig Monaten keinen Friseursalon mehr von innen gesehen, sich die Haare während der Flucht nur notdürftig von ihren Künstlerfreunden schneiden lassen können, war sich vorgekommen wie ein gerupfter Spatz zwischen den Wolkenkratzern der Neuen Welt. Dieses Selbstporträt meinte er.

»Genau das!« Er lachte begeistert, als sie es aus ihrer Mappe hervorgezogen hatte, die sie auf ihrem eigenen Schreibtisch an der Rückwand des Raumes aufbewahrte. Ihrer New Yorker Mappe wohlgemerkt. Denn ihre ursprüngliche Mappe mit all den Arbeiten aus Europa, ihrer Studienzeit und sogar denen davor, die in Mexiko und San Francisco entstanden waren, war in ihrem Landhaus La Feuilleraie zurückgeblieben. Sie wollte lieber nicht daran denken, was der deutsche Soldat, der sie sicherlich gefunden hatte, damit gemacht hatte. Vielleicht hingen die Bilder nun in einem Wohnzimmer in Hamburg, weil sie ihm gefallen hatten und er sie in die Heimat geschickt hatte.

»Schau«, sagte Tonio. »Jetzt wird mein kleiner Prinz doch ansehnlicher. Ohne dieses Embryogesicht, dafür mit neugierigem Gesichtsausdruck, feschem Strubbelhaar und dem Schal.«

Sie beugte sich zu ihm und gab ihm einen Kuss. »Du hast recht. Nun sieht er fein aus. Und er schaut ganz so in die Gegend, als ob er viel erleben wird.«

»Das wird er. Er wird viel erkunden, aber am Ende wird er wiederkehren zu seinem Heimatasteroiden B612. Und zu seiner Rose!«

»Er hat eine Rose?«

Tonio wurde ernst und zog sie an der Hüfte zu sich heran. »Er hat eine einzigartige Rose, die auf seinem kleinen Asteroiden wohnt. Sie ist sehr eitel, diese Rose, weißt du, und ein wenig anstrengend.«

»So?« Sie machte sich los.

Er drückte seine Zigarette aus und erhob sich, um einen Stuhl vom runden Schachtischchen in der Ecke zu entführen und ihn in den Erker zu stellen. »Bitte.« Er deutete ihr, Platz zu nehmen. »Würdest du mir Modell sitzen? So habe ich das in der École des Beaux-Arts einst gelernt, damals in Paris vor gefühlt hundert Jahren, lange bevor du in mein Leben getreten bist.«

»Sagt der studierte Architekt.«

Er lachte. »Eben. Deshalb sind mir menschliche Proportionen nicht ganz so vertraut. Also, zumindest auf dem Zeichenblock.« Er grinste.

»Nun gut.« Sie setzte sich. »Werde ich denn die Vorlage für den Prinz oder diese kapriziöse Rose, oder wer kommt sonst noch vor in deinem Märchen?«

Er lächelte geheimnisvoll. »Das wirst du noch herausfinden. Aber nun sitz still! Ich muss erst einmal ins Zeichnen kommen.«

Und sehr konzentriert machte er sich an die Arbeit, während Consuelo die Beine übereinanderschlug und sich erinnerte, wie sie einmal für Man Ray posiert hatte, damals in seinem Atelier in Paris. Natürlich waren daraus keine Zeichnungen, sondern Fotografien geworden. Elegante, einzigartige Porträts, die sie mit exotischen Hüten und in nachdenklicher Pose zeigten. Und Fotografien, bei denen sie sich auf einem Bärenfell räkelte, das nur die allerwichtigsten Stellen gerade so eben verhüllte. Tonio war damals nicht begeistert gewesen von diesen Aufnahmen. Aber schließlich – sie auch nicht von seinen Eskapaden in dieser Zeit, *no*?

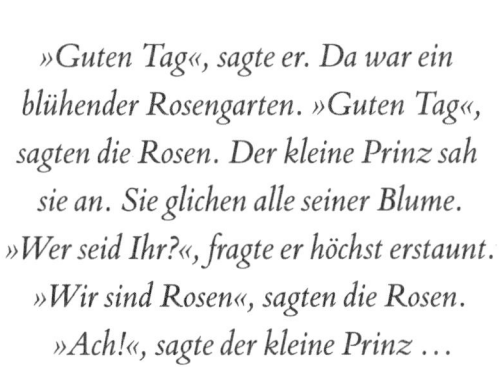

»Guten Tag«, sagte er. Da war ein
blühender Rosengarten. »Guten Tag«,
sagten die Rosen. Der kleine Prinz sah
sie an. Sie glichen alle seiner Blume.
»Wer seid Ihr?«, fragte er höchst erstaunt.
»Wir sind Rosen«, sagten die Rosen.
»Ach!«, sagte der kleine Prinz …

Kapitel 24

Paris,
4. Dezember 1931

»Hierher, bitte, Monsieur de Saint-Exupéry, hierher!« Die
Fotografen schrien um die Wette, die Blitzlichter zuckten.
Consuelo klammerte sich an Antoines Arm, als sie die Stufen zum Trottoir hinabstiegen. Die ganze Straße war ver-
stopft von Fotografen, Journalisten, Bewunderern – und Be-
wunderinnen. Consuelo sah aufgerissene Münder, errötete
Wangen und hörte zwischen den Fotografen auch die hellen
Stimmen der Autogrammjägerinnen, die ihre Exemplare von
Nachtflug in die Höhe hielten. Die Luft prickelte und Wolken von Parfum und Zigarettenrauch wehten heran. Ein Meer
aus Hüten, Pelzen, Schals und Kaschmirkragen umwogte sie,
der Klangteppich ließ Consuelos Ohren dröhnen. Sie sah zu
Tonio hinauf, der geduldig lächelte und Autogramme gab,
Fragen beantwortete und für die Fotos posierte, als ob er noch
nie etwas anderes getan hätte.

Es erschien Consuelo unvorstellbar, wie dieses Telegramm
in Casablanca ihr Leben derart verändert hatte.

»Was ist denn passiert? Von wem ist das Telegramm?«, hatte
sie gefragt und versucht, Tonio in seiner plötzlichen Hast
beim Packen zu stoppen, aber es war zwecklos gewesen. Er
war ein verwandelter Mensch.

»Es ist von meinem Lektor Paulhan bei Gallimard. *Nachtflug* gewinnt den diesjährigen Prix Femina!« Er hatte die Klamotten vom Bügel gerissen und auf das Bett geworfen, während Consuelo nach dem Telegramm griff, um die Nachricht mit eigenen Augen zu sehen: »Prix Femina an *Nachtflug*! STOPP. Preisverleihung am 4. Dezember. STOPP. Kommt sofort nach Paris. Paulhan«.

Tonio hatte einen der populärsten Literaturpreise Frankreichs gewonnen? Vergeben von einer ausschließlich mit Frauen besetzten Jury, gewann ausgerechnet ihr Tonio mit seinem testosterongeladenen Pilotenroman? Das war allerdings eine echte Überraschung! Zumal dieser Preis bedeutete, dass er es in den literarischen Kreisen geschafft hatte, wie sie wusste. Das Preisgeld war nicht unerheblich, und die Verleihungszeremonie verursachte jedes Mal einen unglaublichen Presserummel.

Und nun waren sie hier, und der Wahnsinn hatte begonnen.

Sie ließ sich von Tonio durch die wogende Menge ziehen, endlich erreichten sie den Wagen, dessen Fond der Fahrer schon aufhielt, und Consuelo schlüpfte hinein. Durch alle Scheiben blickten Menschen zu ihnen ins Innere, als der Fahrer endlich vorsichtig Gas gab und der Wagen sich langsam entfernte. Es fehlte nicht viel, da wären die Leute hinter dem Auto hergerannt, dachte Consuelo, als sie sich umblickte und der aufgeregte Haufen kleiner wurde.

»Um Himmels willen!« Sie schnaufte und ließ sich an die Rückenlehne sinken. »Fast hätten sie dich in Stücke gerissen.«

Tonio lächelte und zündete sich eine Zigarette an. »*Mais non*, meine Liebe. Sie sind eben einfach begeistert von meiner Arbeit.«

»Die Damen schienen es mir aber nicht so sehr auf das Buch als solches abgesehen zu haben, sondern vielmehr auf den Verfasser.«

Er rauchte genüsslich und öffnete das Fenster einen Spalt, sodass der Qualm in den Nachthimmel entflog. »Ist da jemand eifersüchtig?«

»Aber nein. Ich bin nur um deine Sicherheit besorgt, wenn das so weitergeht.«

»Ich kann schon ganz gut auf mich aufpassen.«

»Na hoffentlich.« Consuelo wandte den Blick aus dem Fenster auf ihrer Seite.

»Zur Brasserie Lipp, bitte«, sagte Tonio zum Fahrer.

»Ich dachte, wir fahren nach Hause!«

»Aber Consuelo, mein Lektor wartet dort und will persönlich mit uns anstoßen. Das können wir doch wohl nicht ablehnen.«

Wenige Minuten später betraten sie schon die angesagte Brasserie, und die Leute an den Tischen klatschten Tonio und ihr lächelnd zu, nachdem Paulhan an einem zentralen Tisch aufgestanden war und ihnen entgegenlief. Er war ein sehr adretter Mann mit schwarzen Haaren und blitzenden Augen, nur ein paar Jahre älter als sie, schätzte Consuelo. Er klopfte Tonio auf die Schulter und begrüßte Consuelo mit festem Händedruck: »Madame, es ist mir eine Freude, die Frau kennenzulernen, die es geschafft hat, unseren Piloten hier an die Schreibmaschine zu zwingen, um diesen hervorragenden Roman zu schaffen, der *Nachtflug* geworden ist und nun diesen Preis gewonnen hat! Unglaublich!« Seine Stimme überschlug sich fast, und er geleitete sie zu seinem langen Tisch, auf dem bereits Champagnergläser bereitstanden. Paulhan bat sie, sich zu setzen, und erhob sein Glas.

»Auf diesen großen Erfolg, mein lieber Monsieur de Saint-Exupéry, über den alle Mitarbeiter des Verlags sich außerordentlich freuen. Auf *Nachtflug* und alle großartigen Werke, die ihm noch folgen werden aus Ihrer so edlen Feder!« Er stürzte seinen Champagner in einem hinunter und wartete nicht ab, bis der Kellner nachgoss, sondern übernahm das selber. »Es kommen gleich noch ein paar Verlagsmitarbeiter und Freunde aus der Kulturszene, die Sie kennenlernen möchten. Freuen Sie sich auf einen ausgelassenen Abend, Sie sind selbstverständlich meine Gäste!« Er gestikulierte zum Kellner: »Bringen Sie uns bitte eine große Auswahl Ihrer besten Speisen. Wir haben was zu feiern!«

Und das taten sie. Ausgiebig. Der lange Tisch füllte sich, auch die Surrealisten aus dem Les Deux Magots auf der anderen Straßenseite kamen herüber: Marcel Duchamp und André Breton mit ihren Begleitungen, und bald wurden sogar noch Stühle herangezogen. Die Musik wurde lauter, und nach dem Essen hielt es kaum noch jemanden am Tisch, alles tanzte ausgelassen. Consuelo entspannte sich zunehmend, und als Paulhan zu später Stunde auf dem Tisch steppte und sie zu sich hochzog, zierte sie sich nicht und swingte zu den Takten der Jazzmusik, angefeuert von der ganzen Gesellschaft. Ihr Rock flog, ihre Locken wippten, sie fühlte sich zurückversetzt in ihre Jugend, in die Zeit, als sie in dieser aufregenden Stadt angekommen war – die Zeit, als man sie Vulkan von Paris genannt hatte und Enrique auf sie aufmerksam geworden war. Wie lange war das nun her. Sie verdrängte die Gedanken an Enrique, als sie sah, wie Tonio bei ihrem Anblick klatschte und strahlte. Sobald das Musikstück vorüber war, breitete er die Arme aus, und sie sprang von der Tischplatte zu ihm hinunter, wo er sie unter dem Jubel der Gäste lachend herumwirbelte.

Anschließend musste sie sich mit einem Glas Wasser auf einer Bank erst mal ausruhen, während Tonio in immer neue Gespräche verwickelt wurde. Was sah er glücklich aus, was wirkte er erleichtert. Für ihn bedeutete dieser Erfolg seines Buches den Durchbruch, der sie vorerst von allen finanziellen Sorgen befreite. Allerdings, und Consuelo ärgerte sich ein wenig, dass ihr an diesem schönen Abend solch ein Gedanke durch den Kopf schoss, allerdings bedeutete dieser Erfolg natürlich auch einen enormen Druck. Denn nun erwartete jeder, insbesondere der Verlag Gallimard mit dem immer noch auf den Tischen steppenden Paulhan, bald den nächsten großen Wurf von Tonio. Und nur er und sie wussten, wie mühsam es für ihn war, dies zu bewerkstelligen.

Sie stellte ihr Wasserglas ab und suchte Tonio zwischen all den Anzugjacken und glitzernden Kleidern. Wo war er nur abgeblieben? Da sie ihn drinnen nicht entdecken konnte, musste er wohl draußen sein. Vielleicht war er kurz vor die Tür gegangen, um frische Luft zu schnappen. Eine gute Idee, sie sollte auch einmal in die klare Nacht hinaus. Außerdem war es nun auch bald Zeit, nach Hause zu fahren. Sie trug zwar keine Uhr, aber es musste doch bestimmt inzwischen drei Uhr nachts sein.

Als sie durch den Samtvorhang vor die Restauranttür trat, atmete sie die frische Luft begierig ein. Nur noch wenige Autos fuhren auf dem Boulevard, die Laternen schickten ihre Lichtkegel auf das Trottoir, auf dem vereinzelte Fußgänger langsam nach Hause schlenderten.

Sie wollte soeben ein paar Schritte gehen, um sich die

Füße zu vertreten, als sie in der Dunkelheit zwei Gestalten bemerkte, die an einem der Terrassentischchen an der Hauswand saßen, an denen tagsüber die Gäste der Brasserie speisten. Sie unterhielten sich leise, eine Frau und ein Mann. Und der Mann war Tonio! Sie konnte nicht hören, was sie sprachen, aber es klang vertraut. Wer war das? Sie überlegte kurz, ob sie sich still zurückziehen und ihn nachher befragen sollte. Aber dann siegte ihre Neugier – und ihr Ärger. Er hatte sich nicht mit fremden Frauen hier draußen zu unterhalten!

»Tonio, Liebster!« Sie steuerte geradewegs auf den Tisch zu, die beiden schauten auf. Die Frau war blond, schien groß und schlank zu sein, soweit man das in der sitzenden Position erkennen konnte. Ihre Haare waren in modische Wellen gelegt, und sie trug einen knallroten Lippenstift. Der Zobel ihres Mantels glänzte im Schein der Laternen.

Tonio sprang auf. »Consuelo! Es ist doch zu frisch für dich hier draußen. Wo ist deine Jacke? Du wirst dich erkälten!«

Sie blickte ihn nur stumm an, bis er hervorstieß: »Oh, ich vergaß fast, euch vorzustellen. Das ist eine alte Freundin von mir. Nelly. Nelly de Vogüé, wie sie seit ihrer Hochzeit heißt, wie ich soeben erfahren habe.« Er lächelte dieser Nelly zu. »Sie hat doch tatsächlich meinen alten Kumpel Jean aus der Schule geheiratet, höre ich.«

Sie stand auf und überragte Consuelo um eineinhalb Köpfe. »Welche Freude, Sie kennenzulernen«, sagte sie von oben herab und reichte ihr eine kalte, schlanke Hand mit sehr vielen Diamantringen. Beim Lächeln präsentierte sie Zähne, die zwar schön weiß waren, aber offenbarten, dass man in ihrer Kindheit versäumt hatte, sie richten zu lassen. Sie verliehen ihr den Anflug eines mümmelnden Kaninchens. Das immerhin.

Aber ansonsten war sie erschreckend schick und wirkte sehr modern. »Es war solch eine Überraschung, meinen Freund Antoine heute hier wiederzutreffen. Wir haben uns jahrelang nicht mehr gesehen.«

In Consuelos Kopf rotierte es. Dieser Unterton, der da mitklang, gefiel ihr gar nicht. Was war denn vor Jahren zwischen ihnen gewesen, so vertraut, wie sie da eben gesessen und geredet hatten?

Consuelo hakte sich bei Tonio ein. »Kommst du wieder rein? Es wird kalt, und wir müssen uns von Paulhan verabschieden. Es ist spät, ich will nach Hause!«

»Natürlich.« Er nickte Nelly zu. »Es war schön, dich zu sehen. Vielleicht bald einmal wieder.«

Consuelo zog an seinem Arm. Auf keinen Fall mal wieder! Diese Blicke zwischen den beiden, dieses Vertraute, das offenbar sofort wieder entstanden war, das war nicht gut. Gar nicht gut. Sie schob Tonio in die Brasserie und sammelte ihre Mäntel ein. Als sie sich von Paulhan verabschiedeten und sich für den schönen Abend bedankten, beschlich sie die Ahnung, dass dieser schöne Abend vielleicht der letzte unbeschwerte bleiben würde für lange Zeit.

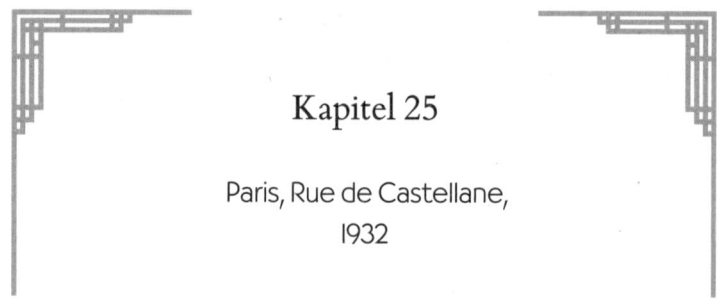

Kapitel 25

Paris, Rue de Castellane,
1932

Das Telefon klingelte ab sofort ohne Unterlass, abgesehen von einer kurzen Ruhepause rund um Weihnachten und Silvester. Tonio bestand darauf, alle Gespräche selbst anzunehmen, eine Sekretärin einzustellen lehnte er ab. Was bedeutete, dass er ständig in den Hörer sprach, und das nicht nur am Telefontischchen nahe der Haustür, sondern so weit die Schnur ihn ließ; und sie war lang, diese dumme Schnur, verdammt lang. Consuelo musste über sie hinübersteigen, wenn er am Esstisch telefonierte, auf dem Diwan, in der Küche, auf der Leiter vor dem Bücherregal, am offenen Fenster, wenn er Sonne tankte, oder sogar in der Badewanne. Er vereinbarte dabei fortwährend Termine, die er Consuelo zurief, aber sie konnte sich bald die vielen fremden Namen nicht mehr merken, die Reporter, die Fotografen, die Lektoren, die Chefredakteure, die Restaurantpatrons, die Theaterdirektoren, die Filmleute, die Schallplattenproduzenten – und die Damen. Viele Damen. Zu viele …

Besonders dieser eine Name tauchte immer wieder in Tonios Erzählungen auf und erklang auch manchmal am Telefon, wenn Consuelo hin und wieder abhob: Nelly de Vogüé. Konnte man denn ernsthaft so heißen?, dachte Consuelo ärgerlich.

Als sie bei einem langen abendlichen Winterspaziergang mit Suzanne darüber sprach, zuckte die Freundin die Schultern: »Das ist doch alles lange her, etliche Jahre. Léon und ich haben nie etwas von dieser Nelly gehört. Antoine hat nie von ihr gesprochen. Es wird nichts Bedrohliches sein.« Sie stellte ihren Mantelkragen auf, um sich vor den vom Himmel schwebenden Schneeflocken zu schützen.

»Sie sieht aber sehr bedrohlich aus. Und ich will nicht, dass er sie trifft. Er sagt, er unterhält sich eben gerne mit ihr und seinem alten Freund Jean. Er sagt, Nelly ist sehr bewandert in Philosophie und Literatur. Irgend so was hat sie wohl auch studiert, obwohl sie nun das Familienunternehmen leitet. Feinste Fayence-Keramik.« Kalt und feucht drang der Schnee auch in ihren Kragen. Sie spürte, wie die Flocken auf ihrer Haut schmolzen.

»Diese edlen Vasen und Wandfliesen, die man manchmal in Schlössern sieht?«

»Genau die. Damit kann man offensichtlich auch heutzutage noch sehr viel Geld verdienen. Und gleichzeitig versucht sie nun mit einflussreichen Freunden eine Wirtschaftsdependance für französische Waren in den USA zu gründen, in New York, wenn ich das richtig verstanden habe.«

Suzanne schmunzelte. »Das klingt aber ziemlich nach knallharter Geschäftsfrau und nicht besonders sinnlich.«

»Zum Glück.« Consuelo musste ebenfalls lachen. »Du heiterst mich immer auf. Das ist so schön an unserer Freundschaft.«

Suzanne blieb stehen und schaute nachdenklich den Flocken entgegen, die durch die glänzend Lichter der Stadt tanzten. »Wie wäre es denn, wenn du einmal mit zu diesen Treffen der drei gehen würdest? Dann hörst du, wie das Gespräch verläuft und ob da wirklich Gefahr besteht. Oder ob es einfach nur alte Freunde sind, die über alte Zeiten reden und sich darin gefallen, lange und wichtig zu parlieren. Das ist auch sehr französisch, weißt du. Wäre nichts Ungewöhnliches«, fügte sie mit einem Augenzwinkern hinzu.

»Guter Einfall! So mache ich das!« Zufrieden legte Consuelo den Kopf in den Nacken und fing ein paar Schneeflocken mit dem Mund auf.

Suzanne lachte. »Was machst du da?«

»Schnee ist faszinierend. Solche Späße konnte ich als kleines Mädchen in meiner Heimat nie machen.«

Suzanne kicherte und fing ebenfalls ein paar Flocken mit dem Mund. »Wie recht du hast. Dafür ist man niemals zu alt. Solange einen keiner sieht, nicht?«

Und so war bald ein Paar-Abendessen im Café de Flore geplant.

Während Consuelo mit der Bürste in der Hand vor dem Spiegel im kleinen Bad stand, wiederholte sie in Gedanken immer wieder diesen unsäglichen Namen: Nelly de Vogüé. Schon der Name war doch zu viel.

Wie sie dieses Treffen schon jetzt verfluchte. Aber nein, sie durfte sich da nicht so hineinsteigern! Immerhin war es ihre Idee gewesen. Dennoch … Bleib ruhig, bleib ruhig, ermahnte sie sich und sprühte etwas Parfum auf den Hals, *Vol de Nuit* natürlich, den Duft, den Guerlain extra als Hommage an Antoines *Nachtflug* kreiert hatte. Was für einen Wirbel alle immer und ständig um das Buch und um ihren Mann machten! Wann würde endlich Ruhe einkehren, er mal wieder eine Mahlzeit zu

Hause einnehmen, wieder zum Arbeiten kommen, vielleicht literarisch einmal eine neue Welt erschließen, nicht immer nur das Fliegen? Fliegen. So wie es sich in den vergangenen Wochen entwickelt hatte, flog er nun nur noch durch sein Leben, seine Nächte, seine kurzen Tage. Das Telefon war weiterhin stets an sein Ohr genagelt, Consuelo nur noch seine gelegentliche Begleiterin – und viel zu oft eben diese Person mit dem glitzernden Namen. Sie schien sein neuster Schmuck, wenn er in der Brasserie Lipp Hof hielt. Ganz offen saßen sie dort beim Bordeaux beieinander, oft inzwischen auch ohne den Herrn Baron, das war ihr berichtet worden, dafür mit Kollegen oder Freunden aus der Literaturszene. Und sie redeten intellektuelles Zeug die ganze Nacht. Konnte man denn ernsthaft nächtelang über Kierkegaard, Proust, Nietzsche und sonst wen diskutieren? Dabei saßen sie sich angeblich stets sittsam gegenüber, das immerhin. Und wie Consuelo von ihren Bekannten versichert worden war, verließ diese Nelly immer alleine oder mit einem Teil der Gesellschaft – und lange vor Antoine – die Brasserie oder das Restaurant und fuhr offensichtlich zu ihrem Mann, dem Baron de Vogüé, nach Hause.

Aber musste Antoine diese Baronesse denn überhaupt treffen? Hatte er nicht genug männliche Freunde, mit denen er nächtelang philosophieren konnte?

Consuelo lächelte grimmig in den Spiegel, zog einen extra großen Lidstrich und legte den dunkelroten Lippenstift auf. Sie würde heute den mittelamerikanischen Wildfang an Antoines Seite geben. Sie drehte sich vor dem Spiegel und war durchaus zufrieden mit dem, was sie sah. Noch einmal überprüfte sie den Sitz ihres schneeweißen Kleides mit dem asymmetrischen Ausschnitt, das sie vergangene Woche erworben hatte. Perfekt. Ihre schmale Taille und der kleine Busen, die geschwungene Hüfte, der Rock bis kurz über die Knie, die verzierte Naht in den Strümpfen, die spitzen schwarzen Riemchenpumps – perfekt. Wenn sie darin nicht aussah wie eine Leinwanddiva, dann wusste sie auch nicht. Oder wie Schneewittchen. Und die war bekanntlich die Schönste im ganzen Land!

»Fahren wir, Chérie?«, rief Antoine aus dem Salon und pfiff ein Kinderlied, ganz so, als sei es ein normaler Abend. Für ihn war es vielleicht ein normaler Abend. Vielleicht bemerkte er gar nicht, dass es irgendwie begann schiefzulaufen für sie und ihre Ehe. Vielleicht bemerkte er gar nicht, wie er umgarnt und mit Augen ausgezogen wurde, liebkost und verehrt von all den Bewunderinnen. Für ihn schienen dieser ganze Erfolg und seine Konsequenzen nur ein großer Spaß zu sein, ein großes Abenteuer für einen aufgeregten Jungen, der beim Spielen einen Schatz im Garten ausgegraben hat. War das so? Jedenfalls reflektierte er offenbar nicht, dass das Leben nicht nur aus Essen, Trinken, Diskutieren, Interviews, Fototerminen und Herumsitzen bestehen konnte. Es musste doch irgendwann einmal weitergehen. Vorangehen. War er denn zufrieden damit, wie sie jetzt lebten? Mit all diesen fremden Menschen so nah um sie herum.

Caramba!

»Ich komme, Tonio!«, rief sie, legte sich eine Stola um und trat aus dem Badezimmer.

Er unterbrach das Kinderlied und stieß einen anerkennenden Pfiff aus. »Wie stolz ich auf dich bin, Consuelo. Du bist so schön wie das Morgenlicht über den Anden.«

Sie lachte. Immerhin, seinen Charme hatte er bei all dem

Rummel nicht eingebüßt. »Heute Abend wäre ich aber lieber dein Mondschein auf den Boulevards von Paris.« Sie gab ihm einen Kuss auf die Wange. »Dein einziger Mond, wohlgemerkt. Wir sind hier schließlich nicht auf dem Jupiter.«

»Vögelchen, du bist mein einziger Mond. Und mein südlicher Sternenhimmel.«

»Ich will aber dein gesamter Sternenhimmel sein, nicht nur der südliche.«

Er schwieg und nahm die Schlüssel von der Kommode. »Der Wagen wartet. Komm!« Er zog sie aus der Wohnung, und sie traten in die Dunkelheit und Ungewissheit der Nacht.

Eine halbe Stunde später betraten sie das Café de Flore, und die Gespräche an den Tischen verebbten. Die Gäste beugten sich zueinander und wisperten, wer dort das Lokal betreten hatte – der berühmte Schriftsteller, dieser Flieger, du weißt schon, meinte Consuelo sie zischeln zu hören.

Tonio steuerte auf einen Tisch am Rande zu, an dem Nelly neben einem elegant gekleideten Mann saß und ihnen bereits entgegenlächelte. Das blonde Haar wieder in modische Wellen gelegt, der immer noch sehr rote Lippenstift akkurat aufgetragen und natürlich im neusten Pariser Chic gekleidet, reichte sie ihren langen Arm zum Handkuss an Antoine und gab Consuelo die Hand. Ihr Mann, der Baron de Vogüé, begrüßte sie formvollendet und meinte sein Spanisch bemühen zu müssen, indem er *Buenas Noches* zum Besten gab. Consuelo rutschte auf den Sitz neben Tonio und hoffte schon jetzt, der Abend ginge schnell vorbei.

Leider zog er sich sehr, und Consuelo musste feststellen, dass der gute Stall, aus dem diese Nelly stammte, nicht zu ignorieren war: Sie parlierte tatsächlich einwandfrei über aktuelle Politik, die neusten literarischen Sensationen und Kunstausstellungen. Ständig ließ sie ihre fundierte klassische Bildung durchblicken – und sie rauchte mit ihrer Zigarettenspitze sehr elegant die neusten Zigarillos.

Nach erschöpfenden zwei Stunden, in denen kaum je das Wort an sie gerichtet worden war, saß Consuelo müde an Tonios Schulter gelehnt. Das Essen war reichlich und schwer gewesen. Der Zigarettenrauch, der Geräuschpegel, das Aufbrausen von Gelächter von den vielen Tischen, die vorbeieilenden Kellner, die Musik aus den Lautsprechern, das Klirren der Gläser und des Bestecks, das Quietschen und Kleben der Lederbänke – das war alles zu viel. Und dann noch diese unsägliche Nelly und ihr Gatte, der Herr Baron: Das war nun wirklich unerträglich. Sie zupfte Tonio unter dem Tisch am Ärmel, ihr Zeichen, dass sie gehen wollte.

Aber er reagierte nicht und bestellte stattdessen noch eine Flasche Bordeaux.

Inzwischen saß auch der Baron zusammengesunken auf seinem Stuhl und rauchte. Nelly hingegen wirkte frisch wie der Frühling, kein Haar war verrutscht, keine Falte erschien auf dem Porzellangesicht, und sie sprach eifrig auf Antoine ein. Consuelo hatte den Faden verloren, um was es inzwischen ging. Irgendwas mit Philosophie wohl, wenn sie die Schlüsselworte *Nietzsche* und *Aristoteles* richtig verstand. Es war wirklich erstaunlich, dass die beiden, Tonio und diese Dame, sich über diese Dinge austauschten, als seien es die spannendsten Themen auf dem Planeten. Immerhin machte es nicht den Eindruck, als sprächen sie doppelbödig und würden sich mit Worten und Blicken ausziehen oder verschlingen. Das war natürlich gut so – aber du meine Güte, wie langweilig. Nein, dazu würde Tonio sie, Consuelo, tatsächlich nie kriegen: zu philosophischen Gesprächen, über einen Restauranttisch ge-brüllt bis weit nach Mitternacht.

Auch Baron de Vogüé drückte nun seine Zigarette aus, schaute auf die Taschenuhr und ermahnte seine Frau, dass es Zeit sei zu gehen. Sie nickte und stand folgsam auf, wäh-rend sie weiter auf Antoine einredete. Endlich rief sie Con-suelo kurz ein Adieu zu und wurde von ihrem Mann aus dem Café gezogen.

Antoine blieb schweigend zurück und steckte sich eine Zi-garette an. »Ein letztes Glas, Chérie?«, fragte er Consuelo und goss schon nach. »War das nicht ein anregender Abend?« Er lächelte.

»Nein. Dies war kein anregender Abend, sondern ein an-strengender!«

Sein Lächeln erstarb. »Ich dachte, du hast dich auch gut unterhalten mit dem Baron.«

»Nein, ich habe mich nicht gut unterhalten mit ihm. Was habe ich denn mit einem Marineoffizier zu bereden? Er ver-suchte es mit Rennpferden und Jachten. Ich kenne mich mit Rennpferden und Jachten nicht aus, und sie interessieren mich auch nicht.«

»Was sprecht ihr auch über so komische Dinge?«

»Über Nietzsche wollte ich mich nun mal auch nicht unter-halten.«

»Siehst du, und das ist schade. Manchmal wünschte ich, du würdest dich ein wenig mehr, nun ja, bilden, damit wir über so etwas diskutieren können.«

Consuelo stand auf und griff nach Stola und Handtasche.

»Mein lieber Antoine«, zischte sie, »wenn du deiner Frau etwas mehr Aufmerksamkeit entgegenbringen würdest, anstatt dauernd zu telefonieren oder mit fremden Leute essen zu gehen, dann hättest du vielleicht bemerkt, dass ich mich um einen Studienplatz bemühe, auf dem ich sehr viel lernen werde, zum Beispiel über Kunstgeschichte. Dies ist mein Interessengebiet, dafür habe ich ein Faible, und ich habe dort durchaus Vorkenntnisse. Wer hat denn wohl die Sixtinische Madonna gemalt? Na? Weißt du nicht? Kennst du nicht? Du solltest dich mal ein wenig mehr bilden, mein lieber Mann!« Damit wandte sie sich ab und verließ hoch erhobenen Hauptes das Café.

War denn das die Möglichkeit? Was kam er ihr mit Fleiß und Bildung? Er sollte endlich sein Bohemien-Dasein beenden und stattdessen mal wieder seinen Hintern auf seinen Schreibtischstuhl bewegen und etwas zu Papier bringen, was die Welt interessierte. Dieses Geschwafel über Aristoteles jedenfalls würde ihn nicht weiterbringen.

Und diese undurchsichtige Freundschaft mit diesem blonden Gift auch nicht. Auch wenn es bisher vielleicht wirklich nur platonisch – sie lächelte – oder vielmehr aristotelisch war zwischen den beiden: Das musste aufhören. Ihr Mann wurde dadurch von den wichtigen Dingen abgelenkt. Diese Baronesse würde seine Schaffenskraft lahmlegen, wenn das so weiterginge.

Das konnte sie als seine Ehefrau doch nicht zulassen! Sie brauchte dringend einen Plan, wie sie diese Person loswerden konnte.

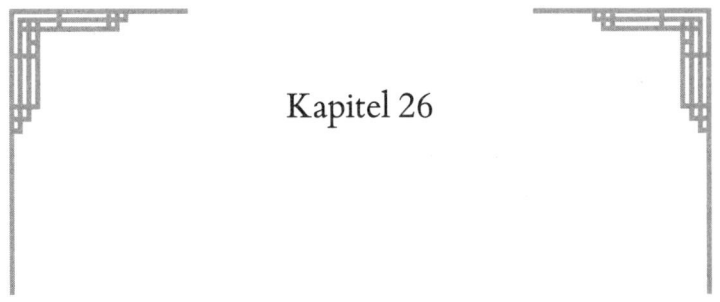

Kapitel 26

Um sich von dem unschönen Zustand ihrer Ehe und der Unruhe durch Antoines Kommen und Gehen samt der ständigen
Telefonate abzulenken, zog es Consuelo nun immer häufiger
in André Derains Atelier. Er zeigte ihr stets freudig seine neu-
esten Werke und lud sie ein, mitzuarbeiten und zu üben. Er
tröstete sie, auch weil sie immer noch keine Antwort von der
Universität erhalten hatte. »Weißt du, manchmal werden gerade die Besten übersehen.« Er nickte energisch, als er ihren
zweifelnden Gesichtsausdruck sah. »Das stimmt, meine Liebe.
Wir wissen doch gar nicht, welche Kriterien die Jury hat. Wir
wissen nicht, welche Verpflichtungen sie gegenüber Alumni
oder Spendern hat.« Er legte Consuelo den Arm um die Schultern. »Schau, alles, was ich aus meinem langen Künstlerleben
weiß, ist, dass man nie aufgeben darf. Und dass man stets fleißig an seinen Fähigkeiten arbeiten muss. Egal, ob es irgend-
jemanden gerade interessiert oder nicht.« Er streichelte ihr die
Wange. »Verstehst du, Liebes?« Er zog eine Leinwand auf und
stellte sie ihr auf die Staffelei. »Im Übrigen hatte ich noch
eine Idee«, fügte er hinzu, als er zu seiner eigenen Leinwand
hinüberging und den Pinsel aufnahm. »Wie wäre es, wenn
du gar nicht auf diese Leute wartest, sondern dich einfach an

einer Privatuniversität einschreibst? An der Académie Ranson zum Beispiel arbeiten sehr fähige Professoren, die im Übrigen dort sind, weil sie es sich aussuchen können. Ich kann diese Institution nur empfehlen. Willst du, dass ich dort einmal anfrage, ob sie noch Platz haben?« Er kniff ein Auge zusammen, während er die bereits auf die Leinwand geworfene Skizze überprüfte.

Sie sah erstaunt zu ihm hinüber. An solch eine Möglichkeit hatte sie noch gar nicht gedacht, obwohl sie von der berühmten Académie, die Anfang des Jahrhunderts von dem berühmten Maler Paul Ranson gegründet worden war, natürlich gehört hatte. »Unbedingt!«

»Billig ist es nicht, aber die Ausbildung ist absolut fundiert und umfassend«, fuhr Derain fort. »Sie können dir dort sehr viel mehr bieten als ich hier in meinem kleinen Atelier mit meinem festgelegten Geschmack, meiner seit vierzig Jahren eingefleischten Arbeitsweise und meinem autodidaktisch erworbenen Halbwissen über theoretische Grundlagen.« Er grinste verschmitzt.

»Nun stapele bitte nicht so tief! Ich lerne so viel von dir. Aber die Académie wäre natürlich ein Traum!«

Derain lächelte. »Dann werde ich dort anklopfen für dich. Und nun schnapp dir eine Grundierung und leg los.«

Und so vergingen Consuelos Tage in der Stille des Ateliers mit Arbeit und Lernen – während Tonio weiterhin von Verlagstermin zu Essensverabredung zu Interview raste. Eines Abends schlenderten Consuelo und André nach einem erfüllten Maltag durch die Gassen von Montmartre, um irgendwo einzukehren, nachdem sie über die Arbeit ganz vergessen hatten, etwas zu essen, als André plötzlich doch fragte:

»Na, wie steht es denn nun eigentlich mit deinem holden Gatten?« Er schaute sie von der Seite an. »Du erzählst nie etwas von ihm, aber ich sehe ständig dein nachdenkliches, trauriges Gesicht und lese parallel in der Zeitung, dass er einen Filmvertrag für *Nachtflug* mit Goldwyn Meyer unterschrieben hat.«

Consuelo nickte. »Die Dreharbeiten sollen bald beginnen.«

Derain schien zu warten, ob noch etwas käme. Irgendeine Meinung dazu, ein Gefühl, eine Regung.

Nun gut, sie wollte nicht zu abweisend sein. »Was bedeutet, dass er noch beschäftigter sein wird als ohnehin schon.«

»Kommt er denn überhaupt noch zum Schreiben?«

Consuelo seufzte. »Er käme wohl dazu. Wenn er sich mal entschließen könnte, zu Hause zu bleiben und ein paar Termine abzusagen.« Sie überlegte, ob sie noch mehr andeuten sollte. Schließlich war er ein enger Freund. »Termine beruflicher Art. Und vor allem privater.«

»Verstehe.« Derain legte den Arm um sie und drückte sie kurz. »Nicht einfach, einen Künstler zu lieben, was?« Er lächelte und zwirbelte seinen Bart. »Nicht einfach. Gut, dass ich nie geheiratet habe.«

Consuelo schaute zu ihm hoch. »Aber du hättest doch deiner Frau nicht solch einen Kummer bereitet.«

»Wenn ich eine Frau geheiratet hätte, hätte ich das wohl nicht, nein. Aber wie du dir vielleicht denken kannst, stand mein Sinn sowieso nie danach, eine Frau zu heiraten.«

Consuelo nahm seine Hand. »Das ist aber auch nicht einfacher, nicht wahr?«

Er schritt schneller. »Weißt du, jeder muss doch nach seiner Façon glücklich werden. Da hatte dieser Alte Fritz von Preußen schon recht.« Er stoppte vor einem Café mit hübscher rot-weiß gestreifter Markise, in dem sie noch nie gegessen hatten. »Wollen wir mal verrückt sein und etwas Neues ausprobieren?«

»Solange sie einen guten Chablis und eine Quiche haben, immer gerne.« Sie stellte sich auf die Zehenspitzen und gab ihm einen kleinen Kuss auf die Wange. »Danke!«

»Wofür?«

»Für deinen Unterricht, deine Freundschaft, deine Zeit und deine Weisheit.«

»Das ist viel. Das ist sehr viel.« Er grinste.

Sie knuffte ihn in die Seite. »Jetzt nur nicht überschnappen auf deine alten Tage.«

»Auf meine alten Tage, was soll denn das heißen? Ist Mitte fünfzig etwa alt?« Er richtete sich entrüstet auf und schob sie vor sich her in das Restaurant. »Darauf muss ich vor Schreck erst mal einen Wermut nehmen.«

Lachend setzten sie sich an einen Fenstertisch, und es wurde ein richtig schöner Abend mit Blick auf die Flaneure von Montmartre unter den Laternen – und mit einer annehmbaren Quiche Lorraine. »Übrigens habe ich inzwischen auch mit meinem befreundeten Professor an der Ranson Kontakt aufgenommen«, sagte Derain, als sie beim Espresso saßen. »Sie hätten derzeit noch einen Platz frei, da eine Studentin familienbedingt Paris mitten im Semester verlassen musste. Ruf am besten gleich morgen dort an und stell dich vor.«

Consuelo drückte ihm einen Kuss auf die Wange. »Danke!«

Als sie später am Abend die Wohnungstür aufschloss, vernahm sie Grammofonmusik und roch, dass Kartoffeln mit Speck und Zwiebeln gebraten worden waren. Sie erblickte Tonio auf der Chaiselongue, einen leeren Teller samt Gabel neben sich auf dem Parkett, zur Musik summend, in der Hand einen Block, auf dem er eifrig etwas notierte.

Consuelo legte erstaunt ihren Mantel und den Hut ab, richtete ihr Haar und trat zu ihm. Er war zu Hause? Um diese Uhrzeit? Es war doch noch nicht einmal Mitternacht.

»Hallo, Chérie, wie war dein Tag?«, fragte er und streckte die Hand nach ihr aus, um sie an sich zu ziehen.

Sie blieb stehen, wo sie war. »Was machst du hier?«

»Was soll das heißen: Was machst du hier? Ich wohne hier.« Er nahm die Hand zurück und machte Anstalten, sich wieder in seine Kritzelei zu vertiefen.

»Davon hat man aber nicht viel gemerkt in den letzten Wochen.«

Er blickte vom Block auf. »Nun sei doch nicht so empfindlich. Es ist eine Phase in meinem Leben, in der eben viel zu erledigen ist.«

»Wäre es nicht wichtiger, das Wichtigste zu erledigen?«

»Und das wäre?« Er legte Block und Stift zur Seite und setzte sich auf.

Consuelo kamen die Tränen, ohne dass sie es wollte. »Das Wichtigste wäre, dass du uns nicht vergisst.«

Er sprang auf und umarmte sie schnell. »Aber Vögelchen, wie kannst du glauben, dass ich uns vergesse?« Seine Stimme klang ernsthaft bestürzt, er wiegte sie hin und her. »Selbst wenn ich unterwegs bin, denke ich doch an dich. Du bist mein Augenstern, ach was, mein Morgenstern und mein Abendstern, wenn du willst, auch noch mein Polarstern.«

Sie musste lachen.

»Siehst du, so gefällst du mir gleich besser.« Er nahm ihren Kopf sanft zwischen beide Hände und lächelte sie an. »So liebe ich meine Consuelo. So fröhlich. Und nun sag mir, wie dein Tag war.«

Und als sie ihm erzählte, dass Derain ihr einen Studienplatz an der Ranson besorgt hatte, gab er ihr einen Kuss. »Wie sehr ich mich für dich freue! Das ist eine tolle Nachricht. Endlich kannst du dein Talent richtig schulen lassen.« Er wurde ganz aufgeregt. »Was werde ich eines Tages stolz sein, wenn meine Frau eine große Einzelausstellung hat oder eines ihrer Werke in einem Museum hängt. Ich kann es kaum erwarten!«

Sie schmiegte sich an ihn. Trotz aller Schwierigkeiten: Was war sie froh, dass Tonio sie so in ihren Zielen unterstützte. Was für ein Unterschied zu Enrique oder manch anderem Ehemann aus ihren Bekanntenkreis.

Er rutschte auf die Chaiselongue und klopfte neben sich. »Komm zu mir, Vögelchen. Wir wollen ein wenig gemeinsam Musik hören und träumen. Träumen ist sehr wichtig, weißt du? Ohne Träume kann ein Mensch nicht leben.«

Und so hörten sie Arm in Arm eines von Rachmaninows Klavierkonzerten, ein wenig Schubert und Mozart. Und träumten.

Was er genau träumte, wusste sie nicht.

Aber sie träumte, dass es von Abenden wie diesem noch sehr viele geben würde in ihrer Ehe.

In einem studentischen Aufzug, wie Consuelo fand – ein legeres Tageskleid und flache Schuhe –, betrat sie eine Woche später aufgeregt das ehrwürdige Gebäude der Académie Ranson in Montparnasse, ihre Mappe unter den Arm geklemmt. Sie hatte die Wohnung verlassen, als Tonio noch schlief. Aber auf dem Küchentisch hatte sie einen Grußzettel von ihm vorgefunden: »Viel Freude und lern schön! Ich bin stolz auf Dich!« Daneben hatte er eine lockige Frau gezeichnet, die mit einem riesigen Pinsel, den sie schulterte, an einer Staffelei stand. Dazu einen Kussmund.

Den Zettel wusste sie gut verstaut in ihrer Umhängetasche, als sie nach der Anmeldung ohne große Umschweife von der Sekretärin in die Studienklasse von Professor Dupont geleitet wurde und sich unter zehn weiteren Studentinnen wiederfand. Der Professor fragte nur knapp nach ihrem Namen, der ihm in dem Moment nichts zu sagen schien, und stutzte auch nicht über ihr Alter, sondern ging sofort wohlwollend nickend mit ihr ihre Mappe durch. Dann gab er ihr als Erstes die Aufgabe, mit dem Bleistift ein Stillleben zu erstellen, für das er Keramikvasen, Blumen und Obst arrangiert hatte.

»Wir schwafeln hier nicht viel, wir arbeiten«, sagte er dazu, und Consuelo war das ganz recht.

Sie tauchte sofort ein in die beruhigende Arbeit. Tag für Tag genoss sie das perfekte Licht des Klassenraums sowie die intensiven Arbeitsgespräche und Lehreinheiten mit den Professoren. In der kleinen Cafeteria nahm man mittags zusammen eine kleine Mahlzeit ein, und dann ging es in eine theoretische Unterrichtseinheit zu Maltechnik und Materialkunde. Dass dieses private College natürlich nicht ganz günstig war, wusste sie. Aber es war es wert. Es war es auf jeden Fall wert. Endlich bekam sie die fundierte Ausbildung, auf die sie so lange gewartet hatte. Endlich traf sie Menschen, die sie verstanden und die ähnliche Empfindungen hatten wie sie. Die meisten ihrer Mitstudentinnen waren ein wenig jünger als sie, manche sogar gut zehn Jahre. Aber eigentlich war das ganz gut, der Esprit der jungen Damen konnte schließlich nicht schaden. Und so bekam sie in den Cafeteriagesprächen wenigstens mit, welche Bars und Chansons gerade modern waren. Im Gegenzug erzählte sie den Kommilitoninnen von Mittelamerika oder Spanien, was sie sehr aufregend fanden, und brachte ihnen ein paar Brocken Spanisch bei.

Wenn sie am späten Nachmittag nach Hause kam, war Tonio meist gerade erst aufgestanden, gab ihr einen schnellen Kuss und verließ die Wohnung. Sobald danach Stille einkehrte, schaute Consuelo traurig auf seine Remington, die schon seit Wochen mit einem eingespannten leeren Blatt auf dem Schreibtisch herumstand. Wann würde er es endlich schaffen, sich seinen Tag und seine Nacht so einzurichten, dass er wieder schreiben konnte? Wann würde er begreifen, dass diese Erfolgswelle endlich war – und dass man sich auf Ruhm nicht ausruhen konnte?

Kapitel 27

Familienschloss Saint-Maurice-de-Rémens,
Sommer 1932

Nur wenige Wochen später musste Consuelo sich bewusst machen, dass man vorsichtig mit seinen Wünschen sein sollte: Sie hatte sich Veränderungen für Tonio gewünscht, nun hatte sie eine bekommen. Aber offenbar eine der unerfreulichen Art, dachte sie, als sie in Tonios Bugatti auf die lange Auffahrt zum Schloss bogen und Consuelo das Paradies seiner Kindheit zum ersten Mal erblickte. Still und friedlich inmitten eines Parks mit alten Bäumen und rund gestutzten Büschen leuchteten die blassgelbe Fassade und die grünen Fensterläden. Sie und Tonio sprangen regelrecht aus dem Wagen und eilten über eine Freitreppe an Kübelpflanzen vorbei ins Innere. Marie lief ihnen entgegen. »Wie gut, dass ihr so schnell gekommen seid! Danke!« Sie umarmte ihren Sohn fest und gab Consuelo die Hand.

Am Telefon hatte sie nicht sagen wollen, worum es ging. Sie hatte nur darum gebeten, dass die beiden so schnell wie möglich kämen.

»Was gibt es denn zu besprechen, Maman?«, fragte Tonio und nahm seine Mutter beschützend in den Arm.

Marie traten sofort Tränen in die Augen. »Ach, Junge. Lass uns erst mal einen Kaffee trinken. Dabei erzähle ich es euch.«

Sobald sie am Gartentisch unter einer Buche Platz

genommen hatten und der Kaffee in den Tassen dampfte, atmete Marie tief durch und sagte: »Ich habe mich entschlossen, Saint-Maurice zu verkaufen.«

Tonio sprang auf: »Was?«

Marie machte eine beschwichtigende Bewegung. »Setz dich, Antoine. Ich will es dir erklären: Wie du weißt, sind hier ständig Reparaturen nötig. In letzter Zeit ist nicht mal mehr das Dach zuverlässig.«

»Aber …«, setzte Tonio an.

»Ich habe nicht die Mittel, um das Gebäude instand zu halten. Aber wenn nichts passiert, verfällt es immer mehr.«

»Wir können doch …«, setzte Tonio an, verstummte aber sofort, als er Maries Blick sah – und als er seinen mauen Kontostand überschlagen hatte, vermutete Consuelo.

»Kann Didi nicht …?«

Marie schüttelte den Kopf. »Didi und Pierre haben genug mit dem Château Agay zu tun. Und deine Schwester Simone, nun, sie ist in Saigon wohl am besten aufgehoben und kommt wohl auch nicht wieder.«

Consuelo horchte auf. Von dieser Schwester hatte sie bisher wenig gehört. Tonio sprach selten von ihr, ab und zu kam ein Brief. Sie arbeitete in Saigon im Stadtarchiv, war alleinstehend, soweit sie wusste. Sie lenkte ihre Gedanken wieder auf Marie und das Schloss. »Und die Bank gibt keinen Kredit?«, fragte sie.

Marie schnaubte. »Nicht mehr. Mit Sicherheit nicht. Nein, es bleibt nur der Verkauf. Und ich bin froh, dass ich einen guten Käufer gefunden habe.«

»Du hast schon jemanden?« In Tonios Augen traten Tränen. »Ist der Vertrag schon unterzeichnet?«

Marie schwieg einen Moment, dann nahm sie seine Hand. »Ja, mein Junge. Die Stadt Lyon möchte das Gebäude und das Gelände nutzen, um hier ein Kinderferienheim zu betreiben.«

Tonio entzog ihr die Hand und lehnte sich in dem Korbstuhl zurück. Sein Blick war nach innen gerichtet.

Marie fuhr fort: »An diesem und am nächsten Wochenende werden wir die Möbel des Schlosses verkaufen. Deshalb habe ich euch auch hergebeten. Ihr müsst mir helfen, sie an der Auffahrt aufzustellen, damit die Käufer sie begutachten können.«

Tonio sah sie entsetzt an. »Wie auf einem Trödelmarkt willst du unsere Familienerbstücke verscherbeln?«

»Reiß dich zusammen, Antoine! Du bist kein kleines Kind mehr! Meinst du, für mich ist das ein Spaß? Es ist die einzige Möglichkeit, sie loszuwerden. Wo soll ich denn sonst hin damit. In meine kleine Wohnung in Cannes, die ich angemietet habe, passen sie jedenfalls nicht.«

Consuelo beugte sich vor und nahm Marie in den Arm, die nun doch weinte. Was mussten das für eine Demütigung und ein Schmerz sein, das Anwesen, das über Generationen Mittelpunkt der Familienaktivitäten gewesen war, auf diese Weise abzugeben. Sie dachte an die Kaffeeplantage daheim in El Salvador und stellte sich ihre Mutter in der gleichen Situation vor. Nein, nein, das war undenkbar! Sie streichelte Maries Rücken. Die Ältere ließ es zu – bis sie sich abrupt aus der Umarmung löste, sich aufrichtete, die Tränen mit einem Taschentuch abtupfte und aufstand. »An die Arbeit, Kinder! Wir bringen zuerst die Möbel aus dem ersten Stock hinunter. Zum Glück scheint das Wetter mitzuspielen, sodass uns die Polster und Hölzer wenigstens nicht verregnen.« Sie klatschte in die Hände. »Auf geht's!«

Beeindruckt von so viel Contenance, stand Consuelo auf, doch Tonio blieb sitzen und schüttelte den Kopf.

Marie strich ihm über den Arm, bevor sie langsamen Schrittes auf das Schloss zuging und darin verschwand.

Consuelo beugte sich zu Tonio hinunter und umarmte ihn: »Marie hat das Richtige entschieden. Es gibt keine andere Lösung.«

Immer noch vor sich hin starrend, sagte er nach einer ganzen Weile leise: »Ich wünschte, ich hätte schon genug Geld verdient, um Maman das zu ersparen. Uns allen.«

Consuelo streichelte seinen Nacken. »Ich weiß, Liebster. Ich weiß.«

Er befreite sich aus ihrer Umarmung und stand auf. »Ich mache einen Spaziergang durch den Park, bis ich bereit bin, mit anzupacken.«

Consuelo nickte und sah ihm nach, wie er mit den Händen in den Hosentaschen zwischen den Büschen verschwand. Es war wirklich ein Jammer, dass das geschehen musste. Aber es half nichts. Es musste weitergehen, nicht wahr? Und natürlich war das Schloss in diesem Zustand für Marie unhaltbar, und sie konnten schließlich nicht zu ihr ziehen, es würde auch gar nichts nutzen. Immerhin würde es nun ein Ort der Freude werden für die Kinder, die hier ihre Ferien verbringen durften und ähnliche Abenteuer erleben würden wie Tonio früher.

Als sie wenig später mit Marie die Bücher der mit rotem Filz ausgekleideten Bibliothek aus den eingebauten Regalen nahm und in Kisten verstaute, sagte Marie: »Es tut mir im Herzen weh, dass ich Tonio das Reich seiner Kindheit entreißen muss.«

»Marie, du kannst doch nichts dafür. Keiner kann etwas

dafür. Diese großen Häuser sind für heutige Verhältnisse und Bedingungen einfach nicht gemacht. Die Nutzung, die es nun erfahren wird, ist doch viel sinnvoller.«

Marie hielt beim Packen inne. »Es ist freundlich von dir, dass du mich aufbauen willst. Aber es ist ein herber Verlust für die Familie.«

»Tonio wird die Erinnerungen an seine schöne Kindheit hier immer im Herzen bewahren.« Consuelo lächelte. »Die Kindheit, die du ihm so liebevoll gestaltet hast. Er zehrt davon ein Leben lang.«

Nun lächelte auch Marie. »Du hast recht. In diesem Haus konnte ich ihm und seinen Geschwistern einen guten Start ins Leben ermöglichen. Und nun sind sie flügge und in aller Welt unterwegs.«

Consuelo nickte. »Wer weiß, wo es sie noch hintreibt in diesem verrückten Leben. Keiner jedenfalls hätte hier wohnen wollen und können.«

Jetzt wirkte Marie regelrecht erleichtert. »Danke, Consuelo. Du hast mir sehr geholfen.«

Du mir auch, einst, dachte Consuelo und drückte ihre Schwiegermutter an sich. Du mir auch.

Am Tag darauf kamen die Käufer. Antikhändler, Schaulustige, Dorfbewohner drängelten sich um die Möbelstücke, Bücher, Garderobenständer, das Geschirr und die Kochtöpfe. Marie stand an der Seite und beobachtete das Geschehen. Sie hatte einige Mitglieder ihres Kirchenchors, in dem sie seit Jahrzehnten sang, gebeten, ihr beim Kassieren zu helfen und das Gewühl ein wenig zu überwachen. Es war wie auf einem Jahrmarkt, Rufe flogen hin und her, Leute hoben Dinge in die Luft und erfragten die Preise. Kaum jemand traute sich, Marie oder Antoine sein Bedauern auszudrücken und viel Glück zu wünschen. Stattdessen hatte Consuelo den Eindruck, dass manch ein Dorfbewohner hämisch lächelte.

Bald konnte sie es nicht mehr ertragen und lief die Dorfstraße hinunter auf der Suche nach einem frischen Getränk und ein wenig Ruhe. Sie entdeckte einen kleinen Gasthof und betrat ihn. Nur vier Männer saßen hier drinnen vor ihrem Pastis und verstummten, als sie sie erblickten.

»Bonjour«, grüßte sie freundlich in die Runde und bestellte auch einen Pastis. Sie blieb an der Bar stehen, um die Zeitung zu studieren, die dort ausgelegt war. Die Gespräche der Männer wurden nicht wieder aufgenommen, Consuelo spürte ihre Blicke im Rücken. Aber das Anisgebräu tat ihr gut, und schon nach ein paar Minuten fühlte sie sich gestärkt, um wieder in die Arena rund um die Möbel zu treten. Sie verließ den dunklen Gasthof und musste sich draußen erst wieder an das Sonnenlicht gewöhnen – als sie Tonio in die Arme lief.

»Ich hab dich gesucht. Wo warst du?«, rief er.

Sie deutete auf den Gasthof.

Er schaute sie entgeistert an. »Da warst du drinnen?«

Sie zuckte die Schultern. »Wieso denn nicht?«

Er sah immer noch entsetzt aus, dann musste er lachen. »Wieso? Weil niemals eine Frau diese Kneipe betreten hat. Außer sie musste ihren holden Gatten spätabends dort herausziehen, weil er nicht mehr laufen konnte.«

»Tatsächlich?«

»In der Tat. Consuelo, das ist hier nicht Paris.« Er grinste. »Na, das wird ein schönes zusätzliches Tratschthema geben: die Comtesse an der Bar.«

»Ich hatte mich schon gewundert, warum sie so komisch gucken, da drinnen.«

Tonio lachte noch lauter. »Was soll's. Nun komm, wir wollen Mama weiter unterstützen. Immerhin kommt durch den Verkauf der Möbel einiges zusammen, wie es aussieht. Damit wird sie die nächste Zeit sorgenfrei in ihrer kleinen Wohnung leben können.« Er schwieg kurz, dann setzte er hinzu: »Und später, wenn ich mich konsolidiert habe mit einem neuen Buch, kann ich sie regelmäßig unterstützen, meine Maman.« Seine Augen füllten sich schon wieder mit Tränen, aber er wischte sie sofort weg. »Nun komm, meine unkonventionelle bessere Hälfte. Weg vom Ort deines Fehltritts.«

Sie gab ihm einen Kuss. Wie tapfer es war, dass er nun offenbar beschlossen hatte, diese ganze Angelegenheit des Schlossverkaufs erwachsen und schnell hinter sich zu bringen, ohne zu sehr an den kleinen Jungen mit dem Blondschopf zu denken, der er einst gewesen war und der hier so glückliche Jahre verbracht und so viele Abenteuer erlebt hatte.

Kapitel 28

Herbst 1933

Während Consuelo bald wieder jeden Morgen pünktlich das
Haus verließ, um zur Académie zu gehen, machte Tonio ganz
so weiter wie vor der Reise nach Saint-Maurice: mit Essens-
einladungen, endlosen Telefonaten und Terminen. Und natürlich den Filmvorbereitungen und Dreharbeiten zu *Nachtflug*.
Clark Gable sollte mitspielen, und Tonio war ganz aufgeregt
und sagte, er freue sich auf den Film. Aber für Consuelos Geschmack investierte er zu viel Zeit und Energie in dieses Projekt, das die Profis von der Filmfirma auch sehr gut alleine
stemmen konnten, nachdem Tonio das Skript freigegeben
hatte. Außerdem war sein Honorar erstaunlich gering. Klammerte er sich vielleicht an den Film, um nicht wieder an die
Schreibmaschine zurückkehren zu müssen? Aus Angst, dass
ihn in der Ruhe und Einsamkeit seines Arbeitsplatzes der Verlust des Schlosses bedrängen würde – oder hatte er schlicht-
weg keine Idee für sein nächstes Buch.

Sie hatte ihn mehrmals darauf angesprochen, aber seine
Reaktion wurde mit jedem Mal abweisender. Sie solle sich
um ihr Studium kümmern und ihn machen lassen. Hatte sie
gehofft, dass auch die Treffen mit seinen alten Schulfreunden
mit der Zeit einschlafen würden, allen voran mit Nelly, so
hatte sie sich ebenfalls getäuscht. Wie sie von Suzanne hörte,

sah man die beiden des Öfteren in den Lokalen sitzen und parlieren.

Als sie eines Vormittags unplanmäßig früh von der Uni nach Hause zurückkehrte, weil eine Vorlesung ausgefallen war, erblickte sie im Flur aufgereiht ein nagelneues Set aus Lederkoffern verschiedener Größe. Consuelo erkannte Tonios Initialen eingestanzt in das edle Leder. Schick. Aber warum kaufte er sich solch teure Koffer? Sie hatten doch neulich erst festgestellt, dass sie trotz des Filmvertrags ein wenig besser haushalten mussten. Schließlich waren ihre Ausgaben ziemlich hoch, und die Verkaufserlöse seiner Bücher sowie die gelegentlichen Reportagen für *Paris-Soir* und andere Magazine brachten nicht genug ein, um sie zu decken. Tonios Lebensstil war einfach zu ausschweifend geworden. Nun gut, Consuelo musste zugeben, dass sie auch ein klein wenig dazu beigetragen hatte. Es hatte sich aber auch als schwer bis unmöglich erwiesen, die mit geschwungener Handschrift ausgefüllten Einladungskarten an *Comtesse Consuelo de Saint-Exupéry* der Pariser Modehäuser zu Schauen und Verkaufsabenden nicht anzunehmen. Die ein oder andere Robe hatte Consuelo dort natürlich erstehen müssen, schließlich hatte sie an der Seite des berühmten Schriftstellers doch gut aussehen müssen bei all den Filmpremieren, den Galas, den Diners, durch die sie in den letzten Monaten gehetzt waren. Dazu das Theater, die Oper, das Kabarett, die Ausstellungen – es gab immer so viel zu tun in dieser Stadt.

Und einen besonders großen und konstanten Kostenpunkt stellte freilich ihr Studium an der Ranson dar.

Was sollten da jetzt die Koffer?

»Die sind von Nelly«, sagte er schlicht, als sie ihn dazu befragte.

Etwas sprachlos schaute sie von den Koffern zu ihm und zurück. Dann erfasste sie eine große Wut: »Von Nelly? Und das sagst du mir einfach so?« Sie spürte, wie das Blut ihr in den Kopf strömte, sie musste sehr rot sein im Gesicht. »Ich hatte dich vor geraumer Zeit gebeten, die Treffen mit dieser Person einzustellen. ICH MAG DIE NICHT!«

»Aber du triffst dich doch auch mit André Derain«, erwiderte er in schönster Ruhe, was sie noch rasender machte.

»Das ist doch etwas völlig anderes. André ist mein Mentor, nicht mein Liebhaber!«

»Woher willst du wissen, dass Nelly meine Geliebte ist?« Er schaffte es doch tatsächlich, zu grinsen bei diesem ernsten Thema.

Consuelo drehte sich um und verließ die Wohnung. Das war doch wohl die Höhe! Wie konnte er so nüchtern über dieses Thema sprechen? Er musste doch merken, wie sehr es sie berührte. Nein, jetzt war Schluss! Sie würde zu Nelly gehen und ihr ein für alle Mal verkünden, dass sie sich fernzuhalten hatte von ihrem Mann!

Als sie an der etwas düster wirkenden Keramikfabrik hinter dem riesigen Eisenzaun außerhalb der Stadt ankam, trat sie direkt auf das Pförtnerhäuschen zu. Der Pförtner schob sein Fensterlein auf: »Ja, bitte?« Sie nannte ihren Namen und sagte, es sei eine dringende Angelegenheit, die sie direkt mit der Chefin zu besprechen habe. Jetzt.

»Sind Sie angemeldet?«, fragte der Mann.

Und erst als sie vehement darauf hingewiesen hatte, dass sie nicht gehen würde, ohne vorgelassen worden zu sein, nahm er den Telefonhörer ab und meldete sie. Es dauerte eine Weile, bis er den Hörer wieder auflegte. »Die Sekretärin holt Sie ab. Warten Sie hier!« Damit schob er sein Fensterchen wieder zu.

Wenig später betrat Consuelo hinter der Sekretärin das Gebäude. Sie stiegen in den zweiten Stock, wo ein großes Panoramafenster wenigstens etwas Licht in diese Höhle ließ. Die Sekretärin klopfte an eine Tür, und als von drinnen »Herein!« ertönte, ließ sie Consuelo in den Raum.

Nelly saß, mit Bluse und Brosche elegant wie eh und je, hinter einem gewaltigen Gründerzeitschreibtisch. Ein sehr schöner Strauß mit Gerbera in einer Fayence-Vase stand darauf, und an der Wand hinter ihr hing eine Landkarte der USA, auf der in verschiedenen Städten bunte Stecknadeln steckten, die meisten in der Stadt New York. Sie blickte ihrer Besucherin mit einem etwas spöttischen Lächeln entgegen, wie Consuelo schien. Sie stand nicht auf und bot ihr auch nicht an, auf dem Stuhl vor dem Schreibtisch Platz zu nehmen. Consuelo war das ganz recht. Im Stehen war sie wenigstens ein wenig größer als die sitzende Nelly.

»Was verschafft mir die Ehre dieses exotischen Besuchs?«, fragte diese und faltete ihre Hände auf der Tischplatte.

Consuelo trat sehr nah an den Schreibtisch heran. »Ich will, dass du Antoine in Ruhe lässt!« Was sollte sie hier erst mal über das Wetter reden?

Nelly verzog keine Miene. »Aber ich lasse ihn doch in Ruhe. Er ruft mich ständig an und verabredet sich zum Essen mit mir. Er schätzt nun mal eine intelligente Konversation.«

Consuelo musste sich beherrschen, um nicht über den Schreibtisch nach ihr zu langen. »Ich will nicht, dass du ihn triffst. Und vor allem: Schicke ihm keine teuren Geschenke!«

»Hat ihm das gravierte Feuerzeug mit dem Diamantbesatz nicht gefallen?«

»Welches Feuerzeug?«, brachte Consuelo hervor. *Dios mío!*

»Ach, dann meinst du wohl die Koffer? Weißt du, er muss doch auch ein wenig weltmännisch wirken, wenn er unterwegs ist, nicht?« Nelly lächelte milde und schob sich eine blonde Strähne aus dem Gesicht, bevor sie geziert auf ihre goldene Armbanduhr schaute. »Es ist natürlich sehr spannend, mit dir zu reden, Consuelo. Aber leider habe ich nun einen wichtigen Termin. Der französische Handelsminister hat sich angekündigt. Wir bemühen uns, die Wirtschaftskontakte mit den USA zu intensivieren, um unsere schönen französischen Waren dort drüben gebührend vertreten zu wissen. Aber was erzähle ich dir das? Kümmere du dich lieber um den Herd und koche Antoine etwas Herzhaftes. Dann muss er nicht immer mit mir essen gehen, nicht wahr?«

Consuelo machte nun doch Anstalten, um den Schreibtisch herumzugehen, wurde aber von der Sekretärin daran gehindert, die urplötzlich wieder im Raum war; offenbar hatte sie die ganze Zeit direkt an der Tür gelauert.

»Madame de Saint-Exupéry möchte das Gelände verlassen. Kannst du bitte dafür sorgen?«, sagte Nelly zu ihrer Assistentin.

»Lass uns in Ruhe!«, rief Consuelo über die Schulter zurück, als die Sekretärin sie schon am Arm gefasst hatte. Consuelo schüttelte ihre Hand ab. »Kümmere dich um deinen eigenen Mann!«

»Auf Wiedersehen!«, sagte die Sekretärin, als sie das Pförtnerhäuschen erreicht hatten. »Wenn Sie sich beeilen, erwischen Sie am Bahnhof noch den Zug um 12.20 Uhr zurück in die Stadt.« Damit verschwand sie wieder in der düsteren Fabrik. Der Pförtner beobachtete Consuelo ganz genau, bis sie sich umdrehte und voller Wut zum Bahnhof ging. Was war das für eine Schlange, diese Nelly. Was für ein Biest! Immerhin hatte sie ihr jetzt mal ordentlich die Meinung gesagt.

Ob das allerdings bewirken würde, dass sie Tonio nun endlich in Ruhe ließe, das würde sich erst noch zeigen.

Kapitel 29

Eines Mittwochabends, als Consuelo nach einem intensiven Tag in der Académie gerade eine Hühnersuppe kochte, kam Tonio vor Freude strahlend nach Hause und verkündete, dass er eine lukrative Arbeit gefunden habe.

»Hast du etwa eine neue Romanidee?«

Er schüttelte den Kopf, aber nicht traurig, sondern voller Elan: »Meine alten Pilotenkollegen haben mir ein Angebot gemacht, das ich nicht ablehnen konnte.«

Und dann erklärte er ihr, dass sein Wissen und seine Erfahrung gefragt waren bei der Konstruktion eines neuen Flugzeugtyps, der in Toulouse gebaut wurde. Ein Wassertransportflugzeug, ein Flugboot. »Ich werde in der Endphase der Konstruktion beratend tätig sein. Und später werde ich als Testpilot arbeiten. Schließlich müssen diese Flugzeuge auch beweisen, dass sie fliegen, nicht wahr?«, sagte Tonio und lächelte zufrieden. Die Aussicht, wieder fliegen zu dürfen, schien ihn zu begeistern und zu beruhigen. »Was riecht denn hier so gut?« Er schnupperte und versuchte, einen Blick in den Topf zu erhaschen.

Consuelo ließ sich nicht ablenken. »Aber mit Wasserflugzeugen kennst du dich doch gar nicht aus. Ist dort nicht ein ganz anderes fliegerisches Wissen erforderlich?«

»Hühnersuppe?« Er strich sich den Bauch. »Schatz, ich habe diese Maschine doch dann mitkonstruiert und kenne jede Schraube. Und meine Flugerfahrung ist Gold wert.« Er nahm sich einen Löffel und tauchte ihn in die Suppe. »Ich habe schon zugesagt.« Er pustete auf die heiße Flüssigkeit auf seinem Löffel. »Nächste Woche geht es erst einmal nach Toulouse, später dann in die Bucht von Saint-Raphaël ans Mittelmeer. Dort wird getestet. Autsch, heiß!« Er verzog das Gesicht, als er die Suppe kostete.

Consuelo legte den Deckel auf den Topf. »Nächste Woche schon? Das sagst du mir jetzt erst? Wie soll ich mich denn darauf so schnell einstellen?« Ihr kam ein Verdacht. »Oder hast du gar nicht geplant, dass ich mitkomme?« Kälte durchströmte sie. Womöglich wollte er sie auf diese Weise loswerden.

Er zuckte mit den Schultern und legte den Löffel mitten auf die Arbeitsfläche. »In Toulouse macht es wohl wenig Sinn, dass du mitkommst. Ich wohne mit den Kollegen auf dem Flughafengelände, damit wir rund um die Uhr Triebwerktests durchführen können.« Er lächelte glücklich, hatte wohl das Dröhnen der Motoren schon im Ohr. »Du solltest hier in Paris bleiben und dein Studium fortsetzen.«

»Und Saint-Raphaël?« Sie hörte, dass ihre Stimme lauter wurde. Wie konnte er so einen Schritt ohne sie beschließen und sie einfach vor vollendete Tatsachen stellen? Doch halt, das hatte er bei der Entscheidung damals für Casablanca auch schon so gemacht. Zählte ihre Meinung denn gar nicht?

»Da musst du von mir aus auch nicht mitkommen. Es sind alles in allem nur ein paar Monate, die ich weg bin.«

»*No es cuestionable!*«, erfuhr es Consuelo. »Kommt gar nicht infrage!« Es war natürlich eigentlich sehr rücksichtsvoll von Tonio, dass er nicht verlangte, dass sie ihr Pariser Leben schon wieder aufgab und seinem anpasste. Aber … Aber. Sie wollte doch bei ihm sein! Sie wollte ihm nah sein. Denn dort, weit weg von den Zirzenrufen von Paris, bestand vielleicht die Chance, dass sie sich wieder näherkamen.

Er nahm seinen Löffel wieder auf und schöpfte sich noch ein wenig Suppe. »Wie gut du kochst, hatte ich schon fast vergessen.«

Was sollte das? Musste er nun in das gleiche Horn stoßen wie Nelly? Und überhaupt, um die blöde Suppe ging es doch jetzt gar nicht. Er verstand wohl nicht, wie wichtig diese Entscheidung für ihre Ehe war. Sie überlegte, so schnell sie konnte, ging alle Möglichkeiten durch. Vielleicht konnte sie mit Professor Dupont für diese Zeit einen individuellen Studienplan erarbeiten, den sie vor Ort erledigen würde. Zumal nun sowieso bald die Weihnachts- und damit vorlesungsfreie Zeit beginnen würde. Also würde das bestimmt gehen! »Ich komme auf jeden Fall nach Saint-Raphaël. Ich suche gleich ein Hotel für uns.« Sie und Tonio alleine an der Côte d'Azur, wer hätte das erwartet! Oder – halt! »Oder bist du dort etwa bereits irgendwo eingebucht?« Womöglich mit einer gewissen Person?

»Natürlich nicht.« Er schüttelte den Kopf, als habe sie das Dümmste gesagt, was er je gehört hatte. Er legte den Löffel endgültig ab, trat auf sie zu und umarmte sie. »Sei doch nicht so ängstlich, mein Vögelchen.« Er küsste sie aufs Haar. »Ich freue mich sehr, wenn du mich während der Testflüge begleitest. Und ich bin gespannt, wo du für uns reservierst.

Jetzt in der Weltwirtschaftskrise kommen die reichen Amerikaner nicht nach Europa. Die Hotels hungern nach Gästen. Vielleicht bekommst du ein besonderes Angebot, was, mein Schatz?« Er drehte sich aus der Umarmung und tänzelte zur Tür. »Ich werde wieder fliegen, ich werde wieder fliegen!« Er winkte ihr. »Bis später, ich bin mit meinem Verleger verabredet und teile ihm die Neuigkeiten mit. Er wird wohl nicht so begeistert sein.«

»Willst du also doch nicht mitessen?«

»No, merci!« Damit fiel die Tür hinter ihm zu.

Consuelo seufzte und schöpfte mit der Kelle eine große, dampfende Portion in den Teller mit dem klassischen Delfter Muster. Er bekommt doch sowieso schon seit über einem Jahr keine neuen Texte von dir, dein Verleger, dachte sie. Da wird ihn das jetzt auch nicht erschüttern. Ob man das Schreiben verlernen konnte? Hoffentlich beflügelte Tonio das Fliegen so sehr, dass er endlich wieder schreiben konnte.

Dort am Mittelmeer.

Sie aß die Suppe mit einem Stück Baguette und genoss die wärmende Kraft, die sie in ihr zurückließ. Ja, sie sollte das alles als Chance begreifen. Als Chance für ihn und als Chance für sie beide. Sie zog das Telefon zu sich heran, nahm den Hörer von der Gabel und ließ sich mit der Auskunft verbinden. Es gab doch dort dieses edle Hotel, in dem sie vor ein paar Jahren einmal mit Enrique gewohnt hatte. Wie hieß das noch gleich? Ach richtig: »Hotel Continental in Saint-Raphaël, bitte.« Sie würde ihnen ein schönes Nest für diese Wochen besorgen. Und sie würde ihn wieder ganz für sich haben, ihren Tonio. Ganz für sich allein. Ihren mutigen Flieger. Und schließlich war es tatsächlich ein guter Verdienst, den sie unbedingt gebrauchen konnten. Wenn er meinte, er könne sich schnell in diesen neuen Flugzeugtyp einarbeiten, dann wollte sie ihm das glauben. Er würde sich schließlich nicht unnötig in Gefahr begeben.

Kapitel 30

Hotel Continental, Saint-Raphaël bei Nizza,
kurz vor Weihnachten 1933

Consuelo rauchte am bodentiefen Fenster der Suite in dem altehrwürdigen Hotel direkt an der Promenade, in dem sie sofort Unterkunft gefunden hatten. Denn Tonio hatte recht gehabt mit seiner Vermutung, dass die reichen Amerikaner fehlten. Sie zahlten hier für ein Doppelzimmer, aber bewohnten nun schon seit zwei Wochen dieses Penthouse mit Kamin, Terrasse und Panoramablick über die ganze Bucht von Saint-Raphaël. Von hier aus konnte Consuelo Tonio bei der Arbeit beobachten. Diese schwerfälligen Wasserflugzeuge mit ihrem dicken Bauch und den Wasserkufen sahen so aus, als wollten sie nie im Leben abheben, wenn sie über die Bucht bis zu ihrem Startplatz zwischen den Bojen tuckerten. Dort hielten sie kurz inne, die Motoren begannen schnell zu rotieren, das Flugzeug schien alle Kraft zu sammeln, bis es langsam losfuhr und immer schneller, immer schneller wurde – um endlich doch noch abzuheben.

Tonio sagte, es gebe in der Tat gravierende Unterschiede zwischen der Art, wie man ein normales Flugzeug flog und wie man diese schweren Biester in die Luft bekam und vor allem wieder sicher landete. Man musste aufpassen, dass die Nase nicht zu tief und zu plötzlich in das Wasser tauchte, denn sonst überschlug sich das Blechmonster, landete auf dem Dach und sank wegen seines Gewichts wie ein Stein. Mehrere Mannschaften hatten dieses Desaster schon erlebt. Zum Glück hatten sich immer alle an die Wasseroberfläche retten können, denn der Flugzeugtyp verfügte auch im Bauch über eine Rettungsluke. Trotzdem wollte natürlich niemand so etwas erleben.

Consuelo drückte die Zigarette in dem marmornen Aschenbecher auf dem Kaminsims aus und machte sich daran, sich für den Abend umzuziehen. Am Abend kam Tonio stets pünktlich um sieben Uhr heim, sie bestellten sich etwas Feines beim Zimmerservice, und die Hotelmannschaft schien froh zu sein, mitten im Winter in einer der größten Krisen, die man je erlebt hatte, wenigstens ein paar wenige Gäste zu haben, die es umsorgen konnte. Der Koch stellte stets ein besonderes Amuse-Gueule dazu, gestern waren es Austern mit einer köstlichen Limonensauce gewesen. Dazu tranken sie Wein aus der Provence, sogar ein paar Flaschen vom Weingut Agay des Schwagers waren auf der Karte, und sie kauften sie, denn sie wussten, dass sie gut waren.

Tonio war stets sehr müde, aber glücklich, wenn er nach Hause kam. Es forderte ihn sehr, die nötige Konzentration für die Flüge aufzubringen und mit den anderen Piloten, die meist deutlich jünger waren, mitzuhalten. Er sprach es nicht aus, aber Consuelo bemerkte, dass er Veränderungen an sich und seinem Körper feststellte, die ihm nicht gefielen. Sie waren ein Ehepaar in den mittleren Jahren, die hitzige Jugend war lange vorbei, sie mussten es sich eingestehen. Consuelo natürlich ebenso. Aber sie absolvierte jeden Tag ihr Gymnastikprogramm, wenn Tonio fort war, kaufte hochwertige Meerescremes in der Hotelboutique, wo sie als beinahe einzige Kundin vortrefflich bedient wurde, und turnte und cremte so gegen die Zeit an.

Die Zeit, die sie mal wieder mit Warten verbrachte. Aber sie hatte mit Professor Dupont einen Arbeitsplan erstellt und ihre Staffelei mitgebracht. Und so waren schon etliche Skizzen und Aquarelle von der Bucht entstanden, in verschiedenen Stilrichtungen von kubistisch bis expressionistisch. Das Winterlicht war ein besonderes mit seinem leichten Blau und zaghaften Gelb und dem grünlichen Schimmer auf dem Wasser.

Sie hatte gerade ein elegantes, aber nicht zu schickes Seidenkleid für den Abend ausgewählt und war kurz auf die schmale französische Terrasse getreten, um mit geschlossenen Augen noch ein wenig die Wärme der Nachmittagssonne zu genießen, bevor sie sich ins Badezimmer begeben wollte – als ein unglaublicher Knall die Stille des trägen Nachmittags durchfuhr. Consuelo riss die Augen auf und starrte auf die Bucht. In einer Fontaine wie aus einem Vulkan schoss Wasser empor.

Dann sank es zurück, und Consuelo sah einen Flugzeugkadaver auf der Meeresoberfläche, schon waren die Tragflächen unter Wasser, der Rumpf klaffte wie ein nackter Bauch nach oben und versank ebenfalls sehr schnell.

Sie schrie und krallte sich am Geländer fest. Das war doch wohl nicht …? Das war doch wohl nicht Tonio?

Sie versuchte, etwas zu erkennen, aber nur das Begleitboot mit dem Sanitäter und dem Beatmungsgerät, über das Tonio sich immer lustig gemacht hatte, kreuzte unruhig über der Unglücksstelle. Ein Taucher sprang ins Wasser. An einer andern Stelle erschienen ein Kopf und rudernde Arme. Einer der Männer hatte sich also retten können. War es Tonio oder der

Ingenieur oder der Mechaniker? Wer war es? Würden es alle aus dem Wrack schaffen?

Consuelo zitterte am ganzen Leib und starrte auf die See. Eine zweite Figur erschien an der Wasseroberfläche und wurde ins Rettungsboot gezogen. Eine zweite. Aber keine dritte, wo war der dritte Mann?

Sollte sie zum Hafen fahren? Nein, hier hatte sie den besten Überblick. Und helfen konnte sie dort draußen ohnehin nicht. Im Zweifelsfall stünde sie nur im Weg. Alles, was sie tun konnte, war beten. Beten. Sie rannte ins Zimmer, kniete sich an ihr Bett, faltete die Hände und flehte zu Gott, dass ihr Mann lebend an Land kam.

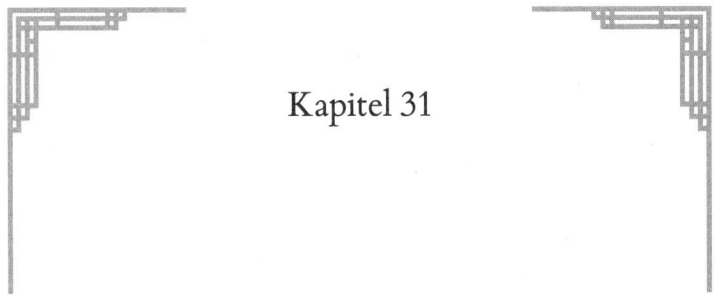

Kapitel 31

Es klopfte an der Tür. Sanitäter brachten Tonio auf einer Trage herein. Oder besser seinen Körper. Leblos und blass, die Uniform durchnässt und mit den Schuhen voran. Die Augen geschlossen, sein Antlitz fahl, fast ohne Blut. Die Sanitäter legten ihn auf das Bett und warfen ihr einen mitfühlenden Blick zu. Sie verstand nicht genau, was sie sagten, sah nur Tonios Körper, der wirkte, als habe seine Seele diese Welt schon verlassen.

Ein Arzt trat an sie heran, sie nahm etwas wahr von »… sehr viel Wasser in der Lunge … Herzschlag schwach … Ruhe einzige Hoffnung«. Plötzlich waren der Arzt und die Sanitäter wieder weg, und sie war alleine mit dem ausgestreckten Körper auf dem Bett.

Sie legte ihr Ohr auf seine Brust. Ganz langsam und unregelmäßig schlug dort sein Herz. Er sah so durchnässt, so maritim aus, als habe er sich in den Minuten unter Wasser sofort der Umgebung angepasst, die fast sein Grab geworden wäre.

Sie riss ihm die nassen Kleider vom Leib, rannte ins Bad und rubbelte ihn von ob oben bis unten ab. Schwer und leblos lagen seine Arme, Beine, sein Rumpf da. Schnell deckte sie ihn zu und schlug ihm gegen die Wangen.

Er reagierte nicht.

Sie horchte wieder an seiner Brust, der Herzschlag schien noch schwächer und langsamer geworden zu sein.

Sie sah in sein Gesicht, auf dem ein friedlicher Ausdruck lag. Hatte er schon aufgegeben, hatte er sich zur Ruhe gelegt, um zu sterben?

Sie sprang wieder auf und rannte erneut ins Bad. Dieses Öl, dieses belebende, ätherische Öl, das ihr die Pariser Kosmetikerin gegeben hatte, vielleicht half das! Sie griff eine Flasche aus ihrer Kulturtasche und rannte zurück zum Bett. Sie klappte die Decke zurück und schüttelte einen ganzen Schwall aus der Flasche auf seine nackte Brust. Der Geruch war erschreckend stechend, streng, gar nicht wohltuend wie erwartet. Sie musste husten, ihre Augen begannen zu tränen, aber sie rieb und rieb und rieb immer mehr von der Flüssigkeit in seine Haut. Diese wurde knallrot, ein gutes Zeichen, dachte Consuelo, das Blut fließt noch, es fließt, es reagiert auf dieses Zeug, sie hustete und hustete, was war das für ein Gestank! Das hatte sie nicht erwartet von diesem Öl, das ihr als sanftes Wundermittel angepriesen worden war. Was war das für ein Gift!

Sie sah, dass Antoines Haut nun krebsrot war, schlug ihm wieder gegen die Wangen und schrie seinen Namen, rieb und knetete das Zeug in seine Brust, ihre Hände wurden ebenfalls knallrot und juckten wie verrückt, sie hustete und knetete und schrie, bis … ja, bis auf einmal Tonios Körper bebte, sein Kopf hochruckte, er hustete und ein Schwall Wasser sich auf den Teppichboden neben dem Bett ergoss. Er hustete und spuckte und japste. Aber er hatte die Augen geöffnet und war wieder bei ihr! Er spuckte und schnaufte, bis kein Wasser mehr aus ihm herauskam.

Erschöpft sank er zurück.

Sein Blick richtete sich auf Consuelo. »Da bist du ja, mein Vögelchen. Ich dachte, ich bin von dir gegangen.«

Sie nahm ihn in den Arm, wiegte ihn wie ein Kind und weinte und weinte.

»Weißt du«, sagte er eine halbe Stunde später. »Ertrinken ist gar nicht so schlimm. Zuerst kämpft man um den Sauerstoff, ich habe nach einer Luftblase im Cockpit gesucht. Alles war verkehrt herum, weil wir uns überschlagen hatten. Ich wusste, dass da irgendwo eine Luke im Boden ist, wo ich rauskönnte, aber ich habe sie im Dunkeln nicht gefunden. Und das Salz brennt so in den Augen. Und dann habe ich gemerkt, wie ich ruhig wurde. Ich habe einen Luftzug mit Wasser genommen, um es auszuprobieren, und es hat sich warm und sanft angefühlt, gar nicht schlimm. So, als ob man gerne noch mehr einatmen möchte von dem sanften Elixier. Ich weiß nicht, ob mir das eine böse Macht eingeflüstert hat: Trink nur, trink, atme, atme. Ich weiß nur, dass ich auf einmal einen grünlichen Schimmer gesehen habe, das war das Tageslicht von der Wasseroberfläche. Da bin ich dann irgendwie hin, der Weg war frei, die Luke aufgegangen. Der Überlebenswille ist am Ende wohl doch größer als die betörende Macht, die einen ruft.« Er schloss die Augen. »Aber ich weiß jetzt, dass Ertrinken sich anfühlt wie Einschlafen in den Armen eines geliebten Menschen, der ein bekanntes Lied summt.«

Consuelo lief ein Schauer durch die Glieder. Sie gab ihm einen Kuss auf die Stirn. Beinahe wäre er nicht zu ihr zurückgekehrt. Beinahe wäre sie erneut Witwe geworden. Sie zog ihn enger an sich. Nein, dazu war sie nicht bereit! Ganz und gar nicht. Gut, dass sie dieses Öl dabei gehabt hatte, auch wenn es so fürchterlich stank! Sie nahm die Flasche auf, die auf dem Bett an die Seite gerollt war, studierte das Etikett und erschrak: Ammoniak! Sie hatte statt des ätherischen Öls in der Eile ihre Haarfärbeflasche gegriffen und das giftige Zeug pur auf Tonio gegossen. Kein Wunder, dass es so gestunken und gebrannt hatte! Ammoniak! Um Himmels willen! Oder – wenn sie darüber nachdachte: Gott sei Dank!

Gott sei Dank!

Sie legte eine Decke über seine Brust, kuschelte sich eng an Tonio, und gemeinsam schliefen sie ein.

Die Sonne hatte schon fast einmal das ganze Erkerfenster durchwandert, als Consuelo sich streckte. »Ich brauche mal eine Pause vom Modellsitzen.« Sie stand auf und machte zwei Kniebeugen. »Kann nicht mehr.«

»Nun ist es auch gut. Für die nächsten Skizzen brauche ich dich auf dem Bauch liegend auf der Wiese draußen, wie du Blümchen anschaust.« Er blickte auf sein Blatt. »Aber vorerst bin ich zufrieden.« Er zog seinen Wasserfarbkasten heran. »Ich möchte noch aquarellieren. Sag mal, gibt es da einen Trick?«

»Kommt drauf an, was du machen möchtest!« Consuelo dehnte sich über die Seite und zog die Arme lang.

»Es soll luftig und frisch aussehen, leicht und klar. Fast ein wenig durchsichtig vielleicht.« Er rührte schon ein helles, sehr gelbstichiges Grün an. »Auf keinen Fall darf es schwer oder voll aussehen. Er ist doch so zart, mein kleiner Prinz. Und die Geschichte ist wie eine Fata Morgana in der Wüste.«

»Spielt es in der Wüste?«

»Aber ja.« Er nickte eifrig und mischte ein helles Rot. »Es spielt in der Wüste, und er wird einen Wüstenfuchs treffen. So wie ich damals am Cap Juby, lange vor deiner Zeit. Ich habe ihn sogar gezähmt, den kleinen Fennek. Er wurde sehr zutraulich.« Er unterbrach sein Mischen. »Gibt es denn nun einen Trick, damit die Farben nicht zu aufdringlich werden?«

Sie trat an ihn heran und zeigte ihm, man mit dem sehr feuchten Pinsel die Illusion der Leichtigkeit hervorzaubern konnte.

Er nickte begeistert. »So werde ich es machen. Danke, mein Vögelchen. Wie gut ist es doch, eine Malerin zur Frau zu haben.« Er beugte sich wieder über seine Arbeit.

Consuelo verließ das Zimmer und schloss die Tür nicht ganz. Wie glücklich er war, wie glücklich und neugierig auf seine Geschichte und seinen Arbeitsprozess, der so neu war für ihn. Das war ohne Frage eine sehr gute Eigenschaft an Tonio, dachte sie, als sie die Stufen hinunterstieg. Er war aufgeschlossen und aufnahmebereit wie ein Kind, immer offen, die Schönheit der Welt zu umarmen, wenn sie sich zeigte.

Dass er dabei am Automatismus und der Erbsenzählerei der Erwachsenenwelt verzweifelte, war doch wohl kein Wunder. Gerade hier in New York schien sein Zivilisationsekel noch größer geworden zu sein. Alles war zu schnell, teuer und laut. Die Farben zu grell, die blinkenden Lichter zu aufdringlich. Wie gut, dass sie diese kleine Oase hier am Eaton's Neck gefunden hatten. Wie gut. Auch wenn sie nicht für immer würden bleiben können, sondern nur für diesen einen Sommer.

»Na, mein Hanni!« Sie kraulte Hannibal, als sie an ihm vorbeikam. Er brummte zufrieden, ohne seine Schlafposition vor dem Kamin zu verändern. Consuelo schritt durch das Wohnzimmer in die Küche und hinaus auf die Veranda.

Sie steckte sich eine Zigarette an und blies den Rauch in Richtung Himmel. Sie würde heute ein Curry kochen, das Hühnchencurry, das Tonio so mochte. Sie würden hier auf der Veranda in der Dämmerung sitzen und die scharfe Sauce mit Reis aufsaugen. Hanni würde betteln, aber wie immer nach einer Weile aufgeben und sich unter dem Tisch schlafen legen. Sie würden ein Glas Portwein trinken und dann bei offenem Fenster hervorragend schlafen.

So würden sie es machen. So normal und ruhig, wie es all die Jahre in Paris leider nie zugegangen war, als das Geld knapp und die Stimmung zwischen ihnen schlecht gewesen waren. Und als so manches Subjekt die traute Zweisamkeit unmöglich gemacht hatte.

Und so manche verrückte Idee, die Tonio hatte, russischem Roulette glich und nicht nur ihn, sondern auch sie beinahe umgebracht hatte.

»*Schau meinen Planeten an. Er steht gerade über uns ... Aber wie weit ist er fort!*«
»*Er ist schön*«, *sagte die Schlange.* »*Was willst du hier machen?*«
»*Ich habe Schwierigkeiten mit einer Blume*«, *sagte der kleine Prinz.*
»*Ah!*«, *sagte die Schlange.*

Kapitel 32

Paris, Rue de Chanaleilles, Rive Gauche,
Frühjahr 1934

In den ruhigen Wochen samt Weihnachtsfest zu zweit in Saint-Raphaël, in denen Tonio sich bei Spaziergängen an der Meeresluft schnell erholt und zu Kräften zurückgefunden hatte, war ihnen eines klar geworden: Sie brauchten und wollten einen echten Neuanfang wagen. Sie würden mehr Zeit miteinander verbringen – und weniger Zeit mit anderen Leuten. Tonio würde versuchen, ein neues Thema für einen Roman zu entwickeln. Die Ruhe und den Frieden, den sie nach der Beinahekatastrophe in Saint-Raphaël gefunden hatten, wollten sie mitnehmen nach Paris.

Zu diesem Zweck bezogen sie eine neue Wohnung. Ein Freund hatte sie ihnen vermittelt, denn die Enge in der Rue de Castellane – und wohl auch der große Schatten von Enrique Gómez Carrillo, den sie dort nicht losgeworden waren – hatte schon zu lange auf ihre Nerven gedrückt, das war Consuelo in Saint-Raphaël ebenfalls klar geworden. Diese neue Wohnung war ein Stück größer, und sie hatte den unvergleichlichen Vorteil, dass sie am linken Seineufer lag, an der *Rive Gauche*! Dort überhaupt eine Wohnung zu bekommen grenzte an ein Wunder. Tonio war nach seiner Nahtoderfahrung energiegeladen und überzeugt davon, dass er im Flair dieses Künstlerstadtteils

207

endlich, endlich wieder würde schreiben können. Das linke Seineufer, es versprach neue Perspektiven, geniale Ideen, frischen Elan. Perfekt, um ein neues Buch anzufangen.

Und auch zu beenden, wie Consuelo hoffte.

Sie stürzte sich mit Begeisterung in die Einrichtung ihres neuen Reiches und konnte nicht umhin, einen Innenarchitekten zur Beratung hinzuzuziehen. Schließlich wollten sie in dieser Wohnung auch repräsentieren, war Tonio doch nach wie vor eine gefragte Persönlichkeit. Natürlich waren die Möbel, zu denen die Architekten rieten, nicht die günstigsten, die Seidentapeten und Kristallleuchter auch nicht. Aber da Tonio ja nun den neuen Roman schreiben würde, den Gallimard schon sehnsüchtig erwartete und natürlich postwendend drucken würde, wären sie bald von Geld überhäuft, dachte Consuelo.

Wie schön es war, auf diesen schicken Samtsofas zu sitzen und die Aussicht auf die lebendige Straße zu genießen, auf die Südterrasse zu treten und die Pariser Luft wieder um sich zu haben.

»Was hältst du davon, wenn wir Léon und Suzanne zu einem kleinen Einweihungsessen hierher einladen?«, fragte sie eines Abends, als Tonio einmal entspannt in dem Ohrensessel in der Ecke saß und einen Artikel redigierte, den er am nächsten Tag bei *Paris-Soir* abgeben sollte. Sie wusste, seinen besten Freund Léon und dessen Frau hatte er gern um sich – und möglicherweise konnte sie mit diesem Vorschlag verhindern, dass er seine Cafébekanntschaften und Verlagskollegen einlud. Außerdem führten die Werths, wie es schien, eine ruhige, erfolgreiche Ehe. Vielleicht konnten sie sich da etwas abschauen.

Und es klappte. »Mit Vergnügen«, sagte Tonio. »Was für eine schöne Idee.«

So war es beschlossene Sache, und die Werths wurden für den kommenden Sonntag eingeladen.

»Entrez!« Tonio strahlte und umarmte seinen Freund Léon überschwänglich, während Suzanne und Consuelo es bei den üblichen Küsschen beließen.

»Was macht er für Sachen, dein Mann?«, fragte Suzanne und umarmte Tonio ganz, ganz fest. »Wie gut, dass du dem Tod noch einmal von der Schippe gesprungen bist. Was hätten wir denn angefangen ohne dich?«

Tonio lachte. »Lassen wir das Thema. Ihr sollt unsere Wohnung bewundern, deshalb haben wir euch eingeladen, nicht wahr?«

Sie führten die beiden ins Wohnzimmer.

»Deutlich mehr Platz als in der Castellane!«, lobte Léon und schaute sich wohlwollend nickend um. »Sehr geschmackvoll.«

»Und solch moderne Möbel«, sagte Suzanne und nahm auf dem lilafarbenen Samtsofa Platz, um das Consuelo einfach nicht herumgekommen war in dem eigentlich viel zu teuren Einrichtungsgeschäft. »Aber vermisst du die alten Stücke nicht, zum Beispiel die Oscar-Wilde-Chaiselongue, Consuelo?«

Sie pickten Oliven zum Aperitif, während Chansons vom Grammofon erklangen.

»Manchmal ist es nötig, das Alte abzustreifen und das Neue zuzulassen«, sagte Consuelo. Dass sie außerdem die alte Wohnung voll möbliert viel besser hatten verkaufen können, erwähnte sie nicht.

»Was macht das Schreiben, mein Freund?«, wollte Léon von Tonio wissen. »Kannst du mir etwas Neues zeigen?«

Es war so gut, dass Léon Tonios Arbeit nie aus den Augen verlor. Er ließ sich von Wasserflugzeugtests, Reportagen oder tagesaktuellen Betrachtungen nicht ablenken, sondern bewahrte sich den Blick für das Wesentliche und nutzte seinen Altersvorsprung, um wie ein weiser alter Mann zu ermahnen. Zum Glück ging Tonio das bei Léon auch nie auf die Nerven.

Anders, als wenn sie ihn ständig löcherte.

»Ich denke da über etwas nach, was ich dir aber noch nicht verraten kann«, sagte Tonio.

Léon lächelte und warf ein Olivenspießchen auf den Teller. »Du hast nichts.«

Tonio schaute im ersten Moment perplex. Dann rief er lachend: »Du hast es erfasst.«

Léon wurde ernst. »Du solltest aber etwas haben. Du bist dafür geschaffen. Nicht für die kurzlebige Form der Reportage und auch nicht für diese Drehbücher zu den unsäglichen Filmen.« Er kam in Fahrt. »Ich bitte dich: Was soll das für ein Auftrag sein, den du da jetzt machen willst, dieses *Marieanne*? Eine Romanze auf einem Fliegerstützpunkt, eine Ingenieurin zwischen zwei Piloten? Das ist doch nicht dein Ernst.«

Wie erfrischend, dass er es so direkt sagte, dachte Consuelo und verfolgte gespannt, wie Tonio aufstand. Er schien nun doch ein wenig getroffen. »Der Film heißt *Anne-Marie*«, sagte er und bewegte sich in Richtung Küche. »Ich schaue nach der Suppe. Und nach dem Essen will ich eine Partie Schach mit dir spielen, Léon!« Ein verzweifelter Versuch, vom Thema abzulenken.

»Aber mit Vergnügen!«, rief Léon, bevor er sich zu Consuelo

beugte und flüsterte: »Er muss wieder schreiben! Keine Drehbücher, keine Reportagen. Wenn er so weitermacht, herum-
reist, sich ablenken lässt, wieder in den Restaurants speist und
feiert, dann geht er vor die Hunde. Pass auf ihn auf, Consuelo.
Pass gut auf ihn auf!«

»Das will ich gerne tun«, sagte Consuelo. Wenn er mich
denn lässt, fügte sie in Gedanken hinzu und widmete sich später dem Halmaspiel mit Suzanne. Aber so ganz war sie nicht
bei der Sache. Léons Worte erinnerten sie zu sehr an den Brief
von ihrer Schwester Dolores, der sie gestern erreicht hatte.
Darin gratulierte diese ihr zum Einzug und drückte ihre Erleichterung darüber aus, dass Tonio den Absturz ins Meer so
gut überstanden hatte: »Du weißt, wir alle hier waren anfangs
nicht begeistert, dass Du Dich so schnell wieder vermählt hast.
Aber nichts wäre für Dich grausamer gewesen, als noch einen
Ehemann zu verlieren. Wir danken deshalb dem lieben Gott,
dass er Tonio beschützt hat. Und nun gib du acht, dass er sich
nicht wieder unnütz in Gefahr bringt. Er scheint ja ein wah-
rer Abenteurer zu sein, Dein Mann.«

Ein Abenteurer, das war er allerdings. Vielleicht hatten
Léon und ihre Schwester recht. Sie musste wohl besser auf
ihn aufpassen – nicht, dass er in Dinge hineinschlitterte, über
die er die Kontrolle verlor. Irgendwann würde es vielleicht
nicht so glimpflich enden.

Kapitel 33

Paris,
ein Jahr später

Consuelo schritt die Rue de Chanaleilles hinunter. Sie kam von der Académie Ranson, wo sie seit Kurzem auch Unterricht in Bildhauerei nahm. Heute hatte sie an einer Sandsteinskulptur gearbeitet, die langsam Formen annahm. Sie liebte es, mit dem Meißel und dem Hammer den Weg durch das Material zu suchen und die Figur, die in dem Steinblock wohnte, freizuhämmern. Das Bildnis, an dem sie arbeitete, war der Körper eines Mannes, kein David, aber eindeutig ein gut gebauter Mann. Und er gelang wirklich gut. Professor Dupont war begeistert, und sie selbst sah ebenfalls, dass dieses Talent in ihr geschlummert hatte, seit sie damals als junge Frau in San Francisco erste Versuche mit den Materialien unternommen hatte. Wie hatte sie es nur so lange ruhen lassen können? Gut, dass sie nun die Möglichkeit hatte, sich dieser Kunst wieder zuzuwenden. Das gehörte zu den positivsten Aspekten der Ehe mit Tonio: Er bestärkte sie, bewunderte ihr Talent und hatte auch schon einige ihrer Bilder, die sie gemalt hatte, freudig bei ihnen zu Hause aufgehängt und zeigte sie stolz jedem Besucher.

Sie summte vor sich hin, als sie die Straße entlanglief, es war ein so positiver und produktiver Tag gewesen, dass sie fast vergessen hatte, dass Tonio in den letzten Tagen noch kürzer angebunden gewesen war als sonst. Sie hoffte, es läge daran, dass er nun endlich mal wieder seine Schreibmaschine hervorgeholt hatte und an irgendetwas tippte, was er aber vor ihr verborgen hielt. Wie sehr vermisste sie die Zeit im Haus in Tagle oder auch in El Mirador zu Beginn ihrer Ehe, als er sie in sein Schreiben einbezogen hatte. Als er ihr abends nach getaner Arbeit ein paar Seiten vorgelesen und sie sogar manches Mal um Rat gefragt hatte. Wie viel Spaß hatte es gemacht, gemeinsam den Titel von *Nachtflug* zu ersinnen. Wie schön war es gewesen, das Buch erscheinen zu sehen, es in jeder Buchhandlung ausgestellt zu finden, eifrig die ersten Zeitungskritiken zu sammeln und in einen Ordner zu kleben, zusammen mit den schönen Fotos von ihrem strahlenden Tonio bei der Preisverleihung beim Prix Femina und all den anderen Auszeichnungen. Sein glücklicher, wenn auch irgendwie überraschter Gesichtsausdruck auf all diesen Fotos hatte etwas Anrührendes. Wie sehr gönnte sie ihm, diese Gefühle noch einmal zu durchleben. Aber dafür brauchte es ein neues Buch!

Was er da nun seit Kurzem auf der Schreibmaschine tippte, wollte er ihr partout nicht verraten. Vielleicht war es wieder nur eine Reportage für *Paris-Soir* oder eine der anderen Zeitungen. Das waren natürlich immer prominente Plätze, die seine Artikel bekamen, und sie wurden von der Gesellschaft sehr wohlwollend aufgenommen und diskutiert. Aber wenn Tonio einmal ehrlich zu sich selber wäre, müsste er doch einsehen, dass auch diese Artikel irgendwann nicht mehr bei ihm in Auftrag gegeben werden würden, sondern beim nächsten Kometen am Schriftstellerhimmel, der einen neuen, relevanten Roman lieferte, der den Zeitgeschmack traf.

Sie konnte sich natürlich vorstellen, dass deshalb ein enormer Druck auf Tonio lastete. Aber wie ihre Mutter immer gesagt hatte: Nur Tat bringt Rat. Oder so ähnlich. Aussitzen brachte selten voran. Man musste dem Sturm entgegenlaufen wie ein Bison in der Prärie.

Sie zog den Schlüssel aus der Handtasche, kurz bevor sie die Haustür erreicht hatte – und stutzte. Was standen denn hier für Möbel auf dem Trottoir? War denn Sperrmüll angekündigt? Und – Moment mal – dieses Samtsofa kam ihr äußerst bekannt vor! Dieser Rauchtisch ebenso. Und diese Stehlampe. Und dieser goldene Spiegel!

Und um Himmels willen …! Da stand sogar Tonios Schreibmaschine in ihrem edlen Lederkoffer auf dem Pflaster, gerade so an der Bürgersteigkante, dass der nächste Hund bequem dagegenpinkeln konnte! Das durfte doch nicht … Sie lief um die Möbel herum zur Haustür und zitterte, als sie den Schlüssel ins Schloss zu stecken versuchte. Es wollte nicht klappen, selbst dann nicht, als sie sich gezwungen hatte, ruhig durchzuatmen und das Handgelenk der schließenden Hand mit der anderen festhielt, um es am Zittern zu hindern.

Kein Erfolg.

Der Schlüssel passte nicht mehr! Er ging nicht ins Schloss!

Sie spürte wie Hitze in ihr aufstieg, schaute sich um, die Leute blickten schon interessiert zu ihr herüber, einige waren gar stehen geblieben. Ein junger Mann hatte den goldenen Spiegel hochgehoben und begutachtete ihn von allen Seiten, als ob er überlegte, ihn mitzunehmen. Was zum – was war hier los? Sie ließ sich auf das Sofa sinken, weil ihre Beine ihr den Dienst versagten. Der junge Mann stellte den Spiegel schnell ab und machte sich davon.

»Madame de Saint-Exupéry«, ein Fenster der Hausmeister-
wohnung im Erdgeschoss wurde geöffnet, »es tut mir so leid,
Madame. Aber der Hauseigentümer war hier und hat das ver-
anlasst.« Die dicke Mademoiselle zuckte mit den wulstigen
Armen in ihrer Kittelschürze und trocknete weiter in aller
Ruhe ihr Geschirr mit einem schmutzigen karierten Handtuch ab. Ihre ebenso dicke, getigerte Katze drängte sich aufs
Fensterbrett und machte Anstalten, von dort aus auf die
polierte Lackoberfläche der Art-déco-Kommode zu springen, auf der in der Wohnung immer die frischen, exotischen
Blumen gestanden hatten, die einmal in der Woche von dem
Nobelfloristen auf dem Boulevard Saint-Germain geliefert
worden waren.

»Aber wieso? Wissen Sie das?«

Die dicke Mademoiselle zog die Stirn in Falten. »Fragen
Sie mal Ihren Mann, wie lange er schon die Miete schuldig
ist. Alles Gute Ihnen, Madame.« Sie scheuchte die Katze hinein und schloss das Fenster.

Consuelo streckte sich lang auf dem Sofa aus, weiße Wolken hetzten über den Himmel zwischen den Häuserfronten.
Sie vergrub das Gesicht in ihrer Armbeuge, Tränen rannen ihr
in die Ohren und Haare. Wie hatte Tonio sie nur so auflaufen
lassen können? Warum hatte er nichts gesagt? So schlimm
stand es um ihre Finanzen? So schlimm?

Sie setzte sich abrupt auf. Schluss mit dem Geheule. Schluss!
Sie stand auf, zog ihr Kostüm gerade, wischte sich die Tränen
ab, nahm Tonios Schreibmaschinenkoffer an sich und schritt
erhobenen Hauptes aus ihrer Möbelsammlung die Straße hinunter, sich der Tatsache, dass Duzende Blicke ihr folgten, sehr
bewusst. Zum Glück war noch kein Fotoreporter aufgetaucht

und hatte sie weinend auf dem Sofa abgelichtet. Sie schritt voran – geradewegs zum Hotel Pont-Royal, wo man sie von früheren Besuchen mit Enrique gut kannte und herzlich willkommen hieß. Sie bekam ein gutes Zimmer mit Blick auf den Eiffelturm. Man fragte auch nicht nach, als sie die Anweisung gab, einen Transporter in die Rue de Chanaleilles zu schicken, um die Möbel einzuladen.

Nach einem Pernod an der Bar, der ihr Mut gemacht hatte, nahm sie in ihrem Zimmer den Telefonhörer ab und rief bei Gallimard an. Sie schilderte die Lage – nun gut, nicht in allen Details –, sagte, ihr Mann sei mitten in der intensiven Phase der Arbeit an einem neuen, bemerkenswerten Roman, der bald fertig sei. Nein, es sei noch zu früh, um Auszüge zu zeigen. Und Tonio sei zu sehr im Prozess, um es laut herumzuerzählen. Aber ob man nicht in Kenntnis der großen Vermarktbarkeit und des gesicherten Interesses der Leserschaft schon mal einen winzigen Vorschuss, ein kleines Überbrückungsgeld, zahlen könne, bis das Manuskript in Kürze komme?

Mit der Zusicherung für einen ordentlichen Scheck legte sie wenig später zufrieden auf.

So, mein Freundchen. Und jetzt zu uns, dachte sie, frischte sorgfältig ihr Make-up auf und machte sich auf ins Café de Flore, wo sie Tonio vermutete.

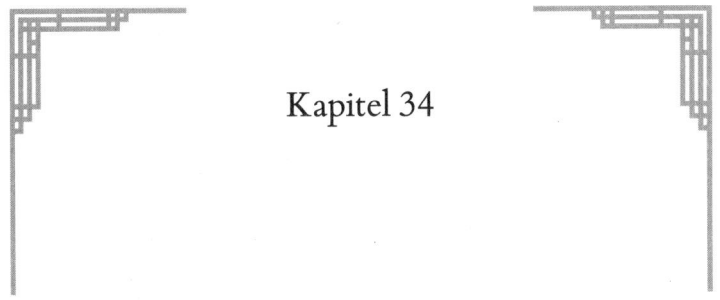

Kapitel 34

Consuelo sah ihn schon von Weitem. Was sah er gut aus, trotz all der kurzen Nächte, das musste sie zugeben. Er saß zurückgelehnt auf einem Korbstuhl auf der Terrasse an einem kleinen Tisch, auf dem ein Kaffee dampfte und ein Aschenbecher überquoll. Er hatte seine Sonnenbrille aufgesetzt und las die Zeitung. Er war alleine.

Ein seltener Anblick, aber perfekt für das Gespräch, das sie nun führen mussten.

Sie sagte nichts, sondern setzte sich dazu. Er ließ die Zeitung sinken und lächelte: »Chérie, wie schön. Was führt dich her? Kein Nachmittagsseminar heute in der Académie Ranson?«

»Den Vertrag mit der Académie habe ich ab sofort gekündigt. Man sagte mir am Telefon, dass sie uns freundlicherweise die vorausgezahlte Summe zurückerstatten.«

Er klappte nun die Zeitung zusammen und legte sie auf den Tisch. »Du weißt es, nicht wahr? Du weißt, dass wir uns das nicht wirklich leisten können.«

Consuelo bemühte sich stark, nicht aufzuspringen und ihm eine Szene zu machen. Sie beugte sich zu ihm vor: »Die Rue de Chanaleilles ist *perdu*. Ich hab uns im Pont-Royal eingebucht.«

Er sah sie an, als ob er nicht verstand.

»Wir sind draußen aus der Rue de Chanaleilles, Antoine. Rausgeschmissen! Die Schlüssel kannst du wegwerfen.«

Er zündete sich mit zitternden Händen eine Zigarette an und blies den Rauch in die Luft. »Ich hatte ihn gebeten zu warten. Es hätte nicht mehr lange gedauert, bis ich das Geld aufgetrieben hätte.«

»Wie lange sind wir denn dort im Rückstand gewesen, um Himmels willen?«

Er winkte dem Kellner. »Einen Pastis für meine Frau, bitte.«

Sie schwieg und sah ihn nur fragend an, bedankte sich beim Kellner, der das Getränk sofort brachte, und nahm einen Schluck.

Tonio drückte die Zigarette aus und zündete sofort eine neue an. »Sieben Monate oder so.«

Sie stellte das Glas mit einem Knall auf der Marmorplatte ab. »Und du sagst mir nichts?«

»Du warst so glücklich mit deinem Kunststudium und den Innenarchitekten. Es ist ja auch eine wunderschöne Wohnung geworden. Ich habe mich dort sehr wohlgefühlt.«

»Aber Geld, das man nicht hat, kann man nicht ausgeben!« Sie trank den Pastis aus. »Ich habe bei Gallimard einen Vorschuss für dich ausgehandelt. Aber sie brauchen ein neues Manuskript, und zwar schnell. Hast du was?«

Jetzt wurde er wütend. »Du rufst hinter meinem Rücken bei meinem Verleger an, bist du noch zu retten?«

»Ich habe *uns* gerettet. Sonst wären wir jetzt zwei Clochards auf der Parkbank in den Tuilerien.«

»Du übertreibst!«

»Leider nein. Seit wir sogar mein geliebtes El Mirador auf

dein Anraten hin dauerhaft an diese fremden Leute vermietet haben, haben wir keinen Zufluchtsort mehr. Wo sind eigentlich die Mieteinnahmen immer gelandet? In der Kasse des Café de Flore?«

»Wer hat denn immer bei den teuren Modehäusern eingekauft, als ob es kein Morgen gäbe?«

»Und wer isst trotz mehrfacher Ermahnung immer noch täglich außer Haus, und das nicht nur einmal, sondern rund um die Uhr?« Sie blickte auf seinen Bauch, über dem das Oberhemd so sehr spannte, dass Haare zwischen den Knöpfen hervorlugten.

»Willst du mir jetzt auch noch sagen, ich sei dick geworden?«, empörte er sich auf ihren Blick hin.

Sie zog ihren Taschenspiegel aus der Handtasche und überprüfte den Sitz ihrer Locken und die Farbe des Lippenstifts. »Lassen wir das. Sag mir jetzt bitte ehrlich, wie weit du mit einer neuen Arbeit bist.«

Er nahm die Zeitung wieder auf, doch Consuelo, außer sich vor Wut, riss sie herunter und warf sie auf den Bürgersteig. Die Leute vom Nachbartisch schauten.

Consuelo fixierte Antoine mit dem Blick und ließ ihm kein Entkommen.

»Also gut«, sagte er. »Also gut. Ich sage dir, was ich für eine neue Idee habe, um an Geld zu kommen.«

Sie sackte auf ihrem Stuhl zusammen. »Tonio, bitte gewöhne dich doch an den Gedanken, mit dem Schreiben Geld zu verdienen. Nicht mit Ideen. Oder Hirngespinsten.«

»Dies ist kein Hirngespinst, sondern wirklich ein genialer Plan, er wird uns aus allen Sorgen herausholen.«

»Ich bin sehr gespannt.« Consuelo lehnte sich zurück und

winkte dem Kellner noch einmal: »Einen doppelten Espresso, bitte.«

»Und bringen Sie doch gleich noch ein Duzend Austern und Champagner, ja?« Tonio lächelte ihn an.

»Natürlich, Monsieur de Saint-Exupéry.«

»Verdammt, Tonio, was soll das?«

»Wir müssen doch feiern, dass wir bald reich sind.«

Sie schlug sich die Hand vor die Stirn. Warum hatte sie solch einen Kindskopf geheiratet? Solch einen Träumer. Sie wollte gar nicht hören, was er jetzt wieder ausheckte. Lieber nicht.

Er beugte sich vor und flüsterte: »Ich werde ihn brechen.«

»Wen?«

»Den Langstreckenflug-Geschwindigkeitsrekord von Paris nach Saigon! Von hier nach dort in weniger als 99 Stunden!«

Consuelos Körperspannung, die Haltung, die sie bis zu diesem Punkt mühsam aufrechterhalten hatte, entwich. Sie fühlte sich wie ein Ball, dem die Luft ausging, und griff nach dem Glas Champagner, das der Kellner soeben auf den Tisch gestellt hatte. In einem Zug trank sie es aus.

Das war nun wirklich verrückter als alles, was ihr durch den Kopf geschossen war. Sie sah den Eifer in seinen Augen. Er nickte aufgeregt. »Ich habe bereits jemanden, der mir ein Flugzeug stellt. Und ich habe schon *Paris-Soir* informiert. Sie wollen die Geschichte als Fortsetzungsreihe bringen und zahlen ein gutes Salär. Aber erst das Preisgeld, das verdammte Preisgeld, Chérie, das ich verdienen werde, wird uns von allen Sorgen befreien: 150 000 Franc!«

»Voilà, die Austern, die Herrschaften.« Der Kellner stellte die Meeresfrüchte zwischen ihnen ab. »Bon appétit!«

Tonio griff sofort zu. »Bist du nicht auch so aufgeregt wie ich? Er wird in die Geschichtsbücher eingehen, dieser Flug. Und das schöne Beiwerk ist, ich kann bei der Gelegenheit mal wieder meine Schwester Simone sehen und ein wenig Zeit mit ihr verbringen, dort in Saigon.«

Consuelo nahm sich eine Auster, schlürfte die salzige Sauce und würgte das glibberige Ding hinunter. Ihr fehlten die Worte.

Im Haus des kleinen Prinzen,
Eaton's Neck, Long Island,
Juli 1942

Consuelo stand am Holzbrett in der Küche und schnitt das Hähnchenfleisch. Ein wenig zu sehr in Fetzen, wie sie bemerkte. Deutlich zu aggressiv ging sie damit um, ihre Bewegungen waren ruppig. Schnell bemühte sie sich, die Erinnerung an diesen unsinnigen Rekordversuch zu verdrängen und sich zu beruhigen. Wüstenfüchse, Beduinen, Oasen, Wasserlöcher. Was hatte er nicht alles bei diesem unsäglichen Unterfangen für Abenteuer erlebt.

Während sie … nun ja, während sie in Paris um sein Leben fürchtete.

Sie konzentrierte sich darauf, die Zwiebeln und den Knoblauch zu hacken und dann den Koriander zu zerkleinern. Wie schön man sich beim Kochen doch abreagieren konnte! Sie schnitt die Chili und die Paprika. Ein wenig Ingwer hatte sie auch aufgetan in dem kleinen asiatischen Geschäft im Ort. Sogar Ingwer, *Dios mío*. Während ihre Freunde drüben in Europa bangten, ob sie genug Brot ergattern konnten, um zu überleben.

Sie ließ das Fett in der Pfanne heiß werden und briet zuerst das Fleisch an, dann Zwiebeln, Knoblauch, Ingwer und die restlichen Zutaten. Hanni kam aus dem Wohnzimmer angetrottet und setzte sich genau neben den Herd, die platte

Nase eifrig am Schnüffeln, das Maul voller Sabber. Consuelo lächelte und tätschelte seinen Kopf. »Nein, Hanni, das, was dich interessiert, ist bereits im Topf. Das ist für Herrchen und mich.« Sie ging zu der Bonboniere, in der sie die Leckerlis aufbewahrte, und gab Hanni ein paar. Der Hund schlang sie hinunter und setzte sich dann mit genau dem gleichen Blick wie vorher wieder neben den Herd. Consuelo lachte.

Der Reis. Fast hätte sie den Reis vergessen. Sie brachte ihn auf den Weg und machte sich daran, den Tisch zu decken.

Zu dieser Abendstunde war die Veranda eine wahre kleine Oase. Ein leichter Wind umstreifte sie, und die Dämmerung ließ auf sich warten, während der Himmel schon ein leichtes Rosa annahm. Unter den Bäumen im Garten zog Schummerlicht ein. Sie zündete eine Kerze in einem Windlicht an und stellte es auf die Tafel. Zum Eindecken holte sie alles heraus, was sie in den Schränken der Bevins finden konnte: das gute Porzellan, das Silberbesteck, die Servietten mit dem Monogramm einer Ahnin von Mister Bevin. Als Serviettenringe benutzte sie Ziergras aus dem Garten, das sie vorsichtig knotete. Die Vase bestückte sie mit frischen Rosen.

Sie trat einen Schritt zurück und betrachtete ihr Werk. Sehr schön. Sie nickte. Wenn man es nur oft genug so machte und die Zeit vor dem Krieg auf diese Weise heraufbeschwor, vielleicht verschwand er dann, dieser Krieg, und alles war wie immer? Nein. Leider nein. Sie wusste das natürlich. Von alleine würde er sich nicht beenden, dieser elende Zustand, in dem Europa sich befand.

»Wollen wir Herrchen rufen, Hanni?« Sie kraulte den Hund zwischen seinen vielen Falten. Hanni hielt wohlig still.

»Wollen wir ihn holen? Damit er sich stärkt? Er verrichtet eine wichtige Arbeit, weißt du? Er muss Kraft sammeln.«

Hanni hechelte, ließ sich mit einem Seufzer auf die Verandadielen plumpsen und rollte sich ein, um ein Nickerchen zu halten. Hier am Tisch würden sie mit dem Essen schon wieder auftauchen, dachte er sich bestimmt.

Consuelo lächelte, ging zur Treppe und rief hinauf: »Abendessen ist fertig, Tonio! Kommst du runter?«

Erst hörte sie lange nichts. Sie wollte schon erneut rufen, als er antwortete: »Ich hab gerade keinen Hunger, bin mitten in einer guten Sache.«

Sie merkte, wie Ärger in ihr aufstieg, und zählte die Treppenstufen, obwohl sie wusste, dass es dreizehn waren. Ganz ruhig. Er kann sein Curry auch später essen, dachte sie, oder gar nicht, wenn Hanni und ich es aufessen! Sie zwang sich, tief durchzuatmen. Ganz ruhig. Er ist ein Künstler, und er braucht jetzt diese Arbeitsphase. Es war doch nur ein Essen.

Nur ein Essen, das sie mit verdammt viel Liebe zubereitet hatte und auf das er verzichtete! Wie so oft in ihrem Eheleben.

Durchatmen. Eins, zwei, drei, vier. Es sind dreizehn blöde Stufen! »In Ordnung. Ich esse jetzt aber!«, rief sie nach oben.

»Guten Appetit!«, schrie er, dann vernahm sie die ersten Takte von Mozarts 40. Sinfonie, die er in den letzten Tagen immer und immer wieder auf diesem Grammofon gespielt hatte, seit er die Platte im Schrank der Bevins entdeckt hatte.

Sie füllte ihren Teller und einen zweiten für Hanni. »Du hast Glück, mein Guter.« Sie stellte ihm den Teller vor die Pfoten. »Aber schling nicht so, sonst verbrennst du dich, *no?*«

Sie setzte sich in den Korbstuhl, nahm ihren Teller in die Hand, legte die überkreuzten Füße auf den Tisch und betrachtete die Abenddämmerung. Sie hörte zu, wie die Vögel sich auf ihren Schlafbäumen sammelten, und aß ihr Curry mit Reis, was sehr guttat und sie ablenkte von den Wüstenfüchsen, den Flugzeugwracks, den Zeitungsschlagzeilen, den Schiffsankünften, die sich aus der Vergangenheit in ihren Kopf drängen wollten.

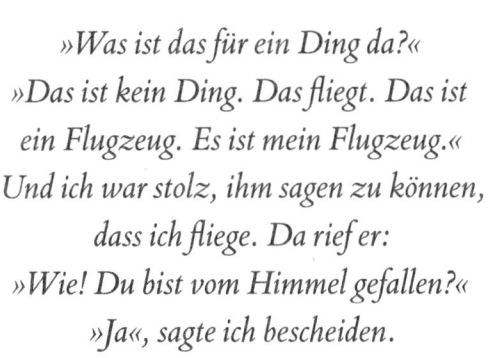

»Was ist das für ein Ding da?«
»Das ist kein Ding. Das fliegt. Das ist
ein Flugzeug. Es ist mein Flugzeug.«
Und ich war stolz, ihm sagen zu können,
dass ich fliege. Da rief er:
»Wie! Du bist vom Himmel gefallen?«
»Ja«, sagte ich bescheiden.

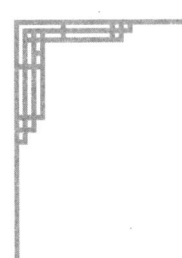

Kapitel 35

Paris, Hotel Pont-Royal,
Dezember 1935

Tonio saß über eine Landkarte gebeugt an dem kleinen Sofa-
tisch in seinem Zimmer. Er machte keinen Gebrauch vom Li-
neal und dem Notizblock neben ihm. Consuelo beobachtete
ihn beunruhigt vom Sessel gegenüber. Er hätte eigentlich eifrig die Karte studieren, den Flugkurs einzeichnen und sich
Notizen zu den geografischen und meteorologischen Be-
sonderheiten der verschiedenen Etappen machen sollen. Aber
er wirkte seltsam lustlos und abgelenkt. Er schien das Interesse an seinem sensationellen Flug, über den die Zeitungen
schon seit Tagen berichteten und der morgen starten sollte,
verloren zu haben.

Wenn sie ihm in die Augen blickte, sah sie diese Ferne, diese
Desorientiertheit. Er war nicht hier im Jetzt, er war nicht
bei der Sache, die ihn momentan unbedingt beschäftigen
sollte. Schließlich ging es um sein Leben, um seine Sicherheit.
Einen Langstreckenflug trat man nicht ohne gebührende Vorbereitung an. Aber wie es schien, war das Tonio zurzeit egal.
Es fehlte nicht viel, und er hätte mit den Schultern gezuckt,
wenn man ihn gefragt hätte, ob es ihm wichtig sei, gesund
zurückzukehren.

In der Hotellobby war bereits die Hölle los. Reporter,

Freunde, Bekannte, Bewunderer hockten auf den Sofas und Sesseln und bestellten einen Drink nach dem anderen. Tonios Flug war offenbar das spannendste Ereignis, dem man in Paris gerade beiwohnen konnte. Er hatte es schon richtig eingeschätzt: Es war eine Möglichkeit, um viel Geld zu verdienen.

Es bestand aber auch die Möglichkeit abzustürzen. Und das im wahrsten Sinne des Wortes.

Antoines Fliegerfreund Luca betrat nun das Zimmer und setzte sich neben ihn. André, der Bordmechaniker, kam ebenfalls dazu. »Lass uns das machen.« Luca handelte als lieber Freund, aber André würde ebenfalls an Bord sein. Und er wollte offenbar nicht sterben. Wenigstens einer!

Tonio stand auf und trat ans Fenster. Consuelo kam neben ihn und nahm seine Hand. Die Pariser Nacht verströmte ihren üblichen Glanz, Laternen warfen ihre Kegel wie Bühnenscheinwerfer auf das Trottoir, die meisten Fenster der Gebäude auf der anderen Seite des Flusses waren noch erleuchtet. Der Eiffelturm stand hell, stolz und stark da in seiner ganzen Pracht. Ihn konnte nichts erschüttern.

Tonio hingegen wirkte, als ob er sich am liebsten eingerollt hätte wie ein Igel im Winter. Alle Freude, aller Elan über seinen Flug war in den letzten Wochen verflogen. Was geblieben war, war ein Mann ohne Energie. Ein müder Krieger, der die Lust verloren hatte, in den Krieg zu ziehen.

Aber nun war es zu spät. Die Verträge waren lange unterschrieben, Tonio hatte bereits Vorschüsse auf seine Reportagen kassiert – und ausgegeben. Er würde fliegen, und er würde berichten.

Und er würde heil zurückkommen.

Er entzog ihr seine Hand und kehrte zurück zum Karten-
tisch, weil Luca ihn etwas fragte.

Consuelo faltete heimlich die Hände und betete zu Gott.

Der Aufbruch im Morgengrauen des 29. Dezember geriet
hektisch. Wie ein Stehaufmännchen schritt Tonio zu voller Größe aufgereckt durch die Menge der Menschen in der
Hotellobby. Er gab letzte Interviews und lächelte für die Fotos.
Im Kleinbus, der sie zum Flughafen brachte, flogen die Witze
zwischen ihm und den Mechanikern hin und her, Léon und
Suzanne waren ebenfalls mitgekommen, um den Freund zu
verabschieden. Und sogar der sonst so ernste Léon versuchte
mit Witzen, die Stimmung aufzulockern. Consuelo saß albern
lachend dazwischen. Sie konnte nicht anders, immer wieder
schaute sie in Tonios Gesicht, dessen Oberfläche strahlte. Dahinter allerdings, wohin nur Consuelo blicken konnte, war es
weiterhin trüb und traurig. Hier saß ein Mann neben ihr, der
seine Hände knetete, den ledernen Fliegermantel um sich gehüllt wie eine Eierschale.

Auf dem Rollfeld des Flughafens Le Bourget gab er ihr
einen trockenen Kuss auf die Wange und bestieg für die Kameras winkend das Flugzeug hinter dem Mechaniker, unter
dem Arm eine Thermoskanne mit starkem Kaffee, den Consuelo ihm in der Hotelküche hatte brühen lassen.

Die Maschine tuckerte zur Startposition, verharrte kurz,
dann gab Tonio Gas, und sie hoben ab in den grauen Himmel
und waren nach wenigen Sekunden in der dichten Wolken-
decke verschwunden.

Verschwunden.

Ihr Mann, der nicht verweilen konnte in dieser normalen

Welt, war in den Wolken verschwunden. Der, der seine Welt stets erweitern musste um das Grenzwertige, der ständig ausloten musste, was ging und was nicht ging, er hatte sich wieder einmal der Schwerkraft und der Normalität entzogen.

Und für sie hieß es nun also warten. Léon und Suzanne führten sie zum Wagen zurück, und sie fuhren zum Hotel.

Warten. Wieder einmal.

Die erste Nachricht kam glücklicherweise ganz pünktlich am Abend dieses ersten Tages: »Etappe gemeistert, allerdings Leck im Tank, sodass über Mittelmeer Umkehr nach Marseille nötig war. Reparatur einwandfrei. Wetterverhältnisse optimal. Wir wohlauf. Nächste Auftankstationen: Tunis und Bengasi.«

Die Zeitungen stürzten sich auf die Meldung, schmückten diese paar Informationen aus, bis sie ganze Seiten füllten, und druckten die Landkarten und die Abschiedsfotos vom Flugplatz, inklusive Abschiedskuss von Tonio und Consuelo. Sie wurde zu ihren Gefühlen befragt, sagte, sie sei stolz auf ihren Mann. Was hätte sie auch anderes antworten können? Dass sie es satt hatte zu warten? Dass sie keiner anderen Frau dieses Schicksal wünschte, mit einem Abenteurer verheiratet zu sein? Dass sie am liebsten sofort den Abbruch der Aktion befohlen, Tonio zurückbeordert hätte und mit ihm ganz alleine in ein Landhaus außerhalb der Stadt gezogen wäre?

Natürlich nicht. Also lächelte sie für die Fotos, strahlte Zuversicht aus, lobte die Flugfähigkeiten ihres Mannes – und hoffte, dass der Himmel ihn unversehrt wieder zu ihr bringen möge.

Schlafen fiel schwer in dieser ersten Nacht. Nein, es fiel nicht schwer, es war ganz und gar unmöglich. Um kurz vor fünf

Uhr kleidete Consuelo sich schließlich an und schlich an den immer noch in der Hotellobby ausharrenden schlummernden Bewunderern und Reportern vorbei ins Freie. Paris im Morgengrauen, das war ihre liebste Tageszeit. Sie atmete tief ein und lenkte ihre Schritte energisch zu den Champs-Élysées. Wie klar, frisch und rein die Stadt wirkte um diese Uhrzeit. Kaum jemand begegnete ihr, nur einige Nachtschwärmer strebten untergehakt und lärmend ihrem Zuhause zu und verschwanden samt ihrer Geräusche in den Seitenstraßen. Mittelalte Frauen eilten vorbei, deren Haltung, Kleidung und Haar verrieten, dass sie in wohlhabenden Haushalten in Kürze hungrigen Familien ein gediegenes Frühstück zubereiten und servieren sollten. Kellner fegten die Bürgersteige vor den Cafés und rückten die Tische und Stühle zurecht. Der Duft von Milchkaffee zog vorbei. Angestellte in Anzügen und Hut schritten heran und genehmigten sich eine Tasse Espresso im Stehen an der Bar, bevor sie ins Büro mussten.

Consuelo setzte sich an einen Cafétisch, der in das erste Sonnenlicht des Tages getaucht war. Es war bitterkalt hier draußen, aber der Milchkaffee dampfte im Licht des freundlichen Wintermorgens, ebenso das Omelett, das ihr kurz darauf serviert wurde. Sie musste Kraft sammeln. Kraft sammeln für diesen Tag und die darauffolgenden Tage, bis das verdammte Flugzeug endlich in Saigon angekommen wäre.

Als der Milchkaffee ausgetrunken war und die Glieder gar zu kalt, lenkte sie ihre Schritte nach Montmartre, passierte Straßenkehrer, die mit ihren Besen die Arbeit aufnahmen, und Taxifahrer, die an ihren Wagen lehnten und auf den ersten Fahrgast des Tages warteten. Laufen, laufen, laufen, immer weiter, immer schneller. Sie brauchte Bewegung, Luft und

Licht und durchmaß die Straßen, als seien es Schwimmbahnen in einem Hallenbad, überquerte Zebrastreifen vor den ersten Chauffeuren, die ihre Chefs zur Arbeit brachten. Endlich erblickte sie die lilafarbenen Fachwerkstreben von Les Fusains. Sie konnte sich sicher sein, dass ihr Freund Derain um diese Uhrzeit schon arbeitete. Sie schob die Tür auf und betrat den Hinterhof, um ins Atelier zu gelangen. Leise, ganz leise schlich sie im Halbdunkel an der Wand entlang zu dem bequemen roten Sessel, der in der Ecke stand, und kuschelte sich hinein. Derain hatte sie nicht bemerkt, ebenso wie das Modell, das nackt im Morgenlicht posierte, das bis zu den wohlgeschwungenen Pobacken reichende Haar wie eine goldene Welle des Meeres. Eine Meerjungfrau mitten in Paris. Derain stand mit einer Tasse Milchkaffee an seiner Staffelei und betrachtete die ersten Pinselstriche, die er getätigt hatte. Er nickte zufrieden, stellte die Tasse auf den Ofen und setzte seine Arbeit summend fort. Nach ein paar Minuten verließ er seinen Standort, wohl um das Licht, den Schimmer, die Lebendigkeit des Haares des Modells von Nahem zu betrachten. Er ordnete eine goldene Strähne und nickte zufrieden.

Als er zur Staffelei zurückkehrte, entdeckte er Consuelo in ihrem Sessel. »Chérie! Welche Überraschung!« Er kam mit weit geöffneten Armen auf sie zu, und schon war es um Consuelos Selbstbeherrschung geschehen. »Ist ja gut, ist ja gut, mein Liebes«, flüsterte Derain erschrocken und streichelte ihren Rücken. »Er wird wiederkommen. Er wird es schaffen.«

Er gab dem Modell einen Wink, und das Mädchen zog sich einen Morgenmantel an und brachte Consuelo eine frische Tasse Kaffee, bevor es das Atelier verließ. Derain ließ

Consuelo erst einmal in Ruhe trinken, während er mit seinen Malutensilien hantierte, die Pinsel reinigte und weiterhin beruhigend vor sich hin summte.

Als Consuelo ausgetrunken hatte, kam er wieder zu ihr. »Weißt du, meine Liebe, warten ist ein Geschenk. Denn das Warten beinhaltet immer das Hoffen. Und ohne Hoffnung wäre doch das Leben nichts, nicht wahr?«

»Aber muss es denn immer so schwer sein?«

»Das Leben ist nie leicht. Auch nicht für die Menschen, bei denen es uns von Ferne so vorkommt.«

»Du meinst, es gibt gar keine glücklichen Menschen?«

Er lächelte. »Glücklich sind die Menschen, die ihr Leben trotz der Umstände genießen. Trotz.« Er fasste sie an den Armen und zog sie vom Sessel hoch. »Und jetzt Schluss mit den Grübelfalten auf deinem hübschen Gesicht, ich will Lachfalten sehen.« Er drückte ihr eine Farbpalette und einen Pinsel in die Hand und stellte eine frische Leinwand auf die Staffelei. »*Voilà! Prêt à peindre.*« Er nickte ihr zu und hantierte am Grammofon, bis schmissiger Swing erklang, während Consuelo mit dem Grundieren begann.

Bis zum Abend kam keine neue Nachricht. Keine Meldung, weder von Antoine direkt noch von irgendwelchen anderen Stellen. Nichts.

Consuelo lief unruhig zum Hotel Pont-Royal zurück, durchquerte die Lobby mit den vielen fragenden und ängstlichen Gesichtern, fand sich in ihrem Zimmer zwischen besorgten Bekannten wieder, hörte nicht, was sie sagten, was sie fragten, was sie für Vermutungen anstellten.

Sie wollte nichts hören. Konnte Worte nicht ertragen. Und

auch keine Gedanken, schon gar nicht die, die in ihrem Kopf schrien. Das Telefon neben ihrem Kopfkissen schwieg.

Und schwieg.

Am nächsten Morgen titelten die Zeitungen: »Saint-Exupéry verschollen! Absturz auf Flug von Paris nach Saigon?«

Das Telefon blieb stumm. Wie hatte Antoine nur durchsetzen können, dass das schwere Funkgerät ausgebaut wurde? Er hatte Gewicht sparen wollen, um mehr tanken zu können und weniger Zwischenstopps zu benötigen. Wie leichtsinnig.

Das Telefon schwieg und schwieg. Den ganzen Tag.

Die Bekannten nun auch.

Consuelo rührte sich nicht von ihrem Platz auf dem Hotelbett neben dem Telefon. Léon und Suzanne kamen, wie sie sah, wenn Suzanne sich zu ihr beugte und ihr etwas Wasser einflößte oder ein Stück Baguette gab. Sie sprachen nicht. Und draußen vor den Vorhängen wurde es wieder Nacht.

Kapitel 36

Endlich, kurz vor Mitternacht am 2. Januar, schrillte der Apparat. Zitternd hob sie den Telefonhörer ab und vernahm die erlösenden Worte, die geliebte Stimme: »Antoine hier. Ich lebe!«

Die Tränen strömten nur so aus Consuelos Augen, und sie verstand kaum seine folgenden Sätze: »Ich bin in Kairo, Liebes. In der französischen Botschaft. Der Botschafter ist ein sehr netter Monsieur. Er hat sich unserer angenommen. Denn, stell dir vor, wir sind über der Wüste abgestürzt. Die Maschine ist Schrott. Wir sind lange durch die Sahara geirrt, bis uns Beduinen gefunden haben, uns Wasser gaben und in eine Oase führten. Von dort ging es dann nach Kairo.«

Wüste. Beduinen. Oase. In Consuelos Kopf drehte sich alles. »Bist du verletzt?«, brachte sie hervor.

»Eine leichte Gehirnerschütterung und ein paar Schürfwunden. Ich bin erschöpft, aber nicht mehr dehydriert.«

»Oh, Tonio. Tonio!« Sie konnte ihr Schluchzen nicht unterdrücken.

»Ich werde mich bald mit dem Schiff auf den Heimweg machen.« Er klang sehr gelöst, fröhlich geradezu.

»Bald?« Wie ... bald? Warum nicht sofort? »Was heißt denn bald?«

»Ich werde noch mal zum Flugzeugwrack in die Wüste zurückkehren, um mich von meinem Beinahe-Sarg zu verabschieden und mich dort fotografieren zu lassen. Und ich werde vor Ort mit den Berichten für die Zeitungen beginnen«, sagte er eifrig und gut gelaunt. »Mein Vögelchen, ich fühle große Kraft und Energie. Ich glaube, hier kann ich sehr gut schreiben. Ich werde in dem Hotel, das mir die Botschaft bezahlt, vielleicht sogar mit einem neuen Roman beginnen.«

»Aber …« Hatte er denn gar nicht das Bedürfnis, zu ihr zurückzukehren? Sie und auch seine Familie wiederzusehen? Marie war auf dem Weg zu ihr nach Paris, damit sie sich gegenseitig beistehen konnten. Didi und Pierre hatten mehrmals besorgt angerufen. »Oder soll ich zu dir kommen, um dich abzuholen?« Nach Kairo. Warum nicht? Vielleicht konnte sie dann endlich einmal die Pyramiden anschau…

»Nein, Consuelo, das ist doch unnötig und teuer«, rief er schnell. »Das können wir uns nicht leisten. Ich teile dir mit, welches Schiff ich nehme, ja? Du kannst mich dann mit Maman in Marseille abholen. Adieu.«

Adieu.

Einfach adieu.

Sie legte den Telefonhörer langsam und sorgfältig auf die Gabel. Suzanne setzte sich zu ihr aufs Bett und nahm sie in den Arm.

Wie fidel er klang, dachte Consuelo, als sie an die Freundin gelehnt weinte, weil endlich der Druck von ihr abfiel. Fast schon glücklich wirkte er. Das Abenteuer des Absturzes hatte ihn ganz offensichtlich belebt statt erschreckt. Und wie hatte das überhaupt passieren können? Der Wetterbericht hatte doch bestes Flugwetter vorausgesagt. Vielleicht war Tonio am Steuerknüppel eingeschlafen? Oder – sie wagte es kaum, sich den Gedanken zu erlauben – war er *fatigué de la vie* geworden? War in diese Stimmung geraten, die ihn dazu trieb, leichtsinnig zu sein, um der Erbsenzählerei des Lebens auf diesem Planeten Erde zu entkommen. Dass er dabei auch seinen Mechaniker André in Lebensgefahr gebracht hatte, dem an seinem Leben und seiner Familie etwas gelegen war, machte diese Möglichkeit allerdings zunichte. Allerdings. Schnell unterband sie diese Gedanken.

Wie erwartet stürzten die Zeitungen sich sofort auf die Neuigkeit: »Saint-Exupéry in der nordafrikanischen Wüste abgestürzt!« Der Bericht schilderte alles haarklein: »... Fußmarsch durch Sand und Hitze ... Halluzinationen ... mit letzter Kraft ... Beduinen ... Wasser ... Palmen in der Oase ... Retter in Kairo ...« In Ermangelung eines Fotos hatten sie sich nicht gescheut, einen Illustrator die Skizze eines kaputten Flugzeugs und zweier sich vom dem Wrack wegschleppender, zerlumpter Bruchpiloten zeichnen zu lassen.

Nun, sie würden bald ihr Foto von Tonio vor der Maschine bekommen. Tonio würde es ihnen mit Vergnügen liefern, wie es schien. Er war vollkommen in seinem Element, auch wenn er nun die Verträge über die Reportagen nicht erfüllen konnte.

Aber diese Geschichte war fast besser als ein reibungsloser Flug bis Saigon. Sie nährte seine Legende vom furchtlosen Flieger. Das war es, was ihm gefiel.

Consuelo legte die Zeitung beiseite. Hauptsache war doch, dass Antoine gesund war. Und dass sie bald wieder vereint sein würden.

Bald!

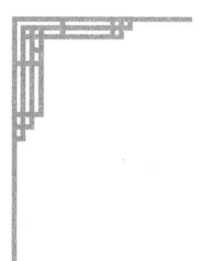

Kapitel 37

Marseille,
20. Januar 1936

Das Dröhnen des Schiffshorns der *Kaswar Alexandria* fuhr Consuelo durch Mark und Bein. In einen Wintermantel gehüllt, mit ihrer Schwiegermutter am Arm und umringt von der gesamten französischen Presse, stand sie frierend am Kai. Die Fotografen hatten sie als die Gattin und Marie als die Frau Mama des heimkehrenden Helden bereits ausgiebig abgelichtet. Nun wartete alles gespannt auf das Wiedersehen.

Der berühmte Autor kehrt nach drei Wochen zurück in die Heimat, nachdem er nur knapp dem Tode entronnen war und sich durch die Wüste ins Leben zurückgekämpft hatte. Was für eine Geschichte!

Consuelo wünschte, dass der ganze Zirkus schnell vorbeiginge und sie Tonio einfach mit nach Hause nehmen könne.

Der Dampfer tutete ein letztes Mal und wurde vertäut. »Kommen Sie, Mesdames, Sie dürfen an Bord und Ihren Mann und Sohn abholen!« Ein Mitarbeiter der Schifffahrtsgesellschaft lotste sie durch die Menge und die Gangway hinauf. Die Presseleute eilten ihnen hinterher.

Consuelos Herz sprang in ihrer Brust. Gleich würde sie ihren Tonio wiedersehen. Sie merkte, wie sie zitterte, nicht vor Kälte, sondern vor Anspannung. Tonio, endlich bist du wieder bei mir, dachte sie, nach dem schrecklichen Absturz, der Todesangst in der Wüste, der Begegnung mit den Beduinen. Zum Glück hattest du Zeit, dich unter der Obhut des Botschafters in Kairo auszuruhen und zu genesen. Mein Liebst…! Sie erstarrte, als sie auf dem Deck ankam und ihn sah. In seinem Anzug fein zurechtgemacht, eine Zigarette in der Hand, offenbar bester Laune – aber hinter ihm etwas abseits an der Reling, unbeachtet von der Pressemeute, doch sie hatte sie sofort erspäht: Nelly de Vogüé! Consuelo schwankte und hielt sich an Marie fest, die ebenfalls einmal kurz gezuckt hatte, wie Consuelo bemerkt hatte. Sofort hatte sich die Gräfin jedoch wieder im Griff und eilte auf ihren Sohn zu. Consuelo schleppte sich hinterher. Die Füße wollten ihr kaum gehorchen, die Beine waren weich.

Was um alles in der Welt tat diese Person hier? Wie war sie so schnell auf das Schiff gekommen? Oder war sie gar zuvor nach Kairo gereist und die ganze Schiffspassage über an seiner Seite gewesen? Und wieso war sie nicht längst aus Tonios Leben verschwunden, wie gehofft und angenommen?

Wieso?

Consuelo schaffte es gerade noch, seinen Kuss und seinen Gruß zu erwidern, sie spürte, wie er sie in den Arm nahm und sie zu einer Bank an der Seite des Decks führte. Sie setzten sich, die Pressemeute schloss sich um sie wie ein surrender Bienenschwarm. Tonio legte den Arm um ihre Schulter, die Blitze der Fotografen zuckten.

»Was macht sie hier?«, flüsterte Consuelo und bemühte sich, für die Fotos einen neutralen Gesichtsausdruck zu wahren, tatsächlich pochte ihr aber das Herz bis zum Hals, und sie wollte am liebsten laut schreien.

»Sie ist gut bekannt mit dem französischen Botschafter in Kairo und konnte helfen, aber wir sprechen später darüber«, zischte Tonio, ohne das Gesicht von den Kameras wegzudrehen oder aufzuhören, siegessicher für die Titelseiten zu lächeln. »Hier ist nicht der richtige Ort dafür.«

»Es gibt generell keinen richtigen Ort für diese Person, nicht in deiner Nähe, verdammt noch mal!« Was war das für eine Farce? Consuelo hielt es nicht mehr aus, riss sich los und stieß die Presseleute auseinander, um sich einen Weg zu bahnen. Fort von hier, weg! Sie musste raus aus dieser Situation. Sie bekam keine Luft mehr, keine Luft! Sie hörte die Rufe und Schreie der Reporter, wohl auch Tonios besorgte Stimme, sah noch einen Schatten von Marie zwischen all den bemäntelten Männern.

Dann schwanden ihr die Sinne, und sie sank auf das Deck.

Kapitel 38

Bern, Schweiz,
Frühjahr 1936

Die Gittertore des Sanatoriums schlossen sich zwischen Tonio und ihr. Das Letzte, was sie von ihm sah, war sein etwas gebeugter Rücken und eine Rauchwolke, als er die Straße hinunter zurück in Richtung Zivilisation lief.

Die stämmige Pflegerin zog an ihrem Arm: »Kommen Sie jetzt, ich zeige Ihnen Ihr Zimmer.«

Wie auf Watte ging Consuelo mit. Gerade so schaffte sie es die Treppe hinauf und den kahlen Gang hinunter und in eine Tür von den vielen Türen, die alle gleich aussahen. »Bett, Spind, Waschbecken«, erläuterte die Pflegerin und deutete dabei auf die wenigen Dinge in der Zelle. »Die Tür bleibt in der Regel geschlossen. Wir sagen, wenn sie geöffnet werden darf.« Sie schob Consuelo zum Bett, sodass sie sich setzen musste, und zeigte auf ein Glas Wasser auf dem Nachttisch. »Trinken und dabei diese zwei Freunde hier schlucken.« Sie förderte zwei längliche knallrote Tabletten aus der Kitteltasche hervor und hielt sie Consuelo vor das Gesicht.

Die schüttelte langsam den Kopf.

»O doch«, sagte die Stämmige und trat so nah heran, dass sie mit ihrem Kittel Consuelos Knie streifte. Consuelo roch, dass sie am Ende ihrer Schicht eine Dusche würde vertragen können.

»Jeder neue Patient nimmt die«, sagte die Stämmige. »Keine Ausnahme.«

Consuelo schüttelte wieder den Kopf.

»Wer sie nicht nimmt, bekommt kein Abendessen.«

Consuelo zuckte mit den Schultern.

Mit Mittelfinger und Daumen drückte die Stämmige kräftig auf Consuelos Wangen. In den vor Schreck geöffneten Mund steckte sie die Tabletten und presste ihr das Glas an die Unterlippe. »Los jetzt.«

Consuelo schluckte, währenddessen ergriff die Stämmige schon ihre Waden und drehte sie in die Liegeposition. »Ruhen Sie sich erst mal ein wenig aus nach der anstrengenden Anreise. Wir holen Sie nachher ab.«

Die Tür fiel zu, und es klang gar so, als ob ein Riegel vorgeschoben wurde. Das konnte doch nicht sein, oder doch? Consuelo war zu schwach, um aufzustehen und es zu überprüfen. Die Fahrt mit der Bahn in die Schweiz hatte sie nur zusammengekauert und an Tonio gelehnt überstanden. Er hatte sie fast zu der Droschke, die sie vom Bahnhof hier hinauf in das Sanatorium gefahren hatte, tragen müssen. Die ganze Zeit hatte keiner von beiden etwas gesagt. Ab und zu hatte Tonio wie schützend seinen Arm um ihre Schultern gelegt. Wie schützend. Nur scheinbar schützend. Denn er beschützte sie ja nicht! Das Einzige, was ihm als Reaktion auf ihren Zustand einfiel, war, sie in dieses teure, von den Ärzten empfohlene Sanatorium zu schicken. Obwohl er doch mit seinem Verhalten, mit der Erlaubnis an Nelly, ihn von Ägypten nach Frankreich zu begleiten, diese tiefe Krise erst ausgelöst hatte.

»Ich konnte nichts dafür«, hatte er sich gerechtfertigt, als

Consuelo ihn, wieder daheim, zur Rede gestellt hatte. »Auf einmal war sie da, verhandelte mit dem befreundeten Botschafter in meinem Kairoer Hotel und kümmerte sich um die Bergung und Rückführung des Flugzeugwracks. Und sie ließ sich partout nicht abschütteln. Schließlich hatte sie mir doch das Flugzeug gestellt, nicht wahr? Und ich kann ihr ja schlecht verbieten, den gleichen Dampfer zu nehmen wie ich.«

»Das ist so geschmacklos, so …« Wieder hatte sie diese Atemnot bekommen, diese unerträgliche Enge in der Brust wie schon an Deck des Dampfers. Nelly war es also, die das verdammte Flugzeug gestellt und Tonio erst in die Lage versetzt hatte, diesen gefährlichen Flug zu unternehmen? Und dann waren sie am Ende tatsächlich noch zusammen mit dem Schiff heimgereist. Es war einfach zu viel gewesen, zu viel der Information. Tagelang hatte sie daraufhin nur im Bett gelegen, unfähig, sich zu rühren oder einem normalen Tagesablauf zu folgen. So war schließlich der Entschluss gefallen, sie hierher zu bringen.

»Sie werden dich dort wieder aufpäppeln, Vögelchen«, hatte Tonio gesagt. »Sie bringen dich wieder zu Kräften in der guten Bergluft. Ganz bestimmt.« Dabei hatten seine Augen so sorgenvoll und ängstlich gewirkt.

Also hatte sie zugestimmt, dass er sie herbrachte. In dieses Sana… Sie merkte, dass ihr, seit die Pflegerin den Raum verlassen hatte, die Augen zufallen wollten, und öffnete sie wieder, nur um die weiß getünchte Zimmerdecke über sich zu sehen – und: das vergitterte Fenster. Sie drehte den Kopf, so gut sie es vermochte. Tatsächlich! Das Fenster war mit Eisenstangen … gesichert. Sie versuchte sich aufzurichten, aber ihre

Muskeln gehorchten ihr nicht. Die Augen waren ihr wieder zugefallen, sie riss sie auf. Aber alles war nur noch weiß. Weiß, weiß, weiß. Ihr war eiskalt, aber sie schwitzte. Sie wollte sich zudecken, aber sie hatte keine Kraft, die Decke unter sich weg-zuziehen. Keine Kraft. Keine Kra…

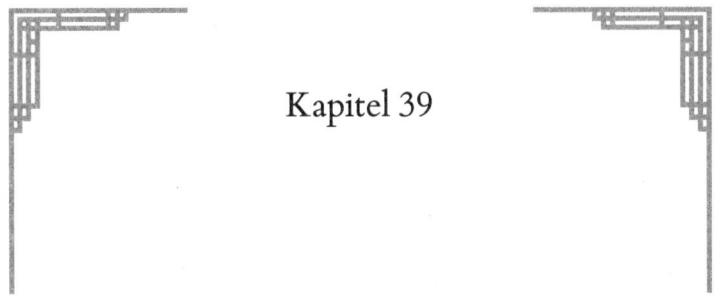

Kapitel 39

»Frühstück in zehn Minuten. Jetzt aber los!« Eine dürre Frau in einem ebensolchen Kittel, wie die Stämmige ihn gestern Abend getragen hatte, zog die Tür auf und stürmte in den Raum. »Was für eine Raubtierkäfigluft hier drinnen.« Sie öffnete das Fenster, und Sauerstoff strömte an den Eisengittern vorbei herein. »Tee und Haferbrei. Die Neuen dürfen zuerst an die Bottiche. Morgenmantel reicht für den Speisesaal. Rechts rum den Gang hinunter. Kommen Sie!« Damit war sie wieder draußen.

Consuelo blieb liegen.

»Behandlung jetzt bei Doktor Harter.« Die Dürre war wieder da. »Ihre Sache, wenn Sie nichts essen zum Frühstück. Aber die Sprechstunde lässt hier niemand ausfallen.« Sie blieb stehen, bis Consuelo sich endlich aus dem Bett erhoben hatte. Consuelo musste sich am Spind festhalten, bis ihr Kreislauf sich stabilisiert hatte. Unter den Blicken der Dürren zog sie sich an. Irgendwie ahnte sie, dass es nichts bringen würde, sie wegzuschicken.

»Hier entlang.« Die Dürre ging durch den langen Gang voraus. Die meisten Türen waren zu. Und tatsächlich erkannte Consuelo Metallriegel an ihnen.

Um Himmels willen.

Doktor Harter war ein Mann in den Vierzigern, der mit Sicherheit drei wohlgeratende Orgelpfeifen-Kinder und eine sportbegeisterte Gattin mit Händchen fürs Dekorieren und Talent zum Gastgeben hatte. Er selbst wirkte, als spielte er nach Dienstschluss hauptsächlich Tennis oder ginge segeln oder Ski fahren, so braun gebrannt war er, sogar um diese Jahreszeit. Und richtig, als sie sich gesetzt hatten, den Schreibtisch mit diversen Pappakten vor sich, entdeckte Consuelo im Regal mit den Nachschlagewerken und Medizinbüchern hinter ihm einen Pokal, der ihm bescheinigte, Erster beim Tennisturnier in Luzern vor zwei Jahren geworden zu sein.

»Sie leiden also an Schlafstörungen und haben Depressionen«, sagte er, in die Akte vor sich schauend. »Wie so viele Leute heutzutage, nicht wahr?«

Consuelo antwortete nicht.

»Das kann unterschiedliche Ursachen haben. Wir wollen hier im Laufe Ihres Aufenthalts herausfinden, welche es bei Ihnen sind und wie wir diese am besten loswerden.« Er lehnte sich in seinem Ledersessel zurück. »Wir kennen uns natürlich noch gar nicht, und ich muss mich mit meiner Einschätzung zurückhalten, bis Sie mir ein wenig von sich erzählt haben. Aber da mir Ihre Geschichte aus der Presse bekannt ist, kann ich also davon ausgehen, dass sehr viel Unruhe in Ihrer häuslichen Situation herrscht?«

Consuelo blickte ihn nur weiter schweigend an. Wie hatten sie und Tonio nur denken können, dass der Aufenthalt in einem Etablissement wie diesem ihr in irgendeiner Weise helfen könnte? Sollte sie allen Ernstes diesem Doktor Aalglatt ihre Probleme erzählen und ihre Gefühle preisgeben?

Eher würde sie für immer hier versauern.

Weil sie schwieg, sprach er schließlich. »Ich lese, dass die Medikamente gestern Abend bei Ihrer Ankunft angeschlagen haben und Sie geschlafen haben.« Er schaute auf. »Allerdings möchten wir natürlich nicht, dass das nur mit Medikamenten klappt. Deshalb werden wir versuchen, unsere Gesprächstherapie hier bei mir jeden Tag in Gang zu bekommen. Parallel dazu verschreibe ich Ihnen eine weitere sehr nützliche Therapie, die schon bei vielen unserer Patienten gute Erfolge gezeigt hat.«

Consuelo war am Ende dieses tristen Tages nach einer Scheibe Graubrot mit Käse und einem Becher Kamillentee gerade auf ihr Bett gesunken, als die Tür aufging und zwei Pflegerinnen hereinkamen. »Aufstehen, Madame. Wir beginnen nun die Lauftherapie.«

Consuelo rieb sich die Augen.

»Sie brauchen sich auch gar nicht wieder anzukleiden. Ziehen Sie einfach Ihren Kaschmirmantel über das Nachthemd, und los geht's.« Die beiden zogen sie aus dem Bett auf die Füße.

»Wo bringen Sie mich hin?«

»Es ist keine Frage des Wohin, sondern des Wo-lang.« Die eine grinste fies. »Der Weg ist doch das Ziel, sagt man, nicht?«

»Wir laufen und laufen durch den Park, bis Sie nicht mehr können und ohne Probleme einschlafen.«

»Das ist Ihre Wundertherapie?«

»Glauben Sie mir: Die wirkt. Wir gehen jetzt ein paar Runden. Und mitten in der Nacht kommen wir wieder. Und wieder. Und wieder.«

Die andere nickte. »Die frische Bergluft, die Bewegung. Sie

werden schlafen können, glauben Sie uns.« Sie half ihr beim Binden des Mantelgürtels und wies in den Schrank. »Ziehen Sie bequeme Schuhe an, Sie werden sie brauchen.«

»Ich will aber nicht laufen!«

Die Pflegerinnen hakten sie jeweils rechts und links unter und zogen sie zur Tür. »Hier geht es aber nicht darum, was Sie wollen. Hier geht es darum, dass Sie gesund werden.«

»Aber …« Consuelo versuchte sich mit den Füßen in den Linoleumboden zu stemmen, aber die beiden waren stärker.

»Machen Sie einfach mit. Glauben Sie uns: Diese Art der Therapie wird Ihnen besser gefallen als alle anderen, die wir im Angebot haben.« Sie lachte wie ein Kobold.

Consuelo ließ sich den Gang entlang führen und hinaus in den Garten, dessen Rhododendren grün, stumm und stramm entlang der hohen Parkmauern lauerten, wie auf so vielen Friedhöfen dieser Welt.

Im Haus des kleinen Prinzen,
Eaton's Neck, Long Island,
Juli 1942

»Consuelo! Consuelo!«

Sie schreckte hoch und musste sich erst einmal orientieren. Nein, in dem grausigen Sanatorium war sie nicht mehr.
Und es war Tonio, der da rief. Sie knipste die Lampe auf dem
Nachttisch an, deren blumenverzierter Schirm ihr bestätigte,
dass sie in Bevin House war. Nach dem Curry, das sowohl
ihr als auch Hanni sehr gut geschmeckt hatte, obwohl der
Hund danach sehr viel Wasser getrunken hatte, hatte sie
sich oben im Schlafzimmer unter ihrer Sommerdecke und
bei geöffnetem Fenster schlafen gelegt. Aus dem Arbeitszimmer war durch den Spalt der angelehnten Tür Licht in
den Flur gedrungen, und sie schlief ein bei den leisen Geräuschen von Papierrascheln, dem Ablegen des Bleistifts auf
der Holzplatte, dem Schnarren des Kurbelspitzers und dem
beruhigenden Anschlagen der Schreibmaschinentasten.

»Consuelo!« Wieder dieser Ruf. Er klang verzweifelt.

Sie schlüpfte in ihren Morgenmantel und lief hinüber ins
Arbeitszimmer. Hanni war von unten hochgetrappelt, um mit
schräg gelegtem Kopf zu schauen, was Herrchen wollte.

Tonio saß am Schreibtisch, eine Rauchwolke um ihn herum,
eine leere Kaffeetasse vor sich. Er hatte Augenringe bis zum
Kinn, aber seine ganze Haltung zeigte, dass er nicht bereit war,

schlafen zu gehen. Er streckte sich. »Consuelo, es läuft gut, aber ich habe Hunger. Machst du mir ein Rührei?«

Sie schaute auf die kleine goldene Klappuhr, die auf dem Schreibtisch stand. Zwei Uhr zwanzig war es. Vor dem Schwarz der Nacht spiegelten sie sich im Fenster, und Consuelo sah ein alterndes Ehepaar, er mit halb geöffnetem Hemd und zerzaustem Haar, sie ihren Morgenmantel zuhaltend. »Es ist ...«

»Ich weiß, wie spät es ist, Chérie, aber ich will weitermachen, es läuft hervorragend.«

Sie blickte auf die Zeichnungen, die auf dem Schreibtisch verteilt waren. Sah die getippten Seiten. Viele Seiten, mit Dialogabsätzen, wenn sie das richtig erkennen konnte.

»Rührei mit Schnittlauch? Ist noch welcher da?« Er sah sie bittend an. »Bringst du es mir hoch?«

Sie rief nach Hanni, der Kochen des Nachts wie auch des Tages immer einen guten Einfall fand und ihr direkt am Herd Gesellschaft leistete. »Weißt du, Hanni«, sagte Consuelo zu dem Hund, als sie vier Eier in die Schüssel gab und sie kräftig, sehr, sehr kräftig schlug, gerade so, dass die zähflüssige Sauce nicht über den Rand schwappte, »weißt du, was das Gute ist an einem Mann wie Tonio?«

Der Hund legte den Kopf schräg und schielte zwischen ihrem Gesicht und der Schüssel hin und her.

»Das Gute an einem Mann wie Tonio ist, dass er einen letztendlich doch nie im Stich lässt.« Sie schüttelte mehr Salz in die Eimasse, als vielleicht hineingehört hätte, dazu ordentlich Pfeffer. »Und deshalb wollen wir ihn doch jetzt morgens um zwei Uhr auch nicht im Stich lassen, Hanni, was?« Sie gab das Ei in die heiße Pfanne und rührte, bis es cremig gelb und wunderbar locker war.

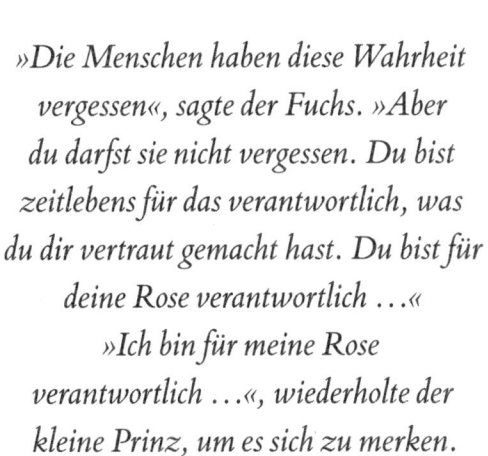

»Die Menschen haben diese Wahrheit
vergessen«, sagte der Fuchs. »Aber
du darfst sie nicht vergessen. Du bist
zeitlebens für das verantwortlich, was
du dir vertraut gemacht hast. Du bist für
deine Rose verantwortlich …«
»Ich bin für meine Rose
verantwortlich …«, wiederholte der
kleine Prinz, um es sich zu merken.

Kapitel 40

Bern, Schweiz,
eine gute Woche später

Es war Tag zehn des tristen Kliniklebens. Wo blieb Tonio?
Warum kam er sie nicht besuchen? Warum schrieb er nicht
einmal einen Brief? Sie wusste, dass er mit den Dreharbeiten
zu seinem Film *Anne-Marie* in der Nähe von Paris sehr beschäftigt war. Aber er konnte sie doch hier nicht einfach versauern lassen. In dieser Kaserne. Jeden Abend, jede Nacht
waren nun diese beiden Weiber gekommen und hatten sie
durch den Park gezwungen. Zum Glück war Consuelo so
trainiert durch ihre jahrelangen Pariser Spaziergänge, dass
sie sie locker besiegt hatte. Ihre langen, einsamen Spaziergänge durch die Stadt hatten sie schließlich das Laufen ge-
lehrt. Sie fing sogar an, die Stunden im Klinikpark in der frischen Nachtluft zu genießen, ganz im Gegenteil zu ihren
Begleiterinnen, die bald jammerten, dass ihre Füße weh-
taten. Nach ein paar Nächten hatten sie andere Pflegerinnen
geschickt, aber auch diese hatten nicht Consuelos Kondition
gehabt. Und müde war sie von den Runden im Park sowieso
nicht geworden. Eher wacher. Sie unterhielt die Pflegerinnen
mit Geschichten von der Kaffeeplantage in El Salvador, mit
Details zum Handwerk des Zeichnens und mit Schilderungen
ihrer Rundgänge durch die Pariser Museen, allen voran dem

Louvre. Sie dozierte über die Gemälde, die ihr am Herzen lagen. Die Pflegerinnen lauschten, schienen aber die Schilderungen nur so lange erhellend zu finden, bis ihre Schicht endete. Dann brachten sie Consuelo mitten in der Erzählung in die Zelle zurück und verschwanden.

Gegen Morgengrauen schlief Consuelo meist für ein, zwei Stunden ein, um dann mit dem grässlichen Kamillentee und Haferbrei in den Tag zu starten. In einen Tag, an dem sie jeden Vormittag schweigend Doktor Harter gegenübersaß und seine Trophäen im Schrank betrachtete, mittags wenig von den wasserdünnen Suppen aß, die im Speisesaal angeboten wurden, nachmittags an die Decke ihrer Zelle starrte – und auf die nächtlichen Spaziergänge mit ihren Wärterinnen wartete.

Briefe konnte sie selbst zwar schreiben, aber die Wärterinnen erzählten ihr bald unter der Hand, dass diese niemals abgeschickt wurden. Auch wurden Briefe, die ankamen, von der Direktion sofort vernichtet. Tonio, Tonio, wann holst du mich hier raus?

Schließlich gelang es Consuelo mithilfe des Priesters, der den Patientinnen sonntags die Beichte abnahm, einen Brief herauszuschmuggeln.

Drei Tage später saß sie gerade an ihrem Einzeltisch beim Mittag vor der dampfenden Suppe, die nach Salz, Sellerie und irgendwie säuerlich roch, als auf einmal die Tür des Speisesaals aufflog und ein großer Mann hereinstürmte: Tonio! Sie kam auf die Beine und lief, so schnell sie es in ihrem Zustand vermochte, auf ihn zu. Er zögerte kurz, dann schloss er sie in seine Arme, und sie hörte ihn schluchzen: »Mein Vögelchen, mein Vögelchen. Was hat man dir hier angetan? Wie zart du geworden bist. Du bist ja kaum noch da.« Er hielt sie von sich weg. »Und die Schatten um die Augen. Du siehst aus wie ein Gespenst. Fast hätte ich dich nicht erkannt.« Er hob sie auf beide Arme und trug sie aus dem Speisesaal, im Rücken die Blicke aus blassen Gesichtern ihrer Mitinsassinnen und der stämmigen Pflegerin, die sich am Essenswagen festhielt. »Jetzt ist Schluss! Du kommst mit mir. Hier wirst du kränker statt gesund!« Er trug sie zu Doktor Harters Zimmer, stieß die angelehnte Tür mit dem Fuß auf und rief in den Raum, in dem der Doktor gerade mit einer Schwester sprach: »Meine Frau kommt mit mir! Sie hören von unseren Anwälten.«

Die Rhododendren wie im Traum hinter sich lassend, fuhr Consuelo auf der Rückbank des Berner Taxis, das auf Tonio gewartet hatte, durch das große Eisentor in die Freiheit.

»Wir nehmen erst mal ein Zimmer in einem Hotel in der Stadt«, sagte Tonio und drückte ihre Hand fest. »Mein Vögelchen, wenn ich gewusst hätte, was sie dort mit dir veranstalten! Aber man hatte mir gesagt, es sei die beste Einrichtung ihrer Art. Und ich solle dich nicht besuchen, um die Behandlung nicht zu stören. Meine Briefe sind ganz offensichtlich auch abgefangen worden.« Er ließ seinen Blick über ihren abgemagerten Körper gleiten. »Jetzt musst du erst mal wieder zu Kräften kommen. Ich werde jede Menge Geschnetzeltes auf unser Zimmer bestellen. Das wird dich stärken.« Er gab ihr einen Kuss auf die Haare. »Mein armer Schatz.«

Consuelo lehnte sich schweigend an seine Schulter.

Würde nun alles gut werden?

Im Rückspiegel verfolgte sie, wie das Eisentor hinter ihnen geschlossen wurde.

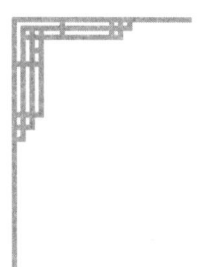

Kapitel 41

Paris, Place Vauban,
Frühjahr 1936

Zwei Wochen hatten sie in dem Hotel in Bern verbracht. Consuelo hatte langsam wieder angefangen zu essen, hatte im Bett gelegen, gelesen und geschlafen, während Tonio an dem kleinen Tischchen an seiner Reiseschreibmaschine saß und tippte und tippte. Er schrieb wieder! Gott sei Dank, er schrieb! Er sagte, es seien Texte für eine Sammlung von Geschichten über seine Abenteuer als Pilot und Weltenbummler. Er wisse nur noch nicht ganz genau, wie er sie ordnen und in eine sinnvolle Form gießen, sie bändigen sollte. Aber er sprudelte nur so über vor Ideen, und wenn er ihr Passagen vorlas, hörte Consuelo, dass sie gut waren, sehr gut sogar. Am besten war jedoch, am allerbesten sogar, war seine Versicherung, dass er nun den Kontakt zu Nelly ein für alle Male abgebrochen habe. Unwiderruflich!

Liebevoll malte er zwischendurch kleine Bilder von sich und Consuelo - Arm in Arm und Hand in Hand und in einen Kuss versunken vor der Silhouette von Paris. Wie eine kleine Bildergeschichte war das am Ende gewesen, die er zusammengeheftet und ihr gewidmet hatte: »In Liebe, Dein Ehemann, der manchmal etwas Wüstensand im Kopf hat.«

Auf kurzen Spaziergängen hatten sie Luft geschnappt, und

Consuelo waren die vielen Menschen auf den Straße der Stadt ungewöhnlich laut vorgekommen, aber nach ein paar Tagen hatte sie sich wieder daran gewöhnt.

Abends schliefen sie eng aneinander gekuschelt ein. Und Consuelo schlief gut. Hervorragend. Wohlig. Sie war wieder bei Kräften und bereit für die Rückkehr nach Paris. Für dort hatten sie sich viel vorgenommen. Gemeinsam. Erwachsen und in Frieden wollten sie ihre Ehe reparieren. Consuelo hatte lange darüber nachgedacht. Aber schließlich blieb es dabei: in guten wie in schlechten Zeiten, nicht wahr?

Am Abend, als sie in die erleuchtete Stadt einfuhren, die, wie Consuelo fand, die Lichter besonders hell und glänzend angedreht hatte, sagte Tonio im Taxi: »Ich habe eine Überraschung für dich!«

Sie sah ihn erstaunt an. Seine Stimme klang ganz übermütig und stolz.

»Wir haben eine neue Wohnung, mein Vögelchen! So schön und komfortabel das Hotel Pont-Royal ist, ein eigenes Zuhause ist doch besser, oder was meinst du?«

Ihr Herz hüpfte. Ob das besser war? Welche Frage! Endlich wieder ein Heim. Ein gemeinsames Heim in ihrer Lieblingsstadt. Ein Heim, dessen Türen sie zusperren konnten, um die Bewunderer, die Kollegen, die weiblichen Fans draußen zu lassen. Sie umarmte ihn stürmisch: »Zeig es mir! Fahr mich sofort hin!«

Er lachte. »Wir sind schon fast da! Dort vorne noch rechts, Monsieur, bitte«, sagte er zum Taxifahrer.

»Hier?« Sie waren doch mitten im Zentrum, am Invalidendom, im mondänen Herzen der Stadt, in dem große

Wohnungen mit langen Räumen und großzügigen Terrassen vorherrschten. Ihr wurde ein wenig mulmig zumute. War er sich sicher, dass sie sich das leisten konnten? Auf einmal?

Er lächelte stolz, befahl dem Fahrer zu stoppen und hielt Consuelo die Wagentüre auf. »Voilà! Place Vauban Nummer 15, unser neues Zuhause.«

Sie schaute an dem Haus hoch. Ein moderner Gebäudekomplex mit geschwungener Sandsteinfassade, der einen Teil des Platzes umarmte. Eine absolut repräsentative Adresse.

»Komm mit, Vögelchen. Wir wohnen ganz oben!« Er nickte eifrig und fummelte mit dem Schlüssel herum, als sie den Hausflur betraten. »Auf zwei Etagen.«

Sie betrat mit ihm den schicken mit Teppich ausgelegten Lift, die Türen schlossen sich. »Gleich zwei Etagen? Aber Tonio, wie soll das gehen? Wo kommt das Geld her?« Sie spürte im Magen, wie der Fahrstuhl sich schnell erhob und sie mit sich trug.

»Mach dir keine Sorgen, ich habe alles im Griff. Wir haben die Filmrechte von *Südkurier* soeben verkauft, *Anne-Marie* kommt bald in die Kinos. Und ich bin aufgeladen mit Energie und werde mein neues Manuskript bald fertigstellen.« Aufgeregt gab er ihr einen Kuss auf die Wange. »Warte, bis du die Terrasse mit dem tollsten Blick von Paris siehst.« Er händigte ihr den Schlüssel aus und schob sie zu der Tür. »Mach schon auf.«

Wie mechanisch schloss sie auf und sah den blitzblanken Steinboden, die Wände gestrichen in einem Ton wie Wasser in der Badewanne.

»Wer hat denn diese tolle Farbe ausgesucht?«, fragte sie staunend. Das sah Tonio gar nicht ähnlich, dass er von allein auf solch eine Raffinesse kam.

»Marcel Duchamp war so frei, mich bei der Farbgestaltung zu unterstützen«, sagte er freudig. Der alte Freund, der König der Surrealisten – kein Wunder, dass diese Wohnung besonders geworden war. Designersofas, Designertischchen, avantgardistische Gemälde, Blumenbouquets, afrikanische Teppiche, Skulpturen. Alles stimmte, alles passte.

»Et voilà!«, sagte Tonio fröhlich und breitete die Arme aus. »Hier kann ich endlich frei atmen, hier kann ich Kraft schöpfen. Hier kann ich bestimmt gut schreiben und den Schwung mitnehmen, den ich in Bern bekommen habe.« Er nickte eifrig und öffnete eine Glastür. »Und jetzt kommt der Höhepunkt: die Dachterrasse mit Blick über Paris!«

Consuelo trat hinaus in die Kühle der Nacht, die Kuppel des Invalidendoms war zum Greifen nah und golden erleuchtet. Ihr traten Tränen der Freude in die Augen, als sie all diese lebendigen Lichter wahrnahm, die Geräuschkulisse der Autos und Menschen unten auf der Straße und sogar den Eiffelturm in bunten Farben blinkend in der Ferne. Nun würde alles gut werden. Sie würden ihr Eheleben in den Griff bekommen. Er würde schreiben und seiner Berufung folgen. Sie würde ihm Kaffee kochen und Blumen bringen. Und zuhören, wenn er vorlas. Sie würde wieder kochen, was in dieser modernen Traumküche nun wirklich kein Problem war. Und das Wichtigste: Sie würde malen und sich weiter schulen und die Museen besuchen. Genau so war es richtig. Sie wollte diese neue Chance nutzen, unbedingt. Für sich und ihren künstlerischen Weg. Genauso wie für diese Ehe, diese Amour fou. Denn natürlich war es eine verrückte Liebe, das war ihr inzwischen sehr bewusst. Aber es war eben Liebe, was konnte sie schon tun? Sie liebte Antoine, und sie würde dieses neue

Kapitel mit ihm aufschlagen. Schließlich hatten sie vor Gott versprochen zusammenzubleiben. Er hatte ihr versichert, dass mit Nelly nun alles vorbei sei, alles aus und vorbei. Diese aufdringliche Person würde ab sofort keine Rolle mehr spielen. Sie glaubte ihm.

Und die Lichter der Stadt, die sich unter ihr ausbreiteten – sie schienen genau das zu versprechen.

Kapitel 42

Die Dreharbeiten und die Postproduktion des Films *Anne-Marie* waren bald abgeschlossen, aber im Anschluss begannen schon die Vorbereitungen für *Südkurier*. Tonio hatte viel mit der Planung zu tun, schaute beim Drehbuch über die Schulter der Autoren, beriet die Mannschaft in fliegerischen Details. Was bedeutete: Wieder arbeitete er nicht an seinem neuen Manuskript, wie er es eigentlich hier am Place Vauban vorgehabt hatte. Wenn Consuelo ihn darauf ansprach, winkte er ab, er werde schon bald dazu kommen. Er müsse sich nur eben erst mal darum kümmern, dass die Filmcrew keine Fehler mache. Ob das der Filmcrew gefiel, bezweifelte Consuelo stark. Aber sie konzentrierte sich nun ihrerseits wieder auf die Verfeinerung ihrer malerischen Fertigkeiten, wenn auch nun ohne das teure Studium an der Ranson.

Die immer dramatischer klingenden Schlagzeilen vom Spanischen Bürgerkrieg nahmen Tonio zusehends mit, wenn er sich für eine Morgenzigarette zu Consuelo auf die Terrasse gesellte. Als *Paris-Soir* ihn bat, nach Madrid zu reisen, um von dort aus wie schon sein amerikanischer Kollege Ernest Hemingway seine Eindrücke in einer Reportage zu schildern, tat er es prompt. Consuelo machte sich keine Sorgen, dass er in

Kampfhandlungen geriet, dafür war er zu sehr am Rande des Geschehens. Aber es ärgerte sie maßlos, dass er dadurch wieder einmal einen Grund gefunden hatte, das Schreiben aufzuschieben.

Genauso sagte er sofort zu, als er gebeten wurde, über die Ausstellung »Entartete Kunst« in München zu berichten. Nicht nur die Ausstellung mit ihrer brutalen Hängung der surrealistischen, kubistischen, expressionistischen Werke – der Werke seiner und ihrer Freunde – nahm ihn mit.

»Es ist gespenstisch dort, weißt du? Überall auf den Prachtstraßen hängen Hakenkreuzfahnen und Plakate mit Propaganda. Man fühlt sich beobachtet, auf Schritt und Tritt. Ich habe sogar das Gefühl, die Menschen grüßen einander nicht mehr freundlich und jeder beäugt jeden misstrauisch.«

»Malst du das nicht ein wenig zu schwarz?«, fragte Consuelo. Natürlich hatte sie auch schon gehört, dass im Nachbarland große Veränderungen vor sich gingen. Zuletzt hatten viele deutsche Künstler ihre Heimat verlassen und waren nach Paris gekommen. Man traf sie neuerdings vermehrt in den Restaurants und Cafés und hörte ihre Berichte.

»Ich sage dir, wir steuern auf eine Katastrophe zu«, sagte Tonio leise.

Er saß viel auf der Terrasse in den Tagen nach seiner Rückkehr und las noch mehr Zeitung als zuvor. Er machte sich große Sorgen und konnte sich infolgedessen scheinbar weniger denn je konzentrieren.

Die Pariser Weltausstellung in diesem Sommer mit all ihren Verlockungen trug auch nicht gerade dazu bei, ihn im Haus und am Schreibtisch zu halten. Natürlich war Picassos Antikriegsbild *Guernica* im spanischen Pavillon in der Tat mehrere

Besuche wert. Der von Albert Speer erbaute deutsche Pavillon mit seiner gigantomanischen Ehrenhalle samt Hakenkreuz im Eichenkranz und Reichsadler sowie dem schwimmenden Restaurant in der Seine trieb Consuelo einen Schauer über den Rücken. Dagegen war rund um den Trocadéro, auf dem Champ de Mars und am Seineufer so viel Frohsinn zu spüren! Der Eiffelturm war in den schönsten Farben angestrahlt, und die ausgelassene Stimmung der internationalen Gäste ließ die Stadt geradezu flirren. Die Bars, Restaurants, Cafés und Boulevards glichen einem einzigen Jazzsalon. Es war, als wollte ganz Paris tanzen. Zum letzten Lied des Abends.

So verflog auch das Jahr 1937 am Place Vauban fast unmerklich mit ein paar politischen Reportagen für die großen Zeitungen und Vorworten für die Bücher anderer Leute, ohne dass Tonio Fortschritte in Sachen eigenes Romanprojekt machte. Wenn ihn das bedrückte, so äußerte er es Consuelo gegenüber jedenfalls nicht. Vielleicht fühlte er sich als aktueller Berichterstatter im Dienste der Allgemeinheit in diesen Zeiten, in denen die Stimmung in Europa immer brenzliger wurde, auch gar nicht fehl am Platz. Sie jedenfalls hatte beschlossen, sich von Antoines Untergangsstimmung nicht mitreißen zu lassen. Sie bestellte sich einen beinahe mannshohen Sandsteinblock, der nur mit sechs Packern in die Wohnung gebracht werden konnte, und widmete sich ganz der Bildhauerei. Jetzt, da sie nicht mehr an die Académie ging, musste sie eben selbst schauen, wie sie sich weiterbildete.

Kurz vor Weihnachten sagte Tonio eines Morgens beim Frühstück sehr freudig, während er mit einem Brief wedelte, den er soeben geöffnet hatte: »Wir feiern dieses Jahr auf Château Agay. Didi und Pierre haben uns hiermit herzlich eingeladen. Maman ist dort, die Kinder werden singen und Flöte spielen. Und meine Schwester tischt bestimmt etwas Köstliches auf.«

Consuelos Begeisterung hielt sich in Grenzen. »Bist du dir sicher, dass sie uns gerne dort haben wollen?« Sie sahen die Verwandtschaft bislang genau einmal im Jahr, und zwar im Sommer, wenn sie Sehnsucht nach der Côte d'Azur hatten und El Mirador wegen der Vermietung leider nicht nutzen konnten. Reichte das denn nicht, ein Sommerbesuch, der immerhin die Möglichkeit bot, mehrmals am Tag weit rauszuschwimmen und die Küste samt Verwandtschaft hinter sich zu lassen? Weihnachten auf Château Agay, in diesem dunklen, kalten, bestimmt feuchten Gemäuer als Schwägerin Didis ergebener Gast? Das versprach anstrengend zu werden.

»Tu es für mich, Vögelchen. Sie werden bestimmt Bratäpfel machen, so wie ich sie aus der Kindheit kenne, und diesen Punsch mit Rumtrauben bereitstellen. Und Didi wird die Weihnachtsgeschichte am lodernden Kamin vorlesen.« Er gab ihr einen Kuss. »Ich wünsche es mir so sehr. Maman ist doch dabei. Sie wird dich nicht im Stich lassen.«

Nun gut. »Aber nicht eine ganze Woche. Nur kurz vorher anreisen und nach dem zweiten Feiertag wieder los.«

Er lachte. »Gut, mein Schatz. So machen wir es.«

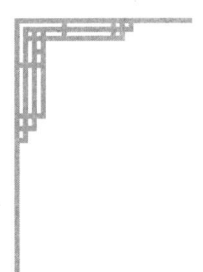

Kapitel 43

Château Agay,
Weihnachten 1937

Der Nebel senkte sich über die Bucht, das Meer wirkte platt
wie ein Tümpel. Aus dem Dunst ragten plötzlich die grauen
Mauern des Château vor ihnen auf. Tonio schaltete den Motor
des Bugatti ab, streckte sich und lächelte glücklich. »Weihnachten bei der Familie! Was gibt es Schöneres?«

Consuelo fielen da schon ein paar Dinge ein, die sie schöner
fand, als Weihnachten bei *dieser* Familie zu verbringen. Aber
sie würde sich bemühen, die Tage mit Anstand und guter
Laune zu überstehen. Wie gerne hätte sie die Feiertage mal
wieder mit ihrer Mutter und ihren Schwestern verbracht. Aber
aus der Heimat erreichten sie stets Briefe, in denen es so klang,
als ob mit einer Reise nach Europa in absehbarer Zeit nicht
zu rechnen sei. »Wir denken an Dich, wir lieben Dich. Gut,
dass Du Dich nach deinem Aufenthalt im Kurheim so gut erholt hast. Wir drücken Dich und hoffen, dass Du und Antoine
glücklich seid.«

Glücklich. Consuelo hatte gestutzt, als sie das las. Glücklich.
Waren sie eigentlich glücklich, dort am Place Vauban? Nach
außen hin stellten sie natürlich das erfolgreiche Künstlerpaar
dar, er der gefeierte Schriftsteller und gefragte Seismograf der
aktuellen politischen Lage, sie die ambitionierte Malerin und

Bildhauerin. Sie gaben Gesellschaften und verbrachten ihre Abende in den angesagten Lokalitäten der Stadt. Tagsüber arbeitete jeder an seinen Projekten vor sich hin. Aber waren sie glücklich? Gemeinsam?

»Onkel Papou, Onkel Papou! Tante Consuelo!« Die drei Kinder von Didi rannten die Freitreppe herunter auf Tonio und sie zu und umarmten ihre Beine, sobald sie aus dem Bugatti stiegen. Tonio nahm alle drei nacheinander hoch und ließ sie Flugzeug fliegen, bis sie vor Vergnügen kreischten. Er war so gerne ihr Onkel Papou, wo auch immer dieser ulkige Spitzname herkam. Und Consuelos Herz zog sich zusammen, wenn sie daran dachte, wie gerne sie Tonio eigene Kinder geschenkt hätte. Er scherzte zwar immer, das sei doch sowieso keine gute Idee, weil sie beide in ihrer Künstlerschusseligkeit ein Baby bestimmt im Taxi vergessen würden. Aber sie wusste, tief in ihm drinnen schlummerte er sehr wohl, der Kinderwunsch. Doch es wollte und wollte einfach nicht klappen. All die Jahre nicht. Die Ärzte hatten nicht herausgefunden, woran es lag. Sie wischte sich über die plötzlich feucht gewordenen Augen und verfolgte, wie er nun mit den Kindern Fangen spielte.

»Consuelo!« Ehe sie vollends in ihren trüben Gedanken versinken konnte, kam schon Marie auf sie zu und nahm sie herzlich in den Arm. Der Duft des Rosenparfums, das sie stets trug, beruhigte Consuelo. »Wie schön, dass es dieses Jahr endlich einmal klappt mit einem gemeinsamen Weihnachtsfest«, sagte Marie, »nachdem der Junge in den letzten Jahren immer so beschäftigt war mit Dreharbeiten und Rekordflügen und all seinen Flausen.« Der Stolz auf ihren Sohn war nicht zu überhören. »Kommt rein und redet Didi gut zu, die verzweifelt mit der Pute im Bräter ringt.«

War das Personal nun ganz abhandengekommen? Dass Didi höchstselbst in der Küche Hand anlegte, war doch ein wenig ungewöhnlich. Aber Consuelo begrüßte die Schwägerin ohne einen Kommentar, wusch sich sofort die Hände, um mit anzupacken, und war bald beim Bohnenputzen und – natürlich – Zwiebelschneiden eingespannt. Aber die Stimmung der Damen schien gut zu sein, stellte sie fest und hörte gespannt zu, was Marie und Didi über Familienkochrezepte und die Ereignisse der letzten Monate hier auf Agay erzählten. Die Hitze vom Ofen und der Geruch der Pute erfüllten bald die ganze Küche, und Consuelo legte die Kostümjacke, die sie extra für diesen Besuch aus den hintersten Ecken ihres Kleiderschranks gezerrt hatte, bald ab. In aufgekrempelter Bluse und mit Schürze ließ es sich besser hantieren.

Vielleicht, überlegte sie, vielleicht war dieser Weihnachtsbesuch doch keine schlechte Idee gewesen und der Auftakt zu einem neuen Kapitel im Verhältnis zur Familie. Was wäre das schön, wenn man sie nun endlich vollständig akzeptieren und einbinden würde. Vielleicht verlor Didi auch endlich ihre Hochmütigkeit und Kälte.

Sie wischte sich den Schweiß von der Stirn und lächelte der Schwägerin zu. Und sie bekam ein ehrliches, zufriedenes Lächeln zurück, wie sie glücklich feststellte.

Es war putzig, die Kinder zu beobachten, wie sie vor dem Kamin die Geschenke auspackten: ein Steckenpferd, ein Holzpuzzle, eine Kullerbahn, eine Porzellanpuppe mit beweglichen Augen, ein Puppenwagen. Die Augen der Kinder glänzten, und sie begannen sofort zu spielen. Die Erwachsenen lehnten sich nach dem köstlichen Mahl, bei dem die Bratäpfel als krönender Abschluss nicht hatten fehlen dürfen, müde zurück und genossen den Rumtopf. Gut, dass der Weihnachtsgottesdienst erst morgen früh war, dachte Consuelo. Jetzt noch zur Mitternachtsmette – das hätten sie wohl nicht mehr geschafft.

»Meine Lieben, es war wunderschön«, sagte Tonio in die zufriedene Stille, die nur vom Knistern des Feuers unterbrochen wurde. »Was für ein gemütliches Fest hier bei euch.« Er tätschelte Didis Hand, die, in seinen Arm gelehnt, fast einschlief. »Leider kann ich morgen früh nicht mit zum Gottesdienst kommen, weil ich dringend nach Paris zurückkehren muss.«

Didi richtete sich auf und schaute ihn entsetzt an. »Aber das geht doch nicht. Wir nehmen immer an dem Gottesdienst teil und sitzen als Familie in der ersten Reihe. Schlimm genug, dass du die letzten Jahre gefehlt hast. Nun sei wenigstens jetzt dabei!«

Tonio schüttelte den Kopf. »Ich kann leider nicht. Die Filmfirma, die *Südkurier* dreht, braucht dringend eine Freigabe von mir, sonst können sie nicht weiterarbeiten.« Er streichelte Didi die Wange. »Aber weißt du was: Consuelo bleibt hier und kommt zum Gottesdienst mit, nicht wahr, mein Schatz?«, wandte er sich an sie.

Sie hätte gern eine abwehrende Handbewegung gemacht, wenn es nicht alle gesehen hätten. »Das ist leider nicht möglich«, setzte sie an.

»Warum denn nicht?« Tonio schaute erstaunt. Die Augen aller anderen ruhten ebenfalls auf ihr.

»Warum denn nicht, Tante Consuelo?«, fragte Mireille, die Jüngste, und schmiegte sich an ihre Beine. »Wir wollten doch noch zusammen Plätzchen backen. Du hast es versprochen.«

»Also …« Consuelo sah den Blick von Marie, der sehr betrübt war. »Das wäre natürlich schön, wenn wir noch backen könnten, aber ich muss wirklich …«

Tonio unterbrach sie: »Consuelo bleibt hier, Mireille, ist doch klar. Das werden tolle Plätzchen.« Er wandte sich an Didi. »Und wie wäre es, Schwesterherz: Vielleicht könnt ihr beiden Frauen dann zusammen nach Paris nachkommen, und wir zeigen dir endlich mal unsere neue Wohnung. Und zu Silvester sind wir zu einer mondänen Party mit all den Schriftstellern der *Rive Gauche* bei meinem Lektor eingeladen. Wäre das nicht auch mal eine Abwechslung für dich?«

Er hatte sie einfach übergangen, wie so oft, wenn er spontan etwas entschied! Consuelo kochte vor Wut, die aber ein wenig abebbte, als Mireille auf ihren Schoß krabbelte und glücklich rief: »Wir backen! Wir backen! Kannst du auch Vanillekipferl?«

Didi schaute währenddessen flehend zu ihrem Mann Pierre. »Geht das, Schatz? Darf ich für ein paar Tage nach Paris? Schaffst du das mit den Kindern?«

Marie schaltete sich ein: »Aber ich bin doch auch noch da, nicht wahr? Fahr du mal beruhigt nach Paris und amüsiere dich. Du leistest hier schon das ganze Jahr über genug. Ich halte mit Pierre die Stellung im Château.«

Somit war es beschlossene Sache, und Consuelo nahm schnell einen Schluck Cognac, um sich zu beruhigen. Sie würden also morgen Abend nach dem Weihnachtsgottesdienst, dem Mittagessen, dem Plätzchenbacken und dem traditionellen Spaziergang durch den Ort mit Didis Wagen nach Paris aufbrechen, während Tonio bereits nach dem Frühstück mit dem Bugatti losfuhr.

Dios mío, dachte Consuelo und nahm sich vor, schon morgens im Gottesdienst zu beten, dass sie und Didi heil in Paris ankamen, ohne sich die Augen auszukratzen. Denn auch wenn sie sich zu diesem Fest hier gut verstanden hatten – so ganz traute Consuelo dem Frieden nicht.

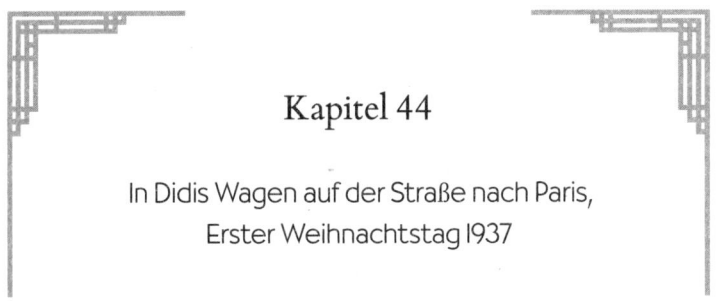

Kapitel 44

In Didis Wagen auf der Straße nach Paris,
Erster Weihnachtstag 1937

Je weiter sie sich von der Küste entfernten, desto winterlicher und verschneiter wurde die Landschaft. Als sie die Provence hinter sich gelassen hatten, setzte ein trüber Schneeregen ein, die Scheibenwischer liefen auf Hochtouren, während die Scheinwerfer Leuchttunnel in den Schnee und die anbrechende Dunkelheit bohrten. Sie kamen quälend langsam voran.

Die Stimmung im Wagen war nicht viel erfrischender: Didi hatte darauf bestanden, dass Consuelo den Mercedes-Sportwagen lenkte, weil sie selbst angeblich zu viel Wein zum Mittagessen getrunken hatte. Dabei war es nicht viel mehr gewesen als bei Consuelo, die allerdings wirklich nur an dem schweren hauseigenen Roten genippt und dann mit Ausblick auf die lange Fahrt und aus Angst vor einem gewaltigen Brummschädel am nächsten Tag auf ihn verzichtet hatte. Kurz vor dem Losfahren hatte Didi dann ihren Koffer dreimal umgepackt, und als sie endlich im Auto saßen, sich partout geweigert, ihren Sportgurt umzulegen, weil er angeblich ihr Kostüm zerknittere, das sie doch für Paris in ordentlichem Zustand brauche. Consuelo hatte mit den Augen gerollt und war vom Hof gefahren, die winkende Familie im Rückspiegel.

Nun war es weihnachtsleer auf der Landstraße gen Norden, und der Wagen surrte gleichmäßig über den nassen Asphalt. Die meisten Familien saßen wohl noch gemütlich zusammen und speisten. Nach fünf langen Stunden des Schweigens und der gelegentlichen zähen Konversation erlöste ein Straßenschild Consuelo endlich: Nur noch dreißig Kilometer bis Paris.

»Bist du glücklich mit Antoine?«, fragte Didi plötzlich in die Stille hinein und richtete sich auf dem Beifahrersitz auf.

Consuelo fuhr vor Schreck eine Schlangenlinie, bevor sie die Kontrolle über den Wagen wiedererlangte. »Was ist denn das für eine Frage?«

»Eine ersthafte und wichtige. Denn ich bin seine Schwester, und wie du weißt, war ich von seiner Wahl nicht ganz überzeugt.« Sie krallte sich mit den Fingern am Sitz fest. »Aber vielleicht hab ich mich ja doch geirrt.«

Consuelo schwieg. Ein Lächeln zeichnete sich jedoch auf ihren Lippen ab.

»Diese Tage mit euch waren sehr angenehm, und ich habe gesehen, wie liebevoll mein Bruder mit dir umgeht. Er scheint dich wirklich zu lieben. Auch wenn ihr eure Differenzen hattet in der Vergangenheit – ihr scheint irgendwie zusammenzugehören.«

Das aus Didis Mund? Schön, dass dir das auch mal auffällt, dachte Consuelo und verdrehte die Augen. Differenzen. Nun gut, so konnte man es natürlich auch nennen. Sie lächelte bitter.

»Aber«, sagte Didi – natürlich: Ein Aber gibt es trotzdem, dachte Consuelo –, »aber wie kann es nur sein, dass du immer noch diesen schlimmen Akzent hast? Kannst du nicht einen Lehrer engagieren, der ihn dir abtrainiert?«

Uff. Consuelos Hände zitterten am Lenkrad, sie musste aufpassen, dass sie es nicht verriss, als plötzlich ein Wagen auf der Gegenspur heranraste, dann ein zweiter und ein dritter, wie eine Blitzlichtkolonne. Die Scheinwerfer blendeten stark, Consuelo musste blinzeln und hörte erschrockene Schreie von Didi an ihrer Seite, da raste ein vierter Wagen heran, noch schneller als die drei anderen, plötzlich stand ein Reh auf der Straße, die Augen flache, große, goldene Scheiben im Scheinwerferkegel, die Beine ungelenk in den Asphalt gestemmt. Consuelo riss das Lenkrad herum – genau in die Bahn des nahenden Wagens.

Der fürchterliche Aufprall presste sie in ihren Gurt, das Auto drehte sich, aus den Augenwinkeln sah sie Didi gegen die Seitenscheibe prallen.

Dann herrschte Stille.

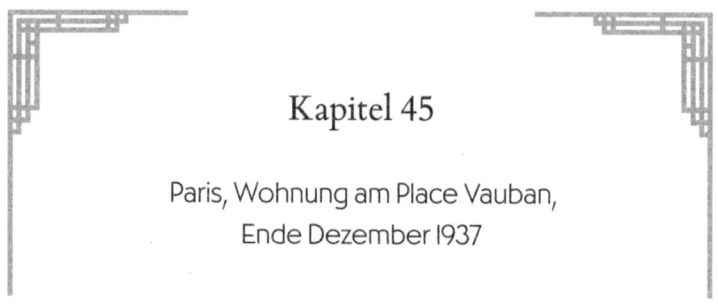

Kapitel 45

Paris, Wohnung am Place Vauban,
Ende Dezember 1937

Didi hob matt den mit roten, verkrusteten Schnitten und Bandagen versehenen Arm und streichelte Tonios Wange. »Es ist so lieb von dir, dass du mich aufnimmst und mich hier genesen lässt.«

Tonio lächelte sie liebevoll an. »Aber das ist doch selbstverständlich, Schwesterherz, dass du jetzt nicht den beschwerlichen Heimweg antrittst, auch wenn du das Krankenhaus zum Glück schon verlassen konntest. Du musst doch erst mal wieder zu Kräften kommen.«

»Kann ich dir irgendetwas bringen?« Consuelo trat an das Gästebett heran, das sie für die Schwägerin zurecht gemacht hatten, als sie gestern aus dem Krankenhaus entlassen worden war.

Didi drehte den Kopf weg von ihr und schwieg.

»Es ist besser, du verlässt das Zimmer und betrittst es nicht mehr«, zischte Tonio und führte sie vor die Tür, die er sorgfältig hinter ihnen schloss. »Du regst sie zu sehr auf. Komm ihr besser nicht unter die Augen.« Er ließ ihren Arm los, als sei dieser etwas, das man besser nicht anfasste. Seine Augen funkelten. »Ich kann immer noch nicht verstehen, wie das passieren konnte. Wie konntest du nur so unverantwortlich fahren?«

Consuelo sah ihn mit wässrigen Augen an. Wie oft hatte

sie ihm in den letzten Tagen schon erklärt, wie der Unfall zustande gekommen war? Wie oft hatte sie ihn um Verzeihung gebeten – und natürlich auch Didi? Aber es gab kein Erbarmen. Sie hatte einen Fehler gemacht, und der hatte schlimme Folgen gehabt. Die Geschwister konnten ihr das offensichtlich nicht verzeihen.

»Du hättest fast meine Schwester auf dem Gewissen gehabt.« Tonio richtete sich zu seiner vollen Größe auf. »Du hättest ihre Kinder zu Halbwaisen gemacht und ihren Mann zum Witwer.« Er schüttelte den Kopf. »Wie konnte das nur geschehen, wie?« Er drehte sich weg und lief in die Küche, wo sie hörte, wie er einen Kessel Wasser aufsetzte, vermutlich um Didi einen Tee zu machen.

Zum Glück hatte Didi keine inneren Verletzungen davongetragen. Aber ihre vom zersplitternden Glas entstellte Stirn und die zerfurchten Arme sahen natürlich schlimm aus. Die Gehirnerschütterung war schon abgeklungen, aber sie klagte täglich über Schmerzen an den geprellten Rippen. Dennoch hatte es keinen Grund gegeben, sie länger im Krankenhaus zu beobachten. Deshalb kurierte sie sich nun im Gästezimmer aus. Und die vorsichtige Annäherung zwischen Consuelo und ihrer Schwägerin, die über Weihnachten stattgefunden hatte, war wieder dahin.

Der Fahrer des anderen Wagens lag noch im Krankenhaus, war aber zum Glück ebenfalls nicht lebensgefährlich verletzt. Es war ein junger Mann Mitte zwanzig, der mit seinen Brüdern in den Sportwagen der Familie tatsächlich ein Wettrennen gefahren hatte, wie die Polizei ermittelte. Leider änderte das nichts daran, dass Consuelo durch ihr Ausweichmanöver wegen des Rehs die Unfallverursacherin war.

Die Versicherung war eingeschaltet, aber ob sie die Kosten übernehmen würde, war fraglich. Wie es aussah, kamen erhebliche Kosten auf sie und Tonio zu. Geld, das sie nicht hatten.

»Verkauf doch endlich El Mirador!«, hatte Tonio ihr entgegengeschleudert, als sie nach dem ersten Schock und nach dem ersten Besuch bei Didi noch im Krankenhaus darüber gesprochen hatten.

»Ich dachte, du magst El Mirador genauso gern wie ich?« Consuelo sah ihn entsetzt an.

»Es ist ein Haus am Meer. Und Häuser am Meer bringen viel Geld, nicht wahr? Also, verkauf es, damit du den Schlamassel beseitigen kannst, den du angerichtet hast. Dir ist ja wohl klar, dass wir kein anderes finanzielles Polster haben. Und jetzt entschuldige mich: Ich muss meine Schwester gesund pflegen, die Mutter meiner drei Nichten und Neffen, die Erben unserer Familie.«

Bei dem Gedanken daran floss heiße Wut durch Consuelo, und sie riss die Terrassentür auf und trat in den eiskalten Luftstrom, um sich beim Blick auf die Kuppel des Invalidendoms zu beruhigen.

Zum Glück erholte Didi sich gut. Oft hörte Consuelo sie und Tonio durch die geschlossene Tür des Gästezimmers lachen. Tonio wachte an der Seite ihres Bettes, meist schlief er sogar dort auf dem Teppich, angezogen und nur mit einer Wolldecke umhüllt, wie sie einmal sah, als sie nachts leise die Tür öffnete. Das gemeinsame Schlafzimmer betrat er jedenfalls nicht mehr. Auch die Worte, die sie bei ihren seltenen Zusammentreffen in der Küche wechselten, waren rar und geschäftsmäßig.

Der Silvestertag kam, und die Einladung zur großen Party bei Lektor Jean Paulhan stand im Raum. Seit dem Tag zuvor lief Didi bereits tapfer durch die Wohnung, um ihren Kreislauf zu stabilisieren. Ihre Gesichtsfarbe war im Zuge dessen zurückgekehrt, und der Schnitt an der Stirn wurde mit einem hautfarbenen Heftpflaster kaschiert. Sie sagte, sie fühle sich gut genug, um das zu tun, wofür sie ursprünglich hergekommen sei: an der Seite ihres berühmten Bruders die Pariser Künstlergesellschaft zu besichtigen. So oft werde sie einen solchen Ausflug schließlich nicht wiederholen können, dachte man an die Kinder.

Also brachen sie herausgeputzt in Abendrobe gemeinsam auf. Consuelo saß vorne beim Fahrer, Tonio mit Didi hinten im Fond. Der Wagen rollte durch das nächtliche Paris. Menschen schlenderten über die Trottoirs, drangen in die Theater und Varietés, bevölkerten die Cafés und Restaurants, wie man durch die hell erleuchteten Fensterscheiben beobachten konnte. Consuelo nahm es wahr, aber nicht mit der Freude wie sonst, nicht mit dem Kribbeln, der Aufregung. Ihr großer Wunsch in diesem Moment wäre eigentlich gewesen, mit Tonio versöhnt zu sein, einen ruhigen Abend mit ihm allein an der Place Vauban zu verbringen und das Feuerwerk von der Terrasse aus zu verfolgen und zu hoffen, dass das neue Jahr ein paar positive Überraschungen bereithielt.

Davon konnte sie jetzt dringend ein paar gebrauchen. Schlechte waren derer genug gewesen, dachte sie.

Der Wagen stoppte vor dem Gebäude mit der Nummer 36 in der Rue de Montpensier genau gegenüber dem Palais Royal. Der Fahrer öffnete Tonio und Didi den Fond. Consuelo stieg selber aus. Aus dem leicht geöffneten Fenster im ersten Stock drang schon Grammofonmusik.

Consuelo folgte Tonio und Didi in den Hausflur.

Paulhan begrüßte sie mit ausgebreiteten Armen. »Die de Saint-Exupérys, wie schön, dass das trotz der Aufregung geklappt hat und ich Sie heute hier zu meinen Gästen zählen darf.« Er beugte sich zuerst zu Didi und deutete einen Handkuss an, dann zu Consuelo, bevor er Tonio auf die Schulter hieb und ihn mit sich zog. »Mein Lieber, ich will Ihnen ein paar Leute vorstellen, deren Bekanntschaft Sie sicherlich schätzen werden.«

Tonio machte sich los. »Das ist sehr umsichtig von Ihnen, Monsieur Paulhan, aber ich werde mich heute Abend ausschließlich um meine Schwester kümmern, die noch ein wenig Hilfe benötigt und hier in Paris fremd ist, verstehen Sie?«

»Aber selbstverständlich, mein lieber Saint-Ex. Machen Sie alles, wie es Ihnen beliebt. Ich werde ab und zu einmal mit einem Gesprächspartner bei Ihnen vorbeischlendern, sodass Sie trotzdem nicht zu kurz kommen.«

Tonio nickte dankend und führte Didi in eine ruhige Ecke am Fenster. Er organisierte einen Stuhl und ein Glas Champagner für sie. Von Consuelo nahm er keinerlei Notiz.

»Du liebe Güte«, hörte sie eine dunkle Stimme dicht hinter sich. »Eiszeit? Ganz passend zu dieser unwirtlichen Jahreszeit.« Sie drehte sich zu der vertrauten Stimme um und erblickte den Bart des Freundes Benjamin Crémieux! Beinahe wäre sie ihm um den Hals gefallen vor Erleichterung, eine ihr wohlgesonnene Seele entdeckt zu haben.

»Benjamin, welch ein Segen! Du bist mein Retter in der Not. Wie geht es dir?«

Benjamin lächelte. »Meine liebe Frau ist noch einmal schwanger. Deshalb ist sie heute auch nicht hier. Das Kind kommt in ein paar Tagen.«

»Herzlichen Glückwunsch, das ist eine tolle Nachricht.«

»Nicht wahr? Wo doch gute Nachrichten zurzeit so rar sind.« Er rückte seine Brille zurecht. »Außerdem erscheint bei Gallimard bald mein neues Buch. Und ich bin jetzt ganz modern.«

»Inwiefern?« Consuelo amüsierte sich über die wichtige Miene, die er dazu aufsetzte.

»Ich arbeite neuerdings beim Radio. Ich habe eine Kulturkolumne bekommen und darf einmal in der Woche meine Lieblingsbücher vorstellen. Ist das nicht famos?«

Consuelo lächelte. »Allerdings.« Ihr Lächeln erstarb, als sie zur Tür blickte, wo Nelly de Vogüé, in eine glitzernde Robe gehüllt, soeben an der Seite ihres Mannes erschien. Diese beiden hatten ihr heute gerade noch gefehlt.

»Was macht denn dein Kunststudium an der Ranson? Ich habe von Antoine zwischendurch mal gehört, dass du so fleißig bist.«

Consuelo drehte sich mit dem Rücken zu den de Vogüés und schaute auf den Grund ihres Glases. »Äh, das ruht gerade.«

Benjamin schwieg. Dann sagte er: »Lass es nicht zu lange ruhen. Oft geraten Dinge im Laufe des Alltags in Vergessenheit – und wenn man alt ist, bereut man, sie versäumt zu haben.« Er stieß sie an, als er jemanden entdeckte. »Dort hinten kommt Viñes, die alte Klavierdrossel. Wir wollen ihn begrüßen, komm.«

»Geh nur«, sagte Consuelo und befreite sich aus seinem Griff. »Ich werde später mit ihm sprechen. Ich muss einmal kurz an die frische Luft auf den Balkon.«

»Natürlich.« Benjamin winkte und verschwand in der Menschenmenge. Die Musik, die verbrauchte Luft, der Zigarettenqualm, das schrille Gelächter aus allen Ecken des Raumes, dazu noch die unsäglichen de Vogüés, die livrierten Kellner, die plötzlich auftauchten und einen mit dem Tablett zur Seite drängten ... Consuelo brauchte frische Luft. Schnell.

Sie trat auf den Balkon und atmete tief durch. Die in der Dunkelheit sichtbaren Schemen des Palais Royal mit seinen Arkaden und Laternen beruhigten sie sofort. Ganz allein stand sie dort auf dem Balkon und registrierte mit schmerzlicher Intensität, wie einsam sie wirklich war.

Tonio hasste sie momentan, Didi hasste sie, selbst Marie war nach dem Unfall bestimmt nicht mehr auf ihrer Seite. Leute wie Benjamin, Viñes, Paulhan, das waren Bekannte. Derain, er war ein guter Freund, ja, aber er war nicht hier, und er führte sein eigenes Leben mit den Wegbegleitern seiner Generation, zu denen sie nur am Rande gehörte. Die Werths verbrachten den Jahreswechsel und einen Großteil des Sommers stets in ihrem Ferienhaus im Jura und reisten wegen Léons Vorträgen ohnehin viel durch Frankreich, sodass sie sich selten sahen.

Und ihre Familie in El Salvador – nun ja, El Salvador war nun einmal weit weg.

Sie gehörte doch zu Tonio! Sie hatten sich zusammengetan, um gemeinsam durch das Leben zu gehen. Gemeinsam zu kämpfen, in guten wie in schlechten Zeiten. Dieses hier waren nicht die besten Zeiten, das war wohl richtig. Aber immerhin war niemand zu Tode gekommen. Es war ein dummer Unfall gewesen, *Dios mío*! Ein Unfall, der ihr so leidtat. Konnte er denn nicht nachsichtig sein und sie wenigstens nicht so kalt behandeln? So schrecklich kalt.

Sie zog das Seidentuch um ihre Schultern ein Stück weiter zu, aber der schneidende Winterwind fand seinen Weg und brachte sie zum Husten.

Schnell schlüpfte sie wieder ins Zimmer und schritt direkt auf Antoine und Didi zu, bei denen gerade Paulhan und ein Mann, den sie nicht kannte, standen. Sie gesellte sich dazu, aber niemand richtete das Wort an sie, niemand bezog sie ein, niemand stellte sie vor, niemand lächelte ihr auch nur zu.

Als Paulhan und der Mann weitergezogen waren und Tonio einfach ungerührt mit Didi sprach, Consuelo gar den halben Rücken dabei zudrehte, da wurde es ihr zu viel. Sie fasste Tonio an der Schulter und zwang ihn, ihr ins Gesicht zu sehen. Der Ausdruck in seinen Augen von oben herab war eiskalt.

»Tonio, so geht das nicht weiter. Du kannst mich doch nicht ewig ignorieren. Wieso unterhältst du dich nur mit deiner Schwester?«

Tonio sah sie lange schweigend an, sein Blick stach und zeigte nichts als Verachtung. »Ich unterhalte mich mir ihr, weil ich sie seit fünfunddreißig Jahren gut kenne.« Er schwieg kurz, dann sagte er den Satz, der alles vernichtete: »Dich hingegen kenne ich erst seit sieben Jahren.« Damit drehte er sich weg, und sie schaute auf seinen breiten Rücken.

Consuelos gesamter Körper versteifte sich, das Blut pulsierte rasend durch ihre Adern, die Ohren rauschten, das Herz schlug heftig gegen ihren Brustkorb. Hatte sie das richtig gehört? Hatte er das gesagt? Hatte er ihr den Rücken zugewandt? Vielleicht endgültig?

Langsam drang die Musik, drangen die Stimmen wieder an ihre Ohren. Sie fingerte den Wohnungsschlüssel vom Place Vauban aus ihrer Handtasche hervor. Ohne auf Didis Grinsen und das neugierige Gaffen der umstehenden Personen zu achten, umrundete sie Antoine und baute sich vor ihm auf. Sie hielt den Schlüssel hoch, und als er wie automatisch seine Hand öffnete, ließ sie ihn hineinfallen. Dann drehte sie sich um, und wie durch ein Wunder gehorchten ihre Füße ihr, als sie ihnen befahl, sich einen Weg an den Menschen vorbei zu bahnen; sie hörte sie lachen, als lachten sie über sie. Sie schloss die Wohnungstür hinter sich, lief die Treppen hinunter und hinaus auf die Rue de Montpensier. Durch die Arkaden des Palais Royal und den ruhigen Park und weiter durch die Straßen der Stadt.

Es wurde ein langer Nachtspaziergang, bei dem ihr einiges klar wurde.

Danach wusste sie, was zu tun war.

Im Haus des kleinen Prinzen,
Eaton's Neck, Long Island,
Juli 1942

»Consuelo«, wisperte er. »Consuelo. Wach bitte auf!«

Sie spürte seine Hände auf ihren Armen, als er sie wach rüttelte, und öffnete langsam die Augen. Nach dem Zubereiten seines Rühreis war sie wieder ins Bett gefallen und sofort eingeschlafen. Bis jetzt. Vor dem Fenster war es immer noch schwarz. Sie schloss die Augen wieder.

»Consuelo, Vögelchen, bitte nicht wieder einschlafen. Ich brauche dich dringend, um eine Partie Schach zu spielen. Ich komme nicht weiter und muss nachdenken.«

»Willst du nicht lieber darüber schlafen?« Sie rollte sich zur Seite.

Er drehte sie zurück. »Nein, nein, ich bin da an einer Stelle, da muss ich jetzt wissen, wie es weitergeht. Wenn ich schlafe, ist der Gedankenansatz vielleicht weg. Bitte komm, Consuelo. Setz dich an den Schachtisch mit mir.« Er stand auf und sah sie flehend an.

Mit einem Seufzen erhob sie sich, zog den Morgenmantel über und folgte ihm hinüber ins Arbeitszimmer zum Schachbrett. Hanni hatte die Bewegungen im oberen Stockwerk gehört und kam die Treppe herauf. Mit einem Schnaufen legte er sich zu Consuelos Füßen, als sie am kleinen Tischchen Platz genommen hatten.

»Schwarz oder weiß?«, fragte Tonio.

»Schwarz«, sagte Consuelo und gähnte.

Sie bauten die Figuren auf, und Tonio eröffnete klassisch mit dem Vorrücken eines Bauern um zwei Felder. Sie wusste, er erwartete nicht, dass sie nach seinem Schreibproblem fragte, nach der Stelle, die ihm Schwierigkeiten machte. Das würde ihn eher aus seinen Gedanken reißen. Er wollte spielen und nachdenken und schweigen.

Also tat sie das und vertiefte sich in die Partie. Ihr Turm schlug seinen Springer, ihr Pferd holte seine Dame. Sein König war in die Ecke gedrängt. Er war nicht bei der Sache. Er war beim kleinen Prinzen.

»Schach«, sagte sie und kraulte Hanni unter dem Tischchen.

Er fluchte. Aber nicht zu sehr. Es war der Prozess des Spielens, der ihm wichtig war. Nicht das Gewinnen.

»Schachmatt!« Sie nahm seinen König.

Tonio lehnte sich auf seinem Stuhl zurück. »Nun ein Glas Milch, und dann kann ich weiterschreiben.« Er stand schon auf und lief runter in die Küche, Consuelo und Hanni folgten ihm. Tonio öffnete den Kühlschrank. »Was sind das nur für Ungetüme, diese Kühlschränke hier in Amerika? Alles ist doch zu groß, zu viel, zu laut, zu aufdringlich.«

Consuelo lächelte müde und füllte ein Glas mit Wasser. »Nun lass deinen Ärger nicht an dem Kühlschrank aus.« Obwohl sie genau wusste, was er meinte, und ähnlich empfand.

Er nahm die Milchflasche mit dem grell pinkfarbenen Etikett und der lachenden Kuh heraus und schraubte sie auf. »Consuelo, wo ist nur die Zeit hin, als wir noch im Einklang mit der Natur und mit dem Rhythmus der Jahreszeiten gelebt und gearbeitet haben? Wo ist die Ruhe der Kindheit, der

Frieden von Schloss Saint-Maurice-de-Rémens?« Er trank die Milch in kleinen Schlucken. »Wo ist der Zauber?«

»Es gibt keinen Zauber«, sagte Consuelo und stellte ihr Glas in die Spüle, »außer in Büchern vielleicht.«

Er ließ sein leeres Glas auf die Küchentheke und nickte. Dann hörte sie ihn wieder die Treppe nach oben steigen mit langsamen, schweren Schritten.

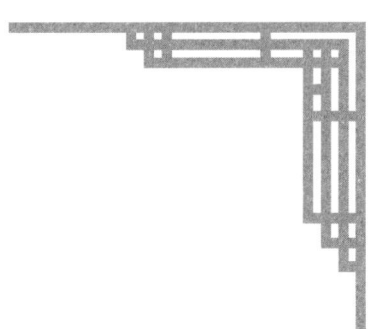

»Die Leute«, sagte der kleine Prinz,
»schieben sich in die Schnellzüge, aber
sie wissen gar nicht, wohin sie fahren
wollen. Nachher regen sie sich auf und
drehen sich im Kreis …«

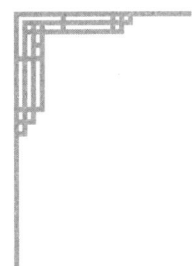

Kapitel 46

Bahn nach Le Havre,
Januar 1938

Der Zug ratterte gleichmäßig auf den Schienen, Consuelo behielt die Sonnenbrille auch im Abteil die ganze Zeit auf der Nase. Sie saß stocksteif da. Irgendwie war ihr Körper nicht in der Lage, sich zu regen. Auch in ihrem Kopf herrschte jetzt Ruhe. Dumpfe Ruhe. Die Ruhe nach dem Sturm.

Sie schaffte es, die Augäpfel ein kleines bisschen gen Fenster zu drehen, und sah die Felder und Bäume fortfliegen. Kühe und Häuser und Schafe, die im schlechten Wetter herumstanden. Der Zug durchschnitt diese Tristesse, er war geheizt, und die Sitze waren komfortabel. Er brachte Consuelo an den Rand Europas, von wo aus sie abreisen würde. In die alte Heimat. Nach El Salvador.

Denn es war vorbei. Alles war vorbei. Die Ehe mit Tonio, ihr Traum vom Leben in Paris, ihr Traum von der Künstlerkarriere in Europa. Ihr Traum von sich selbst. Er war gescheitert. Sie war nicht die geworden, die sie hatte sein wollen. Sie war immer noch die gleiche Consuelo wie früher, in ihrem mittelamerikanischen Körper und mit dem lustigen Akzent. Sie war die exotische Frau an der Seite des berühmten Schriftstellers gewesen. Diejenige, die bei Abendgesellschaften zu stark geschminkt gewesen war und sich zu wenig an der intellektuellen Konversation beteiligt hatte – und im Übrigen einen wilden Tanz in einer Hinterhofkneipe einem Sinfoniekonzert stets vorgezogen hatte.

Als Consuelo, nur Consuelo, die Malerin, die Köchin, die Liebhaberin schöner Künste, die sinnliche Grenzgängerin zwischen den Welten, der alten und der neuen, hatte sie hier niemand wahrgenommen. Außer vielleicht Derain, der alte Freund, und natürlich Suzanne.

Darum war es auch gar nicht schlimm, wenn sie jetzt abreiste. Sie ging nach Hause. Auf die Kaffeeplantage. Zu ihren Schwestern. Sie würde dort im Dorf das Dasein einer Witwe führen. Die weise oder auch nicht so weise Alte in Schwarz, die Europa gesehen hatte. Sie hatte keine Energie mehr, einen anderen Plan zu fassen. Sie war nun beinahe vierzig Jahre alt. Doch in diesem Moment fühlte sie sich wie siebzig.

Die Schiffspassage hatte sie sofort buchen können. Es schien kein Andrang geherrscht zu haben. Man hatte ihr sogar die Königssuite zugeteilt, obwohl sie nur die erste Klasse gebucht hatte. Sie würde von ihrem Balkon auf das nackte Meer schauen und Abschied nehmen, je weiter das Schiff sie von ihrer Wahlheimat wegtrug. Abschied. Von Europa. Von Frankreich. Von Paris.

Und von ihrem Mann.

Tränen rannen über ihre Wange. Sie wischte sie verstohlen weg, aber sie glaubte nicht, dass die Dame und deren vielleicht zehnjähriger Sohn, die mit ihr in diesem Zugabteil reisten, etwas bemerkt hatten. Sie waren damit beschäftigt, an den Herrn Gemahl beziehungsweise den Vater den ersten Brief des Urlaubs zu verfassen. Bereits jetzt gab es zu berichten, wie der Zug sich in Bewegung gesetzt hatte, dass der Schaffner dem Jungen seine Kelle zum Halten gegeben hatte und ein Besuch im Triebwagen beim Kohleofen geplant war, zu dem der Schaffner sie jede Minute abholen konnte.

Consuelo lehnte sich in das Samtkissen zurück und schloss die Augen. Sie sah die letzten Minuten mit Tonio vor sich. Als sie nach Didis Abreise ihren Beschluss verkündet hatte, in ihre Heimat aufzubrechen, hatte große Stille geherrscht zwischen ihnen. Und dann getrenntes Packen. Denn auch Tonio hatte beschlossen zu gehen: Er brauchte ein neues Abenteuer – und wohl auch Geld – und wollte den Streckenrekord New York–Feuerland aufstellen. Dafür würde er ebenfalls dieser Tage von Le Havre aus mit dem Ozeandampfer nach New York aufbrechen. Zwei Dampfer verließen also Europa, fuhren ein Stück die gleiche Strecke auf den Atlantik hinaus. Dann würde Consuelos Dampfer abbiegen nach Puerto Barrios in Mittelamerika, während Tonios Dampfer auf Nordamerika zusteuerte.

War das nicht absurd? Wie hatte es nur so weit kommen können? Warum hatten sie keinen Weg gefunden, gemeinsam zu neuen Ufern aufzubrechen? Sie konnte es nun doch nicht verhindern, dass die Tränen strömten. Zum Glück brach die Mutter mit ihrem Sohn gerade zum Triebwagen auf, sodass der Junge in seiner Aufregung den Zustand der Mitreisenden nicht sah. Als sie verschwunden waren, zog Consuelo den Vorhang des Abteils zu und rollte sich auf der Sitzbank zusammen. Sie würde einfach das machen, was sie gebucht hatte. Zug fahren und Schiff fahren.

Sie richtete sich wieder auf und wischte sich die Tränen mit einem Taschentuch energisch fort.

Bis Puerto Barrios würde sie kommen.

Aber wie es dann weiterginge, das wusste nur der liebe Gott.

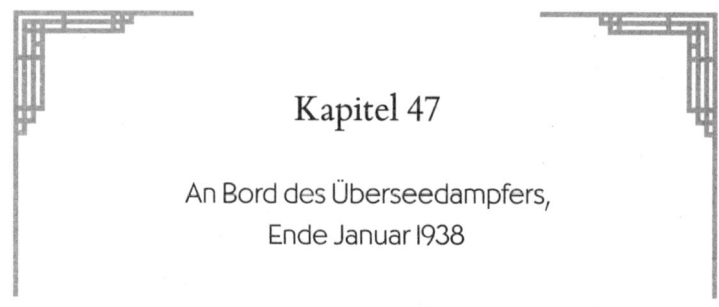

Kapitel 47

An Bord des Überseedampfers,
Ende Januar 1938

Es war der zweite Abend an Bord, und Consuelo hatte ihre Kabine bisher nicht verlassen. Sie hatte den großen Empire-Schreibtisch, der in der Mitte ihres privaten Salons thronte, mit Papieren und Stiften bedeckt; mit deren Hilfe versuchte sie einen Plan zu entwerfen. Einen Plan für ihr neues Leben.

Denn wie, um Himmels willen, sollte es nun weitergehen? Sie hatten doch vor Gott versprochen zusammenzubleiben. Bis an ihr Lebensende. Nun hatten sie es nicht geschafft. Aber eine Scheidung kam nicht infrage.

Oder?

Dios mío. Sie sprang auf und trat auf den Balkon. Das Meer lag einigermaßen ruhig vor ihr. Natürlich, es hat ja auch keinen Grund, aufgewühlt zu sein, dachte sie bitter. Doch je länger sie auf die kleinen Schaumkronen blickte, desto mehr von dieser Ruhe übertrug sich auf sie. Hier draußen, in all dem Wasser, unter dem endlosen Himmel, schien es gar nicht mehr so wichtig, sofort zu einer Entscheidung zu kommen. Es war, als ob das Meer ihr zuraunen würde, dass ihr Weg sowieso unabwendbar vorbestimmt sei, so wie die Route dieses Ozeandampfers, der in ein paar Tagen am anderen Kontinent anlanden würde.

Sie dachte an Suzanne, die ihr beim Packen geholfen hatte, immer wieder traurig den Kopf schüttelnd. »Ja, er ist ein Wüstling manchmal, keine Frage. Aber ihr gehört doch zusammen, und es darf nur eine Trennung auf Zeit sein, Consuelo, weißt du das denn nicht? Abstand ist vielleicht sogar gut für euch beide. Für euch Dickköpfe!« Sie hatte sie geknufft. »Wie kann man sich bloß so aus den Augen verlieren, aus dem Herzen? Du wirst sehen, wenn du in der Ferne über alles nachdenkst – und er auch –, dann werdet ihr eine Lösung finden.« Sie hatte Consuelo zu sich herangezogen und fest umarmt. »Das wünsche ich mir für dich. Und für ihn.« Danach hatte sie resolut den Koffer geschlossen. »Du weißt doch: Die Liebe ist langmütig, die Liebe vergibt. Dafür braucht sie ein wenig Zeit, nicht wahr? Aber sind wir mal ehrlich: Einzeln seid ihr doch verloren wie zwei Fische in der Wüste!«

Verloren. Die Stimme Suzannes in ihren Gedanken wurde vom kühlen Seewind erfasst und verweht. Consuelo fröstelte, und als sie zurücktrat in die Kabine, hörte sie ein energisches Klopfen an ihrer Tür. Sie öffnete.

»Madame, bitte erweisen Sie mir die Ehre, Sie heute Abend am Kapitänstisch zu empfangen.« Der Kapitän höchstpersönlich stand vor ihrer Tür und verbeugte sich. Er hatte sogar seine Mütze abgenommen, die vier goldenen Schulterstreifen glänzten im schwachen Ganglicht. »Natürlich haben wir, die Crew, bemerkt, dass Sie offenbar kein Interesse an Gesellschaft haben. Aber ich bitte Sie, kommen Sie. Sie würden mir und der ganzen Mannschaft eine große Freude machen.«

Consuelo blinzelte ihn müde an. Tatsächlich verspürte sie ein leichtes Hungergefühl. Normalerweise hätte sie nach einem Steward geklingelt und sich ein Sandwich bestellt. Aber dieser Kapitän, wie alt mochte er sein, auf jeden Fall über sechzig, schaute sie so bittend an, dass sie ins Wanken geriet.

»Bitte«, sagte der Mann wieder. »Sehen Sie, es ist unsere Abschiedsfahrt. Das Schiff wird am Zielort außer Dienst gestellt. Wir überführen es nur noch. Sie würden uns eine große Freude machen.«

»Aber finden Sie denn nicht andere Passagiere, die Ihnen Freude bereiten könnten?«

»Nein.«

Consuelo runzelte die Stirn. Was war denn das für eine Antwort? Sie schaute den Gang hinunter, ob sie spontan jemanden an ihrer Statt verpflichten könne, aber alles war still, alle Türen zu. »Nun gut, ich kleide mich um. Sie können mich in einer halben Stunde abholen.«

Der Kapitän strahlte.

Dreißig Minuten später war Consuelo in ein langes Abendkleid geschlüpft, hatte sich die Haare halbwegs ordentlich frisiert und sehr viel Make-up aufgelegt, um ihre Augenringe zu verstecken. Sie nahm den vom Kapitän dargebotenen Arm und schritt neben ihm den Gang hinunter, der immer noch leer und still war. Wo waren nur die anderen Passagiere? Sie mussten doch um diese Uhrzeit auch zum Essen schwärmen.

Sie erreichten den Eingang zum Speisesaal, Consuelo hörte immer noch kein Stimmengewirr oder Besteckgeklapper. Stattdessen stellte sie fest, dass die gesamte Mannschaft aus Stewards, Köchen und Brückenmannschaft parat stand, um sie zu begrüßen. »Comtesse de Saint-Exupéry!« Der Erste Offizier, wie an seinem Schulterabzeichen zu erkennen war, kam auf sie zu. »Wie schön, dass Sie uns die Ehre erweisen! Wie langweilig war doch der erste Abend der Überfahrt gestern.«

»Aber ...« Consuelo blickte durch den leeren Saal. Nur eine lange Tafel in der Mitte des Raumes war eingedeckt, dorthin steuerte nun der Kapitän, wies ihr einen Platz an seiner Seite zu und rückte ihr den Stuhl zurecht. »Sie sind die einzige Passagierin auf dieser unserer letzten Fahrt, meine Liebe. Wir bringen nur noch das Schiff in seine Heimat. Und Sie!«

»Aber ...« Consuelo hatte Mühe, das zu verstehen. Sie war der einzige Gast an Bord des riesigen Dampfers? Deshalb hatte sie wohl auch diese beste Kabine bekommen, obwohl sie eine Klasse darunter gebucht hatte. »Aber ...« Ihr fiel wirklich nichts darauf ein.

Der Kapitän lachte. »Vermutlich ein Buchungsfehler bei der Reederei. Alle anderen Passagiere hat man auf die anderen Schiffe der Linie umgebucht. Sie hat man wohl vergessen. Gut für uns.« Er prostete ihr zu. »Nun verdauen Sie das erst mal, und entspannen Sie sich. Wir werden hier vorzüglich essen und trinken, unsere Kochmannschaft freut sich, noch einmal richtig aufzutischen und all ihr Können zu präsentieren in diesen letzten Tagen an Bord. Genießen Sie einfach die Reise, hören Sie sich unser Seemannsgarn an, und lassen Sie sich verwöhnen.« Er nickte dem Kellner zu, der bereitstand, um Champagner einzugießen. »Wir haben schließlich noch ein paar Vorräte zu vernichten, nicht wahr? Zum Glück ist das Champagnerregal voll!« Er erhob sein Glas. »Auf eine etwas ungewöhnliche Überfahrt, die uns alle in ein neues Leben führt. Für niemanden von uns wird es dort drüben in Mittelamerika weitergehen wie bisher.« Er trank, und alle taten es ihm gleich. »Im Übrigen scheint die Welt sowieso einer ungewissen und unguten Zukunft entgegenzugehen«, fügte der Kapitän leiser hinzu. »Lassen Sie uns deshalb feiern, solange wir noch können!«

Die Kellner brachten zeitgleich die Ceviche als Vorspeise, und Consuelo merkte, wie der Champagner, das gute Essen und die nette Gesellschaft sie langsam entspannten. Es war eine äußerst eigenartige Seereise. Aber wer wusste schon, in welche Wasser sie sie bringen würde.

Am Ende dieses ungewöhnlichen Diners erhob sich der Kapitän und küsste Consuelo die Hand: »Würden Sie uns die Ehre erweisen, morgen Abend wieder unser Gast hier im Speisesaal zu sein?«

»Sehr gern«, sagte Consuelo, und auf dem Weg durch den leeren Gang zurück zu ihrer Kabine fühlte sie sich zum ersten Mal, seit sie aus Paris abgereist war, etwas leichter.

Vielleicht hielt das Leben ja doch noch ein paar Überraschungen für sie bereit.

Kapitel 48

Zehn Tage später,
kurz vor der Küste Mittelamerikas

»Madame, Madame!« Der Steward hämmerte gegen die Tür. »Eine Nachricht für Sie beim Kapitän! Kommen Sie schnell mit auf die Brücke.«

Consuelo rappelte sich von der Couch hoch und öffnete. Das Gesicht des jungen Mannes wirkte verstört.

»Hat das nicht Zeit bis heute Abend beim Diner?«, fragte sie trotzdem. Manche Menschen neigten schließlich zu Überreaktionen.

»Nein!« Er schrie es fast.

»Können Sie mir denn nicht mitteilen, was …«

»Nein! Ich habe Befehl, Sie auf die Brücke zu bringen. Sofort!«

Seltsam. Consuelo hängte sich eine Jacke über die Schultern, sie hatte gerade ein Buch gelesen, dabei war ihr ein wenig kalt geworden. Hinter dem Steward lief sie durch die menschenleeren Gänge und die Treppe hinauf zur Brücke. Das Panoramafenster vor dem Steuerrad und den Geräten gewährte einen traumhaften Blick über das ruhige Wasser. Ein paar Möwen tanzten über dem Bug und verrieten, dass die Küste bereits nah war.

Der Kapitän drehte sich sofort von seiner Navigationskarte

weg, als er gemeldet bekam, dass sie eingetreten war, und kam zu ihr. Er wahrte keinen Abstand wie an den Dinnerabenden, sondern legte den Arm um sie. »Meine liebe Madame de Saint-Exupéry, uns erreichte gerade ein beunruhigendes Telegramm.«

Sie blickte zu ihm hoch. Nein, bitte nicht. Sie hatte sich doch gerade erst ein wenig erholt, hatte sich zugetraut, das Leben wieder anzupacken, und gehofft, dass es noch etwas Gutes für sie bereithielt. Bitte keine schlechte Nachricht! Sie schaute in die Augen des Kapitäns, die große Sorge verrieten.

»Das Telegramm stammt aus Guatemala. Ihr Mann ist bei seinem Rekordflugversuch abgestürzt. Er liegt in einem Hospital und hat zahlreiche Knochenbrüche erlitten, von zweiunddreißig ist die Rede. Man erwartet Sie dringend.«

Consuelo schlug die Hände vor das Gesicht.

»Wir haben bereits ein Schnellboot geordert, das Sie direkt an die guatemaltekische Küste bringt, von dort werden Sie zum Krankenhaus gefahren.« Er nahm ihre beiden Hände und drückte sie. »Es tut mir leid, dass unsere Reise so enden muss. Ich wünschen Ihnen und natürlich Ihrem Mann nur das Beste. Packen Sie jetzt schnell das Nötigste, das Boot wird bald hier sein. Ihren restlichen Besitz lagern wir am Hafen für Sie ein.«

Consuelo rannte durch die Gänge zur Kabine zurück. Tonio! Was hast du schon wieder gemacht! Tonio, ich komme. Ich komme, mein Liebster!

Kapitel 49

Militärkrankenhaus, Guatemala-Stadt,
Februar 1938

Consuelo eilte hinter dem Arzt durch die Flure, bis er stehen blieb und die Tür zu einem kleinen, einfachen Zimmer öffnete, in dem ein Bett stand, darin ein regungsloser Patient.

Langsam trat Consuelo heran.

Man sah nur Verbände, rot aufgeschürfte Haut, mit Blut verkrustete Haare, die Augen waren vollkommen verquollen, das linke seltsam nach oben gerutscht bis fast auf die Stirn. Ein Atemgerät pumpte Luft in Antoines Mund, dessen Lippen in Fetzen hingen. Die Brust hob und senkte sich gleichmäßig im Takt der schnaufenden Maschine.

Consuelo wollte eine seiner Hände ergreifen, aber sie waren beide dick einbandagiert. Der Arzt feuerte einen Schwall spanischer Worte auf sie ab, die ihr in diesem Moment nichts zu sagen schienen. Nur so viel verstand sie, dass er beim Startmanöver auf der Piste von Guatemala-Stadt zu niedrig abgehoben hatte und gegen das Bergmassiv geprallt war, das er hätte überfliegen sollen. Sein Mechaniker, wieder André Prévot, der Gute, war nur leicht verletzt, das zum Glück. Aber die Maschine war Schrott. Man hatte es mit Mühe geschafft, Antoine zu befreien und ins Krankenhaus zu transportieren.

Während der Arzt weiterredete, setzte Consuelo sich zu

Tonio auf die Bettkante und fand eine Stelle Haut, die sie streicheln konnte. Sie sprach leise auf ihn ein. Komapatienten nähmen das manchmal wahr, erklärte der Arzt und dann wie nebenbei: »Wir müssen ihm morgen die rechte Hand amputieren.«

Consuelo sprang auf. »Auf keinen Fall.« Sie blickte auf den dicken Verband. »Auf keinen Fall.«

»Aber Señora …«

»Ist der Eingriff zu diesem Zeitpunkt nötig, um sein Leben zu retten?«

»Nein, aber die Entzündungen bergen die Gefahr, dass …«

»Dann lassen Sie das! Die Hand wird nicht abgenommen.«

»Señora, ein Ehemann mit einer Hand, aber dafür lebendig, ist doch wohl besser als ein toter Ehemann mit zwei Händen.« Der Arzt schüttelte den Kopf, verließ aber erst mal das Krankenzimmer.

Tonios rechte Hand. Die Hand, die den Stift hielt, wenn er Briefe schrieb. Die Hand, die die Hälfte der Schreibmaschinentasten bediente, wenn er Romane tippte. Die Hand, die die Gitane hielt, die Kaffeetasse zum Mund führte, Kartentricks vollführte – die Hand, die zärtlich über ihre Haut fuhr. Die Hand, auf deren Fingern er pfiff, wenn er lustig gestimmt war, und die Hand, mit der er die Sonnenbrille aufsetzte. Die Hand, mit der er den Steuerknüppel im Cockpit bediente.

Diese Hand musste bleiben! Sie musste einfach.

Sie zog sich einen Stuhl ans Bett. Das Beatmungsgerät schnaufte gleichmäßig. Sie hatte immer gefürchtet, dass er durch einen Absturz sterben würde. Erst das Wasser, dann die Wüste, nun der Berg. Seit seiner Jungpilotenzeit hatte er schon vielfach Glück gehabt und etliche brenzlige Situationen überlebt. Sie berührte ganz sanft eine freie Stelle seines linken Oberarms und streichelte sie mit den Fingerspitzen. Draußen vor dem Fenster surrte der guatemaltekische Sommer, ging das Leben weiter. Consuelo schickte ein Gebet gen Himmel, dass es auch für diesen Mann in dem Bett an ihrer Seite weitergehen würde, für ihren Mann, wie man ihr versicherte, obwohl sie ihn doch momentan kaum erkannte. Sie würde hier sitzen, Tag für Tag, und ihn bewachen und mit ihm sprechen. Sie würde die Berichte der Ärzte verfolgen, und sie würde aufpassen, dass seine Hand nicht abgeschnitten wurde, nicht, solange der Grad der Sepsis nicht todbringend war. Die Hand gehörte zu dem Kopf, der sich so schöne Geschichten ausdenken konnte. Sie war sich sicher, dass der Geist in diesem Körper noch lebendig war. Er würde sich wieder seines Körpers bemächtigen, ihn nutzen und zu Gutem einsetzen. Er würde das tun! Sie würde ihn hier ermuntern, auch wenn er es wohl nicht hörte. Sie würde ihn ermuntern und bei ihm sein, wie es sich für eine Ehefrau gehörte. Auch wenn er sie hatte gehen lassen. Auch wenn ihre Ehe vielleicht gescheitert war. Sie gehörte noch zu ihm, und sie würde ihn beschützen in diesem Krankenhaus, in dem die Ärzte Spanisch sprachen und er sich nicht verständlich würde machen können, sobald er aufwachte. Sie wäre da.

En los buenos y malos días, und bis dass der Tod uns ... Nein! Sie sprang auf und ging sehr schnell vor dem Bett auf und ab. Er würde zu sich kommen, ihr Mann. Er war ein Kämpfer, ein Stehaufmännchen, ein französischer Dickschädel.

Er würde leben.

Kapitel 50

Und tatsächlich konnte die Beatmungsmaschine zum Glück nach zwei Tagen abgenommen werden. Tonios Lunge arbeitete wieder selbstständig. Aber er schlief und schlief.

Doch Consuelo war zuversichtlich und verbrachte jede mögliche Minute des Tages und der Nacht in seinem Zimmer. Sie hatte sich ein Bett hineinschieben lassen, in dem sie schlief. Ab und zu vertrat sie sich die Beine bei einem Spaziergang durch die Stadt, kaufte ein paar frische Orangen und Bananen, um bei Kräften zu bleiben, und verspeiste sie auf Parkbänken in der Umgebung. Stets kehrte sie danach mit neuem Mut an das Bett ihres Mannes zurück und weigerte sich, Mutmaßungen über seinen Zustand anzustellen, sollte er wieder wach sein. Und tatsächlich, am dritten Tag klang es ganz zaghaft vom Bett zu ihr herüber: »Consuelo, bist du das?« Seine Stimme war leise, schwach, fern. Aber Consuelo eilte sofort vom Fenster zu ihm.

»Tonio!« Sie schluchzte. »Du bist wieder da. Du bist zurück. Ich wusste, dass du es schaffen würdest.« Sie versuchte, Blickkontakt herzustellen, doch seine Augen waren noch immer verquollen und verrutscht und von verletztem Fleisch umstellt, sodass es nicht gelingen wollte. Aber er sprach. Er war bei Bewusstsein und sprach! Sie legte sich quer über seine Bettdecke und umarmte das Bündel Mensch, das darunter war, in aller Vorsicht. »Du bist mein Kämpfer, mein Held! Nun wirst du schnell gesund werden.«

Er schien zu lächeln mit diesen Lippen, die aufgesprungen und blutverkrustet waren.

»Ich rufe den Doktor, er muss es sehen!« Consuelo rannte zur Tür und rief die frohe Botschaft in den Gang. Der Arzt und zwei Schwestern kamen sofort zu ihnen, sprachen mit Tonio, überprüften noch einmal seine Herzfunktion, die Lungentätigkeit, baten ihn, einen Finger der linken Hand zu bewegen – was klappte! Sie verlangten, dass er mit der großen Zehe am rechten Fuß wackelte, auch das funktionierte reibungslos.

Tonio war nicht gelähmt, er war nicht taub, nicht stumm, im Kopf offenbar auch unverletzt. Die rechte Hand schien sich auf wundersame Weise erholt zu haben, die Medikamente hatten angeschlagen.

Tonio hatte sich aufgemacht zu einer weiteren Runde in diesem Spiel, das Leben hieß.

Nach einer Woche saß er im Bett und konnte wieder ganz richtig sprechen und sogar Zeitung lesen. Man merkte ihm an, dass er ungeduldig wurde. Er wollte diese Stätte seiner Krankheit und Schwäche möglichst schnell verlassen. Er bat Consuelo jeden Tag, mit den Ärzten zu verhandeln, dass er endlich entlassen wurde. Doch jeden Tag vertrösteten sie auf den nächsten Tag, denn einige Brüche am Bein und an der Hüfte mussten noch besser heilen, bevor zu viel Bewegung den bisher außerordentlichen Genesungsprozess unterbrach.

Consuelo hatte in diesen Tagen einen Plan gefasst für die erste Zeit nach der Entlassung, einen guten Plan, wie sie fand. Einen vernünftigen. Auch wenn sie sich in Europa vor der Abreise getrennt hatten – die Umstände hatten sie hier wieder zusammengeführt. Tonio war schwach und brauchte einen Ort der Ruhe und des Friedens. Sie sollten die Nähe zu ihrem Elternhaus nutzen: »Was hältst du davon, wenn ich mit den Ärzten rede und sie uns einen Transport in meinen Heimatort Armenia organisieren. Das sind noch nicht einmal hundert Kilometer Fahrt über eine gut ausgebaute Landstraße. Auf unserer Hacienda haben wir Platz und Frieden. Und du kannst dich bestens erholen«, sagte sie deshalb eines Morgens.

Tonio schaute sie mit seinen verquollenen Augen an; offenbar hatte er diese Möglichkeit bisher gar nicht in Betracht gezogen. Dann nickte er langsam, so gut es ihm möglich war, und versuchte sogar ein Lächeln. »Das würde ich sehr gerne sehen, dein Zuhause.«

Mein Vögelchen, setzte sie in Gedanken dazu. Früher hätte er ihren Kosenamen verwendet.

Am nächsten Morgen strahlte die Sonne, und der Himmel zeigte Schäfchenwolken. Consuelo hatte Tonio, der irgendwann gegen fünf Uhr früh dann doch ins Bett gekommen war, nicht geweckt, als sie aufstand und im Morgenmantel auf die Veranda trat. Nur die Vögel in den Bäumen waren zu hören, ein Möwenpaar flog kreischend über die Landzunge, und der Wind rauschte leise in den Blättern. Die Luft duftete nach Salz, feuchtem Gras und Vorfreude. Vorfreude auf einen schönen Tag, den Consuelo gedachte mit Malen zu verbringen.

Ihre Staffelei stand auf der Veranda bereit. Nach dem Duschen und dem kurzen Frühstück, das bei ihr heute nur aus einem Kaffee und einem Donut bestand, trug sie sie auf die Rasenfläche ein gutes Stück vom Haus entfernt. Sie wollte Bevin House malen. Sie wollte den Ort verewigen, an dem sie endlich, endlich einmal beide glücklich waren in ihrer Ehe.

Umso erstaunlicher, nach allem, was sie zusammen erlebt hatten.

Sie ordnete ihre Farbtuben und kleckste auf ihre Palette, was sie brauchte. Die Grundierung hatte sie bereits vor ein paar Tagen gemacht. Die Bleistiftskizze ebenfalls. Nun ging es daran, die Farbe aufzutragen. Viel Grün würde sie brauchen, viel Grün, Grau, Blau. Und Weiß für das Haus natürlich. Sie wollte die Stimmung des Refugiums einfangen. Sie wollte den Frieden konservieren.

Die Krempe des Sonnenhuts spendete ihren Augen Schatten, während Bevin House in vollem Sonnenschein leuchtend weiß vor ihr stand.

Ach, könnten wir doch für immer hierbleiben, dachte sie wehmütig.

Ein Fenster im ersten Stock wurde aufgeschoben, und Tonio streckte den Kopf heraus und winkte ihr zu.

»Doch schon wach?«, rief sie hinauf. »Good Morning.«

»Good Morning«, gab er mit deutlichem französischem Akzent zurück. Es waren auch beinahe die einzigen englischen Wörter, die er beherrschte. Er weigerte sich, die Sprache des Landes zu lernen. Die Sprache des Landes, auf dessen Herberge sie vielleicht für immer angewiesen sein würden. Schnell vertrieb sie diesen Gedanken und lächelte für Tonio besonders zuversichtlich: »Soll ich dich mit draufmalen auf das Bild? Oder verschwindest du wieder aus dem Fenster?«

»Sehr witzig!«, gab er zurück. »Vögelchen, ich hole mir nur schnell einen Kaffee aus der Küche, dann arbeite ich auch schon los. Kannst du nachher einmal hochkommen? Ich will dir meine Zeichnungen zeigen, die ich heute Nacht gemacht habe, damit du sagen kannst, ob sie gelungen und verständlich sind.«

»*Ciertamente.* Gerne!«

»Und ein paar Dialoge habe ich auch schon. Vielleicht könnten wir die zusammen lesen? Du mit deiner Radiostimme kannst doch so gut deklamieren.«

»Deklamieren, soso.« Sie schmunzelte. »Ich komme sehr gerne. Aber lass mich hier noch ein wenig malen. Das Licht ist gerade so schön.«

Er winkte und schob das Fenster zu. Nun stand Bevin House wieder still, friedlich – und schon bevor sie es künstlerisch interpretiert hatte – wie gemalt da.

Selbstverständlich würde sie ihm nachher über die Schulter schauen. Es war so schön, dass er sie wieder in sein Leben und seine Arbeit einbezog. Wie bei *Nachtflug*, das sie damals in Buenos Aires so eifrig besprochen hatten, als er ihr täglich seine Fortschritte vorgelesen hatte und sie diese kommentieren konnte. Es machte Spaß, gemeinsam über eine so schöne Sache wie ein Buch nachzudenken. Und dieses Kinderbuch, das er hier schrieb – irgendwie hatte sie das Gefühl, dass es etwas ganz Besonderes werden würde. Denn so leidenschaftlich bei der Sache hatte sie Tonio noch nie erlebt.

Sie war gespannt, was er zu Papier gebracht hatte.

Aber erst mal tunkte sie ihren Pinsel wieder in die Ölfarben und gab ihr Bestes, um Bevin House detailgetreu auf der Leinwand festzuhalten. Das Haus des Friedens inmitten des grausamen Sturms, der kurz nachdem sie in El Salvador zu einem Entschluss gelangt war, über sie hereingebrochen war.

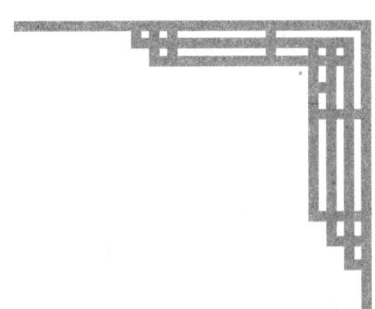

»Geh die Rosen wieder anschauen. Du
wirst begreifen, dass die deine einzig ist
in der Welt. Du wirst wiederkommen
und mir Adieu sagen, und ich werde dir
ein Geheimnis schenken.«

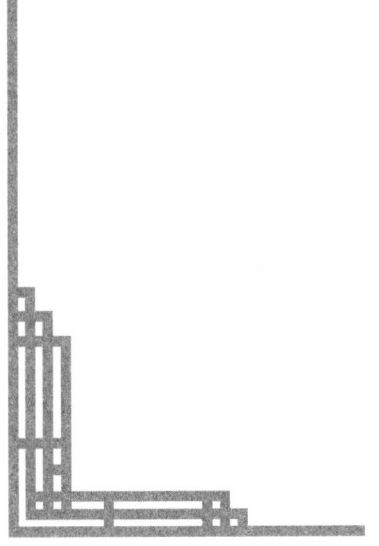

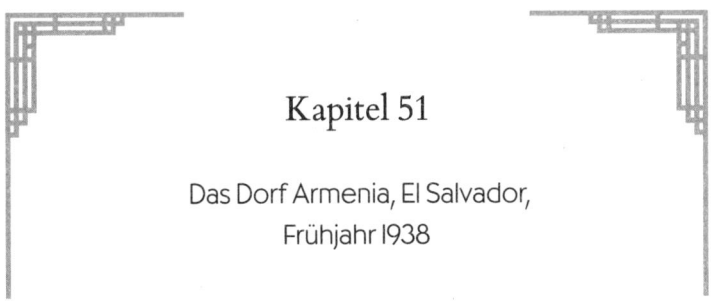

Kapitel 51

Das Dorf Armenia, El Salvador, Frühjahr 1938

Die schroffen Hänge der Vulkane Santa Ana und Izalco leuchteten in der Ferne rot im abendlichen Licht, als sie sich mit dem Kleintransporter der Kaffeeplantage näherten. Der sanfte Capo Verde mit seinen grünen Hängen wirkte wie dazugemalt, obwohl auch er Lava und Asche spucken konnte. In Consuelos Kindheit hatte sie die Naturgewalten erlebt, als die Erde bebte und das Feuer und das Gestein aus ihren Kratern sprudelte und auch einen Teil der Plantage unter sich begraben hatten.

Tonio schaute beeindruckt zu den Vulkanen auf und schien den schweren, feuchten Duft einzusaugen, den die Farmerde verströmte. Die Luft zirpte und surrte von all ihren kleinen Bewohnern, die von Pflanze zu Pflanze flogen und diesen Reichtum, die Üppigkeit erst möglich machten.

Der Wagen hielt vor dem Portal ihres Elternhauses, dessen spanischen Stil mit dem schönen Innenhof, der von allen Zimmern aus erreichbar war, und den vielen Pflanzen in den Kübeln sie immer so geliebt hatte. Sie stieg aus und half Tonio auf seiner Krücke zur Tür, als auch schon ihre Mutter mit weit ausgebreiteten Armen, Dolores und Amanda dicht hinter ihr, auf sie zulief: »Schatz, endlich, endlich …« Weiter kam die

Mutter nicht, sondern schluchzte an Consuelos Schulter. Sie war kleiner geworden in all den Jahren, die sie sich nicht gesehen hatten, und die Haare waren nun ganz weiß. Consuelo stiegen die Tränen in die Augen, als sie sie ganz fest an sich zog und den vertrauten Geruch von Küche und Kaffee roch, der sie in der Kindheit stets begleitet hatte.

»Herzlich willkommen, Tonio«, übernahm Dolores die Begrüßung und zog ihn gleich mit auf die Terrasse. »Schau, wir haben dir einen Stuhl aufgebaut und einen Hocker davor, wo du dein Bein lagern kannst.« Sie blickte vorsichtig in sein verschobenes Gesicht. »Was magst du trinken?«

Tonio bedankte sich für die freundliche Aufnahme und bestellte einen Wein mit Strohhalm.

Lachend verschwand Dolores im Haus, während alle sich setzten.

Als die Dunkelheit sich langsam über die Hacienda senkte und die Millionen von Sternen sichtbar wurden, während das Lachen und die Gespräche an ihr vorbeirieselten, ab und zu begleitet von einem liebevollen Tätscheln ihrer Mutter, hatte Consuelo den Eindruck, als wäre sie nie fort gewesen. Als wäre Tonio schon längst einmal hier gewesen.

Es war – Familie.

»Warum hast du mir nie gesagt, wie schön es hier ist?« Tonio räkelte sich auf einer Liege, die sie für ihn in den Schatten unter den Mangobaum gestellt hatten. Von dort konnte er die Vulkane beobachten, wenn der Wind die Schatten der Wolken über sie trieb, Vogelgruppen die Krater umkreisten und das Farbspiel der Sonne sich stündlich änderte. Er lag dort fast den ganzen Tag, nur unterbrochen von gelegentlichen vorsichtigen Spaziergängen durch die Reihen der Kaffeeplantage, deren Pflanzen er mit großer Neugier inspizierte. Der Kaffeerost war in den vergangen Jahren glücklicherweise nicht mehr aufgetreten, auch weil sie mehr Schattenbäume zwischen die Reihen gepflanzt hatten. Und so hatte die Farm sich erholt und brachte wieder einen guten Ertrag ein. Ihre Mutter und Schwestern sowie die große Mannschaft der Arbeiter und Arbeiterinnen hatten von morgens bis abends zu tun.

Consuelo ließ Tonio am Vormittag allein auf seiner Liege, denn sie wusste, er brauchte Zeit und Ruhe zum Nachdenken. Währenddessen ging sie in den Ort und kaufte eine Kleinigkeit ein oder besuchte die wenigen alten Schulfreunde, die hiergeblieben waren. Am Nachmittag spielte sie Schach oder Mau-Mau mit Tonio. Er redete nicht viel, und so fiel es ihr schwer zu erahnen, was er dachte oder plante. Denn selbstverständlich würde er nicht ewig hierbleiben wollen, das war ihr klar.

In der zweiten Woche hatte sich sein Zustand so weit gebessert, dass er ohne Krücke unterwegs sein konnte – und dass ihm langweilig wurde. »Können wir nicht einmal in das Luxushotel in Guatemala Stadt fahren, in diesen großen britischen alten Kasten nahe der Klinik? Ich würde so gerne einen Drink an einer gediegenen Bar nehmen, an der mir Leute mit Tropenhelm etwas aus dem Dschungel erzählen.«

Consuelo lachte. »Das wird dort wohl nicht auf Anhieb gelingen.«

»Außerdem vermute ich, dass an der Rezeption einige Telegramme und Briefe auf mich warten, denn diese Adresse habe ich im Krankenhaus als Postadresse hinterlassen«, fügte er hinzu.

Consuelos Blick trübte sich, aber natürlich kam sie seinem Wunsch nach, zumal Dolores und Amanda begeistert für diesen Ausflug in die Stadt plädierten. Es wurde ein ausgelassener Abend an der Bar mit fast schon unwirklich erscheinender Jazzmusik von der Combo in der Ecke; die einzigen Wermutstropfen in Consuelos vorzüglichen Martinis waren die Gedanken an Tonios Post.

Als sie frühmorgens auf die Hacienda zurückkehrten, versank der Mond gerade voll und rund hinter dem Izalco.

»Wir müssen reden«, sagte Tonio zwei Tage später auf seiner Liege im Garten.

Sein Ton bewog Consuelo dazu, sich lieber auf die Liegenkante zu setzen.

»Als wir im Hotel waren, habe ich einige Mitteilungen vorgefunden, über die ich bis jetzt nachgedacht habe.«

Consuelo verfolgte mit dem Blick zwei Ameisen im Gras, die sich mühten, eine unreife Kaffeebeere, die vermutlich ein Vogel von der Pflanze gerissen hatte, davonzuschleppen.

»Ich werde nach New York gehen. Dort gibt es außerordentliche Chirurgen, die mein zerstörtes Gesicht wiederherstellen können. In der gleichen Klinik habe ich die Möglichkeit, eine Reha zu machen, um meine Muskeln wieder zu kräftigen.«

Consuelo hob den Kopf. Das klang außerordentlich vernünftig und richtig, auch wenn sie solch eine Behandlung eher später in Paris erwartet hätte. Aber wenn es wirklich solch großartige Spezialisten dort gab, war es natürlich das Beste, die Prozedur gleich hier auf dem amerikanischen Kontinent vorzunehmen. »Ich kann dich begleiten und dir eine Hilfe …«
Sie verstummte, als sie ihn langsam den Kopf schütteln sah.

»Nelly wird dort sein. Sie hat alles arrangiert.«

Consuelo sprang auf. Nelly! Wie hatte sie diesen Namen nicht vermisst! Wieso Nelly? Hatte er nicht gesagt, es sei aus und vorbei mit ihr, schon lange? Funkstille?

»Sie hat aus der Zeitung von dem Absturz erfahren, in der Klinik meine Postadresse erhalten und alles in die Wege geleitet, während ich hier in deinem schönen Zuhause genesen durfte.« Er versuchte, sie an sich zu ziehen, aber sie machte sich los.

»Und was ist mit mir?«, fragte sie leise.

Nun war er es, der auf den Rasen schaute. »Wir haben uns getrennt, weißt du noch?«

Sie drehte ihm den Rücken zu und lief einfach geradeaus. Durch die Reihen der Kaffeepflanzen über die weiche Erde. Immer weiter und weiter.

Ach, würde die Erde sie doch verschlucken, wünschte sie. Verschlucken, verschlingen, begraben.

Kapitel 52

Consuelo nahm an der Haustür der Hacienda den Blumenstrauß vom Boten aus der Stadt entgegen und betrachtete die üppige Pracht der Papageienblumen, Bananenblätter und Orchideen. Fast täglich erreichten sie nun solche Sträuße, Briefe oder Telegramme – aus New York von Tonio. Denn er war vor zwei Monaten tatsächlich dorthin abgereist und unterzog sich seinen Behandlungen. Und es war offensichtlich ganz wie immer mit ihm: Je weiter sie voneinander entfernt waren, desto mehr Sehnsucht schien er nach ihr zu entwickeln. Dabei hatte er jetzt wohl ganz vergessen, woran er sie neulich so schroff erinnert hatte, der Mistkerl: Sie hatten sich getrennt!

Von Nelly stand in seinen Nachrichten kein Wort. Aber auch nichts davon, dass er sich wünschte, dass sie beide, er und Consuelo, wieder zusammenkämen.

Und, *Dios mío*, so viel war ihr inzwischen ganz klar geworden: Sie wollte auch nicht mehr!

Sie warf den Strauß in den Mülleimer und stapfte rund ums Haus, um sich zu beruhigen. War sie denn sein Spielzeug, das er mal herausholen konnte, mal in der Spielkiste ließ?

Nein, war sie nicht, verdammt!

Sie versuchte, die Gedanken an Tonio zu verdrängen. Aber

es war nicht so leicht. Denn die Ruhe und der Frieden, der ihr hier anfangs nach seinem Weggang so gutgetan hatte, gingen ihr inzwischen schrecklich auf die Nerven. Keine Ablenkung, keine Künstlerfreunde, keine Restaurantbesuche, kein Theater. Keine Spaziergänge durch Montmartre oder an der Seine. Stattdessen wachte sie jeden Morgen mit dem Blick auf die Vulkane vor dem Fenster auf. Die warme, schwirrende Luft ließ die schroffen Felswände orange leuchten, obwohl ihr doch eine Leuchtreklame am Moulin Rouge in diesen Momenten lieber gewesen wäre. Wenn sie aus ihrem Schlafgemach trat und den Duft der zahlreichen Blumen im Innenhof des Hauses einatmete, fühlte sie sich geborgen, das ja. Aber gleichzeitig schrecklich eingeengt. Das ausgiebige Frühstück nahm sie deshalb inzwischen lieber auf der schattigen Außenterrasse ein – auch wenn es nicht die Caféterrasse des Les Deux Magots war – und beobachtete statt der Flaneure die Arbeiter und Arbeiterinnen zwischen den Kaffeereihen, wie sie Pflanze um Pflanze beschnitten, die Erde um die Wurzeln auflockerten, Wasser angossen. Jeden Tag das gleiche Bild, jeden Tag das gleiche gemächliche Tempo, jeden Tag die gleiche Sorgfalt.

Jeden. Einzelnen. Tag.

Hatte sie sich wirklich vorgestellt, dauerhaft mit ihrer Mutter, Amanda und Dolores unter einem Dach leben zu können, nun als erwachsene Frau? Hier mitten in der Natur, im Nirgendwo? Was hatte sie sich nur eingebildet hier tun zu können?

Dies war der Ort ihrer Kindheit.

Doch es war nicht der Ort ihres mittleren Alters.

Und schon gar nicht war es der Ort ihrer Sehnsucht.

Oder der Ort, an dem sie einst begraben werden wollte.

Das erkannte sie nun.

Nachdenklich verlangsamte sie ihre Schritte und lenkte sie zurück zur Hausfront, wo sie sich auf die Bank vor der Tür setzte, den Rücken an die Wand gelehnt, die Augen geschlossen, das Gesicht der Sonne zugewandt.

»Na, mein Schatz«, hörte sie wenige Momente später die Stimme ihrer Mutter und spürte, wie sie sich zu ihr setzte. »Es ist nicht leicht, das Leben, was?«

Sie öffnete die Augen und schaute ihre Mutter an. Die weißen Haare sah sie gar nicht, sondern immer noch die Mutter, wie sie sie aus der Kindheit kannte. Ihre starke, ein wenig verhärmte, aber zupackende Mama, die diese Plantage zum Erfolg geführt hatte, nachdem der Vater so früh gestorben war. Sie war eine Frau, die das Leben gezwungen hatte, mit Traditionen zu brechen und Verantwortung zu übernehmen. Nicht nur für die Kinder, sondern für den Betrieb. Hier in dem kleinen Ort, versteckt vor der großen Welt, war ihre Mutter all die Jahre Mutter und Vater zugleich gewesen, Familienoberhaupt und Firmenchef noch dazu. Und plötzlich wurde Consuelo klar, dass ihre Mutter sehr viel mutiger war als sie selbst.

»Weißt du, mein Schatz«, fuhr die Mutter fort, weil Consuelo in ihre Gedanken versunken nichts geantwortet hatte. »Manchmal zieht einem das Leben den Boden unter den Füßen weg. Wichtig ist dann nur eines.« Sie sah sie eindringlich an. »Dass man wieder aufsteht und es bei den Hörner packt.«

Consuelo lehnte sich an die Mutter.

Die strich ihr über das Haar. »Das Leben ist zu kurz, um liegen zu blieben, mein Schatz.«

»Aber ich dachte, du möchtest gerne, dass ich hier bei euch bin und wohne.«

»Consuelo, schau dich doch an! Was willst du hier? Wir sind eine eingespielte Gemeinschaft auf der Farm. Deine Schwestern sind hier glücklich, ja. Aber du? In deinen Augen funkeln doch die Lichter von Paris.« Sie lächelte. »Und noch etwas, mein Schatz, merke dir: Die Liebe ist langmütig, sie ist gütig, sie gibt niemals auf. Ich hätte mir sehr gewünscht, ich hätte mehr Zeit gehabt, diesen Bibelvers mit deinem Vater zu leben.« Damit stand sie auf und ging ins Haus.

Consuelo blieb auf der Bank zurück und wandte ihren Blick wieder den Plantagenarbeiterinnen zu.

Paris. *Toujours Paris*. Natürlich. Plötzlich wurde sie ganz aufgeregt. Sie würde zurückgehen nach Paris. Und anders, als ihre Mutter ihr riet, würde sie sich dort ein ganz eigenes Leben aufbauen! Jawohl! Eines, das nichts mit Tonio zu tun haben müsste. Schließlich gehörte ihm die Stadt nicht! Sie würde ein eigenständiges Leben anfangen, sich eine Wohnung und eine Arbeit suchen, die sie von Tonio unabhängig machte. Die Liebe ist langmütig, schön und gut. Aber die Stadt war doch wohl weitläufig genug für sie beide, nicht wahr?

Es stand also fest. Sie musste zurück nach Paris.

Als selbstbewusste Frau. Auf ihren eigenen Füßen.

Der ehemalige Vulkan von Paris kehrte zurück!

Sie würde erneut Funken sprühen. Jawohl.

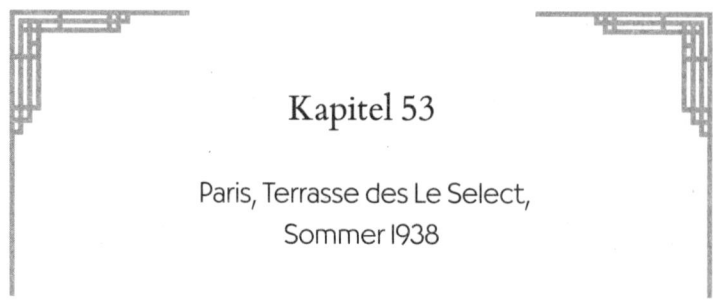

Kapitel 53

Paris, Terrasse des Le Select,
Sommer 1938

Wie war es herrlich, die vertrauten französischen Klänge um sich zu hören, die Stimmen, das Radio, das leise über einen Lautsprecher dudelte, die Kellner, die Gäste, die Flaneure.

Endlich war sie wieder hier. Endlich wieder zu Hause. In ihrer Wahlheimat. Gut, die Wohnung, die sie gefunden hatte, glich mehr einem dunklen Loch als einem Appartement. Der Kontrast zu den Räumen an der Place Vauban hätte nicht größer sein können, aber die anderthalb Zimmer genügten völlig für sie. Zumindest für den Anfang. Jetzt musste sie nur sehr schnell eine Arbeit finden. Die zwanzig Franc, die sie noch in der Tasche hatte, wenn sie nachher ihren Milchkaffee hier auf der sonnenbeschienenen Terrasse des Le Select bezahlt hatte, würden ihr gerade noch ein Baguette und ein paar Tomaten, Butter und Teebeutel sichern.

Sie lehnte sich auf ihrem Stuhl zurück und drehte das Gesicht zur Sonne. Sie gehörte doch hierher, nach Europa, nach Frankreich. Das war ihr nun klar geworden in den paar Wochen, die sie in ihrer Heimat verbracht hatte. In ihrer sogenannten Heimat, denn heimelige Gefühle hatten sich dort nicht eingestellt. Ihre Mutter und die Schwestern waren zwar traurig gewesen, als sie abreiste. Aber sie hatten sie in die Arme geschlossen, ihr das Allerbeste gewünscht und sie ziehen lassen.

Nun durfte sie sich selbst und auch die Mutter aber nicht enttäuschen. Sie musste es schaffen, hier auf eigenen Füßen zu stehen und sich einen Platz in dieser Stadt, ganz unabhängig von Tonio, zu erkämpfen.

Von ihm hatte sie nur gehört, dass er weiterhin in New York weilte. Was er dort tat, ob er schrieb, ob er Kontakte zu Verlagshäusern oder Agenten suchte – ob er alleine dort war oder in Begleitung –, das alles war ihr nicht bekannt. Und sie wollte es auch gar nicht wissen! Sie war hier in Paris. Sie begann ein neues Leben. Heute!

Sie nahm eine Schluck von dem köstlichen Milchkaffee, den man so eben nur in Paris bekam und der durch die Atmosphäre auf der Caféterrasse erst richtig sein Aroma entfalten konnte. Sie blickte einer eleganten Dame hinterher, die am Arm ihres Gatten den Boulevard hinunterschritt, den Hut keck auf der Seite, die Seidenstrümpfe mit Naht und eine Wolke von Guerlain hinter sich herziehend.

Nein, sie wollte diese Dame jetzt nicht sein. Sie wollte selbstbewusst allein durch die Straßen laufen. Auf ihrem Weg zu … Ja, zu was denn eigentlich? Was war ihr Ziel? Wo konnte sie arbeiten in dieser Stadt?

Arbeiten wie die armen Frauen, kam es ihr in den Sinn. Wie die Frauen, deren Männer nicht genug verdienten, um die Familie zu ernähren. Wie die Frauen, deren Männer sich aus dem Staub gemacht und sie mit den fünf hungrigen Kindern allein gelassen hatten.

Zum Glück hatte sie nur für sich selbst zu sorgen. Das konnte doch nicht so schwer sein!

Das Lied aus dem Radio verstummte, und eine Werbung begann. »*Cigarillos La Morena, cómpralos señorita!* Kaufen Sie die Zigaretten der Marke La Morena, mein Fräulein, kaufen Sie und genießen Sie!«, verkündete eine Werbung – auf Spanisch! Der Sprecher sprach die Werbebotschaft auf Spanisch ein! Na klar, es war die spanischsprachige Sendung von Radio-Paris eingestellt, die einmal täglich für die vielen spanischen Flüchtlinge ausgestrahlt wurde. Consuelo fuhr auf ihrem Stuhl in die Höhe. Radio Paris, natürlich! Das war die Lösung! Sie winkte dem Kellner und stürzte den Rest ihres Kaffees hinunter.

Warum war sie nicht schon eher darauf gekommen? Radio Paris brauchte spanische Muttersprachler. Das war ein Zeichen! Sie war die Richtige für diese Art von Arbeit. Genau die Richtige! Und jetzt fiel ihr auch ein, dass ihr alter Freund Benjamin Crémieux kulturelle Berichte für diesen Sender verfasste. Er hatte die Verbindungen, er würde sie dort unterbringen können.

Der gute alte Benjamin! Es dürfte kein Problem sein, ihn aufzusuchen und zu fragen, ob er ihr helfen könnte.

Einen Versuch war es auf jeden Fall wert. »Kaufen Sie die Zigaretten der Marke La Morena«, probte sie schon mal auf dem Weg durch die Straßen, als sie sich sofort zu Benjamin aufmachte. Sie modellierte die Stimme ein wenig, sprach tiefer und langsamer: »Kaufen Sie die Zigaretten!« Gut, das klang sehr gut. Das konnte sie hinbekommen, keine Frage.

Sie hatte ihren Job gefunden! Jetzt musste das Radio nur noch zusagen.

»Benjamin!« Sie umarmte den Freund, der sofort am nächsten Tag Zeit für einen Spaziergang im Jardin du Luxembourg und ein Gespräch hatte. Schon die friedliche Parkstimmung und das Grün der Bäume beruhigten Consuelo, als sie Seite an Seite am Wasserbecken entlangschritten. Ein Akkordeonspieler hatte ein schattiges Plätzchen gefunden und ließ Chansons hören. Pärchen und Familien flanierten über die Wege oder breiteten auf den Rasenflächen ihre Decken zum Picknick aus.

»Consuelo, es ist so schön, dich wiederzusehen. Wie ich höre, ist Antoine noch in New York?«, fragte Benjamin.

»Ja«, sagte sie nur knapp.

»Ja? Mehr nicht?«

»Mehr gibt es zur Zeit nicht dazu zu sagen.«

»Verstehe.« Benjamin rückte an seinem Hut und setzte seinen Spazierstock regelmäßig auf. Man hörte nur das Klack, Klack der Spitze. Dann: »Das Leben, speziell das Eheleben, ist manchmal holperig. Ich bin aber davon fest überzeugt, dass ich damals in Buenos Aires keinen Fehler gemacht habe, als ich euch einander vorstellte. Ich glaube, ihr gehört zusammen. Mein Wunsch wäre es, dass ihr euch wieder versöhnt. Wenn ich das so frei sagen darf.« Er blieb stehen und fasste Consuelo am Arm. »Ich kann mir denken, dass Antoine nicht der einfachste Ehemann ist. Und irgendwann ist es sicher zu viel der Verletzungen. Aber wenn du noch einen Funken Liebe in dir für diesen besonderen Mann verspürst, dann bitte ich dich, ihm noch eine Chance zu geben, wenn er dich darum bittet.«

Consuelo machte sich los und lief schnell weiter. Natürlich durfte Benjamin ihr seine Gedanken mitteilen, auch wenn es schmerzte. Aber sie wollte jetzt nicht darauf eingehen. Sie wollte doch etwas ganz anderes! »Ich danke dir für deine Worte. Aber ich möchte heute nicht über meinen Mann sprechen, sondern wollte dich um etwas bitten.«

Benjamin schloss auf und deutete auf eine Parkbank in der Sonne. Sie setzten sich. Zwei Tauben näherten sich der Bank und pickten Brotkrumen auf, die von einem Picknick liegen geblieben waren.

»Ich möchte bei Radio Paris arbeiten. Kannst du mich dort unterbringen?«, platzte Consuelo heraus.

Benjamin sah sie erstaunt an. »Du willst zum Rundfunk?«

»Natürlich. Ich bin bestens geeignet. Ich bin wortgewandt und schlagfertig, Spanisch ist meine Muttersprache. Ich bin pünktlich, korrekt und bestimmt eine gute Mitarbeiterin.«

Benjamin lächelte – wohl über ihren Eifer.

»Und ich habe wirklich Lust. Gerade jetzt gibt es doch viel zu tun im Rundfunk, um die Menschen richtig und umfassend zu informieren in diesen wirren Zeiten.«

Benjamin nickte nachdenklich und malte mit seinem Spazierstock Linien in den Schotter.

»Außerdem«, fügte Consuelo leise hinzu, »muss ich Geld verdienen, sonst sitze ich bald auf der Straße.«

Benjamin unterbrach das Malen und schaute sie direkt an. »Ich finde, das ist eine großartige Idee. Und du hast absolut recht: Du bist perfekt für die spanischsprachige Schiene des Radios.« Er nickte. »Ich werde mich beim Sender für dich einsetzen. Versprechen kann ich nichts, schließlich bin ich auch nur ein Kolumnist im Literaturmagazin. Aber sie werden mir zuhören, wenn ich dich empfehle, da bin ich mir sicher.«

»Ich danke dir, mein guter Freund!«, sagte Consuelo und legte ihre Hand auf seinen Arm. »Hast du dir eigentlich Gedanken gemacht, wie es für dich weitergehen soll?«

»Wie meinst du das?« Er entzog ihr den Arm.

»Ich meine: Was machst du, wenn die Deutschen sich nicht

mit der Annexion Österreichs zufriedengeben, sondern tatsächlich irgendwann Frankreich angreifen? Hast du Verwandtschaft außerhalb Europas, wo du hinkannst?«

»Du malst aber wirklich sehr schwarz.« Benjamin schüttelte entsetzt den Kopf. »Erstens glaube ich nicht, dass es so weit kommen wird. Wir werden schließlich von vernünftigen Menschen regiert. Es wird immer eine diplomatische Lösung oder eine wirksame Drohkulisse zusammen mit Großbritannien geben, die die Nazis daran hindert, so etwas zu versuchen. Und zweitens«, er streckte sich in eine aufrechtere Sitzposition und hob das Kinn, »bin ich Pariser, und ich bleibe Pariser. Punkt. Mich kriegt hier niemand weg.«

Nun war es Consuelo, die schwieg.

Kapitel 54

»Hier ist Consuelo Gómez auf Radio Paris *en Español*, und ich begrüße Sie zu unserer heutigen Sendung!« Consuelo stand vor dem Mikrofon und rückte die Kopfhörer zurecht. In ihrem schicken zweiteiligen Kostüm und den hohen Schuhen kam sie sich sehr professionell vor. Und sie war auch ein wenig stolz. Denn dies war ihre dritte Sendung als Moderatorin im Studio, und extra dafür hatte sie ihren früheren Nachnamen wieder aktiviert. *Gómez* klang nun einmal authentisch. Und außerdem mussten die Redaktion und die Hörer schließlich nicht wissen, dass sie die Frau des berühmten Schriftstellers Antoine de Saint-Exupéry war. Hier wollte sie einfach Consuelo sein, Consuelo Gómez, die Muttersprachlerin mit der fundierten Kenntnis der Pariser Kulturlandschaft und dem Elan, die Nachrichten und die Interviews schwungvoll zu präsentieren.

Nach mehreren Wochen, in denen sie Texte verfasst und den Moderatoren zugearbeitet hatte, nach etlichen Sprachtests und einem Sprechertraining, hatte man ihr vor vier Wochen endlich die Chance gegeben, selbst die einstündige Sendung zu leiten. Es handelte sich um eine Mischung aus Nachrichtenblöcken, vorproduzierten Beiträgen von Reportern, aber auch Live-Studiointerviews mit Mitgliedern der Pariser Kulturszene. Zwischendurch wurden die neusten Chansons gespielt, und es gab natürlich die Werbung, die Consuelo überhaupt erst auf die Idee gebracht hatte, hier mitzuarbeiten. Es hatte sich herausgestellt, dass sie tatsächlich ein Naturtalent am Mikrofon war: Sie hatte keinerlei Scheu, sprach mit Pathos, Betonung und Verve. Und selbst die Interviews mit den zum Teil illustren Gästen leitete sie souverän und charmant – kannte sie doch den einen oder anderen Gast bereits persönlich. So wie neulich Picasso, mit dem sie so entspannt und lustig parliert hatte, dass es hinterher zahlreiche begeisterte Anrufe von Hörern gegeben hatte.

Die Interviews wurden stets von anderen Redakteuren für sie vorbereitet, und sie bekam die Fragen, erst kurz bevor der Gast eintraf, hineingereicht. So auch heute. Sie hatte noch mitbekommen, dass der ursprünglich geplante Interviewpartner, Monsieur Jaujard, der Leiter des Louvre, abgesagt und man kurzfristig einen Ersatz für ihn gesucht hatte. Der war nun eingetroffen, wie die Assistentin ihr während eines Musikblocks zuraunte, als sie ihr einige wenige Fragen hineinreichte. »Für mehr Vorbereitung haben wir keine Zeit gehabt. Vielleicht fällt Ihnen ihm Laufe des Gesprächs noch etwas ein. Sonst machen Sie es einfach ein bisschen kürzer heute, und wir spielen mehr Musik, ja?« Sie nickte nervös und tätschelte Consuelo den Arm, frei nach dem Motto: Das wird schon.

Consuelo seufzte, richtete sich dann aber gerade auf. Sie würde das schon hinkriegen! Um wen handelte es sich denn? Sie schaute auf das Skript – und erstarrte. Denn der Name, der dort prangte, behagte ihr in dieser Situation so gar nicht. Ihr Hals wurde trocken, sie räusperte sich.

Antoine de Saint-Exupéry!

Kapitel 55

»Hier entlang bitte, Monsieur de Saint-Exupéry«, hörte sie die Assistentin auch schon vor der Studiotür, bevor diese sich öffnete. »Das ist Madame Gómez, unsere Moderatorin!«, rief die Assistentin und ließ Tonio in den Raum, der zunächst auf seine Schuhe und dann im Studio umherblickte. Ein wenig desorientiert wirkte das beinahe. Und schlecht sah er aus, sehr schlecht. Consuelo erschrak. Zwar hatte man es in New York offenbar hinbekommen, sein Gesicht einigermaßen wiederherzustellen. Die Augen befanden sich wieder an ihren angestammten Plätzen, nur ein paar Rötungen deuteten noch auf die Operationen hin. Aber ansonsten war er fahl wie die Wand und ging gebeugt wie ein alter Mann. Offenbar bereitete sein Rücken ihm Schmerzen, und die Hüfte wohl auch.

»Guten Tag, Madame Gó...!« Er hatte die Hand ausgestreckt und zog sie nun ruckhaft zurück, als er sie erkannte. »Consuelo! Was zum ...« Er sah sie entgeistert an.

»Noch zwanzig Sekunden bis zum Interview«, sagte die Assistentin und stellte sich auf die Zehenspitzen, um Tonio die Kopfhörer aufzusetzen und das Mikro auf seine Höhe zu schrauben. »Wir sind Ihnen enorm dankbar, Monsieur, dass Sie so spontan zugesagt haben. Entschuldigen Sie bitte, dass wir Ihnen

dadurch keinen ruhigen Empfang und keine Vorbereitungs-
zeit geben können.« Sie lächelte. »Aber schließlich erhalten Sie
nun vor vielen Tausend Zuhörern die Möglichkeit, Ihr neues
Werk anzupreisen, nicht wahr?« Sie lächelte ihm zu und zog sich
zur Tür zurück, während die letzten Klänge des Chansons, das
währenddessen gespielt worden war, verstummten.

Consuelo riss sich zusammen und bemühte sich, das Zittern aus ihrer Stimme zu verbannen. »Ich begrüße nun meinen
heutigen Studiogast: den Schriftsteller und Piloten Antoine
de Saint-Exupéry. Monsieur de Saint-Exupéry, erst einmal
ganz herzlichen Dank, dass Sie uns heute besuchen. Ich brauche Sie wohl kaum vorzustellen, denn wer hat Ihre Werke
Südkurier und *Nachtflug* nicht gelesen?«

»*Sí*«, sagte Antoine mechanisch, ohne den starren, immer
noch entgeisterten Blick von Consuelo abzuwenden. Sie
wusste, er hatte sie wohl verstanden, auch auf Spanisch. Aber
sie wusste auch, er würde in dieser Sendung nicht viel mehr
sagen können als »*Sí*«, wenn sie ihm nicht half.

»Monsieur, Sie haben einen Flugzeugabsturz in Guatemala
überlebt und kehren gerade von einer Kur in New York zurück. Können wir also heute unseren interessierten Hörern
berichten, dass es Ihnen wieder gut geht?«

»*Sí.*«

»Wie schön. Welche Eindrücke bringen Sie uns aus New
York mit? Wie wird dort die aktuelle politische Lage be-
urteilt?«

»*Sí.*«

»Äh, ich werde diese Frage und auch die weiteren auf Französisch für Sie stellen und sie dann ins Spanische für unsere
Hörer übersetzen, wenn es recht ist.«

»*Sí.* Ich bin wirklich sprachlos. Nicht nur im Spanischen.« Er lächelte sie an.

Ihr wurde flau im Magen. »Wollen Sie uns vielleicht etwas über die amerikanische Stimmung berichten?«

»Die Stimmung ist verzweifelt.« Er setzte seinen Hundeblick auf.

O nein, nicht diesen Blick! »Bei den Amerikanern? Wieso denn das? Nimmt die Annexion von Österreich und nun die Sudetenkrise sie so sehr mit?«

»Man wünscht sich ein friedliches Miteinander.« Er drang mit seinen Augen in die ihren.

Du meine Güte! »Aber offiziell herrscht doch auch noch gar kein Krieg, sondern ...«

»Man wünscht sich Frieden und weiß, dass man große Fehler gemacht hat«, unterbrach er sie.

Nein, nein, mein Freundchen! So einfach würde sie es ihm nicht machen! Sollte er sich dort selbst herauswinden. Sie stellte sich stur: »Die Amerikaner haben Fehler gemacht? Inwiefern?«

»Man hätte viel früher erkennen müssen, wie wichtig die Verbündeten sind. Man hätte sie wohl beschützen müssen, sie nicht der Finsternis überlassen ...«

»Monsieur de Saint-Exupéry, was glauben Sie, wie sich die Dinge entwickeln werden?«

»Nun, ich bin kein Orakel. Aber ich hoffe, dass eine Lösung gefunden wird, sich zusammenzutun, um Seite an Seite zu stehen und gemeinsam das Böse zu besiegen.«

»Das sind ja hehre Vorstellungen.«

»In der Tat.« Er blickte sie flehend an.

»Lassen Sie uns nun zu Ihrem Werk als Schriftsteller

kommen. Wie ich annehme, gab es in der Zeit Ihrer Genesung kaum Gelegenheit zu schreiben?«

»Im Gegenteil, Madame … äh, Gómez, ich war vom Krankenbett aus sehr aktiv und habe ein neues Werk begonnen mit dem Arbeitstitel *Terre des hommes* oder vielleicht wird es auch *Wind, Sand, Sterne* heißen am Ende, mal schauen.«

Ach, tatsächlich? Wie schön, dann war vielleicht gar nicht so viel Zeit geblieben, um mit dieser unsäglichen Person Kontakt zu pflegen, die vermutlich sein Krankenhauszimmer belagert hatte. Consuelo krallte sich an ihr Manuskript, dass die Seiten knitterten. »Ein interessanter Titel. Wollen Sie uns verraten, was sich dahinter verbirgt?«

»Es sind Anekdoten aus meiner Zeit als Pilot und Aufsätze und Gedanken über den Zustand unserer Welt. Ein Potpourri meiner Erkenntnisse und Beobachtungen der letzten Jahre, wenn Sie so wollen.«

Uff. »Ach. Erzählen Sie mehr.« So verging wenigstens die Sendezeit. Wie sollte sie das hier nur gut über die Bühne bringen, überlegte sie verzweifelt.

Zum Glück holte Tonio weit aus und schien wirklich in seinem Element zu sein. Er nutzte die Plattform, um Werbung für sein neues Werk zu machen. »In meinem Buch entführe ich die Leser zum Beispiel in die goldene Sahara, in der ich einst abgestürzt bin. Ich erzähle von meiner Begegnung mit dem Fennek, einem klugen, kleinen Wüstenfuchs, der niemals alle Schnecken auffraß, die er finden konnte, sondern immer so viel zurückließ, dass die Art nicht in Gefahr geriet und er stets Nahrung finden würde.« Er nickte gedankenverloren, bevor er weitersprach: »Und die Leser begleiten mich auch nach Madrid, wo ich im Spanischen Bürgerkrieg hautnah dabei war, als …«

Dios mío – wie sollte sie denn nun die Kurve kriegen, weg von den detailreichen Schilderungen des Spanischen Bürgerkriegs, der ihren spanischen Zuhörern gewiss Pein bereitete. »Ihr Buch klingt nach einem Vorhaben, das Sie lange Zeit beschäftigen wird. Was haben Sie denn in unmittelbarer Zukunft vor, jetzt bei Ihrem Neustart in Paris?«

»Ich habe vor, meine Frau zum Essen einzuladen und sie um Verzeihung zu bitten!«

Consuelo gestikulierte zum Tontechniker hinüber, er möge ein Chanson parat haben.

Antoine sah sie flehend an. »Gibst du mir noch eine Chance?«

»Liebe Zuhörer, vielen Dank für Ihre Aufmerksamkeit«, sagte Consuelo schnell, und ihre Stimme versagte fast. »Das war das Interview mit dem berühmten Schriftsteller Antoine de Saint-Exupéry, der nach seinem schlimmen Flugunfall in Südamerika wieder genesen ist und uns von seinem neusten Schaffen berichtet hat. Ganz herzlichen Dank, Monsieur und guten Heimweg!« Sie riss sich die Hörer vom Kopf, als das rettende Chanson erklang, und lief aus dem Studio, Tonio hinterher. »Bitte, mein Vögelchen, bitte! Höre mich bei einem ruhigen Abendessen an. Mir ist in New York klar geworden, dass alles ganz falsch gelaufen ist, ganz falsch.« Er holte sie ein und drehte sie an der Schulter zu sich um. »Wir zwei sind doch wie die Magnetpole. Wir ziehen uns magisch an, können uns aber nie zu einem machen. Aber einzeln funktionieren wir doch auch nicht, nicht wahr? Wollen wir nicht versuchen, eine Lösung zu finden?« Er lächelte schelmisch. »Ja, Frau Gómez? Tun Sie mir diesen Gefallen?« Er fasste sie wieder an den Schultern, und sein Lächeln erlosch, er wurde ernst, seine Stimme ganz weich: »*Sí?*«

Kapitel 56

Landhaus La Feuilleraie bei Paris,
31. August 1939

Consuelo überquerte die große Rasenfläche mit einem Weidenkorb unter dem Arm und machte halt am Rosenbeet. Diese hier, diese rosafarbene *Albertine*, die wäre doch bestens geeignet für die Tischdekoration und die große Vase in der Halle. Sie schnitt mehrere üppig mit Blüten besetzte Zweige ab und achtete darauf, sich nicht an den Stacheln zu verletzen. Zufrieden summend schritt sie weiter und warf einen Blick in das Kaninchengehege. Die kleinen pelzigen Kerle knabberten zufrieden an den Möhren, die sie ihnen heute Morgen gebracht hatte. Ach, sie brauchte noch Eier für das Frühstück morgen. Schnell stellte sie den Korb ab und eilte zum Hühnerstall. Die Hennen begrüßten sie mit aufgeregtem Gegacker, und Consuelo bedankte sich artig bei ihnen, als sie in den Nestern tatsächlich sechs noch warme Eier fand. Sie band sie in ihre Schürze ein und trug die wertvolle Fracht und den Weidenkorb zu dem kleinen provenzalisch anmutenden Lustschlösschen mit seinen blauen Fensterläden. Wie friedlich und ruhig es hier auf dem Land war. Was für ein Unterschied zu den vollen Straßen von Paris, den Pflastersteinen, Autos und Geräuschen der aufgeregten Stadt.

Es war eine gute Idee von Tonio gewesen, diesen Landsitz

hier zu mieten. Er selbst wohnte zwar nun wieder in Paris, in einer kleinen Wohnung, wo er in den vergangenen Monaten an seinem Buch *Wind, Sand, Sterne* weitergearbeitet hatte, das im Frühjahr tatsächlich erschienen war und sofort den Grand Prix du Roman der Académie française gewonnen hatte. Aber er hatte vorgeschlagen, dieses Refugium als Consuelos Wohnsitz zu nutzen, um in Ruhe und Frieden wieder ein wenig mehr zueinanderzufinden, mit Abstand, aber in Verbundenheit zu leben – und die Stunden, die er hier draußen bei ihr verbrachte, zu genießen und zum Auftanken zu nutzen.

Consuelo hatte lange überlegt, ob sie sich auf dieses Arrangement einlassen sollte. Schließlich lief ihr Leben mit der Arbeit beim Radiosender und der eigenen kleinen Wohnung recht zufriedenstellend. Aber als er ihr damals direkt nach dem Radiointerview in dem romantischen Restaurant im Quartier Latin gegenüber gesessen hatte, eine tropfende Kerze und einen Blumenstrauß auf dem kleinen Tisch zwischen ihnen, als er ihre Hand genommen und ihr versichert hatte, dass sein Herz nur ihr gehöre und er das Versprechen vor Gott und der Familie bei ihrer Hochzeit nicht vergessen habe – da war sie weich geworden. Sie waren schließlich nicht mehr Ende zwanzig, vielleicht war seine feurige Zeit nun auch endlich vorbei. Und was konnte sie schon gegen ihre Gefühle tun? Sie liebte diesen verrückten, unruhigen und doch so romantischen Geist nun einmal. Sie waren doch füreinander bestimmt, *no*?

Suzanne und Léon jedenfalls hatten sie sehr darin bestärkt, es auf diese Weise noch einmal zu versuchen und ihrer Ehe noch eine Chance zu geben. Und schließlich gab sie ihre Selbstständigkeit ja nicht ganz auf, rechtfertigte sie sich vor sich selbst. Ihr Anwesen lag so dicht vor den Toren von Paris, dass sie weiterhin regelmäßig zur Arbeit beim Radio gehen konnte; sie genoss es, ihre eigene Sendung zu moderieren, und traf viele interessante Künstler der Stadt. Aber die regelmäßigen Besuche von Tonio am Wochenende schenkten ihr die Ruhe und die Kraft, die sie brauchte, während die Welt um sie herum immer gefährlicher zu werden schien. Wenn sie die Radionachrichten vorlas, musste sie manchmal an sich halten, um nicht ihre eigenen Kommentare dazu abzugeben. Erst Österreich und das Sudetenland, dann die Tschechoslowakei, die unfassbare »Reichskristallnacht« – was führten diese Deutschen noch im Schilde?

Hier draußen durfte sie das alles für kurze Zeit vergessen und sich fühlen wie Marie Antoinette, dachte sie, nur hoffte sie natürlich, dass ihr Leben einen deutlich besseren Verlauf nehmen würde als das der legendären Königin.

Consuelo betrat das Haus, stellte den Korb mit den Blumen auf dem Küchenbuffet ab und legte die Eier in eine Keramikschale mit Bauernmuster. Sie wollte heute Abend mit Tonio speisen. Nach dieser anstrengenden Woche, in der sie jeden Tag gependelt war, um beim Radio zu arbeiten, freute sie sich sehr auf ihn.

Sie streifte die Hände an der Schürze ab und machte sich daran, das Diner vorzubereiten. Einen Putenbraten in Orangensauce wollte sie kochen. Das war eine ihrer Lieblingsspeisen, und Tonio mochte sie auch sehr gerne.

Sie summte bei der Arbeit und freute sich, als sie vor dem Fenster einen Fasan mit schönem Gefieder und langen Schwanzfedern vorbeistolzieren sah. Er kam öfters in den Garten, pickte ein wenig und zeigte seine ganze Pracht, bevor er sich durch das Gebüsch wieder davonmachte.

Als Tonios Bugatti um kurz vor halb acht Uhr abends auf dem Kies vor dem Haus hielt, war Consuelo umgezogen und aufwendig geschminkt, der eisgekühlte Champagner mit einem kleinen Spritzer selbst gemachten Pfirsichsafts von dem Baum im Garten stand bereit. Die Pute verströmte einen herrlichen Duft, und der Tisch im Speisesalon war mit allem Geschirr und Besteck gedeckt, das sich in der Truhe des Hauses vermutlich schon seit Generationen befand. Das Grammofon spielte leise Jazzmelodien.

»Wie geht es dir, Chérie?« Tonio hüpfte die Treppe herauf und küsste sie sanft auf die Wangen. Sein Blick war noch ein wenig unruhig, in Gedanken war er vielleicht noch bei seinem Manuskript oder beim Autoverkehr.

Sie reichte ihm ein Glas Champagner, und sie stießen an. »Auf einen traumhaften Abend in unserem kleinen Refugium.«

Er nickte. »Darauf habe ich mich schon die ganze Woche gefreut. Auf diesen Abend und darauf, dass wir noch viele von seiner Sorte hier erleben dürfen.« Sein Blick hatte sich kurz getrübt, als ob er bereits Schreckensbilder erkennen konnte, bevor er ihn direkt und klar auf sie richtete. »Aber nun fort mit den schwermütigen Gedanken. Jetzt sind wir beide zusammen, und das ist die Hauptsache. Auf uns, Chérie!«

Sie stießen an und spazierten bei Grillenzirpen und immer noch warmer Abendsonne eine Runde durch den Sommergarten, bevor sie das Haus betraten und an der langen Tafel im Salon Platz nahmen, um das köstliche Mahl zu genießen, das Consuelo zubereitet hatte.

Vielleicht, dachte sie, als sie die Pute in die Sauce tunkte, an dem kühlen Chablis nippte und immer wieder vor Lachen ihren Kopf nach hinten warf, weil Tonio es schaffte, sie köstlich zu unterhalten – vielleicht musste man einfach ein wenig reifer und weiser werden, um zu erkennen, was wichtig war auf dieser Welt und was nicht.

»Ich werde dich immer lieben, Consuelo, egal, was passiert, mein Vögelchen«, flüsterte Tonio drei Stunden später eine Etage höher in ihrem Himmelbett und strich ihr eine Strähne aus dem Gesicht. Sanft küsste er sie, sein Blick war ruhig. »Egal, was in nächster Zeit passiert mit dieser aus den Fugen geratenen Welt. Du bist mein, und ich bin dein.«

Sie strich über seinen nackten Rücken, der sich warm und weich und vertraut anfühlte. Ach, könnten sie doch einfach so liegen bleiben und die Welt dort draußen ignorieren, dachte sie, als sie die Augen schloss, um in seinen Armen einzuschlafen.

Am nächsten Morgen beim Frühstück verkündete der Sprecher im Radio den deutschen Überfall auf Polen.

Im Haus des kleinen Prinzen,
Eaton's Neck, Long Island,
Juli 1942

»Da bin ich«, sagte sie zwei Stunden später, als sie Tonios Arbeitszimmer betrat. Mit ihrem Gemälde von Bevin House war sie fertig und zufrieden mit dem Resultat. Es stand zum Trocknen unten auf der Staffelei am Rande der Rasenfläche. Sie würde es nachher hineintragen. Und morgen vielleicht noch ein paar Dinge ausbessern, dachte sie. Tonio tippte weiter auf seiner Remington, dann riss er den Bogen aus der Einspannung und drehte sich mit ihm strahlend zu ihr um.

»Schau mal! Das ist gut gelungen, das ist gut, glaube ich!« Er hielt ihr den Bogen hin.

Consuelo hatte extra ihre Brille aufgesetzt und begann sofort, die Worte auf dem dünnen Papier zu studieren.

»Das ist eine Szene zwischen dem kleinem Prinzen und dem Fuchs«, sagte Tonio aufgeregt. »Und? Und? Was sagst du?«

»Nun warte mal. Ich muss es doch erst lesen.«

Ungeduldig trommelte er mit einem Bleistift auf die Tischplatte, während sie laut las:

»Man kennt nur die Dinge, die man zähmt«, sagte der Fuchs. »Die Menschen haben keine Zeit mehr, irgendetwas kennen zu lernen. Sie kaufen sich alles fertig in den Geschäften. Aber da es keine Kaufläden für Freunde gibt, haben die Menschen keine Freunde mehr. Wenn du einen Freund willst, so zähme mich!«

»*Was muss ich da tun?*« *sagte der kleine Prinz.*

»*Du musst sehr geduldig sein*«, *antwortete der Fuchs.* Consuelo ließ das Blatt sinken.

»Und?« Tonio schaute sie gespannt an.

»Es ist schön. Ich kenne nicht den Zusammenhang, aber ...«

»Brauchst du auch nicht. Ich wollte nur wissen, ob diese Stelle so funktioniert.«

»Das tut sie.«

Tonio kramte schon das nächste Blatt heraus. »Und jetzt schau dir mal die Zeichnungen an. Wie findest du den Fuchs?«

Sie beugte sich über das Papier und konnte sich ein Schmunzeln nicht verkneifen: »Er hat ziemlich lange Ohren für einen Fuchs. Die sehen ein bisschen aus wie Hörner, nicht?«

»Es ist ein kleiner Wüstenfuchs, Consuelo. Die haben solche Ohren, ich weiß das, weil ich den einen gezähmt habe, damals am Cap Juby als junger Postflieger in Afrika.« Er wirkte ein wenig eingeschnappt und nahm ihr das Blatt weg, nur um ihr gleich ein neues in die Hand zu geben. »Aber die Bäume, meine Affenbrotbäume? Was sagst du dazu?«

»Affenbrotbäume? Wie kommst du denn ausgerechnet auf die?«

»Die gibt es nun mal in Afrika, nicht wahr? Aber du weichst aus. Wie findest du sie, rein zeichnerisch?«

Sie vertiefte sich in die Skizze. »Nun ja.« Sollte sie es aussprechen? »Sie sehen ein wenig aus wie Kohlköpfe, deine Bäume, und ...«

»Oh!« Er riss ihr die Zeichnung weg. »Also, wenn du nur meckern willst ...«

»Du hast mich doch gefragt.«

Zum Glück klingelte es in diesem Moment unten an der Tür, und sie machte sich schnell auf den Weg, um zu öffnen.

»Aber komm danach noch mal wieder! Bei der Zeichnung eines der anderen Charaktere brauche ich wirklich dringend deine Meinung«, rief er ihr hinterher. »Es ist eine wichtige Figur. Eine Schlüsselfigur, weißt du?«

»In Ordnung. Bin gleich wieder da.« Sie schritt die Treppe hinunter und lächelte, als sie an die Affenbrotbäume dachte. Sie sollte vielleicht mal einen Kohleintopf kochen, kam es ihr in den Sinn. Mit gebratenem Speck, viel Zwiebeln und einem Schuss Weißwein. Nein, ermahnte sie sich. Es war ungerecht, sich über Tonios Bäume lustig zu machen. Schließlich war das Tonios ganz eigene Vorstellung von Baum. Ihr Baum von Mann hatte eben Affenbrotbäume vor Augen, wenn er Bäume malen wollte. Also waren sie gelungen. Sie waren genau richtig! Und Kohlsuppe gab es im Herbst, nicht jetzt im Sommer.

Sie erreichte die Diele, Hannibal stand schon aufmerksam an der Haustür. Sie streichelte ihn, befahl ihm zu sitzen und öffnete die Haustür.

Ein Postbote reichte ihr einen Brief: »Schönen Tag noch, Ma'am!«

Sie schaute auf das Kuvert. Von den Verlegern Reynal & Hitchcock.

Hoffentlich keine schlechte Nachricht.

Auf dem Planeten des kleinen Prinzen
gab es fürchterliche Samen ... und das
waren die Samen der Affenbrotbäume.
Der Boden des Planeten war voll davon.
Aber einen Affenbrotbaum kann man,
wenn man sich seiner zu spät annimmt,
nie mehr loswerden. Er bemächtigt sich
des ganzen Planeten.

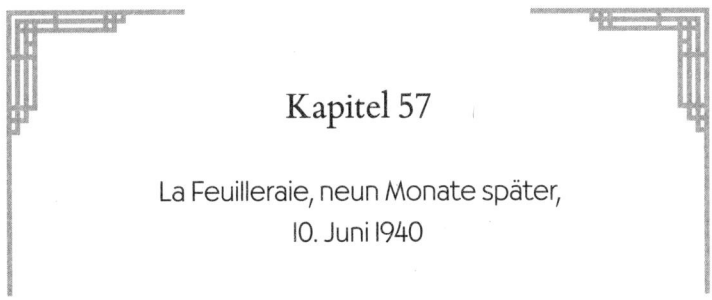

Kapitel 57

La Feuilleraie, neun Monate später,
10. Juni 1940

Tonios Bugatti preschte über die Auffahrt und stoppte vor der Haustür, dass der Kies nur so spritzte. Er sprang heraus und zerrte Consuelo, die durch den Lärm des Autos an die Tür gekommen war, in den Salon. Dort ließ er sich auf die Couch fallen und vergrub das Gesicht in den Händen.

»Was ist los? Was ist passiert?« Erschrocken setzte Consuelo sich neben ihn und streichelte ihm über den Rücken.

»Es ist so weit!« Tonio riss sich sichtlich zusammen. »Die Deutschen sind kurz vor Paris. Sie werden spätestens morgen hier sein.« Er sprang auf. »Du musst los!«

»Was heißt: Ich muss los? Wohin denn?«

»Du musst fliehen. Nach Pau. Der Flüchtlingstreck ist schon auf der Straße. Du musst schauen, dass du noch mitkommst. Und zwar vorne bei den Goldtransportern. Die Goldtransporter werden die Deutschen nicht bombardieren.«

»Goldtransporter?« Flüchtlingstreck. Pau. Die Worte klangen absurd.

»Die Regierung bringt die Goldreserven aus der Stadt, damit die Deutschen sie nicht sofort an sich nehmen, wenn sie kommen.« Er lief vor dem Sofa auf und ab. »Ich habe diese Information aus zuverlässiger Quelle. Es sind mehrere

Panzerwagen. Du musst dich beeilen. Ich weiß, wann der Transport losgeht und hier vorbeikommt. Reihe dich zwischen ihnen ein, hörst du? *Zwischen* ihnen. Du musst deinen Wagen Stoßstange an Stoßstange dazwischensetzen.«

Sie starrte ihn nur an, unfähig etwas zu erwidern. Was redete er da nur? Ihr kam es ganz rätselhaft vor. Natürlich hatte sie sich auch schon mit dem Gedanken auseinandergesetzt, dass sie ihr Heim vermutlich irgendwann verlassen musste. Aber so plötzlich? War das sein Ernst?

»Pack nichts Unnötiges ein«, fuhr er fort. »Du brauchst keine Pelzmäntel, keinen Schmuck, kein Make-up. Einen Koffer mit Wechselsachen. Das war's. Und ich habe dir einige volle Benzinkanister mitgebracht. Die laden wir gleich in deinen Wagen.«

»Und du?«, fragte sie leise.

»Ich fahre zurück in die Stadt und in die Wohnung, um die wichtigsten Sachen zu holen. Dann muss ich zurück zur Flugstaffel. Wir sind schon wieder verlegt worden. Und sie bauen nun einen Stützpunkt in Nordafrika.«

Consuelo schluckte. »Werden sie dich als Kampfpiloten einsetzen?«

»Das kann ich mir nicht vorstellen. Dafür reicht meine Verfasstheit wohl nicht mehr, die Kampfpiloten sind mehr als zehn Jahr jünger als ich. Und ich kenne die neuen Jagdflieger nicht gut genug. Aber ich werde weiterhin Aufklärungsflüge unternehmen.«

Sie lehnte sich an ihn und umarmte ihn fest.

Doch schon nach ein paar Augenblicken machte er sich los. »Wo ist dein Schmuck? Ich werde ihn im Garten vergraben!« Er eilte ihr voraus in die erste Etage und das Schlafzimmer.

Consuelo folgte und übergab ihm die Schatulle. Während er aus dem Haus stürmte, nahm sie nur das Nötigste aus dem Schrank. Sie lugte aus dem Fenster und sah Tonio mit der Schatulle hinter dem Rosenbusch verschwinden. Verrückt. Was waren das für verrückte Zeiten. Was würde geschehen, wenn sie einfach hierbliebe? Nein, das wollte sie sich lieber nicht ausmalen. Sie musste fliehen, in den Süden, in die freie Zone. Dort wäre sie zumindest vorläufig sicher.

Aber ohne Tonio? Er musste weiter seinen Dienst versehen, natürlich. Er konnte sich nicht einfach von der Truppe entfernen. Und er würde es auch nicht wollen, dachte sie. Er wollte seine Pflicht für Frankreich tun. Er wollte das Land beschützen, so gut es ihm möglich war.

Und ehrlich gesagt bewunderte und liebte sie ihn dafür.

Der kleine Koffer war gepackt, sie schaute sich im Zimmer um, ob noch irgendetwas mitmusste. Wie traurig, die vielen geliebten und gewohnten Dinge zurückzulassen. Tränen traten ihr in die Augen. Sie ließ ihren Blick über die Louis-Quatorze-Kommode und die Porträtbilder der Besitzerfamilie gleiten, die hier seit Generationen die Räume überwachten, fuhr mit dem Finger über die Seidentapete mit den Toile-de-Jouy-Mustern. Wie seltsam, das Haus zu verlassen, das ihr in dem Jahr, in dem sie es bewohnt hatte, so sehr ans Herz gewachsen war. Aber noch viel mehr: Wie schwer, Paris hinter sich zu lassen, auf unbestimmte Zeit. Ein Paris von Deutschen besetzt, ein Kriegsparis. Wie sollte es jemals wieder ein Platz zum Lieben, zum Verlieben, zum Flanieren, zum Genießen werden können?

Ihr altes Paris war also tot. Es war passé.

Sie legte sich auf das Bett und schloss für einen Augenblick die Augen, als ihr diese bittere Wahrheit klar wurde.

Vor dem Fenster hörte sie Tonios Schritte im Kies, Autotüren knallten. Vermutlich belud er ihren Wagen nun mit den Benzinkanistern.

Sie wischte eine Träne fort, setzte sich auf, schminkte sich ein letztes Mal an dem alten Schminktisch in dem heimeligen Schlafzimmer mit Blick auf den Rosengarten.

Es war nicht die Frage, ob sie bereit war zu gehen.

Es war die Frage, ob sie bereit war, um ihr Leben zu rennen.

Tonio stand neben dem Auto, als sie in einer praktischen Hose, flachen Schuhen und mit Bluse und Jacke aus dem Haus trat, den Koffer mit den nötigsten Anziehsachen und Waschutensilien in der Hand. »Bist du dir sicher, dass es wirklich sofort sein muss?«

Er strich ihr eine Locke aus dem Gesicht. Ganz nah trat er an sie heran, sie konnte seine Körperwärme und seinen Duft wahrnehmen, lehnte sich an ihn und verharrte so für ein paar Minuten. Die Vögel sangen weiter in den Bäumen, als sei es der schönste Sommertag. Tonio hielt sie ganz fest. Sie hörte sein Herz schlagen, schneller als gewöhnlich. »Es muss. Ich gehe zurück zu meiner Division. Melde dich über die Heeresleitung, sobald du einen Ort gefunden hast, an dem zu vorerst bleiben kannst.«

»Aber kannst du mich nicht …«

»Nein, ich muss zurück zur Division. Und du musst schnellstmöglich in den Treck, zwischen diese bestimmten Lastwagen, hörst du? Nur dort bist du geschützt!« Er schaute auf seine Armbanduhr. »Fahr los! Fahr!« Er gab ihr einen Kuss und schob sie zum Wagen.

Im Rückspiegel sah sie ihn vor dem weißen Landschloss

immer kleiner werden und schließlich verschwinden, als sie auf die Straße einbog und auf die Staubwolke zusteuerte, die in der Ferne den Flüchtlingstreck verriet.

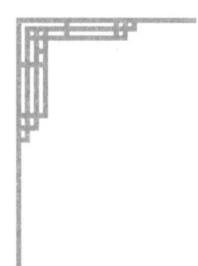

Kapitel 58

Straße nach Pau,
10. Juni 1940

Am schlimmsten waren die deutschen Kampfflugzeuge. Sie zogen tief ihre Schleifen und beobachteten den Treck, und wenn sie Bomben jenseits der Straße abwarfen, dann ließ die Detonation Consuelos Lenkrad zittern, der Rauch stieg ihr in die Nase – und die Schreie der Getroffenen fuhren ihr ins Mark. Auto an Auto, Stoßstange an Stoßstange, Bollerwagen, Kutsche, Pferdewagen an Pferdewagen, alle bis über das Dach beladen, verstopften die Straße. Consuelo schrie jedes Mal, wenn es wieder eine Explosion gab und die Wolken des Todes aufstiegen, rechts und links, vorne und hinten. Aber sie hatte es mit Vehemenz und weiblichem Charme tatsächlich geschafft, sich zwischen die Panzerwagen des Goldtransports einzureihen, so wie Tonio es ihr gesagt hatte. Offenbar war seine Einschätzung, dass die Deutschen diesen Teil des Flüchtlingstrecks nicht angreifen würden, richtig gewesen. Staub und Sand klebten bald in einer dicken Schicht auf der Windschutzscheibe, aufgewirbelt von den vielen Füßen und Karren, die rechts und links der Straße durch die Felder gezogen wurden. Ganz Paris hatte sich nun auf den Weg gemacht, um vor den deutschen Truppen und Panzern zu fliehen, die auf der anderen Seite der Stadt vor den Toren lagerten und in wenigen Stunden über die Champs-Élysées paradieren würden.

Tränen rollten Consuelo unentwegt in den Kragen ihrer Bluse. Sie musste an die Terrassen der Cafés in Saint-Germain denken, auf denen nun niemand mehr einen Kaffee trinken konnte – außer den Deutschen in Uniform, und bald der Rattenschwanz an deutschen Verwaltungsmitarbeiterinnen, die sie in die besetzte Stadt nachziehen würden. Mit ihren plumpen Figuren und runden Gesichtern würden diese in die letzten geöffneten Boutiquen und Parfümerien einfallen, um sich zu kleiden, zu schminken und zu duften wie die Pariserinnen, ohne jemals auch nur annähernd deren Eleganz zu erreichen. Ihre grobe Sprache würde auf den Terrassen erklingen, und die Patrons, die versuchten, ihre Restaurants zu retten, würden die Wünsche der Gäste, in brutal schlechtem Französisch hervorgestoßen, notgedrungen entgegennehmen und die feinen Speisen servieren, die deren kohlgewohnte Gaumen mit Sicherheit nicht zu schätzen wussten.

Sie hieb auf das Lenkrad und schrie gen Himmel.

Nachts lagerten sie unter den Autos und dunkelten die Scheinwerfer ab. So hatten es die Fahrer der Goldtransporte befohlen. An Schlafen war allerdings nicht zu denken. Aber sie konnte auch nicht ausscheren aus dem Treck und querfeldein fahren. Die Felder waren zerfurcht und zertrampelt. Und die Gefahr war zu groß, mit dem Wagen stecken zu bleiben und kein Beförderungsmittel außer den eigenen Füßen mehr zu haben. Wie so viele hier. Wie so viele Menschen, die um ihr Leben liefen. Immer weiter, bis zur Erschöpfung. Consuelo lag flach unter ihrem Auto und lauschte. Alles war ruhig. Keine

Flugzeuge, keine Motoren. Nur das Murmeln von Tausenden Menschen, die hofften, mit dem Leben davonzukommen. Wie sollten all diese Leute in der freien Zone nur untergebracht werden und genug zu essen finden? Wie sollten sich die Landstriche, die vorerst von der deutschen Besatzung verschont geblieben waren, nur auf diesen Ansturm vorbereiten?

Aber zunächst galt es, dort überhaupt anzukommen. Tonio, mein Tonio, warum bist du nicht bei mir? Werden wir uns jemals wiederfinden?

Kapitel 59

Endlich, nach fünf Tagen, erreichte sie die freie Zone. Die kleine Stadt Pau am Fuße der Pyrenäen war auf das Zehnfache ihrer Einwohnerzahl angewachsen. Consuelo fand mit Mühe ein Bett in einem Zimmer bei einer alten Frau, bei der noch fünf weitere Pariser untergebracht waren. Im Restaurant war für eine Einzelperson kein Platz zu bekommen; in einem Café ergatterte sie an der Hintertür ein Croissant und etwas Milch. Das musste vorerst genügen.

Am Postamt reichte die Schlange bis um den halben Häuserblock. Alle wollten versuchen, Kontakt mit den Lieben aufzunehmen, die es in andere Teile Frankreichs oder der Welt verstreut hatte. Consuelo hoffte, eine Nachricht von Tonio vorzufinden, schließlich wusste er, dass sie Pau angesteuert hatte. Aber die ersten fünf Tage erwartete sie auf dem Postamt nach stundenlangem Anstehen: nichts. Warum hatte er ihr nicht wenigstens ein Telegramm geschickt, um zu signalisieren, dass er an sie dachte? Warum antwortete er nicht auf ihr eigenes, das sie sofort nach ihrer Ankunft in der Stadt an seine Einheit geschickt hatte?

Die anderen Leute in der Unterkunft schnarchten des Nachts und rochen bald nicht mehr gut. Denn das kleine

Badezimmer der Witwe bot keine Dusche. Nur das Waschbecken durften sie benutzen. Und nicht jeder hatte bei dem hektischen Aufbruch in Paris an Seife gedacht.

Es war klar: Consuelo musste eine andere Unterkunft finden. Ein bisschen Luft und Licht mussten her. Sonst würde sie verrückt. Und zwar sehr schnell.

Zu weit von Pau wollte sie sich aber nicht entfernen, schließlich musste sie täglich zum Postamt, um Nachricht von Tonio zu erhalten. Dieser Aufenthaltsort war vereinbart, und er würde sie über das Hauptpostamt kontaktieren, wenn er schrieb. Sie musste also in der Nähe bleiben.

Mit dem Wagen fuhr sie dennoch in die Umgebung der Stadt, um sich umzusehen. Vielleicht war es Benzinverschwendung, vielleicht würde das Schicksal ihr aber auch eine andere, eine bessere Unterkunft bescheren.

Die Dörfer rund um die Stadt mit ihren engen Gassen und rauen Steinhäusern wirkten malerisch und völlig verschlafen. Die sanften Hügel der Pyrenäen vermittelten ein trügerisches Feriengefühl. Consuelo passierte Höfe, auf denen die Türen offen standen und die Ziegen und Hühner frei herumliefen.

An einem Hof, der einsam an der sich durch Felder und Weiden windenden Landstraße lag, war ein Schild aufgestellt, das Eier und Milch anbot. Consuelo bog in den Hof ein und hielt. Die Stille, als der Motor verstummte, war so beruhigend und schön, dass sie einfach ein paar Minuten im Auto sitzen blieb, die Augen geschlossen. Welch eine Ruhe nach all diesem Krach der Straße, der Stadt, des Postamts, der grausigen Unterkunft. Nur ein Hahn krähte, eine Kuh muhte und zwei Spatzen stritten. Die Sonne schickte ihre Strahlen durch die Scheibe auf ihr Gesicht.

Durchatmen. Tief durchatmen.

»Madame!« Jemand klopfte gegen die Scheibe, und Consuelo schrak hoch. Sie erblickte das Gesicht einer älteren Bäuerin, durchzogen von den Falten eines langen, arbeitsreichen Lebens, aber auch der ein oder anderen Lachfalte, die von einer glücklichen Familie zeugte.

Consuelo stieg aus. »Entschuldigung, es war so eine wunderbare Ruhe auf einmal. Die hat mich überwältigt.«

Die Frau lächelte. »Wollen Sie Eier kaufen? Und Milch?«

»Ganz richtig.« Consuelo nahm ihre Handtasche aus dem Wagen. »Das Schild hat mich angelockt.«

»Kommen Sie!« Die Alte lief leicht gebeugt, aber behände vorneweg. »So wie Sie aussehen, können Sie zudem ein ordentliches Rührei gebrauchen. Ich bereite es Ihnen in der Küche zu, wenn Sie mir helfen, die Karotten zu schälen, die es heute Abend für meine Familie als Suppe geben soll.«

»Aber gerne!« Consuelo folgte ihr. Rührei, darauf hatte sie gar nicht zu hoffen gewagt. Sie spürte, wie ihr leerer Magen in Vorfreude bereits zu knurren begann. Wie lieb von der Frau, sie zu bewirten.

Sie wurde in die dunkle, aber gemütliche Bauernküche mit einer hölzernen Eckbank und einem grob gezimmerten blanken Tisch geführt. »Setzen Sie sich, dort liegen das Messer und die Möhren. Ich hatte gerade angefangen, als Sie kamen.«

Consuelo tat wie geheißen und machte sich schweigend ans Möhrenschälen. Sie war zu erschöpft, um eine Unterhaltung mit der Bäuerin anzufangen. Aber diese lächelte ihr nur still zu und schien ihr Schweigen als angenehm zu empfinden. »Wir haben Glück, dass wir noch keine Einweisungen bekommen haben, hier auf dem Hof. Noch sind sie nicht auf uns zugekommen, hier draußen. Aber wie ich höre, haben sie in Pau in jeder Wohnung Zimmer für die Flüchtlinge beschlagnahmt.« Sie schlug fünf Eier in eine Schüssel. Fünf! Das würde ein üppiges Mahl, dachte Consuelo und nickte auf die Frage hin. »Ich teile ebenfalls mit fünf Fremden ein Zimmer bei einer Witwe.«

Die Bäuerin salzte und pfefferte die Eier und verquirlte sie mit schnellen Schlägen, während sie Consuelo musterte. Sie heizte den Ofen ein und stellte eine Pfanne auf die Kochstelle. Der Duft von zerlassener Butter bewegte Consuelos Magen zu einem sehr lauten Knurren.

Die Frau lächelte, schnitt eine Zwiebel klein und gab sie in die Pfanne, wo sie zischte und die Küche mit ihrem scharfen Geruch erfüllte. Consuelo hatte Mühe, den Speichel in ihrem Mund hinunterzuschlucken.

Die Bäuerin schüttelte die Zwiebeln durch die Pfanne und goss die Eier hinein. »Nehmen Sie sich einen Teller aus der Anrichte dort drüben. Besteck ist in der Schublade.« Sie beobachtete Consuelo, als sie der Aufforderung nachkam. »Und jetzt genießen Sie«, sagte sie und kam mit der Pfanne an den Tisch, um den Teller zu füllen.

Der erste Bissen des warmen, weichen Rühreis war das Beste, was Consuelo jemals gegessen hatte. Gabel um Gabel aß sie es schweigend auf und kratzte noch den letzten Rest vom Teller. Danach lehnte sie sich auf der Bank zurück und lächelte ihre Gastgeberin an: »Danke! Sie haben mir nicht nur die erste warme Mahlzeit seit einigen Tagen gegeben. Sie haben mir auch den Mut zurückgegeben, und die Kraft, nicht zu verzweifeln.«

Die Bäuerin nahm ihr den Teller weg und lächelte. »Und

ich möchte Sie noch etwas fragen: Möchten Sie unser Ferien-
zimmer über dem Hühnerstall mieten, bevor wir eine Ein-
quartierung bekommen?« Sie grinste. »Es ist mir lieber, eine
offensichtlich so nette, adrette, kleine Frau mit einem lustigen
Akzent wie Sie hierzuhaben, als irgendwelche ungehobelten
Gestalten reingesetzt zu bekommen.«

Schweigend stand Consuelo auf und umarmte die Bäuerin.

»Schon gut, schon gut«, sagte diese immer noch lächelnd
und schob Consuelo von sich. »Aber nur, wenn Sie mir ab und
zu in der Küche helfen und hier keine Krokodilstränen ver-
gießen, verstanden!«

Consuelo lachte. »Verstanden.«

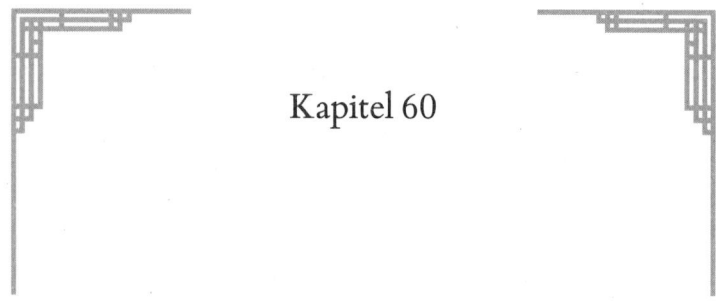

Kapitel 60

Sie packte mit an, wo sie nur konnte. Über die körperliche Arbeit fiel es ihr auch leichter, nicht jede Minute an Tonio zu denken. Zwar fuhr sie täglich einmal zum Postamt nach Pau, um zu hören, ob er sich gemeldet hatte. Aber je mehr Wochen ohne eine Meldung von ihm vergingen, desto weniger aufgeregt war sie, wenn sie kurz vor dem Postbeamten stand, der immer nur den Kopf schüttelte.

So ging sie der Bäuerin zur Hand und kannte sich schon bald viel besser im Gemüse- und Kräutergarten aus. Sie kochte und putzte und versuchte, die Schreckensnachrichten über den Verlauf des Krieges weitestgehend zu ignorieren.

Trotzdem nagte es natürlich an ihr: Warum meldete sich Tonio nicht? Wäre er tot oder verwundet, hätte sie vermutlich bereits Meldung bekommen. Warum erreichte sie kein Brief von ihm? Ihre eigenen Briefe an seine Flugstaffel würden wohl angekommen sein. Er musste doch wissen, dass sie sich Sorgen machte, und könnte wenigstens einmal ein Lebenszeichen von sich geben und ihr versichern, dass er an sie dachte.

So mischte sich allmählich ein wenig Ärger in ihren Alltag auf dem Bauernhof. So dankbar sie war, hier einen guten Platz zum Ausharren gefunden zu haben, desto mehr fragte sie sich, wie lange das gehen sollte. Und wann sie Tonio endlich wiedersehen würde. Ein Ende des Krieges in naher Zukunft herbeizusehnen – das konnte man sicherlich tun. Aber sie merkte, dass sie nicht daran glaubte. Sie betete zu Gott, dass er ihr Kraft schenken möge, diese Zeit durchzustehen, ohne verrückt zu werden.

Und sie betete, dass Tonio ihr endlich schrieb.

»Es ist nicht einfach, was, Madame?« Die Bäuerin tätschelte ihr den Arm, als sie zusammen in der Küche standen und Kartoffeln schälten. »Die Liebe ist nie einfach. Gerade in Zeiten wie diesen.« Sie lächelte. »Mein Mann ist lange tot. Aber ich bete jeden Abend für meine Kinder und Kindeskinder.« Sie wandte sich wieder den Kartoffeln zu. »Und für Sie, meine Liebe, bete ich auch.« Sie schwieg und warf Kartoffel um Kartoffel in den Topf, bis sie schließlich sagte: »Leider muss ich Ihnen auch mitteilen, dass meine Familie nun bald enger zusammenrücken muss. Ich werde Ihr Zimmer brauchen in absehbarer Zeit. Es tut mir sehr leid, aber bitte fangen Sie an, sich nach einer anderen Unterkunft umzuschauen. Spätestens zu Beginn des neuen Jahres muss es sein.« Sie legte das Messer weg und drehte sich zur Spüle, um Wasser in den Topf auf die Kartoffeln laufen zu lassen. »So! In einer halben Stunde gibt es Essen, nicht wahr?«

Consuelo legte die Küchenschürze ab und lief in den Hof, um durchzuatmen. Ihre Zeit hier sollte bald zu Ende gehen. Aber wo sollte sie nur hin?

Wohin? Zurück nach Paris war keine Option. Von Suzanne hatte sie nichts mehr gehört, aber sie hoffte, die Freunde hatten es in ihr Ferienhaus in den Jura geschafft, so wie sie es einmal erwähnt hatten, als sie sich über das Unvorstellbare – Paris zu verlassen – ausgetauscht hatten. Dort konnte sie aber nicht auftauchen, versuchten die Werths doch sicherlich, sich unauffällig zu verhalten. Logierbesuch war da gefährlich, noch dazu so exotischer wie sie mit einem Akzent, der sie in Nullkommanichts als Ortsfremde verriet, wenn sie auch nur ein Brot oder eine Zeitung kaufte. Und den langen Weg nach El Salvador über den Ozean antreten, das erschien ihr derzeit auch abwegig. Was also sollte sie tun?

Tonio! Tonio! Wo bleibst du nur? Komm und rette mich!

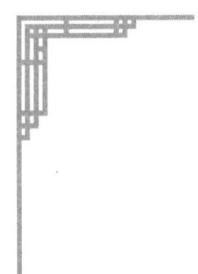
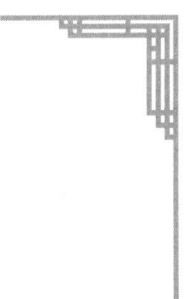

Kapitel 61

Postamt von Pau,
Januar 1941

»Madame, Madame!« Der Postbeamte winkte ihr schon zu, als sie sich hinten in die Warteschlange einreihte. »Kommen Sie vor, Madame! Endlich ein Brief!« Er lächelte und wedelte aufgeregt mit dem Umschlag. »Endlich, Madame.« Er überreichte ihn ihr. »Ich freue mich für Sie. Möge etwas Gutes darinstehen.«

»Ich danke Ihnen«, sagte Consuelo, nahm das wertvolle Papier an sich und verließ die Poststelle. Schnell stieg sie in ihren Wagen und schloss die Tür, sodass der Trubel beinahe verstummte.

Ein Brief von Tonio. Endlich! Aber – sie drehte und wendete den Umschlag und schaute sich die Briefmarke und den Stempel genauer an, dazu den dicken rot-blauen Aufkleber *Air Mail*. Aus Amerika?

Ihr Herz begann zu rasen. Sie riss den Umschlag auf.

»The Ritz-Carlton Hotel, 50 Central Park South, New York City«, las sie im mit goldenen Buchstaben gestalteten Briefkopf. Und darunter erkannte sie in Tonios Handschrift das Datum: 5. Januar 1941. New York? Er war also in New York. Verwirrt versuchte sie weiterzulesen, wurde aber abgelenkt von einer Zeichnung, die er an den Rand des

Blattes gekritzelt hatte: ein kleiner Junge mit Strubbelhaar, der schüchtern seine Hände knetete und eine viel zu weite Hose anhatte. Außerdem befanden sich allerhand Sterne rund um die Schrift verteilt. Er schien ja gut gelaunt zu sein, dort drüben in Amerika, wenn ihm danach war, so fröhliche Skizzen zu senden. Sie warf dem kleinen Kerl einen letzten Blick zu und zwang sich, nun endlich zu lesen, was Tonio schrieb:

»Mein Vögelchen, ich grüße Dich herzlich vom Big Apple. Ich bin seit wenigen Tagen in der Stadt, und die Reise auf dem überfüllten Ozeandampfer steckt mir noch in den Knochen. So viele Tränen, so viele besorgte Gesichter, so viele dürre Gestalten habe ich noch nicht erlebt auf einem Schiff. Aber schließlich ist es natürlich für die meisten keine freiwillige Reise, sondern die letzte Rettung vor dem Tod.

Ich hoffe, Dir geht es gut. Ich habe Deine Briefe mit den Berichten über den Bauernhof erhalten, als ich noch meiner Flugstaffel diente. Es scheint mir genau der richtige Ort für Dich zu sein, um diesen bösen Krieg zu überstehen. Dort bekommst Du genug zu essen, dort hast Du die Bauernfamilie, die auf Dich achtgibt. Dort bist Du nicht in Gefahr.«

Bisher, dachte Consuelo, bisher. Die Bäuerin hatte sie gerade vor ein paar Tagen noch einmal an ihren Auszug erinnert.

»Ich habe die Arbeit bei der Aufklärungsflugstaffel unterbrochen, um mich hier in Amerika für den Kriegseintritt der USA einzusetzen. Man sagte mir, dass Präsident Roosevelt ein begeisterter Leser meiner Bücher sei, und nun will ich versuchen, einen Termin bei ihm zu bekommen, um ihn davon zu überzeugen, dass Amerika nicht mehr an der Seite stehen darf. Die USA müssen dringend eingreifen, sie müssen uns beispringen. Nur mit ihrer Macht können wir gegen das Böse siegen und unser Frankreich wieder zurückerobern. Mein Vögelchen, ich habe erfahren, was allein in unserer Flugaufklärung und in den

Flugflotten alles NICHT funktioniert und gar fehlt. Und ich weiß,
dass es in anderen Einheiten nicht anders aussieht. Die Deutschen
haben die bessere Ausstattung und die bösere, skrupellosere Gesinnung,
und damit sind sie uns überlegen. Wir können nicht gegen sie gewin-
nen, es sei denn, wir bekommen übermächtige Hilfe.

Mein Vögelchen, bitte denke an mich und bete, dass mir dieser Ter-
min gewährt wird. Wir arbeiten hart daran; meine amerikanischen
Verleger haben Kontakte nach Washington und fassen täglich nach.
Sobald sich die Möglichkeit ergibt, reise ich dorthin. Währenddessen
mache ich hier vor Ort ein wenig Werbung für meine Bücher, ins-
besondere Wind, Sand, Sterne, das hier äußerst beliebt und sogar Buch
des Jahres geworden ist.

Ich denke an Dich, und sobald ich kann, kehre ich nach Frankreich
zurück und hole Dich zu mir. Aber nun erfordern die Pflicht und der
Menschenverstand, dass ich diese Chance versuche zu nutzen!

So wahr mir Gott helfe!

Ich umarme Dich und küsse Dich,

Dein Dich liebender Mann.«

Consuelo legte die Seiten langsam auf den Beifahrersitz
und blickte geradeaus durch die Windschutzscheibe, hinter
der sie nicht das Treiben des Marktplatzes von Pau sah, sondern Tonio, wie er lächelnd und mit ausgebreiteten Armen
auf sie zukam, darüber legte sich schemenhaft das Bild dieses kleinen Kerls, den er auf dem Briefbogen skizziert hatte.

Ihr Mann war also nach Amerika gegangen, ohne sie vorher zu informieren. Ja, sie verstand, dass er dort eine wichtige
Mission hatte. Aber wie konnte es sein, dass er offenbar nicht
einmal versucht hatte, sie als Begleitung mitnehmen zu können. Dieser Tage zu reisen war natürlich nicht so einfach, und
vielleicht hätten sie gar kein Visum für sie bekommen. Aber

trotzdem verstand sie nicht, wie er einfach hatte gehen können. Ohne ein Wort.

Ob er …? Nein! Sie wollte das nicht einmal denken und hielt sich mit den Handflächen und weit abgespreizten Ellenbogen die Ohren zu wie ein Kind, als könnte sie so ihre Gedanken zum Verstummen bringen. Nein! Sie wollte nicht daran denken, dass er möglicherweise nicht alleine unterwegs war. Dass SIE an seiner Seite war. Hatte sie ihm vielleicht sogar das Visum besorgt? Immerhin war sie wohl öfter dort drüben. Sie kannte sich in New York gut aus und hatte ihm damals nach dem Absturz in Guatemala die Kur und die Operationen dort organisiert. Wie man hörte, war sie zumindest hier in Frankreich aufgrund ihres Familienhintergrundes auch in politischen und diplomatischen Kreisen sehr gut vernetzt. War es möglich, dass sie ihn dorthin gelockt hatte mit diesem Köder, er könne beim Präsidenten vorsprechen?

Consuelo warf den Motor an und hupte, damit die Passanten aus dem Weg sprangen. Sie musste schnell raus aus der Stadt, aus dem Elend, aus dem Gedränge, aus diesem ganzen Wahnsinn. Sie wollte einfach nur herumfahren, auch wenn sie dabei unnütz Benzin verbrauchte. Sie musste fahren, schnell fahren. Fliehen vor diesen Gedanken. Fliehen vor diesem Irrsinn. Fliehen – am liebsten vor dieser Zeit, die so schrecklich, so ungewiss, so absurd war.

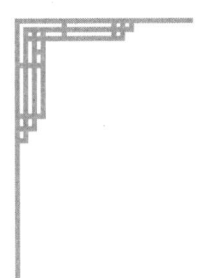

Kapitel 62

Bauernhof bei Pau,
Ende Januar 1941

Die Bäuerin hatte ihr erklärt, dass es nun endgültig so weit war: Die Verwandtschaft aus dem Norden reiste an. Consuelo musste das Zimmer räumen. Und ihr war inzwischen völlig klar, was sie tun musste: Sie musste ebenfalls nach New York! Sie musste zu Tonio und ihm beistehen bei seinem edlen Bestreben – und sie musste alles Beiwerk, welches dort wegen guter Kontakte eventuell an seiner Seite anzutreffen war, in die Flucht schlagen.

Ein für alle Mal.

Nach New York also. Nur wie sollte das gehen? Wen konnte sie kontaktieren, um an ein Visum zu gelangen? Ihr fiel niemand ein. Natürlich könnte sie zum amerikanischen Konsulat gehen und sich anstellen wie alle anderen zehntausend. Aber die Bearbeitungszeit würde lange dauern – zu lange vielleicht.

Sie schrieb an Derain, der in Paris ausharrte und sich weigerte, sein Atelier zu verlassen, genau wie Picasso, der nach anfänglicher Flucht wieder zurückgekehrt war. Derain meldete sich postwendend und berichtete, dass die Deutschen die Ateliers inspiziert, aber vorerst nichts beschlagnahmt hätten. Er habe das Gefühl, wenn sie sich ruhig verhielten, würden sie sie gewähren lassen. Er zeigte sich erstaunt, dass Tonio in New

York war, aber er hatte einen exzellenten Tipp für Consuelo parat: »Es gibt in Marseille eine Villa, die Villa Air-Bel. Dort arbeitet ein gewisser Varian Fry im Auftrag der Amerikaner und gibt Visa für die USA heraus. Hauptsächlich für Künstler. Ich schicke Dir anbei ein Empfehlungsschreiben von mir mit. Vielleicht hilft das und Du kannst als Malerin dort ein Visum bekommen und umgehend zu Deinem Mann reisen.«

Consuelo drückte den Briefbogen an sich. Guter, alter Derain!

Sie belud ihr Auto, verabschiedete sich mit großer Dankbarkeit von der Bäuerin und fuhr nach Marseille.

Kapitel 63

Der Weg zur Villa war holprig, das parkähnliche Gelände stieg leicht an, Bäume verdeckten den Blick auf das Haus. Schließlich hielt Consuelo mit ihrem Wagen direkt vor der Eingangstür des zweistöckigen Gebäudes mit den schief hängenden Fensterläden. Der Putz bröckelte und wurde an manchen Stellen nur von der Feuchtigkeit gehalten, die das Mauerwerk durchdrungen hatte. Ein Vogel zupfte eilig Moos vom Dach und flog damit davon. An einem Baum auf der Südseite passierte Consuelo ein Zirkustrapez, das im leichten Wind hin und her schaukelte. Sie stieß es an und ließ es schwingen. Die Stange war abgenutzt, so als ob hier regelmäßig geturnt würde. Ihr Blick glitt zu einer unteren Terrassenebene des Gartens, wo ein trockengelegtes Brunnenbecken einen Dornröschenschlaf hielt. Als sie weiterlief, öffnete sich zwischen Pinien plötzlich der Blick weit und frei über die Bucht von Marseille.

Nichts rührte sich, während sie ihren Rundgang machte, niemand kam zur Tür, um nach dem Auto zu sehen, das soeben angekommen war. Also lief Consuelo auf der Suche nach den Bewohnern ganz um das Haus herum, vielleicht hielten sie sich im hinteren Garten auf. Laut Derain sollten ständig ausreisewillige Künstler, die auf ihr Visum warteten, hier wohnen. Als sie um die zweite Ecke bog, entdeckte sie ein lang gestrecktes Gewächshaus mit Glasfenstern. Darin war ein grauhaariger Maler an der Arbeit vor einer großen Staffelei. War das …? Sie überlegte: Diesen Mann mit dem wirren Schopf und dem Wissenschaftlergesicht hatte sie doch schon einmal gesehen. Wahrscheinlich in der Zeitung. War das nicht – um Himmels willen, das war doch Marc Chagall!

Sie wagte es trotzdem, gegen die Glastür zu klopfen. Der Maler sah auf und kam mit der Palette und dem Pinsel in der Hand zur Tür. »Guten Tag, schöne Frau. Sie suchen sicher Varian. Er ist beim Konsulat unten in der Stadt. Er wird heute Abend wieder hier sein.« Er schaute hektisch zu seinem Bild auf der Staffelei. »Ich muss leider arbeiten und kann mich nicht um Sie kümmern. Aber bitte«, er machte eine weitschweifende Armbewegung, »schauen Sie sich doch hier ein wenig um oder gehen Sie direkt ins Haus. Ich glaube, die Bretons sind da, in der Villa, meine ich, vermutlich im Wohnzimmer an der Bar. Oder trainiert Jacqueline an ihrem Trapez?« Er beugte sich vor, um um die Hausecke sehen zu können, aber wie Consuelo bereits bemerkt hatte, war das Trapez verlassen. »Nein. Na, sie wollten ein wenig wandern gehen heute, aber ich denke, sie sind bestimmt bald zurück. Es ist ja schon später Nachmittag. Gleich wird das Licht schlecht.« Er drängte sie aus der Tür. »Ich muss leider, meine kleine Dame. Adieu.« Er schloss die Tür und kehrte zu seiner Staffelei zurück.

Auf steifen Beinen kehrte Consuelo zur Eingangstür des Hauses zurück und schob sie auf. Die Bretons. Das war doch ein Hoffnungsschimmer, die kannte sie immerhin aus Paris von diversen Gesellschaften! Marc Chagall im Gewächshaus. Einfach so.

Sie lief den dunklen Flur entlang und vernahm Stimmen aus einem der hinteren Zimmer. Dort bog sie ein. André Breton und Jacqueline saßen mit ihrer kleinen Tochter Aube – wie alt mochte sie sein? Vielleicht acht Jahre alt – beim Memoryspielen an einem Tisch in der Ecke. Eine lang gestreckte Theke säumte die andere Seite des Raumes und war mit Zapfhähnen und einer verspiegelten Rückwand mit allerlei Flaschen ausgestattet.

André sprang auf. »Consuelo? Du?«

»Wie schön, dich zu sehen!« Auch Jacqueline begrüßte sie erfreut und umarmte sie. »Wo ist Antoine?«

Consuelo löste sich aus der Umarmung und zog ihr Kostüm zurecht. »Das ist eine lange Geschichte. Bekomme ich eine Bloody Mary?«

André lachte. »Du hast vielleicht exotische Wünsche.« Er ging um die Bar herum. »Tomatensaft, meine Liebe, ist gerade nicht da. Wie wäre es mit einem guten, alten Landwein aus der Region?«

»Tut es auch.« Consuelo lachte. »Der geht wohl nie aus, was? Egal, wie schief die Welt hängt.«

»Das hoffe ich doch!« André grinste traurig.

Zwei Stunden später kam Varian Fry nach Hause. Er war ein Mann Ende dreißig mit wellig zurückgelegtem braunem Haar und einer Hornbrille, die ihn älter machte. Er bestellte bei André einen Wodka pur, hörte sich Consuelos Geschichte an und nahm das Empfehlungsschreiben von Derain entgegen. »Ich werde alles tun, was mir möglich ist, Madame«, sagte er. »Aber auch ich kann nur im Konsulat vorsprechen, obwohl ich natürlich einen kürzeren Draht habe. Die letztendliche

Entscheidung liegt bei den Offiziellen.« Er trank einen großen Schluck Wodka. »Und unsere Macht reicht nur bis zum Visum. Wie man Frankreich offiziell verlässt und auf ein Schiff kommt, ist eine ganz andere Frage. Sehen Sie, selbst für Marc Chagall sieht es zur Zeit schlecht aus, eine Ausreisegenehmigung zu erhalten. Er und seine Familie sitzen hier schon seit Wochen fest. Und wie es scheint, werden wir selbst für sie keine Abfahrt von Marseille aus organisieren können. Auch sie müssen illegal über die grüne Grenze zunächst nach Spanien und dann weiter nach Portugal gebracht werden.«

»Gebracht werden? Wie sieht das genau aus?«

Varian lächelte sehr müde. »Das sieht so aus, dass ich mit der Familie Chagall eine kleine Nachtwanderung über die Pyrenäen unternehme.«

Consuelo schwieg. Der ungelenke, nicht mehr ganz junge Herr Chagall sollte über steile, steinige Schleuserpfade stolpern müssen, um zu entkommen und sich und seine Lieben zu retten?

Schnell trank sie ihren Rotwein aus und stellte das Glas ab. »Ich bin müde. Gibt es die Möglichkeit, dass ich hier übernachte? Bei den Hotels in der Stadt hatte ich vorhin kein Glück, ein Zimmer zu bekommen.«

Varian nickte. »Natürlich hatten Sie kein Glück. Es warten in Marseille ja auch Zehntausende Flüchtlinge auf ihre Abfahrt. Deswegen können Sie selbstverständlich gerne hier wohnen. Belegen Sie eines der freien Zimmer im oberen Stockwerk. Das erkennen Sie schon, wo gerade niemand wohnt. Ich werde Ihren Fall in den nächsten Tagen vortragen. Sie können so lange hierbleiben.« Er hob seine Brille ein Stück an und rieb sich die Augen. »Das war ein Tag.«

Consuelo schaute diesen Mann an, der schon so viele Menschenleben gerettet hatte. Der täglich Entscheidungen über Leben und Tod miterleben und überbringen musste. Wessen Gesuche legte er im Konsulat vor? Wer hatte eine Chance? Wie wollte er einem Familienvater erklären, dass er kein Visum für ihn und seine Familie bekommen konnte?

»Gute Nacht«, sagte sie und erhob sich vom Barhocker. »Und vielen Dank für die Gastfreundschaft.« Sie winkte den Bretons zu. »Bis morgen.«

»Schon wieder ein Morgen, hier in diesem Haus«, sagte Jacqueline leise. »Schon wieder. Wieder Trapeztraining, damit ich nicht völlig einroste. Und wieder spazieren gehen, bis die Füße qualmen.«

»Und spielen mit mir!«, rief Aube. »Du hast mir versprochen, dass wir morgen Hopse und Gummitwist spielen.«

Jacqueline beugte sich zu ihr und küsste sie auf den Schopf. »Natürlich, mein Schatz. Natürlich.«

Varian zuckte die Schultern. »Ich kann dir wirklich nicht sagen, wann es für euch losgehen kann, Jacqueline, tut mir leid.« Er goss sich einen Wodka nach. »Tut mir sehr leid.«

Kapitel 64

Marseille, Villa Air-Bel,
am nächsten Tag

Wie schön der Morgen mit seinem Vogelgezwitscher und dem orange-bläulichen Licht über dem Meer doch war, hier in Südfrankreich, dachte Consuelo, als sie noch im Nachthemd die Flügel des Fensters ihres spärlich eingerichteten Zimmers öffnete und die Aussicht genoss. Der Mistral wehte nur leicht, der Himmel wies wenige Wölkchen auf, die Pinien dufteten. Wie sehr ähnelte dieses Anwesen hier doch El Mirador. Sie musste die Tränen zurückhalten, wenn sie daran dachte, wie sie es nach dem Wildunfall hatte verkaufen müssen. Was wäre das jetzt für eine passende Zuflucht gewesen.

Abrupt drehte sie sich vom Fenster weg und begann sich anzukleiden. Auch den Lippenstift und die Ohrringe vergaß sie nicht.

Wie schade, dass ihr Verhältnis zu Tonios Verwandtschaft so schlecht war, dass sie nicht einmal jetzt zusammenstehen konnten. Von Marie wusste sie, dass sie weiterhin in Grasse war. Didi und Pierre harrten in ihrem Schloss in Agay aus, bis … ja, bis die Deutschen auch den Süden Frankreichs einnehmen würden. Würden sie das? Und wann?

Es war ganz klar, sie musste einen Weg finden, nach Amerika zu kommen. Auch wenn ihr als Nichtjüdin hier wohl nicht die unmittelbare Verfolgung drohte, so wollte sie sich doch beileibe nicht ausmalen, wie ihr Frankreich sich unter den Deutschen entwickeln würde, wenn sie es komplett besetzten. Und auf keinen Fall wollte sie hier sein, wenn es so weit wäre.

»Guten Morgen«, sagte sie, als sie im Esszimmer auf die anderen traf. André, Jacqueline und Aube winkten ihr von der langen Tafel aus zu, Varian grüßte knapp. Es gab Kaffee und Croissants, die Varian täglich auf dem Schwarzmarkt bekam, wie sie erfuhr, als sie darüber staunte. »An den kleinen Freuden mangelt es uns hier nicht«, sagte Varian augenzwinkernd, bevor sich sein Laune wieder trübte. Schnell wandte er sich an Marc Chagall, der schweigsam vor sich hin kaute. »Wie kommen Sie voran mit Ihrem Gemälde?«

»Ganz gut, ganz gut, danke sehr«, antwortete der Maler, sichtlich erfreut über das Interesse. »Ich bin bald fertig, dann muss es trocknen. Und sobald es trocken genug ist, dass ich es vom Rahmen lösen und einrollen kann, können wir los!«

Dass er es unter diesen Umständen noch schaffte, Scherze zu machen, war wirklich beeindruckend, fand Consuelo. Seine halbwüchsige Tochter Ida lachte auch prompt, seine Frau Bella hingegen schaute mit leeren Augen auf ihre Kaffeetasse. Auch sie war bestimmt Ende vierzig und nicht gerade in Bestform. Wie sollten diese Leute bloß eine beschwerliche Bergwanderung hinter sich bringen – die Grenzpatrouillen im Nacken und eine Zukunft in der amerikanischen Ellenbogengesellschaft vor Augen?

»Guten Morgen«, platzte ein junger Mann in den Raum, vielleicht Anfang dreißig mochte er sein.

»Bernard, setz dich«, winkte Varian ihn zu sich heran und

rückte einen Stuhl bereit. »Du darfst heute zwischen mir und dieser bemerkenswert hübschen, jungen Dame sitzen, die gestern angekommen ist – Consuelo de Saint-Exupéry.«

Bernard setzte sich lächelnd. »Aber mit Vergnügen. Sie sind also die Frau von einem meiner Lieblingsschriftsteller?«

»Und Sie sind?« Consuelo zog die rechte Augenbraue ein wenig nach oben. Der junge Mann war ein wenig forsch, wie?

»Das ist Bernard Zehrfuss, der begnadete Architekt, der 1939 den Prix de Rome gewonnen hat«, sagte Varian.

»Wie nett«, sagte Consuelo. »Dann sind Sie ab jetzt einer meiner Lieblingsarchitekten.«

»Touché.« Bernard lachte. »Ihre erfrischende Schlagfertigkeit tut meinem Entzücken über Ihre Bekanntschaft keinen Abbruch, Madame. Ich frage mich, ob Sie es mir nachher wohl gestatten, Ihnen ein wenig die Umgebung zu zeigen, während wir warten.«

»Ich wäre an Ihrer Stelle sehr vorsichtig bei Bernard«, warf Varian lächelnd ein und hob in dessen Richtung drohend den Zeigefinger. »Dass unserem neuen Gast auch ja nichts passiert.«

»Ich werde diese entzückende Dame mit vollem Körpereinsatz verteidigen, sollte ein Berglöwe angreifen.«

Varian lachte. »Tun Sie das.« Er stand auf. »Ich muss ins Konsulat. Haben Sie alle einen schönen Tag, meine Damen und Herren.«

Alle verfolgten schweigend seinen Abgang und tranken stumm ihren Kaffee aus, bis Marc Chagall sich als Erster erhob. »Nun tut mal alle nicht so trüb. Ihr seid doch jung, ihr seid lebendig, nun genießt den Tag, so gut es geht.«

In die Augen seiner Frau traten Tränen. Er tätschelte ihre Schulter. »Das wird schon, Bella. Wir sind bald drüben.« Er verließ den Tisch. »Ich habe noch ein Bild zu malen. Mein letztes Bild auf europäischem Boden.«

»Wie gut, dass Sie einen Wagen haben!« Bernard lehnte sich behaglich in dem Polster zurück und blickte sie von der Seite an. »Und wie aufregend, von einer so schönen Frau kutschiert zu werden.«

»Übertreiben Sie es nicht, Bernard. Ich kann auch jederzeit anhalten und Sie den Berglöwen zum Fraß vorwerfen.« Sie fuhren die Serpentinenstraße immer höher, weiter ins Landesinnere, erst mal Richtung Aix-en-Provence. »Es ist durchaus nicht ausgemacht, dass wir heute die geheimen Orte der Provence auskundschaften, so wie Sie es sich vorstellen.«

Er setzte die Sonnenbrille vom Haar auf die Nase. »Ich habe den Tipp von einem guten Freund, der jetzt in Amerika ist. Das Künstlerdorf ist nicht schwer zu finden, sagt er. Bei Avignon, mitten im Vaucluse. Oppède, heißt es. O-P-P-È-D-E. Gleich muss ein Schild kommen.«

»Und die jungen Leute haben sich dort tatsächlich zusammengetan, um den Krieg auszusitzen? Verrückt!«

»Wieso verrückt? Dort kann man sich – noch – relativ unbehelligt bewegen. Sie sind auf Selbstversorgung angewiesen und bauen Obst und Gemüse an, ein paar Schafe und Ziegen gibt es wohl auch. Und die Ruinen des schon vor Jahren verlassenen Dorfes stehen dort doch ohnehin und bieten ideale Behausungen.«

»Wenn man keinen Wert auf fließend Wasser, Strom und Heizung legt, meinen Sie.«

»Wenn man nicht pingelig ist, sondern einigermaßen gut überleben will, ohne in Massenunterkünften Unterschlupf suchen zu müssen oder andauernd von Kontrollen in den Städten belästigt zu werden.«

Consuelo schwieg. Wie gut hatte sie es doch all die Monate auf dem Bauernhof gehabt. Dorthin gab es nun kein Zurück mehr. Was sollte sie bloß machen, wenn die Sache mit dem Visum sehr lange dauern würde? Die Zimmer in der Villa Air-Bel waren begrenzt, und wie die anderen erzählt hatten, kamen ständig neue Bittsteller. Und was war gar, wenn sie letztendlich einen negativen Bescheid bekam?

»Oppède, da steht's«, rief Bernard aufgeregt. »Selbst das Schild ist verwittert und hängt auf halb acht. Ist das nicht romantisch?« Er schien das Ganze als Abenteuer aufzufassen, dieser junge Kerl. Consuelo schüttelte den Kopf und lenkte den Wagen auf die Straße, die nach Oppède führte.

Kapitel 65

Der Steinadler, der in dem schroffen Felsmassiv oberhalb des
Ortes wohnte, zog wie jeden Tag langsam seine Kreise. Consuelo schirmte die Augen mit einer Hand gegen die warme
Frühlingssonne ab und schaute ihm von ihrem Platz auf der
zerbröckelten Steinmauer des alten Gehöfts eine Weile zu.
Dann zog sie den Holztrog vor sich wieder näher und fuhr
fort, den Teig für das Brot zu kneten, das es heute geben sollte,
wenn alle Kommunenmitglieder zusammenkamen wie jeden
Abend. Dann wurde erzählt und gelacht, manchmal sogar getanzt und gesungen. Und ausgetauscht, was jeder Künstler am
Tag geschafft hatte. Denn es gab zwar den strengen Küchen-
plan, nach dem Consuelo heute mit Brotbacken dran war und
Bernard mit Gemüseernten und Kochen. Aber es blieb noch
genug Zeit, hier mitten in der Natur, in dem verlassenen
Bergdorf mit den maroden Häusern und überwucherten Gassen, zu malen, zu töpfern und natürlich Pullover zu stricken
oder Kleider zu nähen. Denn was ein jeder auf der Flucht
in einem kleinen Koffer mit sich gebracht hatte, verlangte
dringend nach Ergänzung. Auch wenn es Frühjahr war und
die Temperaturen zumindest tagsüber mit gut zwanzig Grad
schon sehr angenehm waren – nachts wurde es immer noch

kühl in den ungeheizten Behausungen, in denen sie auf dem nackten Boden schliefen, sofern sie nicht in den verlassenen Ställen ein wenig Stroh gefunden hatten.

Am Tag ihrer Besichtigung hatten Consuelo und Bernard sich gleich willkommen gefühlt bei diesen freien Geistern, von denen sie einige bereits aus Paris kannten. Rund zwanzig Personen zählte das Kollektiv zurzeit, und als Consuelo nach zwei Wochen in der Villa Air-Bel von Varian bestätigt bekam, was sie schon befürchtet hatte – dass er ihr nämlich leider nicht zu einem Visum für die USA verhelfen konnte –, hatte sie sich dazu entschlossen, dorthin zu gehen. Varians Begründung war auch durchaus nachvollziehbar gewesen: »Tut mir leid. Ihr Leben ist hier nicht bedroht. Sie sind keine Jüdin und könnten, wenn Sie wollten, jederzeit in Ihr Heimatland El Salvador einreisen. Wir können hier leider nichts für Sie tun. Der einfachste Weg, nach Amerika zu kommen, ist, wenn Ihr Mann sich von dort aus um ein Visum für Sie bemüht.« Also hatte sie Bernards Angebot angenommen, mit ihm gemeinsam nach Oppède zu ziehen. Denn auch er bekam von Varian kein Visum.

Das gemeinschaftliche Wirtschaften lief nun ganz gut. Das Gärtnern machte Consuelo Spaß und füllte die Zeit aus, und zum Glück gab es einen Brunnen mitten im Dorf, der nicht verschmutzt war und einwandfrei funktionierte. Die Ziegen und Schafe lieferten ein wenig Milch, die sie versuchten zu Käse zu verarbeiten, was mal besser, mal schlechter gelang. Eier und Fleisch mussten sie von den umliegenden Bauernhöfen zukaufen; viel bekamen sie dort allerdings nicht, weil die Vichy-Regierung den offiziellen Verkauf reglementierte und die Bestände regelmäßig kontrollierte.

»Unten auf einem Abstellgleis einige Kilometer vor Avignon steckt ein Versorgungszug der Deutschen schon seit gestern fest. Niemand scheint sich darum zu kümmern. Ich hab auch keine Wachen gesehen«, berichtete eines Tages einer der jungen Maler, der zum Skizzieren gerne lange Spaziergänge durch die Lavendelfelder und über die Bergpfade unternahm.

Consuelo blickte zu Bernard. Er nickte unmerklich. Sie hatten im Laufe der Wochen, die sie hier schon zubrachten, gelernt, sich stumm zu verständigen. Denn durch ihr Alter, ihre Fürsorge und ihre Kenntnisse im Verarbeiten von Früchten und Gemüse, die sie auf dem Bauernhof bei der alten Frau und auch vorher schon in ihrem Lustschlösschen La Feuilleraie erworben hatte, war Consuelo hier schnell zur Mutter der Kommune geworden. Man wandte sich an sie, wenn man Hilfe brauchte. Man fragte sie um Rat. Man suchte Trost, weinte an ihrer Schulter. Bernard, als ihr Gefährte, bekam durch sein fröhliches, zupackendes Wesen bald die Rolle des Anführers.

Als der junge Maler mit seinen Skizzen weitergezogen war, standen Consuelo und Bernard auf und schnappten sich zwei Fahrräder. Es dauerte nicht lange, bis sie den Zug fanden. Zunächst beobachteten sie ihn eine Weile, aber alles schien ruhig. Kein Mensch war in der Nähe zu sehen.

Auf ein Kopfnicken von Consuelo hin schlichen sie hinunter und kauerten sich hinter den Zug. Alles blieb ruhig. Kein Hund, keine Schritte. Nur der Wind und das Bellen eines Hofhundes von weit weg. Bernard ruckelte an der Waggontür, und tatsächlich glitt sie zur Seite: Einweckgläser mit Leberwurst, Rotkohl und Sauerkraut, Saure Gurken, Wiener Würstchen, Soleier, Corned Beef, Pumpernickel, sogar zwei ganze Spanferkel, Bier, Wein, Sirup!

Consuelo und Bernard schleppten weg, was in ihre Satteltaschen und Rucksäcke passte. Und nachts, als alles ruhig blieb und der Zug weiterhin verlassen dort stand, kamen sie mit fünf Helfern zurück und nahmen alles mit, was sie zu fassen bekamen.

Am Lagerfeuer, als alle noch aufgewühlt waren, die Gesichter im Feuerschein glänzten und die ersten Flaschen Rotwein geleert waren, legte Bernard den Arm um Consuelos Schulter und küsste sanft ihre Schläfe. »Ich bin froh, dass ich dein Mann auf Zeit sein darf, hier in dieser unwirklichen Wirklichkeit.«

Consuelo ließ ihn – und seinen Arm – gewähren. »Mein Mann auf Zeit ... aber nicht für alle ehelichen Belange.«

»Leider nicht«, sagte Bernard leise. »Leider nicht. Fast wünschte ich, dein berühmter Ehemann wäre nicht nur in Amerika, sondern hinter den sieben Bergen bei den sieben Zwergen.«

Consuelo lachte. Dann wurde sie ernst: »Er wird mich zu sich holen, davon bin ich überzeugt. Er wird schon bald von sich hören lassen, und dann werden wir wieder vereint sein. Wohl nicht hier in Frankreich, sondern eher in Amerika, so wie die Dinge sich entwickeln.« Sie sank ein wenig in sich zusammen, wenn sie an die aktuelle Nachrichtenlage dachte: Die Deutschen hatten Jugoslawien und Griechenland überrannt und eingenommen. Sie richtete sich wieder auf: »Er wird sich um ein Visum kümmern, und ich werde bald bei ihm sein.«

Bernard gab ihr noch einen zarten Kuss aufs Haar. »Ich wünsche es mir für dich. Wenn auch nur, weil du es dir so sehr wünschst und ich will, das du glücklich bist. Aber«, er zögerte,

»macht er dich denn überhaupt glücklich, dein Mann? Was ich da manchmal in der Zeitung gelesen habe über die Jahre …«

Consuelo schüttelte seinen Arm ab und stand auf. »Gute Nacht, Bernard. Ich gehe nun auf mein Feldbett. Vergiss nicht, morgen früh sind wir dran mit Wasserholen vom Brunnen.« Schnell drehte sie sich zum Gehen, damit er die Tränen nicht sah, die ihr die Wangen hinunter rannen.

Im Haus des kleinen Prinzen,
Eaton's Neck, Long Island,
Juli 1942

»Wer war es?«, fragte Tonio, als sie wieder nach oben ins Arbeitszimmer kam.

»Die Post«, sagte sie und hoffte, dass er nicht weiterfragen würde. Ein Brief von seinen Verlegern würde ihn bestimmt aus dem Konzept bringen, wo er doch gerade so schön im Arbeitsfluss war. Er könnte ihn genauso gut heute Abend lesen. Sie steckte sich den Brief in die Hosentasche und kam zum Schreibtisch.

»Schau«, sagt er. »Das ist mein Problem: die Schlange.«

Consuelo betrachtete die Schlange, die in ihrem freundlichen Sonnengelb so unschuldig wirkte und doch so todbringend war. Sie beugte sich näher über das Blatt – was war denn das? »Hast du ihr da ein Hakenkreuz auf den Kopf gemalt?« Sie rückte die Brille zurecht.

»Allerdings.« Er verschränkte die Arme.

Consuelo schwieg und schaute die Zeichnung noch länger an. Natürlich war das die Aussage, das war ihr klar. Aber musste er das so plakativ machen? »Meinst du nicht, die Leser honorieren es mehr, wenn sie selbst auf diese Interpretation kommen?«

Er stützte das Kinn in die Hand und schien nachzudenken.

»Ich finde es deutlich eleganter, wenn die Schlange einfach nur blank ist. Jeder versteht doch sowieso, für was sie steht.«

»Meinst du?«

Consuelo nickte. »In diesen Zeiten lässt es sich nicht verhindern, dass man daran denkt.«

Er zog das Blatt zu sich heran und schaute lange darauf. »Am liebsten würde ich diese Schlange erwürgen.«

»Wer würde das nicht?«

»Komm her.« Er zog sie zu sich heran und lehnte den Kopf an ihren Busen. »Und sag mir, dass das alles bald vorbei ist.«

Sie schwieg und streichelte seinen Schopf. Draußen vor dem Fenster sah sie ein Möwenpaar kreisen, bis eine Möwe sich in den Gegenwind schwang und davonflog.

»Was ist das?«, fragte er und löste sich von ihr, wobei er den Brief aus ihrer Hosentasche zog. »Von Reynal & Hitchcock?«

Sie zuckte die Schultern.

Er riss den Umschlag auf und las. Dann sprang er auf. »Nein, nein, nein! Das ist doch nicht ihr Ernst! Sie wollen das Manuskript nun schon Mitte September, weil die Druckkapazitäten sich geändert haben. Und sie wollen nicht, dass ich es selbst klebe.« Er warf den Brief auf den Schreibtisch. »Aber sie werden alles falsch machen! Nur ich weiß doch, wo die Zeichnungen genau hinmüssen.« Aufgeregt wühlte er in den Papieren auf dem Schreibtisch. »Schau zum Beispiel hier! Wenn der kleine Prinz zu dem Erzähler sagt: ›*Zeichne mir ein Schaf!*‹ Und dann steht da: ›*Also habe ich gezeichnet*‹, dann weiß doch nur ich, wo genau das Schaf hinmuss und vor allem, welches Schaf. Er zeichnet doch ganz viele Schafe.«

»Sie werden das schon richtig ...«

»Nein, werden sie nicht! Und hier, wenn der Erzähler berichtet, wie er den kleinen Prinzen zum ersten Mal getroffen hat, und schreibt, dass dies die beste Zeichnung ist, die ihm später von ihm gelungen ist, dann weiß doch nur ich, wo genau man diese Zeichnung einfügen muss! Nur ich!«

Sie berührte beruhigend seinen Arm, aber er war außer sich und lief im Kreis herum. »Immer diese Bevormundung. Immer diese Unfreiheit. Immer diese Hetze! Hier wird man doch verrückt!«

Consuelo bemühte sich um absolute Ruhe in der Stimme: »Nun werde nicht ungerecht. Ich bin mir sicher, sie werden sehr sorgfältig mit deiner Arbeit umgehen. Und vielleicht laden Sie dich noch einmal ein, bevor gesetzt wird. Schreib ihnen doch, dass das dein ausdrücklicher Wunsch ist.«

Er unterbrach sein Laufen und kam zu ihr. »Gut, dass ich dich habe, mein Vögelchen.« Er gab ihr einen Kuss, bevor er sich wieder setzte. »Was würde ich nur alles für Porzellan zerwerfen ohne dich.« Er nahm die Zeichnung von der Schlange wieder auf. Langsam und vorsichtig, damit das Blatt nicht zerknitterte, radierte er das Hakenkreuz weg. »Du hast recht, ich werde den Lesern nicht plump kommen.« Er wischte die Radiergummikrümel vom Tisch. »Wenn wir es doch nur ausradieren könnten, so einfach wie hier«, sagte er leise.

Consuelo schloss die Tür, als sie das Zimmer verließ.

Unten an der Treppe wartete Hannibal und wackelte mit dem Hinterteil.

»Natürlich drehen wir ein Runde, Hanni. Ganz wie jeden Tag«, sagte Consuelo und ließ den Hund über die Veranda in den Garten, bevor sie ihm folgte. Das Grüngrau des Meeres schimmerte zwischen den Bäumen wie ein Versprechen auf Erlösung.

*Meine Blume ist vergänglich, sagte sich
der kleine Prinz, und sie hat nur
vier Dornen, um sich gegen die Welt
zu wehren! Und ich habe sie ganz
allein zu Hause zurückgelassen!
Das war seine erste Regung von Reue.
Aber er fasste wieder Mut.*

Kapitel 66

Künstlerdorf Oppède, Vaucluse, Herbst 1941

»Wer fährt zum Postamt heute?« Die spätsommerliche Wärme dieses herrlichen Oktobertages streichelte ihre Haut, jede Pore schien die Strahlen der Sonne zu genießen und aufzusaugen. Sie lag auf der Wiese neben dem Haupthaus, auf jeder Blume, jedem Halm summte und surrte noch eine eilige Biene. Bald würden die Bienen verstummen, es würde wieder kalt werden in ihrem kleinen Bergdorf. Sie würden wieder frieren, so wie schon zu Beginn des Jahres. Feuerholz musste zusammengetragen werden. Viel Feuerholz. Consuelo dachte mit Schrecken an die steifen, kalten Finger, die sie begleitet hatten, bevor Ende März die Sonne endlich lange und stark genug über die schroffen Felswände geschaut und ihre improvisierte Dorfgemeinschaft beschienen hatte.

Jetzt also diesen warmen Platz auf der summenden Wiese, der ihr noch vergönnt war, zu verlassen, um ins Dorf hinunter zu wandern oder zu fahren und am Postamt nach Nachrichten zu fragen, die sowieso viel zu selten kamen – das war keine Aussicht, die sie erfreute. Der Weg war mühsam und die Absage, die an den meisten Tagen kam, deprimierend. Noch schlimmer aber waren die Blicke der Kommunenmitglieder, die hoffnungsvoll auf demjenigen ruhten, der den Weg auf sich genommen hatte. Zu oft musste man sie alle enttäuschen, so sehr, wie man selbst enttäuscht war. Wie sollte ein ordentlicher Postverkehr auch funktionieren in diesen Tagen, in denen Leid und Elend, Zerstörung und Hass die Welt auseinandertrieben und die Menschen in alle Winde verstreut hatten. Tonio, ach, Tonio. Wie hatte er sie hier zurücklassen können? Alleine in diesem durcheinandergeratenen Europa. Sie hatte an seine New Yorker Adresse geschrieben und ihm mitgeteilt, dass sie in Oppède zu erreichen sei. Doch er hatte bisher nicht geantwortet.

»Ich mache das heute«, sagte Bernard und schwang sich auf das verrostete Fahrrad, das sie neulich in einem Gebüsch nahe der Bahnstrecke gefunden hatten, zurückgelassen von einem Menschen auf der Flucht vermutlich. Von einem Menschen, der entweder sein Ziel erreicht hatte oder kein Ziel mehr hatte ausmachen können.

Bernard wurde immer kleiner auf dem Rad, und Consuelo schloss wieder die Augen, um die warmen Strahlen der Sonne auf den Lidern zu spüren und aufzusaugen.

Sie erschrak, als jemand an ihrem Arm rüttelte. »Consuelo, Consuelo, ein Telegramm von Tonio!«

Sofort fuhr sie hoch. »Von Tonio?« Sie schlug die Hände vors Gesicht. »Aus Amerika?«

Bernard nickte.

»Lies vor, ich kann nicht.«

Bernard sah sie ernst an. »Das solltest du lieber selber lesen.« Er gab ihr das Telegramm und entfernte sich langsam, mit hängendem Kopf, die Hände tief in den Hosentaschen versenkt. Vom Haupthaus aus beobachteten sie mehrere Augenpaare.

Consuelo atmete tief durch und zwang ihren Blick auf das Blatt Papier, auf dem ordentliche Buchstaben etwas verkündeten, was wohl für ihre Zukunft wichtig war. Die Buchstaben tanzten ein wenig und waren verschwommen. Consuelo fuhr mit dem Ärmel ihrer Bluse über die Augen, atmete tief durch und begann zu lesen.

»Alles bereit STOP Visum endlich bewilligt STOP Reisegeld bei Bank in Marseille hinterlegt STOP Schiffspassage ab Lissabon bestätigt STOP Flehe um Deinen Mut und totales Vertrauen STOP Dein Gatte.«

Sie ließ das Telegramm sinken, die Freunde am Haupthaus bewegten sich wieder und nahmen irgendeine Tätigkeit auf. Bernard verschwand im Kräutergarten.

Alles bereit. Mut und Vertrauen.

Vertrauen und Mut.

Sie sank zurück ins Gras und beobachtete eine Wolke, die am Himmel gen Westen zog, während der Steinadler seinen Horst anflog.

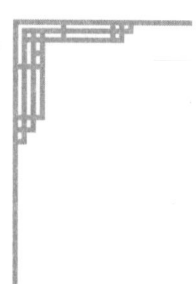

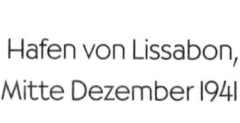

Kapitel 67

Hafen von Lissabon,
Mitte Dezember 1941

Das Schiff lag dunkel, ruhig, gespenstisch vor ihr. In wenigen Minuten würde sie sich ihm und seiner Mannschaft anvertrauen. Würde beten und hoffen und bangen, dass dieses Schiff sie über den Atlantik in die Neue Welt tragen würde, unbeschadet von den Torpedos der vielen U-Boote, die in den Tiefen des Ozeans lauerten.

Zu Tonio.

Am Abend vorher war es ihr im Hotel gelungen, ihn in New York anzurufen, das erste Gespräch nach anderthalb Jahren! Allerdings war es sehr einsilbig verlaufen, denn die Kontrolleure erlaubten nur englische Worte, sonst wäre man verdächtig und liefe Gefahr, nicht auf dem Schiff mitgenommen zu werden und die Einreiseerlaubnis zu verlieren. Tonio konnte aber immer noch kein Englisch, obwohl er sich schon beinahe ein Jahr in Amerika aufhielt. Also riefen sie sich nur wiederholt und sehnsüchtig ihre Namen zu durch die dunkle Leitung unter dem Großen Wasser – bis die Telefonistinnen das Gestammel und Schweigen nach einer Minute beendeten.

Consuelo zog ihren kleinen Koffer näher zu sich heran, das Gedränge am Landungssteg wurde größer. Männer, Frauen, Kinder, Koffer, Mäntel, Hüte, Schals, gedämpfte Stimmen und hoffnungsvolle, ängstliche Blicke. Plötzlich das Gerücht, es sei ein Feuer an Bord ausgebrochen, die Abfahrt sei auf morgen verschoben. Einige Familien lösten sich aus dem Pulk der Wartenden und traten den Rückweg in ihre Unterkunft an, um morgen wiederzukommen. Aber Consuelo beobachtete das Schiff genau, untersuchte Luke um Luke und Deck für Deck. Kein Rauch zu sehen. Kein Brand zu riechen.

Sie blieb stehen.

Und richtig, nach zwei Stunden setzte sich die Menschenschlange langsam in Bewegung. Die ersten Passagiere betraten das Schiff. Welch ein Kontrast zu allen Seefahrten, die Consuelo früher unternommen hatte, besonders zu der Abschiedsfahrt, auf der sie als einziger Gast an Bord gewesen war. Damit dieses hier nicht die allerletzte Fahrt des nun betretenen Schiffes wurde, empfing die Mannschaft die Passagiere entsprechend schroff, beinahe militärisch: Sofort wurde verkündet, wer die Bordregeln nicht befolgte, würde weit unter Deck in den Gefängniszellen landen. Und die allerwichtigste Regel dieser Überfahrt lautete: kein Licht! Kein Streichholz, keine Kerzen, kein Blitzlicht, keine Fotos! Das Schiff musste nachts unsichtbar sein. Ein Geisterschiff. Und tagsüber musste es sich in die Wellen und die tiefen grauen Winterwolken ducken und schnell aus den Gefahrengewässern kommen.

Consuelo spürte keine große Angst, sie musste endlich zu Tonio. Wenn der liebe Gott es wollte, würde er sie drüben ankommen lassen, bei ihrem Mann. Antoine würde sie erwarten und in den Schluchten von Manhattan in die Arme schließen. Sie waren lange genug getrennt gewesen. Sie hatten sich in dieser Zeit sicherlich beide weiterentwickelt, sie für sich konnte das auf jeden Fall sagen nach der entbehrungsreichen

Zeit in Oppède, in der sie mit Herz und Hand hatte anpacken müssen, um zu überleben.

Das Schiff gab nicht das übliche Hornsignal, es verabschiedete sich nicht lautstark von diesem leidenden Kontinent. Es glitt langsam und leise bei Nacht und zum Glück ein wenig Nebel aus dem Hafen auf die schwarze See hinaus.

Kapitel 68

New York,
31. Dezember 1941

Die Häuserschluchten erlaubten den schnurgeraden Blick quer durch die Straßen Manhattans. Die Höhe der Gebäude beeindruckte Consuelo, dort zwischen den Dächern lugte sogar das berühmte Chrysler Building hervor. Aber im Grunde hatte sie wenig Sinn für die Gigantomanie der New Yorker Architektur. Sie war eine Ehefrau, die zu ihrem Ehemann wollte, und stand an Deck, um auf die Einschiffung zu warten.

Bei einem Zwischenstopp auf den Bermudas hatten die Behörden die Pässe und Visa bereits genauestens überprüft, Befragungen durchgeführt, Koffer, Bücher, Notizhefte, Taschenkalender und Briefe peinlich genau studiert und mithilfe von Dolmetschern analysiert. Drei Tage lang hatte Consuelo dort gebangt und gewartet, obwohl sie natürlich in ihrem winzigen Koffer keinerlei Dinge mit sich führte, die verdächtig hätten sein können. Am Ende der drei Tage waren glücklicherweise sogar die vielen deutschen Professoren an Bord mit ihren zahlreichen Schriftstücken und Dokumenten als nicht subversiv, kommunistisch oder gar als Spione eingestuft worden, und alle Passagiere hatten die Weiterfahrt zum Zielhafen New York antreten dürfen.

Auf der Landebrücke war ein Bereich abgesperrt, in den

393

die Passagiere nach und nach eintraten und von ihren Angehörigen mit entsprechenden Abholpapieren ausgelöst wurden. Consuelo klammerte sich an der Reling fest, als sie die Prozedur beobachtete. Feste Umarmungen und bebende Schultern, Küsse, Tränen. Was hatte dieser unsägliche Krieg nur angerichtet mit den Familien. Und sie hier auf dem Schiff, sie waren die Glücklichen. Sie hatten es geschafft und sahen ihre Liebsten nun endlich wieder. In einem freien Land, in einer freien Gesellschaft.

Auch wenn es nicht ihre geliebte französische Gesellschaft war und deren reiche Kultur. Aber das war jetzt nebensächlich. Was zählte, war das blanke Überleben – und das Entkommen. Ihr stiegen Tränen in die Augen, als sie an Bernard und die anderen dachte, die in Oppède zurückgeblieben waren und dem Hunger und der Kälte des langen Winters entgegenblickten. Wie furchtbar, dass sie nichts mehr hatte für sie tun können. Dass sie ihnen nicht ebenfalls zu einem Visum verhelfen konnte. Es tat so weh, die Freunde einfach zurücklassen zu müssen.

Sie zwang die Gedanken zurück auf das Schiff, strich ihren Mantel glatt und richtete ihren Hut. Zerrupft und klein wie ein Meisenküken kam sie sich vor, die Haare struppig, kurz und ungefärbt. Abgemagert auf nur noch fünfundvierzig Kilo, jede Rippe schaute hervor unter dem Vorkriegskleid, das ordentlich gefaltet in ihrem kleinen Koffer gelegen hatte, seit sie La Feuilleraie im Sommer vor anderthalb Jahren verlassen hatte. Würde Tonio sie überhaupt wiedererkennen? Die Damen der New Yorker Gesellschaft, der Verlagsszene, in der er nun verkehrte, waren mit Sicherheit *up to date* und trugen die allerneueste Lippenstiftfarbe und den Duft der Saison. Vol de Nuit war das gewiss nicht mehr. *Vol de Nuit*, der Flakon, von dem sie sich nicht hatte trennen können und für den sie in ihrem Koffer eine Ecke reserviert hatte, ohne das Parfum während der Flucht oder in Oppède je zu tragen. Jetzt hatte sie einen Hauch aufgesprüht. Damit sie wenigstens noch roch wie damals.

»Madame de Saint-Exupéry!« Sie wurde gerufen. Sie war dran. Eilig nahm sie ihren Koffer auf und reihte sich ein, um das Schiff, dieses Geisterschiff, das sie vom schleichenden Tod ins Leben zurückgebracht hatte, zu verlassen.

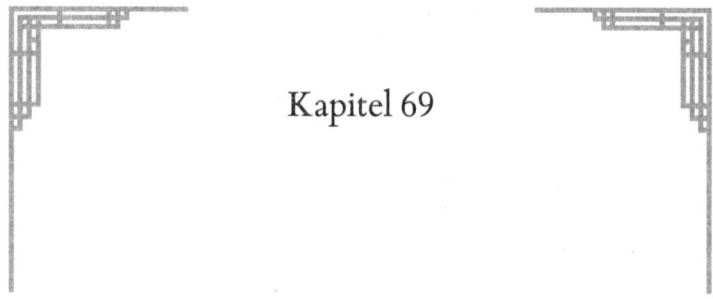

Kapitel 69

Groß wie ein Mammutbaum kam er ihr vor – groß, stark und ein wenig verwildert mit seinem abstehenden wenigen Haar, dem zerknitterten Anzug und dem offenen Mantel ohne Schal. Groß, stark, verwildert ... und alt. Deutlich gealtert durch die Erlebnisse des Krieges. So wie sie wohl selbst auch. Er schloss sie schweigend in seine schweren Arme und hielt sie ganz fest. Sie umklammerte diesen großen Baum, als ob er ihr rettender Stamm in einem reißenden Gebirgsfluss sei, und roch den vertrauten Duft von Gitane, ein wenig Schweiß und Portwein.

»Mein Vögelchen, du bist zu mir geflogen.« Er küsste ihr Haar, und sie spürte, dass er weinte. »Wie habe ich darauf gewartet. Und schließlich hat es doch noch geklappt, dank ...«

»Dank was?« Consuelo löste sich ein wenig von ihm und bekam gerade noch mit, wie er sich die Tränen abwischte. Schweigend nahm er schließlich ihren Koffer in die eine Hand, ihre kleine Hand in die andere und führte sie zum Taxistand, an dem sich eine lange Schlange gebildet hatte.

»Nun, dank Nelly.«

Consuelo entzog ihm die Hand. Wie konnte er in dieser Situation diese Person erwähnen. Sie blieb stehen. Er ebenfalls. Und er nickte: »Sie hat letztendlich dein Visum beantragt und bekommen. Ohne ihre Kontakte hätte es womöglich nicht geklappt.«

Consuelo starrte an einem dieser hohen Häuser hinauf bis zum blauen Himmel. Sie kam schlecht Luft. »Wo ist sie nun?«

»Sie ist weg. Zurück in Frankreich. Sie wusste, dass ich nur glücklich werden könnte, wenn du an meiner Seite bist.«

Sie hatte das Feld geräumt? Consuelo sah ihn ungläubig an.

Er nickte. »Es ist wahr. Sie ist zurückgekehrt zu ihrem Mann, und wir werden uns nicht mehr sehen. Du hast gewonnen, mein Vögelchen.« Er zog sie dicht an sich und flüsterte: »Es tut mir so leid, was ich dir mit meinem Verhalten über die Jahre angetan habe. Bitte verzeih mir.«

Consuelo war zu keinem klaren Gedanken fähig. Sie spürte seine Nähe, hörte wohl die Worte. Aber in ihrem Kopf raste alles durcheinander. Dazu die vielen Menschen, die hupenden und anfahrenden Autos, das englischsprachige Stimmengewirr – auf einmal drang alles ungebremst auf sie ein. Sie roch die Abgase, den Teer der Straßen, die würzigen Hot Dogs, die an einem kleinen silbernen Wagen am Straßenrand verkauft wurden. Das Kreischen einer Metallsäge, mit der an einem Gerüst am Backsteinhaus in der Nähe gearbeitet wurde, das ständige »Excuse me« der Passanten, die sich durch die Menschenschlange am Taxistand drängen mussten, um ihrer Wege gehen zu können. Zu den Büros, zu den Banken, zu den Modeboutiquen und großen Kaufhäusern, die sich in dem steinernen Meer auf diesem eigenartigen Eiland Manhattan verbargen. Jeder schien es eilig zu haben, sehr, sehr eilig. Es herrschte eine geschäftige Wichtigkeit. Eine Alltagsgeschäftigkeit, die im Kriegseuropa notgedrungen seit Jahren ausgesetzt war. Wie seltsam, dass hier alles weitergegangen war, während die Menschen auf der anderen Seite des Ozeans in Bunkern saßen, auf Schlachtfeldern kämpften oder gar in Konzentrationslagern ermordet worden. Wie unwirklich. Wie eine Scheinwelt kam Consuelo das vor. Man stieg im Nebel auf ein Schiff, und wenn das Schiff ankam und der Nebel sich lichtete, dann war es ganz so, als ob sie sich diesen Nebel und alles Vorangegangene nur eingebildet hätte.

Nelly war fort. Endgültig. Sie hatte aufgegeben! Und Tonio hatte um Verzeihung gebeten.

Consuelo war weiterhin unfähig, ihre Gedanken zu ordnen. Aber sie wollte glauben, dass nun alles gut werden würde. Daran musste sie einfach glauben. Sonst würde sie den Verstand verlieren, in dieser wahnwitzigen Stadt – und dieser wahnwitzigen Situation.

Als endlich ein Taxi frei war und sie einsteigen konnten, lehnte sie sich gegen das abgeschabte Lederpolster, atmete tief durch und nahm sich vor, sich zu entspannen. Doch da rief Tonio dem Taxifahrer plötzlich zu: »Barbizon Hotel, bitte!«

Wie bitte? »Hotel?«

Er nickte und schaute starr geradeaus in Fahrtrichtung, als sie im dichten Verkehr der vielen Taxis und Limousinen eine breite Avenue hinaufrasten. Vom ständigen Beschleunigen und abrupten Bremsen wurde Consuelo ganz übel. Zumindest nahm sie an, dass es davon kam.

»Die ersten Nächte wirst du dort verbringen«, sagte Tonio. »Keine Sorge, es ist ein sehr ordentliches Haus, nur für Frauen. Dort wirst du dich wohlfühlen und erst mal in Ruhe ankommen können. Denn deine Wohnung ist leider nicht rechtzeitig fertig geworden.«

»*Meine* Wohnung?« Ihr versagte fast die Stimme. Getrennte Wohnungen?

Er nickte lächelnd und drückte freudig ihre Hand. »Morgen führe ich dich hin, und wir feiern ein schönes Einweihungsfest mit all deinen alten Freunden: André Breton, Marcel Duchamp und der ganze französische Surrealistenzirkel ist schon länger hier, und wir stehen in Kontakt. Sie freuen sich sehr auf dich!«

Consuelo befreite ihr Hand aus seinem Griff und legte sie in ihren Schoß. Die Adern auf ihrem Handrücken fielen ihr auf, die Fingergelenke, die knochig herausragten unter der dünnen, hellen Haut. Sie hob den Blick und starrte auf die Kopfstütze des Fahrers, an der seine Taxizulassung samt Passfoto befestigt war. Ging sie recht in der Annahme, dass sie nun also neben ihrem Gatten zu einem Hotel fuhr, wo sie diese Nacht und die kommenden offensichtlich allein verbringen sollte? Allein, nachdem sie sich mehr als anderthalb Jahre nicht gesehen hatten?

Wie brachte er das fertig?

»Stoppen Sie den Wagen!«, rief sie.

Der Fahrer fuhr sofort an den Rand und hielt den Wagen an. »Ist Ihnen schlecht?«

»Ist dir schlecht?«, fragte auch Tonio.

»Allerdings ist mir schlecht!«, schrie Consuelo außer sich. »Ich kann nicht glauben, was ich höre, ich kann nicht glauben, was du hier veranstaltest!« Sie schubste ihn von sich und öffnete über ihn hinweg die Taxitür auf seiner Seite. »Steig aus!«

»Aber …« Tonio schaute unschlüssig von ihr zur offenen Tür, als ob ihm die Flucht in Wahrheit ganz gelegen käme. Der Fahrer verfolgte das Geschehen gespannt im Rückspiegel.

»Steig aus! Ich kann dich jetzt gerade nicht ertragen. Ich kann diese Version von uns, die du hier entwirfst, nicht ertragen.« Sie schob ihn aus der Wagentür, ihren schweren Baum von Mann, und er ließ es zu. »Der Fahrer weiß ja, wohin er mich bringen soll. Geh!« Nachdem er ausgestiegen war, zog sie die Tür zu und rief: »Los, fahren Sie! Zu diesem Hotel!«

Der Taxifahrer tat wie ihm geheißen, und Consuelo drehte sich nicht ein einziges Mal zu Tonio um.

Wenig später, als sie eingecheckt und die Hotelzimmertür im 20. Stock hinter sich geschlossen hatte, schaute sich Consuelo in der teuer ausgestatteten Suite mit ihren Kunstdrucken, Vorhängen und dickem Teppichboden um, die ihr genauso wie alle Hotelzimmer auf der ganzen Welt vorkam. Sie kauerte sich auf den Boden vor dem Bett und zog die Beine an. Und dann weinte sie.

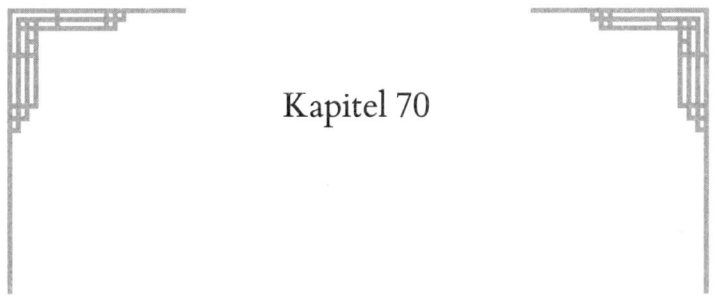

Kapitel 70

Am nächsten Morgen sah die Welt schon ein wenig besser aus. Consuelo hatte sich schließlich aus ihrer zusammengekauerten Haltung aufgerafft und war auf allen vieren mit letzter Kraft in das Marmorbad gekrochen. Sie hatte es vermocht, sich ein Bad mit sehr viel Rosenduftschaum einzulassen. Im warmen Wasser hatte sie einfach nur still dagelegen und sich schließlich sogar einer Haarwäsche mit einem kräftigenden Shampoo gewachsen gefühlt. In den flauschigen Bademantel eingehüllt, war sie später auf das Queensize-Bett gekippt und eingeschlafen.

Traumlos hatte sie vierzehn Stunden geschlafen, um dann mit knurrendem Magen aufzuwachen. Das Rührei, das ihr von dem puerto-ricanischen Zimmermädchen, mit dem sie ein paar Floskeln auf Spanisch austauschen konnte, zusammen mit einem amerikanischen Kaffee und Toast mit Lachs serviert worden war, hatte fast so gut geschmeckt wie bei der Bäuerin auf der Flucht. Vor allem aber hatten das Fett, das Eiweiß, die Kräuter sowie die Wärme und Ruhe in dem Zimmer sie wieder zu Kräften gebracht. Als sie mit dem frisch gepressten Glas Orangensaft in der Hand die Vorhänge am Fenster zur Seite zog und auf die Straßenschlucht hinunterschaute, die in ein oranges Morgenlicht getaucht und beinahe menschenleer war, hatte sie sogar so etwas wie ein Kribbeln gespürt. Das Kribbeln des Aufbruchs, das Kribbeln der Neugierde und der Vorfreude. Das Kribbeln der Möglichkeit, dass das Leben vielleicht doch noch Schönes, Versöhnliches für sie bereithielt.

Als sie dort stand und auf die Backsteinhäuser und die runden Wasserzisternen auf den Dächern um sie herum blickte, war ihr Tonios Verhalten auf einmal gar nicht mehr ganz so katastrophal vorgekommen, auch wenn sie sich weiterhin nach seiner Nähe sehnte. In den anderthalb Jahren der Flucht hatte ihr Verlangen nach ihm sie manchmal beinahe um den Verstand gebracht. Das – in Verbindung mit der langen Überfahrt und der Erschöpfung – hatte wohl gestern zu ihrem kleinen Zusammenbruch geführt. Denn wie gerne hätte sie gleich in der Ankunftsnacht in seinen Armen gelegen und seinen Körper gespürt. Aber er hatte anders entschieden. Er bereitete ihr eine Wohnung vor in seinem Haus. Er wollte eben einen langsamen Neuanfang wagen. Nach allem, was sie durchgemacht hatten, war das vielleicht keine schlechte Idee. Schließlich hatte ihnen die Zeit der getrennten Wohnorte in Paris und La Feuilleraie kurz vor dem Krieg auch sehr gutgetan. Und sie konnten hier im Exil nicht riskieren, wieder in die alten Rollen und spannungsgeladenen Muster wie am Place Vauban oder der Rue de Chanaleilles zu verfallen, nicht wahr, auf die Gefahr hin, dass die Ehe endgültig ins Trudeln geriet. *No*, dies war Amerika. Und in Amerika startete man modern und frisch und voller Hoffnung in ein neues Leben.

Sie schob den Vorhang noch ein Stück weiter auf. Ganz hinten erhob sich die Kulisse des Bankenviertels von Lower Manhattan. Der Himmel war wolkenlos und blassblau und ließ die Nähe zum offenen Meer erahnen. Diese Insel zwischen East und Hudson River sollte nun also ihre neue Welt werden. Hier sollte ein neues Abenteuer beginnen.

Aber vorher – sie stellte das leere Saftglas neben dem Telefon auf dem Nachttisch ab und nahm den Bakelithörer von der Gabel – vorher würde sie den Hotelfriseur aufsuchen, sich die Haare färben und in irgendeine Art von Form bringen lassen. Außerdem würde sie sich schminken lassen und in der Hotelboutique ein Kleid kaufen, das aus der aktuellen Saison stammte, wenn es sein musste, sogar von einem amerikanischen Modedesigner. Und Schuhe. Hohe Schuhe. Spitze Schuhe. Mit Riemchen.

Sí!

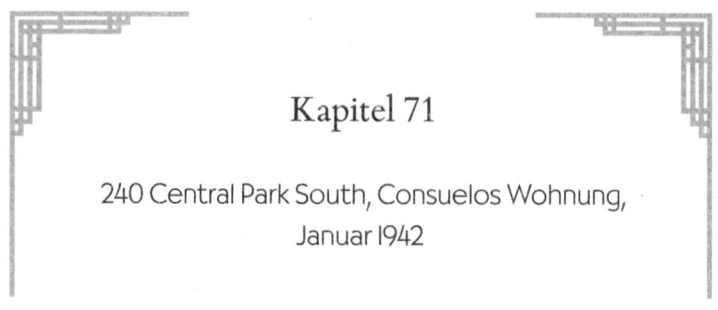

Kapitel 71

240 Central Park South, Consuelos Wohnung,
Januar 1942

»Wie schön, dass du jetzt auch hier bist!« André Breton umarmte Consuelo und gab ihr die französischen Begrüßungs-
küsschen, die natürlich auch im Exil nicht fehlen durften. Er
überreichte ihr eine Flasche Wein. »Kalifornischer, stell dir
vor. Erst wollte ich ihn gar nicht probieren. Und an Bordeaux
reicht er natürlich nicht heran. Aber kann man durchaus trinken, kann man trinken.«

Consuelo lachte und schob ihn und seine Frau Jacqueline
in ihr Wohnzimmer. Denn hinter der Wohnungstür wartete
kein Flur, sondern man stand sofort an der Couch im Hauptraum, der auch mit einer modernen Küchenzeile ausgestattet
war. Das Apartment hier im 27. Stock des Hauses direkt am
Central Park war nicht besonders groß, aber komfortabel
genug für sie allein, schlossen sich doch dem Hauptraum noch
ein Schlafzimmer und ein Bad an. Auch die Lage war fan-
tastisch. Aber am fantastischsten war, dass Tonios Wohnung
sich im selben Gebäude direkt auf derselben Etage befand.
Seinen neuen, entzückenden Mitbewohner hatte sie schon
kennengelernt – die Bulldogge Hannibal, die er sich gleich
in der Anfangszeit in New York zugelegt hatte, um vor die
Tür zu kommen und dank der Gassi- und Fressgewohnheiten

des Hundes einen einigermaßen geregelten Tagesrhythmus zu entwerfen.

Sie setzte erneut ein strahlendes Lächeln auf, als Marlene Dietrich mit Marcel Duchamp eintrat. Die Schauspielerin war wirklich eine markante Erscheinung mit ihrem einteiligen Anzug, der sie in Verbindung mit dem streng pomadisierten Haar aussehen ließ wie einen Dandy aus Oscar Wildes Zeiten. Marcel hatte Tränen in den Augen, als er sich zu Consuelo hinunterbeugte und sie küsste. »Was hatte ich Angst um dich, Chérie! Wie konnte er dich nur so lange versauern lassen da drüben, dein Schuft von einem Ehemann.« Er ließ sie los. »Aber nun wird alles gut, du wirst sehen. Hier drüben seid ihr sicher. Und hier drüben wirst du wieder das Genie in ihm hervorbringen, das er all die letzten Jahre vernachlässigt hat.«

»Immerhin wird im Februar *Flug nach Arras* herauskommen«, sagte Consuelo, dankbar für das Thema Arbeit, das von den ehelichen Problemen ablenkte. Ihr war natürlich bewusst, dass die französische Exilgemeinde bestens im Bilde war über sie und Tonio und die Schwierigkeiten, die sie schon immer gehabt und die sich in der langen Trennung nun manifestiert hatten. Aber sie wollte nach vorne schauen, nicht zurück. Sie war nun hier, und nun musste es weitergehen. Und immerhin hatte Tonio die Zeit in dem New Yorker Jahr, das er hier ohne sie verbracht hatte, nicht nur getrunken, aushäusig gegessen und was sonst noch, sondern er hatte offensichtlich auch gearbeitet und einen Roman über seine Zeit bei der Aufklärungsflugstaffel und ebendiesen Erkundungsflug über der nordfranzösischen Stadt Arras geschrieben. Seine amerikanischen Verleger Reynal & Hitchcock hatten es postwendend in Arbeit genommen, und nun sollte es in ein paar Wochen erscheinen.

»Jaja, ein Pilotenbuch, wieder mal.« Marcel schüttelte den Kopf. »Das meine ich aber nicht. Er muss mal was Neues machen, etwas ganz anderes. Er hat so außergewöhnliche Geistesblitze und unterhält uns manchmal nächtelang mit seinen Geschichten, von denen man wirklich nicht weiß, ob sie ausgedacht und authentisch sind. Er philosophiert und hat Gedankengänge, die kaum einer je gegangen ist.« Er sah Consuelo tief in die Augen. »Gleichzeitig tanzt er ständig über dem Abgrund, ich sehe das in seinen Augen.« Er lächelte traurig. »Kümmere dich um ihn. Sorge gut für ihn. Und wecke dieses Talent, das in ihm schlummert. Tu es für uns alle.« Er nahm sie in den Arm. »Entschuldige. Du kommst hier an, bist dem Elend entronnen, freust dich auf einen neuen Start in Amerika. Und ich mache dir gleich Druck.«

»Marcel, du kannst mir keinen Druck. Ich habe verstanden, was du sagst. Und ich werde mein Bestes tun.« Sie schob ihn in Richtung Küchenzeile. »Nun nimm dir einen Martini und entspann dich. Hier tanzt niemand über dem Abgrund. Hier sind wir nun endlich sicher.«

Marcel wiegte den Kopf und tat, wie ihm geheißen.

Consuelo schloss langsam die Tür. Bevor sie sich zu ihren Gästen umdrehte, brauchte sie einen kleinen Moment. Sie wusste genau, was Marcel meinte, und er hatte natürlich völlig recht mit seiner Beobachtung. Tonio war verzweifelt angesichts der Lage, in der sein geliebtes Frankreich steckte. Er spürte den Wunsch, aktiv zu helfen. Er hing nicht sehr am Leben, war leichtsinnig, *fatigué*. Hier und heute vielleicht mehr denn je. Sie hatte es in den letzten Tagen und Wochen an seinen Worten, an seiner Körperhaltung erkannt – er war wieder jener eingesperrte Tiger, der an den Stangen seines

Käfigs entlangläuft, hin und her und hin und her. Er wollte springen. Die Frage war nur, wie sie diese Sprungkraft, die sich entfalten würde, kanalisieren konnte. In welche Richtung würde sie gehen?

Sie atmete tief durch und gesellte sich zu Tonio und André, die am Fenster zusammenstanden.

»Das ist selbstgefällig, so zu reden, André, hier aus dem Exil, weit, weit weg vom Kampfgeschehen und von den Entscheidungen, die über Leben und Tod bestimmen.«

»Nein, Tonio, der Widerstand muss stärker werden. Die Gaullisten müssen dranbleiben.«

Tonio wiegte den Kopf. »Ich glaube, wenn der Waffenstillstand nicht in dieser Weise ausgehandelt worden wäre, wenn man Frankreich nicht in diese zwei Teile zerrissen hätte, wäre das Elend der Menschen noch viel größer geworden. Es ist nicht schön, wie es ist, unser Land muss dringend wieder zusammenkommen. Aber zu dem Zeitpunkt im Sommer letzten Jahres war es die vernünftigste Entscheidung.«

André wurde hochrot vor Wut. »Ich sage: nein! Das war es nicht. Der Widerstand hätte kämpfen müssen, die Vichy-Regierung hätte es nie geben dürfen.«

»Ach ja? Wo warst du denn, als es um alles ging? Hast du dir eine Pistole besorgt und bist losgezogen, um aktiv Widerstand zu leisten? Und jetzt? Jetzt hast du dich hier drüben gemütlich eingerichtet, gibst deine surrealistischen Traktate heraus, anstatt etwas für Frankreich zu tun.« Tonio wurde laut, und Consuelo griff nach seinem Arm, um ihn zu zügeln. Nun zischte Tonio André an: »Ich bin der Meinung, wir alle hier, wir Exilfranzosen, sollten uns freiwillig melden, um drüben für unser Land zu kämpfen und es zu befreien.« Er überragte

André bedrohlich und schaute von oben auf den kleinen Surrealisten hinunter: »Wir sollten uns mobilisieren und zwar alle, die wir uns hier verstecken und es uns gut gehen lassen. In dieser Stadt mit ihrem ganzen Zuviel! Zu viele Autos, zu viele Warenhäuser, zu viele Menschen, zu viele Theater, zu viele Kinos, zu viele verdammte Hot Dogs!«

»Tonio!« Consuelo drehte ihn zu sich und sah ihn eindringlich an. »Bitte! Es ist mein Fest. Verdirb es nicht!«

»Ach!« Er schüttelte ihre Hand ab und trank einen Schluck von dem kalifornischen Weißwein. »Meine Güte, André. Das nennst du nicht schlecht, den Wein?« Er machte Anstalten, ihn zurück ins Glas zu spucken. »Da sieht man, wie tief du schon gesunken bist.«

»Mein lieber Saint-Ex, du kannst mich mal!« André blickte Consuelo an. »Für dich, Chérie, bleibe ich noch ein paar Minuten. Nur für dich. Weil ich mich so freue, dich hier zu wissen, nachdem er dich fast hätte vor die Hunde gehen lassen.« Nach einem verächtlichen Blick auf Antoine drehte er sich weg und ging hinüber zu Marcel.

»Aber ich habe doch recht!«, flüsterte Tonio, dieser Baum von einem Mann, der nun Tränen in den Augen hatte. »Wir stehen hier herum und trinken Martini, während unser Land unsere Hilfe braucht. Und so viele unserer Freunde auch.«

Consuelo nahm ihn in den Arm. Dachte er an Léon und Suzanne?

Und richtig. »Léon schrieb, sie verstecken sich nun gar im Keller. Ein vertrauenswürdiger Nachbar, der offiziell das Haus hütet und den Garten in Ordnung hält, versorgt sie mit Lebensmitteln.«

Consuelo hielt ihn fest, diesen geliebten Baum. Minutenlang, beäugt von den Partygästen. Dann sagte sie: »Ich fühle genauso wie du. Aber heute wünsche ich mir, dass wir meine Ankunft feiern. Alles andere sehen wir morgen, einverstanden, sí?«

Er nickte und ließ sich von ihr an der Hand zu Marlene Dietrich führen, die so nett war, die Situation zu überspielen, ihn sofort angeregt auf Französisch über den Stand seines neuen Romans ausfragte und sich freute zu hören, dass er bald erscheinen würde.

Kapitel 72

Während Tonio mit Präsentationen und Interviews zu seinem neuen Buch *Flug nach Arras* beschäftigt war, das unter großem Presseinteresse im Februar erschien, hatte Consuelo sich in der Kunstschule Art League eingeschrieben. Endlich hatte sie die Zeit, die Muße und die Möglichkeit, ihr künstlerisches Handwerk wiederaufzunehmen und zu schulen. Sie war zwar die Älteste in ihrer Klasse, aber das störte sie nicht. Das kannte sie noch aus der Académie Ranson und natürlich aus Oppède. Und überhaupt waren die jungen Leute doch sehr viel spannender und bewegter als die Damen der Gesellschaft in ihrem Alter, deren ganzer Lebensinhalt ein ausgiebiger Besuch bei Saks Fifth Avenue und die Planung eines Diners für gesetzte Menschen darstellten.

Consuelo genoss es, wieder in die Rolle der Pennälerin zu schlüpfen, einfach aufzusaugen, was die Professoren lehrten, und die Materialien und Räumlichkeiten zur Verfügung zu haben, die es brauchte, um ihr Können zu verbessern. Wie traurig es war, dass sie all ihre Arbeiten in Frankreich hatte zurücklassen müssen. Es tat ihr in der Seele weh, daran zu denken, dass die Bilder vom Place Vauban, die sie hoffnungsvoll in La Feuilleraie auf dem Dachboden eingelagert hatte, inzwischen vielleicht beschlagnahmt oder zerstört worden waren. Die Werke in Oppède würden eventuell überleben, falls ihre Freunde sie mit sich nehmen würden, wenn sie die Kolonie irgendwann aufgaben.

Im Anschluss an die Schulstunden in der Art League ging sie mit ihren Mitstudenten oft noch auf einen Kaffee oder einen dieser unglaublich süßen und bunten Donuts. Die jungen Leute, denen der Krieg bisher nichts anhaben konnte, weil sie ihn nicht hautnah erlebten, waren so erfrischend frei in ihren Gedanken und so liebevoll utopistisch. Sie glaubten an das Gute in der Welt. Und Consuelo wollte auch wieder daran glauben können.

Wenn sie nach Hause in die Wohnung am Central Park South kam, klopfte sie manchmal bei Tonio. Aber meist war er nicht da, sondern ging gerade mit Hannibal eine Runde im Park oder saß unten im Café Arnold vor einem Notizblock und einem Kaffee. Die Werbetournee für sein Buch erschöpfte ihn, all die Fragen, all die Blitzlichter, all die Fahrten mit dem Taxi von Ort zu Ort, das Ankommen, das Aussteigen, das Händeschütteln. Ihm tat der Rücken weh, die Beine, am schlimmsten die Halswirbelsäule, gestand er ihr. Seit dem Absturz in Guatemala sei sein Körper einfach durcheinander, nicht mehr der alte. Er sei nun über vierzig, und das spüre er jeden Morgen. Wo war nur die *joie de vivre* hin? »Wo ist sie hin, die Lebensfreude, Consuelo, wo?«, fragte er sie und vergrub seinen Kopf im Ausschnitt ihres Kleides.

Manchmal leistete sie ihm Gesellschaft im Café Arnold, aber oft ging sie hinauf in ihr Apartment und arbeitete an ihrer Staffelei vor dem Fenster. Das Gelernte aus der Schule wollte sie sofort anwenden und vertiefen. Sie wollte Routine entwickeln und – sie wollte entspannen. Denn diese Zeit allein mit ihrer Kunst, allein in dieser fremden, großen Stadt, sie tat ihr gut. Es waren Stunden zum Auftanken, Stunden zum Kraftsammeln, Stunden zum Abschütteln des Grauens der Vergangenheit; im Wissen, dass jenseits des Ozeans dieses Grauen keinesfalls zu Ende war.

Deshalb malte sie die Zukunft auf die Leinwand. Sie malte amerikanische Straßen, amerikanische Gesichter, amerikanische Autos. Dinge, die sie hier tagtäglich sah und die sie ermahnten, voranzugehen und weiterzumachen. Und nicht stehen zu bleiben und nicht zurückzublicken.

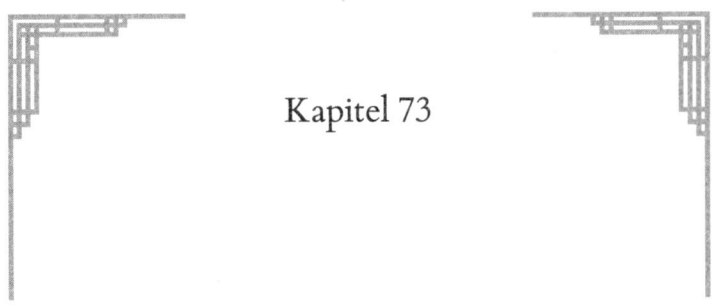

Kapitel 73

»Begleitest du mich zum Lunch?«, fragte Tonio eines Tages, als er offensichtlich gerade erst frisch geduscht vor ihrer Apartmenttür stand. »Ich bin mit meinem Verleger Reynal verabredet. Seit ich den Abgabetermin für *Flug nach Arras* ein wenig überzogen habe, ist er etwas distanziert mir gegenüber. Vielleicht könnte deine Anwesenheit für Entspannung sorgen.« Er lächelte sie bittend an.

»Ein wenig überzogen?« Consuelo überschlug, was sie heute eigentlich geplant hatte. Sie wollte in die Kunsthochschule, um einen Nachmittagskurs zu belegen. Allerdings war es im Fach Kunstgeschichte, das konnte sie zur Not nachlesen. »Was heißt denn: ein wenig?«

»Nun ja.« Er zierte sich und zündete erst mal eine Zigarette an. »Neun Monate oder so.«

»Was? Und da wunderst du dich, dass Reynal dir gegenüber skeptisch geworden ist?«

»Immerhin war dieser Lunch nun sein Vorschlag. Ich werte das als Zeichen, dass sie weiterhin Interesse an einer Zusammenarbeit haben. Und wenn du mit dabei bist, wirst du ihn sicher so bezaubern, dass er gar nicht anders kann, als mir einen neuen Auftrag zu geben.«

»Hast du denn schon eine Idee?« Sie warf sich das Kaschmircape über, das sie neulich dann doch bei Saks Fifth Avenue erstanden hatte und das sie tatsächlich aussehen ließ wie die ordentliche Gattin und nicht wie die Kunststudentin. Sie betrachtete ihre Finger. Klebten irgendwo Farbreste? Nein, heute glücklicherweise nicht.

»Ich sage dir, du wirst ihn bezaubern«, sagte Tonio, ohne auf ihre Frage einzugehen, und gab ihr schnell einen Kuss auf die Wange, bevor er sie zum Fahrstuhl zog.

Sie hatten es nicht weit, denn der Lunch sollte im Café Arnold stattfinden, also unten im Haus. Sie liefen ein paar Schritte unter der Markise entlang und öffneten die Glastür zu dem modernen Restaurant mit französischer Küche. Der grüne Teppichboden verschluckte ihre Schritte, die Kellner grüßten sie mit Namen und wiesen auf einen der runden weiß eingedeckten Tischen im hinteren Bereich des Lokals. An der Bar saßen um diese Uhrzeit noch nicht viele Gäste. Nur einige Eilige verschlangen hier halb im Stehen bereits ihr Mittagessen, während sie die Zeitung durchblätterten.

Verleger Reynal war ein schlanker Mann mit Halbglatze und kleiner Brille. Er hatte sich bereits einen hausgemachten Eistee bestellt. Sehr sympathisch, fand Consuelo, denn das war wirklich mal eine gute amerikanische Manier. Vermutlich stammte sie noch aus der Zeit der Prohibition, als kein Alkohol ausgeschenkt werden durfte. Aber manche Zwänge brachten eben auch Fortschritt. Natürlich mochte auch Consuelo gerne ein Glas Wein zu einem guten Essen. Aber jeden Mittag, wie es die Italiener und eben auch viele Franzosen machten, war es ihr schon immer etwas zu viel gewesen.

Reynal stand auf, als er sie erblickte. »Oh, wie schön, dass ich Sie auch einmal kennenlerne, Madame de Saint-Exupéry, und dass Sie endlich in der Stadt sind.« Er deutete einen Handkuss an und lachte verlegen. »Sie müssen entschuldigen, Madame, ganz so elegant wie die Franzosen kriege ich das nicht hin, aber seien Sie versichert, dass ich mich sehr freue, Sie zu sehen.« Er deutete auf die Stühle, und Consuelo kam zwischen den Männern zu sitzen.

»Wir wollen noch einmal gebührend auf den Erfolg von *Flug nach Arras* anstoßen.« Er dankte dem Kellner, der bereits drei Martinis brachte. Nun also doch, dachte Consuelo, hatte aber durchaus nichts gegen den Drink mit der leckeren Olive einzuwenden. »Nach dem riesigen Erfolg von *Wind, Sand, Sterne* war das natürlich ein wenig zu erwarten«, fuhr Reynal fort. »Aber unser Geschäft ist ein schwankendes Schiff, und die Leser verhalten sich manchmal wie ein gewaltiger Sturm, der auf und davon braust zur nächsten Küste. Man darf nie davon ausgehen, in sicheren Gewässern zu schippern.« Er erhob sein Glas, Tonio und Consuelo taten es ihm gleich. »Auf Ihre tolle Arbeit, Saint-Ex! Und darauf, dass es so weitergeht.«

Also kein Groll mehr wegen der verspäteten Manuskriptabgabe, keine Spannung, soweit Consuelo das beurteilen konnte. Sie drückte Tonio unter dem Tisch die Hand und widmete sich der Speisekarte. Denn obwohl sie diese inzwischen auswendig kannte, gab es täglich wechselnde Mittagsmenüs. Vielleicht war das heute genau nach ihrem Geschmack. Doch bevor sie es durchlesen konnte, wandte Reynal sich an sie.

»Wie ich höre, haben Sie schwere Zeiten in Europa hinter sich und nun hier Ihre Kunststudien wieder aufgenommen.

Darf man denn bald in einer unserer Galerien etwas von Ihnen bewundern?«

Wie lieb von ihm, danach zu fragen. Sie lächelte. »Mein Professor plant eine Ausstellung mit uns im kommenden Herbst. Wenn Sie möchten, schicke ich Ihnen gerne eine Einladung.«

»Unbedingt!« Er lächelte, zündete sich eine Zigarette an und gab auch Tonio über den Tisch hinweg Feuer. »Sehen Sie, das ist das Schöne hier an unserer aufregenden Stadt. Ständig passiert etwas Neues im Kunstbereich, wenn man möchte, kann man jeden Tag eine neue Galerie besuchen und neue Künstler entdecken. Es gibt keine lebendigere Kunstszene als hier.«

»Momentan wohl nicht«, sagte Consuelo und dachte an Paris, das nun gefangen genommen war und mit der Speerspitze an der Kehle am Boden lag. Bisher hatten sie immerhin die Stadtsilhouette nicht zerstört, diese Barbaren. Aber sie hatten alles Leben aus der Stadt getrieben. Alles Leben, alles Lebendige. Jede Liebe. Und die Kunst.

»Wir hier in Amerika blicken immer nach vorne, niemals zurück«, versuchte Reynal, der ihre Miene wohl richtig deutete, sie aufzuheitern. Er lächelte. »Tun Sie das auch, wenn es Ihnen möglich ist, Madame. Tun Sie es für sich – und Ihren Mann.« Er wandte sich an Tonio. »Und Sie auch, mein lieber Saint-Ex. Sie sollten mal etwas ganz Neues versuchen. Etwas ganz anderes als alles, was vorher war.«

Tonio blickte ihn an, als ob er nicht ganz verstehe. »Sie wollen keinen Fliegerroman mehr?«

»Haben Sie denn einen in der Schublade?«

»Nein.«

»Fliegen Sie noch aktiv?«

»Leider nein.«

»Wo soll denn dann noch einer herkommen? Die besten Gedanken dazu haben Sie doch nun wirklich in den drei Romanen und den Erzählungen von *Wind, Sand, Sterne* abgearbeitet, oder?«

Tonio blickte ein wenig ratlos, wie ihr schien, zu Consuelo. Schnell wechselte sie das Thema, indem sie in die Speisekarte blickte. »Mister Reynal, sind Sie auch so ein Steak-Freund? Ich für meinen Teil könnte heute etwas Kräftiges vertragen.«

»Das könnten Sie in der Tat«, sagte Reynal lächelnd. »Habe selten so eine zarte Person wie Sie gesehen. Es steht Ihnen sehr gut, aber ein Steak kann nicht schaden. Es ist hier hervorragend, wie Sie vielleicht wissen, besonders das Pfeffersteak. Es könnte gut zu Ihrer Persönlichkeit passen, wie mir scheint.« Die Augen hinter den Brillengläsern blitzten.

Das war also amerikanischer Charme. Nun gut. Consuelo musste sich erst noch daran gewöhnen. Aber sie bestellte das Steak und lehnte sich auf dem Stuhl zurück, während die beiden Männer über gemeinsame Bekannte aus der Verlagsbranche redeten. Wie unwirklich es immer noch war. Sie saß hier in einem französischen Restaurant am Columbus Circle, konnte ohne Probleme ein ganzes Steak nur für sich alleine bestellen, bekam die besten Drinks und die nettesten Komplimente. Während in Europa weiterhin Menschen flohen, hungerten, um ihr Leben bangten, starben. War sie in einer Scheinwelt? Oder waren die dort drüben es? Wie passte das alles zusammen, und vor allem, wie konnte man das Grauen endlich beenden?

Sie rutschte auf dem Stuhl vor und zwang sich, dem Gespräch wieder zu folgen. Eben ging es um ein neues Buchprojekt.

»Wenn es nach uns geht, dem Verlag, dann könnten wir jederzeit ein Buch von Ihnen ins Programm heben, Monsieur. Wie gesagt, die Leser lieben Sie momentan. Wir würden uns sehr freuen, wenn Sie bald mit etwas Neuem zu uns kommen. Und natürlich würden wir dann wieder sehr nach außen damit gehen.«

Tonio schaute nicht ihn an, sondern die Tischdecke. Seine Finger suchten unruhig nach Beschäftigung, wusste Consuelo. Sie schob ihm die Papierserviette zu, auf der ihr Glas gestanden hatte. Sofort fingerte er daran herum. Reynals Augen ruhten auf ihm, auch er schien stark nachzudenken. Aber dann wandte er sich wieder an Consuelo: »Hatten Sie denn schon Gelegenheit, sich ein wenig von unserem schönen, großen Land anzuschauen, Madame? Also, jenseits von Manhattan?«

Consuelo wiegte den Kopf. »Als junge Frau habe ich einmal in. San Francisco die schönen Künste studiert. Aber von der näheren Umgebung hier habe ich bei meinem jetzigen Aufenthalt noch nichts gesehen. Der Staat New York mit seinen Wäldern und dem Meer hat sehr viel zu bieten, nicht wahr?«

»Allerdings, Madame. Ich kann Ihnen nur empfehlen, sich einmal nach Long Island aufzumachen. Die Küstenorte dort sind sehr romantisch mit ihren grauen Schieferhäusern, alten Backsteinkirchen und vor allem natürlich den breiten Stränden!«

»Vielen Dank für den Tipp. Das werden wir bald mal machen, Tonio, was?« Sie stieß ihn mit dem Ellenbogen an, damit er sich geistig wieder zu ihnen gesellte, denn er hatte inzwischen angefangen, mit seinem Kugelschreiber auf der Papierserviette zu zeichnen. Natürlich konnte er gut zeichnen.

Aber musste das bei einem wichtigen Mittagessen sein? Sie schaute sich seine Striche genauer an: Es war wieder diese kleine Figur, dieser Junge mit dem Strubbelhaar, der die Hände schüchtern verschränkte und viel zu weite Hosen trug. Der kleine Kerl, den er damals auf den Brief nach Pau gekritzelt hatte und seitdem so oft auf seinen Schriftstücken hinterließ oder beim Telefonieren zeichnete. Hier stand er nun auf etwas, was einem Vulkan ähnelte, einem Krater. Daneben malte Tonio Sterne. Und einen Mond. Sie stieß ihn noch mal an. »Nicht wahr, Tonio? Wir werden uns die Umgebung von New York anschauen. Stimmt's?«

»Was haben Sie da?« Reynal setzte sich gerade hin, um Tonios Zeichnung ebenfalls sehen zu können. »Darf ich?« Er wartete die Antwort nicht ab, sondern drehte die Serviette. »Sie können so gut zeichnen? Warum weiß ich davon nichts? Warum haben wir denn für *Flug nach Arras* diesen teuren Illustrator beauftragt?«

Tonios Miene verfinsterte sich.

»Entschuldigung. Der Illustrator war natürlich hervorragend und genau richtig für das Buch. Für dieses Buch, *Flug nach Arras*. Aber mein lieber Saint-Ex, wenn ich das so sehe: Hätten Sie nicht Lust, Ihr neues Buch nicht nur zu schreiben, sondern auch zu illustrieren?« Er deutete auf die Figur. »Vielleicht mit so einem kleinen Kerl wie diesem hier?« Er nickte begeistert und war sehr eifrig. »Wie wäre es … genau, wie wäre es, wenn Sie mal was ganz anderes machen als bisher: ein Märchen für Kinder!«

Tonio blickte ihn nur stumm an, Consuelo ließ sich an die Rückenlehne des Stuhls sinken.

»Ja, aber ja!« Reynal wurde immer aufgeregter. »Eine

Geschichte vordergründig für Kinder, im Kern aber eine Fabel, die sich ebenso gut an Erwachsene richtet.« Er nickte. »Das steckt die Möglichkeiten an Themen auch sehr, sehr weit. Sie kann das Wissen und die Erkenntnis der ganzen Welt bündeln, diese Geschichte. Den Zustand unserer Menschheit beschreiben, kritisieren, persiflieren. Kinder sind sehr klug. Sie begreifen und erspüren oft mehr als wir Erwachsene.« Er blickte Tonio direkt an. »Was ist, Saint-Ex? Hätten Sie nicht Lust dazu? Das ist doch eine ganz neue Herausforderung, in die Sie sich stürzen könnten. Fast wie ein Flug über unerforschtes Terrain, nicht wahr?« Er zeigte auf die Serviette. »Darf ich die gleich mitnehmen, um sie meinen Partnern zu zeigen? Dann machen wir Ihnen sofort einen Vorschuss fertig und planen das Buch ein!« Er zündete sich eine neue Zigarette an und vergaß ganz, Tonio auch eine anzubieten. »Ein Weihnachtsbuch, wie wäre das? Es muss nicht besonders dick sein, dieses Märchen. Ein Weihnachtsmärchen für Kinder.« Er strahlte glücklich. »Ach, ihr Franzosen aus der Alten Welt! Immer für eine Überraschung gut! Immer gut für eine Überraschung.« Er wandte sich an Consuelo. »Was meinen Sie: Ist das nicht ein tolles neues Projekt?«

Consuelo nickte langsam und hielt unter dem Tisch Tonios Hand ganz fest, damit er schwieg und nachdachte und nicht gleich das Erstbeste sagte, was ihm in den Kopf kam. In der Tat war dies ein wirklich tolles Vorhaben. Und es passte hervorragend zu Tonio. Mehr, als Reynal ahnen konnte. Tonio, ihr Tonio, der in seiner Gedankenwelt immer noch im Garten des Schlosses seiner Kindheit auf Apfelbäume kletterte und auf der Blumenwiese lag. Der für die Welt der Erwachsenen so wenig geschaffen war und sich deshalb immer so sehr in ihr verirrte. Ihr Tonio, der seine Kindheit idealisierte und die Tatsache verdammte, dass sein Körper zu diesem Baum von Mannsbild herangewachsen war. Dass er Verantwortung übernehmen, am Gesellschaftsleben teilnehmen und aus den einfachen Strukturen des Urfamilienverbundes hatte austreten müssen.

Es war ein tolles Projekt. Und es gab Tonio die Möglichkeit, seine Lebensweisheit, seine Philosophie und vor allem seine Botschaft an die Welt sehr, sehr deutlich auszudrücken. Aber auf Kinderart. Wer es nicht verstehen wollte, konnte einfach der Geschichte folgen, so wie bei allen Märchen und Sagen. Aber Tonio konnte alles in dieses Buch hineinstecken, was er wollte, was ihm wichtig war. Dieser Reynal hier hatte ihm soeben einen neuen Horizont eröffnet, auf den er zufliegen konnte. Es war sein ganz eigener Flug, aber er würde ihn mit der ganzen Welt teilen.

Sie sah Tonio an. Dachte er dasselbe?

Erleichtert atmete sie auf, als er nun langsam zu lächeln begann, seine Hand aus der ihren befreite und Reynal die Serviette wegzog, um weitere Sterne samt Saturn zu zeichnen, und etwas, was aussah wie ein Baum oder eine Blume auf dem Krater.

Reynal fächelte sich Luft zu, lockerte seine Krawatte, trank seinen Eistee in einem Rutsch aus und schien erleichtert, als nun die Steaks kamen.

Aber auf was für eine gute Idee er nicht nur Tonio gebracht hatte, sondern auch sie, dachte Consuelo begeistert, denn der Name Long Island wollte nicht mehr aus ihrem Kopf. Ja, sie würde für Tonio und sich einen Platz der Ruhe suchen, wo er unbeschwert kreativ sein konnte. Wo er neue Kraft sammeln und sich an sein neues Buch setzen konnte, offensichtlich nun also dieses Kindermärchen mit dem kleinen Kerl. Ganz ohne den gesellschaftlichen Druck, der hier in der Stadt schnell aufkam. Sie wollte einen Platz suchen, an dem sie zusammen sein konnten, wie früher in ihrem Haus in Tagle. Oder auch in El Mirador. Nur sie beide. Ohne den Kreis der französischen Exilanten ständig um sich zu haben, dachte sie, als sie ihr Steak schnitt, das wirklich butterzart war, die Sauce pikant und sahnig. Sie mussten endlich zur Ruhe kommen. Sie würde sich auf die Suche nach einem Ort machen, an dem sie inmitten dieser schlimmen Zeiten glücklich sein konnten. Nur sie beide samt Hannibal. Und dieser kleine Kerl, den Tonio auf die Serviette gekritzelt hatte.

Kapitel 74

Grand Central Station,
Frühsommer 1942

Die Anzeigetafel in der riesigen Halle mit dem zentralen Informationsschalter und den vier goldenen Uhren verkündete als Fahrtziel Northport, Long Island. Consuelo stand unter dem gemalten türkisfarbenen Sternenhimmel inmitten der hin und her eilenden Pendler und überlegte. Nordhafen. Das klang nach Kühle, nach Erfrischung, nach Meer und Strand, nicht wahr? Das war der richtige Zug. Reynal hatte so geschwärmt von Long Island, und inzwischen waren die Straßen von Manhattan, die Wohnungen, die keine Klimaanlage hatten, aufgeheizt und stickig. Oft floh sie nach dem Unterricht ins Kino, um sich abzukühlen. Sie wollte sich gar nicht ausmalen, wie erst die Hochsommermonate werden sollten. Es war wohl besser, dem zu entkommen. Tonio klagte ebenfalls, die Stadt sei so beengend, so stickig, er habe keine Luft zu atmen, und zum Nachdenken über sein neues Buch schon gar nicht. Also musste eine Lösung her. Ganz klar: Sie brauchten ein Sommerhaus. So wie die meisten New Yorker eines besaßen. Gut, sie würden keines kaufen können. Aber immerhin mieten wäre doch etwas, dachte Consuelo.

Sie stellte sich am Ticketschalter an und löste eine Fahrkarte bis zur Endstation. Wie freute sie sich, als sie das Abteil bestieg. Es war das gleiche Gefühl, das sie früher gehabt hatte, wenn sie, frisch in Europa angekommen, eine neue Stadt oder einen neuen Landstrich erkundete. Sie kam sich ein wenig vor wie ein Entdecker, ein Eroberer. Von vielen »Excuse me« begleitet, nahm sie auf der weichen Bank Platz, und ein Schauder der Vorfreude durchfuhr sie, als der Zug sich in Bewegung setzte. Unterirdisch bohrte er sich aus der Stadt und unter dem Wasser hindurch, bis er auf der anderen Flussseite wieder auftauchte – und Consuelo das Gefühl hatte, nun könne sie aufatmen.

Wohn- und Einkaufsstraßen für die Arbeiter, die in den Fabriken schufteten, oder die Frauen, die in der Stadt als Zimmermädchen, Kellnerin oder Reinigungskraft ihr Geld verdienten, zogen vorbei. Die Frauen trugen hier Lockenwickler beim Einkaufen und Schuhe, die in Paris allenfalls als Hauspantoffeln durchgegangen wären. Solche Frauen gab es in Paris auch, allerdings sah man sie nur in den ganz frühen Morgenstunden, wenn sie auf dem Weg zu ihrem Arbeitgeber waren. Und manchmal, aber nur ganz selten, hatte Consuelo sich fast gewünscht, an ihrer Stelle zu sein – mit einer Aufgabe, die unverrückbar war, wollte man nicht darben. Sie wünschte all diesen Frauen Männer, die sie gut behandelten, die nicht tranken, nicht schlugen, sondern sie am Wochenende in eine Tanzdiele ausführten. Vielleicht, ja vielleicht waren diese Frauen sogar glücklicher als sie selbst und viele andere Ehefrauen, deren einzige Aufgabe darin bestand, gut auszusehen, den Gatten bei Laune zu halten – und in jedem Fall die Contenance zu wahren.

Aber wie kam sie nur jetzt auf diese trüben Gedanken? Sie war auf dem Weg nach Northport, wo auch immer das sein mochte. Sie war auf dem Weg dorthin, und sie würde dort ein Sommerhaus für Tonio und sich finden, das ihr kleines Paradies werden würde.

Sie zog ihre Handtasche an sich, als zwei vollgepackte Wanderer sich durch den Gang schlängelten, die Rucksäcke beulten aus, und die Last schien sie nach hinten zu ziehen, aber sie strahlten über das ganze Gesicht und schienen einem wunderbaren Urlaub entgegenzublicken.

Consuelo wandte sich wieder der vorbeiflitzenden Landschaft zu. Die Fabriken und ärmlichen Wohngebiete lagen nun hinter ihnen, eine weite Schilflandschaft zeigte sich vor dem Fenster, wie mit riesigen Kulissenwänden davorgeschoben. Der Zug strebte dem offenen Meer zu, dem Strand, dem unbeschwerten Leben. Wie gerne würde Consuelo sein Angebot annehmen und vollständig auf diese Gefühlslage einschwenken.

Hoffentlich würde auch Tonio dazu in der Lage sein. Wenn sie das richtige Haus fände, würde er es wohl können. Wenn sie nur das richtige Haus fände.

Hinter den Schilffeldern zeigte sich nun das Meer! Blaugrau und sehr ruhig an diesem fast windstillen Tag lag es da. Ich werde halten, was ich euch an Ruhe verspreche, schien es Consuelo zuzurufen. Ich halte es. Nehmt es an! Nehmt es an!

Plötzlich fiel ihr Blick auf ein Haus auf einer Landzunge, jenseits einer lagunenartigen Bucht, das schöner nicht sein könnte. Seine schneeweiße Holzfassade lugte durch die Bäume hindurch, es besaß eine Veranda wie in den schönsten Südstaatenfilmen, eine große englische Rasenfläche schloss sich an, die von bunt und üppig blühenden Hortensien und Rosen umstellt war. Die großen alten Bäume spendeten Schatten, und soweit sie erkennen konnte, war es von drei Seiten vom Meer umgeben. Consuelo blieb dem Haus zugewandt, als der Zug unermüdlich weiterfuhr, bis sie das Schieferdach nicht mehr sehen konnte. Was für ein besonderes Haus, was für ein Refugium! Sie stand auf, um an der nächsten Station auszusteigen, und war erstaunt, als der Schaffner verkündete: »Nächster Halt: Northport, Endstation.«

Endstation. Dies war schon Northport. Die Fahrt hatte gar nicht lange gedauert. Sie schaute auf ihre Uhr. Eine knappe Stunde. Das war nicht viel, und doch fühlte man sich wie in einer völlig anderen Welt. In einer Urlaubswelt. In einer Welt, in der es kein Leid, keinen Krieg, keine Eheprobleme, keine künstlerischen Differenzen und keine Schreibblockade überhaupt jemals geben könnte.

Das Haus!

Sie musste zu diesem Haus! Sie lief auf den leeren Bahnhofsvorplatz, auf dem natürlich kein Taxi zu sehen war. Die Mitreisenden aus dem Zug zerstreuten sich langsam. Manche gingen zu Fuß, andere wurden von einem Wagen abgeholt, einer hatte sein Fahrrad hier stehen, auf das er sich nun setzte und verschwand.

Wie käme sie nur zu diesem Haus? Sie schaute sich nach einer Bushaltestelle um, aber die würde ihr natürlich auch nichts nutzen, weil sie nicht wusste, ob der Bus überhaupt in diese Richtung fahren würde. Sie brauchte ein Taxi mit einem Fahrer, der bereit war, mit ihr zu suchen. Sie setzte sich auf den Bordstein, um zu warten.

»Brauchen Sie Hilfe, Ma'am?« Ein verbeulter Lieferwagen hielt direkt vor ihr, eine Frau ungefähr in ihrem Alter mit einem Tuch über den Haaren und Gartenhandschuhen an den

426

Händen lächelte sie an. »Hier können Sie lange warten, falls Sie auf ein Taxi hoffen. Wir sind hier nicht in Manhattan.«

Consuelo stand auf. »Ich möchte zu diesem weißen Haus mit der Veranda und den alten Bäumen auf der Landzunge, die man von der Bahn aus sieht, vielleicht fünf Meilen vor dieser Station.« Sie zeigte in die Richtung.

»Das ist am Eaton's Neck, das ist meine Richtung. Und ich glaube, ich weiß sogar, welches Haus Sie meinen. Die Lage ist natürlich einzigartig, und ich habe diesen schönen Garten mit den Rosen und den Hortensien schon immer bewundert. Ich versuche nun, unseren ebenso zu gestalten.« Sie grinste. »Hüpfen Sie rein, ich bringe Sie hin.«

Und weniger als fünfzehn Minuten später, nachdem sie sich mehrmals bei ihrer Fahrerin bedankt hatte, stand Consuelo vor dem Tor des weißen Hauses und spähte durch die Gitterstäbe auf den grünen Rasen und die Hortensien. Ein älterer Mann mit einer Gießkanne und Gummistiefeln war gerade in einem Beet vor der Veranda beschäftigt. »Entschuldigung, Sir!«, rief Consuelo und winkte.

Er drehte sich zu ihr um und stellte die Gießkanne ab, um zum Tor zu kommen. »Ja, bitte?« Er lächelte und wischte sich mit einem Taschentuch den Schweiß von der Stirn. »Was kann ich für Sie tun?«

»Dies ist das schönste Haus, das ich je gesehen habe!«, platzte es aus Consuelo heraus. Sie hatte sich keine Rede überlegt, die sie vor dem Bewohner dieses Traumanwesens halten konnte. »Wissen Sie, mein Mann, der französische Schriftsteller Antoine de Saint-Exupéry, und ich, wir suchen ein Sommerhaus, denn in der Stadt schmilzt man zurzeit.«

Der Mann lächelte. »Das ist mir bekannt. Meine Frau und

ich haben früher in der Stadt gearbeitet.« Er öffnete das Tor. »Aber kommen Sie doch bitte herein, Madame de Saint-Exupéry. Sie sehen nach Ihrer Anreise so aus, als ob Sie ein Glas Limonade mit Eiswürfeln gut vertragen könnten.«

»Das ist reizend von Ihnen, danke sehr.« Ehrfürchtig betrat sie das Grundstück und folgte ihm. »Wunderschön haben Sie den Garten gestaltet. Wie üppig die Blumen gedeihen!« Consuelo blieb an einer Rose stehen und roch an der Blüte, die schwer und rosafarben ihren Kopf der Sonne entgegen streckte. »Ist das eine *Albertine*?« Sie sah ganz so aus wie die Rose, die sie in La Feuilleraie so gemocht hatte. Sie roch an einer Blüte und sog den süßen Duft ein.

Er lächelte. »In der Tat. Wie schön, dass Sie etwas von Rosen verstehen.« Er schaute sie nachdenklich an. »Und vielen Dank für Ihre Wertschätzung des Gartens. Es ist auch sehr viel Arbeit. Aber meiner Frau und mir war der Garten immer sehr wichtig. Wir haben ihn stets eigenhändig gestaltet. Deshalb bin ich auch heute hier, um zu wässern. Denn meine Frau ist seit geraumer Zeit im Pflegeheim, und ich bewohne eine kleine Wohnung in der Nähe von ihr, um sie täglich mehrmals zu besuchen. Dieses Haus steht eigentlich leer.« Er bestieg die Veranda und deutete auf einen Korbstuhl, in den Consuelo sich setzen sollte, was sie tat.

»Ich hole die Limonade«, sagte er und verschwand in der Verandatür, die offensichtlich direkt zur Küche führte. Als er mit einem Tablett wieder herauskam und die Getränke anrichtete, sagte er: »Wissen Sie, ich habe alle Bücher Ihres Mannes gelesen und fand sie ganz wunderbar. Meine Frau benutzte lange Jahre sogar den Duft von Guerlain, *Vol de Nuit*, nicht wahr?« Er hob das Limonadenglas und stieß mit Consuelo an.

»Ich mache Ihnen ein Angebot: Ich überlasse Ihnen das Haus
für den Sommer. Ihr Gatte soll kommen und sich hier wohlfühlen und erholen und schreiben und baden.« Er zeigte gen
Meer. »Sehen Sie, wir haben den Strand vor der Tür.«

Consuelo sah ihn mit großen Augen an, unfähig, etwas
zu sagen. Er bot ihr tatsächlich das Haus an? Hoffentlich, oh,
hoffentlich konnten sie es sich leisten!

»Ich verlange dafür keine Miete. Ich freue mich sehr, wenn
Sie und Ihr Gatte sich hier aufhalten. Ich möchte Sie nur bitten, sich gut um den Garten zu kümmern. Und wenn ich ab
und zu einmal sonntags zum Kaffeetrinken kommen könnte,
würde mich das natürlich sehr freuen.«

Consuelo sprang auf und musste sich sehr beherrschen, den
Mann nicht einfach zu umarmen. Stattdessen streckte sie ihm
beide Hände entgegen, die er auch gleich ergriff. »Ich danke
Ihnen so sehr! Das ist das wunderbarste Geschenk, das Sie meinem Mann und mir machen können. Haben Sie ein Telefon?
Ich möchte ihn gerne gleich anrufen, um ihm diese Neuigkeiten zu berichten. Wäre es Ihnen recht, wenn er mit dem
nächsten Zug aus der Stadt einmal herkommt, um Ihnen zu
danken?«

Der Mann strahlte. »Und ob mir das recht wäre! Dann
kann ich eine Hausführung mit Ihnen beiden machen und
Ihnen alles erklären, was es zu beachten gibt. Kommen Sie!«
Er zeigte ihr im Haus das Telefontischchen, und zum Glück
war Tonio zu Hause und ging sofort an den Apparat.

Kapitel 75

Im Haus des kleinen Prinzen,
Eaton's Neck, Long Island,
Sommer 1942

Und so waren sie mit Sack und Pack in das weiße Haus am Meer gezogen. Tonios Liebe zu dem Anwesen war sofort entflammt, als er es gesehen hatte. Diese beinahe rundum laufende, überdachte Terrasse, dieses Dach, das wie ein Deckel aussah, dieser Park mit den alten Bäumen und dem beruhigenden Grün – wie schön war das, wie heimelig, wie erholsam. Bereits am ersten Abend auf der Veranda, als sie nach dem Einräumen ihrer Sachen in die Wandschränke, die Mister Bevin extra frei gemacht hatte, bei einem Portwein saßen und einige Oliven knabberten, die Consuelo in dem kleinen Dorfladen aufgetrieben hatte, der einem italienischen Einwanderer gehörte, schon da lehnte Tonio sich in dem Korbstuhl zurück und sagte: »Consuelo, ich fühle mich wie zurückversetzt in unser Haus in Tagle. Weißt du noch, wie schön das war? Nur wir beide. Du hast gekocht, wir haben zusammengesessen und uns unterhalten. Und du hast mir das Schreibzimmer eingerichtet.« Er lächelte. »Weißt du noch? Mit dem Portweinfässchen und den ausgestopften Vögeln, den exotischen Tierfellen und dem Schreibtisch.« Er nickte lächelnd. »Und du hast mich gezwungen zu schreiben.«

»Und dort hast du auch wirklich viel geschafft.«

»Das habe ich.« Er setzte sich aufrechter. »Und weißt du was: Das werde ich hier wieder!« Er war ganz aufgeregt. »Consuelo, wirst du mir hier in Bevin House solch ein Schreibzimmer einrichten und mich dort einsperren? Hier gibt es keine Ablenkung, keine Theater, keine Restaurants, keine …« Er verstummte, und Consuelo wollte gar nicht in Gedanken ergänzen, was er ausgelassen hatte. »Hier kann ich in aller Ruhe an dem Weihnachtsmärchen arbeiten.«

Dessen war sie sich auch sicher. Und ja, sie wollte ihm wieder so ein Zimmer einrichten. Und sie wollte jeden Abend sehen, was er geschrieben und gezeichnet hatte. Und sie wollte für sie beide kochen. Und sie wollte durchatmen. Und sie wollte innehalten und nicht von Gesellschaft zu Gesellschaft rennen, nicht mit diesem und jenem und dem nächsten Exilanten parlieren. Sie würde das Haus bestellen und den Garten gießen und jäten. Gab es denn etwas Beruhigenderes als Gartenarbeit? Es hatte etwas so Elementares, in der Erde zu graben und Wasser zu versprühen. Das konnte sie angesichts des Weltgeschehens weiß Gott gut gebrauchen. Und Tonio auch. Sie war froh, dass es ihm Freude zu bereiten schien, hier an diesem friedlichen Ort eine Zeit lang verweilen zu können. Sie ahnte zwar, dass das nicht von sehr langer Dauer sein würde. Aber vielleicht hatten sie diesen Sommer, diese heißen Monate. Diese Monate der Ruhe vor … Nein, sie wollte nicht an das Ende des Sommers denken. Vielleicht geschah ein Wunder, und der Kriegseintritt der USA nach dem japanischen Angriff auf den Flottenstützpunkt Pearl Harbour im Dezember letzten Jahres würde das Ende dieses elenden Zustandes, in dem die Welt sich befand, beschleunigen.

Hier jedenfalls, in Bevin House, konnte man sich einbilden, dass die Welt in Ordnung sei.

Und das wollte sie gerne tun.

»Es gibt oben im ersten Stock doch dieses eine Zimmer mit den vielen Büchern in den deckenhohen Regalen und dem wunderschönen Erker, von dem aus man auf den Garten schaut. Dort steht ein alter Holzschreibtisch mit grünem Lederbezug. Dort werde ich dir deinen Schreibraum einrichten.« Sie streichelte ihm über die Hand, die auf der Stuhllehne ruhte. Die rechte Hand, die sie in Guatemala hatten abschneiden wollen. »Deine Remington stelle ich sofort bereit. Und einen Krug mit Blumen aus dem Garten. Dann kannst du morgen früh gleich anfangen.« Sie nickte eifrig.

Er beugte sich zu ihr herüber und gab ihr einen Kuss. »Meine Frau, ich liebe dich«, sagte er und stand auf. »Ich unternehme einen Spaziergang durch den Garten und an den Strand.« Er verschränkte die Hände hinter dem Rücken wie ein Offizier bei der Lagebesprechung. »Ich danke dir sehr, dass du das hier für uns gefunden hast. Ich weiß das zu schätzen, und wir werden es nutzen, bis …« Er verstummte und trat von der Veranda auf die Grasfläche. Ohne ein weiteres Wort schlenderte er durch den Garten.

Bis … Consuelo stand langsam auf und räumte die Portweingläser ab. Nein, kein *bis*. Es war ein *Jetzt*. In Zeiten wie diesen zählte nur das Jetzt.

Sie lief nach oben, hob liebevoll die Remington aus ihrem Köfferchen und platzierte sie in der Mitte der grünen Lederschreibfläche auf dem alten Tisch. Wie schön er es hier haben würde. Um sich herum Bücher in der eingebauten Bibliothek, und dann diese geblümten Vorhänge, die den Blick auf das

Grün und den Sommer und die Leichtigkeit dort draußen vor den Fenstern einrahmten. Sie berührte zart die runden Tasten der Schreibmaschine.

Dann legte sie seinen Zeichenblock und die Condé-Bleistifte parat, daneben den schweren Anspitzer mit der Kurbel. Und die kleine, goldene Klappuhr. Morgen, nach einem erholsamen Schlaf und einem guten Frühstück auf der luftigen Veranda würde Tonio hier heraufkommen und mit der Arbeit beginnen. Mit dem schönen Fabelbuch-Projekt, das er mit Reynal ausgeheckt hatte.

Wie interessant diese Idee war, wie schön die Geschichte werden würde. Davon war Consuelo schon jetzt überzeugt. Und das Beste war: Auf absehbare Zeit keine Flugrekorde mehr, keine Filme, keine Reportagen aus fernen Ländern. Tonio kehrte zurück zu seiner Hauptaufgabe im Leben. Und dies war und blieb, da war sich Consuelo sicher, das Schreiben von Geschichten, die das Herz und die Seele vieler Menschen berühren konnten. Es war eine besondere Gabe, die ihr Mann besaß, und endlich schien er wirklich bereit zu sein, sie anzunehmen und der Welt zur Verfügung zu stellen. Hier in Bevin House gab es kein Davonlaufen, keine Ausflüchte. Es gab ein Morgenbad im Meer, Frühstück, Mittagessen, einen Verdauungsspaziergang, Kaffee und Abendessen. Und dazwischen gab es ruhige Stunden am Schreibtisch, bei denen niemand störte.

Und so war es richtig. So war es endlich richtig!

Kapitel 76

Im Haus des kleinen Prinzen,
Eaton's Neck, Long Island,
Ende Juli 1942

»Ich muss über das Wochenende fort«, sagte Antoine an einem Freitagmorgen, als sie auf der Veranda frühstückten.

Consuelo zwang sich, ihren Kaffee weiterzutrinken. Oh nein. No, no. Oh, bitte nein!

Er schnitt ein Stück von seinem Pancake mit Ahornsirup ab, den sie den Amerikanern abgeguckt hatte und der ihnen beiden durchaus schmeckte. »Fragst du gar nicht, wohin?«

»Wohin?« Sie schmeckte die betäubende Süße des Ahornsirups in ihrem Mund. Aber die Süße konnte seinen Worten nicht die Bitterkeit nehmen.

»Nach Washington.«

Erstaunt sah sie auf. Sie hatte mit Manhattan gerechnet. Oder vielleicht Hollywood. »In die Hauptstadt?« Er hatte nicht erzählt, dass er dort Freunde oder Bekannte hatte. Und als Literatur- oder Filmmetropole galt es nun auch nicht gerade. Sie zwang sich, nicht zu fragen, zu welchem Zweck er dorthin reiste. Wenn er wollte, würde er es ihr sagen. Und nein, sie würde nicht laut werden und ihn daran erinnern, dass dies ihre gemeinsamen Sommerferien waren, dass er nicht das Recht hatte, sie zu unterbrechen, dass er diese schöne Zeit gefährde, dass sie sich so gewünscht hatte, dass er einmal, nur einmal, lange bei ihr sein würde. Ganz bei ihr. Und bei seinem neuen Buch. Aber das war wohl zu viel verlangt. Sie goss sich Kaffee nach.

Offensichtlich wollte er den Grund tatsächlich nicht nennen. Denn alles, was er sagte, war: »Man schickt mir einen Fahrer, um mich abzuholen und zum Flughafen zu bringen. Er wird in einer Stunde hier sein. Am Sonntagabend bringt mich dieser Fahrer zurück.«

Consuelo atmete einmal tief durch und aß den letzten Rest ihres Pancakes. Kein Wunder, dass die Amerikaner dazu neigten, ein wenig breiter um die Hüfte zu werden bei dieser Kost, sie musste aufpassen, dass es ihr nicht genauso erging, dachte sie und hielt inne: ein Übersprungsgedanke, ganz klar. Aber er half, Ruhe zu bewahren. »Natürlich«, sagte sie nur.

Er stand auf. »Ich packe ein paar Sachen zusammen.«

Sie nahm ihre Kaffeetasse in beide Hände. »Vergiss nicht dein Rasierzeug.«

Er beugte sich über sie und gab ihr einen Kuss auf das Haar.

Das Strohwitwen-Wochenende verbrachte sie mit Schwimmen und Malen. Ihre Staffelei hatte sie näher an den Strand getragen und malte nun die Bäume und das durchschimmernde Meer in all seiner Schönheit. Sie dachte an Tonios plötzliche Flucht von diesem friedlichen Ort – wobei, wie eine Flucht war ihr sein Fortgang eigentlich gar nicht vorgekommen. Es hatte nicht den Anschein gehabt, als mache er sich zu einem romantischen Abenteuer auf. Eher hatte er ein wenig unter Druck geklungen, als habe er eine wichtige Aufgabe zu erledigen, die sich nicht aufschieben ließ.

Am Sonntag buk sie eine französische Apfeltarte mit echten Long-Island-Äpfeln und lud den Hausherrn ein, zum Kaffee vorbeizukommen. Mister Bevin freute sich sehr, und gemeinsam unternahmen sie einen Rundgang durch den Garten. Er zupfte hier und dort an einer Pflanze, aber alles in allem war er sehr zufrieden mit ihrer Gartenarbeit. »Sie haben einen grünen Daumen, Madame. Vielleicht sollten Sie für immer aufs Land ziehen. Das bekommt Ihnen möglicherweise besser als das Leben in der Stadt.«

»Ich hatte einmal einen sehr schönen Landsitz bei Nizza.« Sie sah die Bucht und die Pinien vor sich, das weinberankte Haus von El Mirador, und meinte fast, den Mistral zu spüren. Schnell verbot sie sich das Träumen und sagte zu Mister Bevin: »Ich würde sehr gerne hier draußen bleiben. Aber mein Mann wird sicher bald wieder in der Stadt verlangt werden.«

»Wo ist er denn heute?«

»Auf einer Wochenendreise in die Hauptstadt.«

»Oh, also hat er wohl Regierungskontakte. Na, das wundert mich nicht. Ein so erfahrener und hochdekorierter Pilot. Ist er nicht auch Mitglied der Ehrenlegion in Frankreich? Bestimmt wollen sie sein Wissen und seine Erfahrung nutzen.«

Consuelo schaute ihn erstaunt an. Daran hatte sie noch gar nicht gedacht. Konnte so etwas hinter der Reise stecken? Immerhin hatte er ihr erzählt, dass er damals, vor ihrer Ankunft in New York, tatsächlich beim amerikanischen Außenministerium vorgesprochen hatte, um die USA dringend zum Kriegseintritt aufzurufen. Konnte es sein, dass er aufgrund dieser Kontaktaufnahme nun als Berater nach Washington gebeten worden war?

Mister Bevin schloss die Augen, als er die Apfeltarte

probierte. »Ein Feuerwerk von Apfelsäure, Marzipan, Teig, Zimt, schmecke ich da auch einen Hauch von Kardamom und Nelke – Ihre eigene Kreation? Köstlich, ganz köstlich.« Er nickte zufrieden. »Meine Frau hat auch immer gerne gebacken, wissen Sie.« Seine Augen füllten sich mit Tränen, er stellte den Teller ab. »Herzlichen Dank für den schönen Nachmittag. Ich wünsche Ihnen sehr, dass Ihr tapferer Mann von allen seinen Aufträgen stets unversehrt wiederkehrt. Sie sind so ein hübsches Paar.«

Spät am Abend, als Consuelo schon im Bett lag, hörte sie einen Wagen auf den Hof rollen, Türen schlagen, und kurz darauf ging die Haustür. Sie hörte Tonio mit müden Schritten in die Küche gehen und wusste, dass er sich am Kühlschrank ein Glas Milch eingießen und es über den Küchentisch gebeugt trinken würde.

Kurz darauf hörte sie ihn die Treppe heraufkommen und tat so, als würde sie schlafen. Er ging ins Bad, zog sich den Pyjama an und kam ins Bett. Ganz eng schmiegte er sich von hinten an sie und hielt sie fest.

So schliefen sie die Nacht hindurch. Bis die Sonne wieder durch das Fenster blinzelte und einen weiteren Tag in Bevin House ankündigte.

Kapitel 77

Im Haus des kleinen Prinzen,
Eaton's Neck, Long Island,
September 1942

Der August war an ihr vorübergezogen wie ein Sommernachtstraum, und auch der September neigte sich schon dem Ende zu. Die Luft flirrte vor Neugier auf den goldenen Herbst. An zwei weiteren Wochenenden war Tonio nach Washington geflogen, ohne Consuelo zu verraten, was er dort tat. Aber er hatte die restliche Zeit in Bevin House tatsächlich gut genutzt, um den kleinen Prinzen und seine Abenteuer fertigzustellen.

Als es so weit war, hatte er Reynal angerufen. Den Abgabetermin hatte er wieder um die kritischen zwei Wochen überzogen, die bedeuteten, dass die Zeit für Druck und Auslieferung vor Weihnachten nicht mehr reichen würde. Die Verleger hatten es mit Gelassenheit hingenommen, nachdem sie das Ergebnis gesichtet hatten, und den Erscheinungstermin des *Kleinen Prinzen* auf April nächsten Jahres gelegt. Sie waren mit Tonios Arbeit äußerst zufrieden, aber stellten sich auch die Frage, wie dieses so ganz andere Buch des Pilotenschriftstellers wohl ankommen würde. Es war ein Wagnis. Doch die ganze Mannschaft bei Reynal & Hitchcock liebte das Abenteuer um diesen kleinen Kerl in der Wüste und war bereit, dieses Risiko einzugehen und sich mit voller Kraft dafür einzusetzen.

Die schönen Monate in Bevin House mussten zu Ende gehen, sosehr Consuelo es bedauerte. Sie packten die Koffer, schlossen das weiße Haus am Meer ab und zogen zurück in die Stadt. Aber getrennte Wohnungen sollte es nun nicht mehr geben, zu sehr hatte die Zeit in Bevin House sie verbunden. Als sich die Gelegenheit bot, eine Wohnung am Beekman Place zu mieten, schlugen sie zu: Die Vormieterin war Greta Garbo gewesen. Tonio hatte Greta schon vor Consuelos Ankunft kennengelernt. Mit ihr, Marlene Dietrich und anderen Filmschaffenden hatte er manchen Abend in geselliger Runde verbracht.

Als Consuelo das möblierte Stadthaus am Beekman Place betrat, fühlte sie sich sofort wohl. Die Seidentapeten, die dicken rot-braunen Teppiche, die alten Kommoden und trüb gewordenen Spiegel, die Bibliothek in klassischem Dunkelgrün – das alles erschuf eine Atmosphäre wie im letzten Jahrhundert in Frankreich. Wie im Schloss Saint-Maurice-de-Rémens, dem Lieblingsort aus Antoines Kindheit. Hier konnte er sich wohlfühlen, und Consuelo genoss den Luxus ebenfalls. Am meisten aber liebte sie es, auf der breiten Fensterbank im Erkerfenster zu sitzen und auf den Fluss hinauszuschauen, während Antoine endlose Schachpartien mit einem seiner literarischen französischen oder filmschaffenden amerikanischen Freunde ausfocht. Sie träumte davon, wie dieser graue Fluss in das Meer mündete, wie der Ozean sich ausbreitete und wie er an einem Zipfel an die französische Küste stieß. Die geliebte Küste. Von der sie nicht wusste, ob sie sie jemals wieder betreten konnte, ob sie jemals wieder an den schönen Stränden bei Deauville, in der Bretagne oder gar an der geliebten Côte d'Azur würde flanieren und im Mittelmeer schwimmen können.

Leider veränderte die Stadt Tonio sofort wieder. Seine Ausgeglichenheit von Long Island verflog. Das Weltgeschehen rückte ihm zu nah. Er nahm sein Partyleben wieder auf, zog nachts von Bar zu Bar. Andererseits saß er manchmal ganze Nachmittage lang alleine auf der Terrasse und zeichnete und schnitt kleine Flugzeuge aus Papier aus und ließ sie über die Brüstung auf die Straße fliegen. Als ein Officer der New Yorker Polizei klingelte, weil Passanten sich über die Gehwegverschmutzung beschwerten, ließ er es bleiben.

Eines Tages klingelte kein Officer, sondern der Postbote und übergab einen Brief. Tonio überflog ihn, Tränen traten ihm in die Augen. Er reichte ihn schweigend an Consuelo weiter:

»Lieber Monsieur de Saint-Exupéry«, schrieb ein Verlagsmitarbeiter von Gallimard aus Paris, »leider muss ich Ihnen mitteilen, dass unser verdienter Kollege und Freund Benjamin Crémieux, der, wie ich weiß, auch in Ihrem Leben eine bedeutende Rolle gespielt hat, von den Deutschen in das Lager Buchenwald deportiert worden ist. Wir gehen davon aus, dass Sie unser Entsetzen teilen und in Gedanken bei uns und Ihrem Freund sind.«

»Benjamin!« Consuelo sah den Freund vor sich, den verschmitzten Gesichtsausdruck hinter der Nickelbrille, hörte mit einem Mal das Tuten des Horns der *Massilia*, als sie gemeinsam in Buenos Aires eingelaufen waren, erinnerte sich an ihr letztes Gespräch im Jardin du Luxembourg über die Arbeit beim Radiosender – und sank weinend auf die breite Fensterbank, die Knie an die Brust gezogen.

Vor dem Fenster auf der Terrasse sah sie Tonio in sich zusammengesunken auf dem rostigen Bistrostuhl an dem kleinen Tischchen kauern und rauchen.

In den darauffolgenden Wochen sog Tonio nur noch verbissener die Nachrichtenlage auf. Er war enttäuscht über den Kriegsverlauf, der sich auch nach Eintritt der Amerikaner nicht deutlich zugunsten der Alliierten geändert hatte, lieferte sich Wortgefechte mit den Exilfranzosen und kam immer mehr zu der Überzeugung, dass es für alle Franzosen dringend nötig sei, in Europa mitzuhelfen. Vor Ort. Hier im Exil konnte man seiner Meinung nach nichts mehr erreichen. Er tigerte in der Wohnung auf und ab und rauchte eine Gitane nach der anderen, während er seinen Aufruf aufs Diktafon sprach.

»Willst du ihn wirklich so drucken lassen?«, fragte Consuelo, die zuhörte. »Du wirst endgültig den Zorn der Exilanten auf dich ziehen.«

»Wie kannst du so etwas fragen?« Er schaute sie durch den Zigarettenrauch wütend an. »Es ist nicht die Frage, ob ich das tun will. Ich MUSS es tun. Verstehst du? Wir müssen unser Vaterland aus den Händen dieser Barbaren befreien. Ein für alle Mal.«

Am 30. November veröffentlichte er seinen »Offenen Brief an die Franzosen« im *New York Times Magazine*, vorher sprach er ihn für den französischsprachigen Rundfunk in Nordamerika und Nordafrika ein. Das Telefon stand danach nicht mehr still. Die Anrufe reichten von wüsten Beschimpfungen, vor allem durch André Breton und seine Anhänger, bis zu großem Dank. Tonio wurde zu Radiointerviews und Diskussionsrunden eingeladen. Es war der *talk of the town*. Aber die entscheidende Frage, vor der Consuelo sich gefürchtet hatte und die sie ihrem Mann deshalb nicht selbst gestellt hatte, kam von einem jungen Radioreporter: »Wenn Sie so vollmundig aufrufen zum Kampf, Monsieur de Saint-Exupéry, wie wollen Sie persönlich denn vor Ort dienen?«

Und sie hörte ihn sagen, was sie schon befürchtet hatte: »Ich werde ersuchen, zu meiner alten Aufklärungsflugstaffel 2/33 zurückzukehren, die zurzeit in Algerien, in Nordafrika, stationiert ist. Von dort werde ich Aufklärungsflüge über dem Mittelmeer und über Südfrankreich unternehmen.«

»Sie nehmen also in Kauf, abgeschossen zu werden?«

»Wenn ich es nicht tue, dann wird mein Land vielleicht nie mehr mein Land sein. Ich muss es tun. Für mich, aber noch vielmehr für die Kinder Frankreichs, denen die Zukunft gehören soll.«

Am Abend saßen sie schweigend beim Essen auf der Terrasse am Beekman Place und schauten auf den Hudson River, dessen Wellen heute Schaumkronen trugen.

Kapitel 78

Verlagsbüro Reynal & Hitchcock,
386 4th Avenue, Manhattan, New York,
6. April 1943

»Mein lieber Monsieur de Saint-Exupéry!« Reynal sah heute
sehr feierlich aus in seinem feinen Anzug mit der goldbe-
stickten Krawatte und den Lackschuhen und mühte sich red-
lich um eine gute französische Aussprache des Namens. »Wir
haben uns hier versammelt, um das Erscheinen von *Der kleine
Prinz* zu feiern.« Er hob sein Champagnerglas, die gut zwanzig
Verlagsangestellten, Consuelo und Antoine, die im Halbkreis
im Konferenzzimmer um den großen Tisch herumstanden,
taten es ihm nach. »Auf unseren kleinen Prinzen. Möge er
gut aufgenommen werden und viele Menschen erfreuen!« Er
prostete ihnen allen zu und trank.

Das prickelnde, kühle Getränk tat auch Consuelos Kehle
gut, die seit Wochen wie zugeschnürt war. Was hatte sie im
Vorfeld auf Tonio einreden müssen, zu dieser kleinen Feier
überhaupt zu erscheinen. Denn er war in Gedanken fast nur
noch bei seinem bevorstehenden Kriegseinsatz. Aber sie hatte
ihm klargemacht, dass er das den Verlegern schuldete. Dass
so wenigstens ein paar Pressefotos gemacht werden konnten,
die vielleicht bei der Vermarktung des Buches helfen würden. Denn bisher hielten sich die Kritiker sehr zurück, obwohl

Reynal & Hitchcock das Buch im Vorfeld vermutlich an jede Redaktion des Landes verschickt hatten. Lediglich eine einzige, mickrige und nicht sehr überzeugte Rezension war bisher erschienen. Ob die Menschen nun die Buchhandlungen stürmen würden, um genau dieses Buch zu kaufen – daran bestand doch erheblicher Zweifel. Aber den würde Consuelo selbstverständlich nicht zu erkennen geben, nicht vor Tonio, nicht vor den Verlegern und natürlich auch nicht vor Freunden und Bekannten, die dieser Tage artig, aber mit etwas unschlüssigem Gesicht zu dem illustrierten Kinderbuch, das Tonio nun veröffentlicht hatte, gratulierten.

»Der kleine Prinz trifft bei seinem Aufenthalt auf der Erde die eigenartigsten Menschen«, fuhr Reynal mit seiner Rede fort. »Aber er findet nicht nur in dem Fuchs, sondern auch in dem Piloten einen Freund. Freunde haben die Fähigkeit, uns zu bezaubern und zu bereichern, uns zu ermahnen und uns die Augen zu öffnen.« Er schlug eine Seite mit Lesezeichen in der druckfrischen Erstauflage des Buches auf, nicht ohne vorher stolz über den schlichten Leineneinband zu streichen, auf dem nur schemenhaft der Prinz und der Titel eingestickt waren. »Ich zitiere den Piloten. ›Aber ich war nicht beruhigt. Ich erinnerte mich an den Fuchs. Man läuft Gefahr, ein bisschen zu weinen, wenn man sich hat zähmen lassen ...‹«

Er schaute hoch und Tonio direkt in die Augen: »Sie, mein lieber Freund, haben uns gezähmt mit Ihrer einzigartigen Poesie. So sehr, dass wir sogar die übermäßigen Verspätungen Ihrer Manuskripte und Ihre manchmal doch recht gepfefferten Briefe und Forderungen hingenommen haben, ohne zu sehr zu murren, oder?«

Die Verlagsmannschaft lachte, Tonio ebenfalls.

»Mein lieber Freund, Sie wollen nun von dannen ziehen und sich der Rettung Frankreichs widmen. Wir werden weinen. Aber wir werden es Ihnen nicht zeigen. Wir werden des nachts an unserer Seite des Ufers stehen und in den Sternenhimmel schauen, an Sie denken und Ihr Lachen hören.« Reynals Stimme wurde wackelig.

Consuelo zerbrach fast das Champagnerglas in ihrer Hand. Sie musste raus hier, sie wollte schreien. Aber sie tat es nicht. Stattdessen zählte sie auf Spanisch bis zehn mitten durch das bleierne Schweigen hindurch, das sich über den Raum gelegt hatte, bis Reynal sich endlich wieder fing: »Auf den kleinen Prinzen also, auf die Verbesserung des Zustands dieser Welt – und darauf, dass wir noch viele tolle Bücher gemeinsam machen, was, Monsieur?« Reynal trank seinen Champagner in einem Rutsch aus, damit er geschäftsmäßig das Glas abstellen konnte. Gleich darauf zog er aus einem Bücherregal an der Wand ein besonders schön gebundenes Buch mit Goldintarsien und einem Schmuckband hervor – ein Sonderexemplar des *Kleinen Prinzen*, wie Consuelo erkannte, als Reynal Tonio das Buch überreichte. »Wir haben Ihnen diese Sonderedition auf Französisch anfertigen lassen. Alles Hochglanz und in Farbe, sehr hochwertiges Papier und ein besonderer Umschlag.« Reynal lächelte stolz. »Gefällt es Ihnen?«

Tonio schlug das Buch auf und fuhr andächtig über die Seiten. »Es ist wunderschön geworden. Ganz herzlichen Dank!« Er klappte es zu. »Ich werde es mitnehmen auf meinen Stützpunkt in Algier, wenn ich in ein paar Tagen abreise.«

Reynals Miene wurde ernst. »Es ist vielleicht nicht sehr passend, das in einem solch feierlichen Moment zu sagen, aber Sie wissen ja, Freunde versuchen, einem die Augen zu öffnen:

Wollen Sie sich das nicht noch einmal überlegen? Immerhin, mit Verlaub, sind Sie nicht mehr der Allerjüngste. Meinen Sie denn, Sie können dort als Pilot noch mit vollem Einsatz von Nutzen sein?«

Tonio richtete sich merklich auf. »Meine Erfahrung ist groß, mein Wissen und meine Ortskenntnisse, gerade von Südfrankreich, das es nach der nun erfolgten deutschen Komplettbesetzung zuallererst zu befreien gilt, sind außerordentlich.«

»Natürlich, natürlich, aber ...«

Tonio unterbrach ihn. »Ich bin Mitglied der französischen Ehrenlegion, und nicht umsonst habe ich im Sommer bereits mehrfach in Washington dem Kriegsministerium meine Kenntnisse zur Verfügung gestellt und damit zu grundlegendem Kartenmaterial und zur Logistik beigetragen. Nun werde ich mich mit den amerikanischen Truppen ausschiffen und meiner alten Fliegerstaffel 2/33 mit Freude wieder zur Verfügung stellen.«

Consuelo war bei seinen Ausführungen zu Washington zusammengezuckt. Also hatte Mister Bevin recht gehabt mit seiner Vermutung.

Reynal nickte langsam. »Ich sehe, Sie sind nicht mehr umzustimmen. Aber bitte, lieber Freund, kommen Sie unversehrt wieder.« Er klopfte auf den Schmuckband des *Kleinen Prinzen.* »Sie wollen doch noch erleben, wie unser kleiner Freund hier seine Erfolgstour rund um die Welt antritt.«

Tonio lächelte. »Sie sind so reizend und optimistisch. Ich wünsche Ihnen und uns«, er zog Consuelo an sich, »natürlich nur das Beste für die Auflage unseres Prinzen. Aber wenn ich ehrlich bin, dann muss ich sagen, dass der kleine Kerl von meiner Seite aus nun auf sich selbst gestellt ist. Er ist bei Ihnen in den besten Händen, und ich ziehe weiter. Denn wie könnte es mir Ruhe lassen, was mit meinem Heimatland geschieht?«

Reynal seufzte. »Und damit sind Sie dem kleinen Kerl sehr ähnlich. Monsieur«, er verneigte sich, »ich ziehe den Hut vor Ihrem Mut und wünsche Ihnen allen Segen der Welt.«

Tonio nickte. »Den kann ich gebrauchen.«

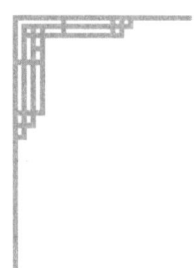

Kapitel 79

New York,
Mitte April 1943

Die Vorbereitungen für Tonios Abreise waren fast abgeschlossen. Vor Kurzem war die von ihm so ersehnte Nachricht eingetroffen, dass er in sein altes Aufklärungsgeschwader 2/33 wieder aufgenommen war, endlich ganz offiziell, auf Papier mit Stempel und Unterschrift, obwohl die Bedenken bezüglich Antoines Gesundheit immens gewesen waren. Consuelo war bewusst, dass ihr Mann spätestens seit dem Absturz in Guatemala im Grunde ein Invalide war: Mehrere Brüche waren nicht optimal verheilt, darunter der Schädelbruch, der ihm fast ständig Kopfschmerzen bereitete. Er litt unter chronischen Rückenschmerzen, Magenbeschwerden und Knieproblemen. Alle paar Tage klagte er über Schwindelgefühle. Die Kameraden in der Flugstaffel waren mindestens eine Dekade jünger als er mit seinen zweiundvierzig Jahren. Aber Tonio hatte all diese Bedenken weggewischt, hatte beim Einstufungstest mit seiner Erfahrung, seinem navigatorischen Wissen und seiner Eloquenz geglänzt.

Consuelo fühlte sich die ganze Zeit über wie in einem Wattebausch. Sie hatte es aufgegeben, ihn von seinem Plan abbringen zu wollen. Denn sie wusste, es war zwecklos. Was sie sprach, schien stets zu kleinen Wolken zu kulminieren und zu verfliegen. Sie drang nicht zu ihm durch. Sie sah in seine Augen, und sie wusste, dass er gehen würde. Es spielte keine Rolle, was sie tat oder sagte. Er würde gehen. Er würde Frankreich verteidigen. Dieser alte Ausdruck erschien wieder auf seinem Gesicht, dieser Blick, vor dem sie sich immer so gefürchtet hatte: Er wirkte *fatigué de la vie*. Er wollte das Schicksal herausfordern. Er würde sich opfern, wenn nötig.

Als Consuelo eines Nachmittags von der Art League kam, fand sie Tonio auf dem Teppich im Salon kniend vor, wie er Seifenblasen für den vor Freude vor ihm herumspringenden Hannibal machte. Der Hund schnappte nach den schillernden Blasen und bellte sie an, er drehte sich im Kreis und geriet ganz außer sich, wenn sie zerplatzten. Tonio lachte dazu und blies immer mehr in die Luft. Als er Consuelo bemerkte, sagte er: »Ich trainiere mit Hanni.«

»Was soll denn das für ein Training sein?« Consuelo lächelte und legte ihren Mantel ab. Hanni bellte und sprang weiter nach den Seifenblasen.

»Ich trainiere mit ihm eine Erinnerungshilfe. Wenn ich nun weggehe, wird er mich irgendwann vergessen mit seinem kleinen Hundegehirn. Aber wenn ich wiederkomme, mache ich ihm Seifenblasen – und er wird wissen, dass Herrchen wieder da ist.«

Consuelo schossen die Tränen in die Augen.

»Versteh doch, ich kann nicht anders, Vögelchen«, sagte er, stand auf und legte die Seifenblasenflasche weg. »Ich muss fort. Ich muss etwas tun, sonst muss ich mich hier erschießen.« Er nahm sie in den Arm. »Denk doch nur an Léon und Suzanne. Wie lange soll denn das so gehen? Und wir alle wollen doch endlich wieder in unserem Paris durch die Straßen schlendern und in den Cafés sitzen, ohne dass eine Hakenkreuzfahne über unseren Köpfen weht, nicht wahr?« Er schob sie ein Stück weg und zog etwas aus seiner Hosentasche. »Schau.« Es war ein dickes, silbernes Gliederarmband. Aber er legte es nicht ihr um, sondern sich selbst. »Das habe ich mir bei einem Juwelier in der 42. Straße machen lassen.« Er zeigte auf die Gravur. »Siehst du: Da steht mein Name drin. Und deiner: *Consuelo*. Ich werde es von nun an immer tragen, zum Zeichen, dass ich ganz dir gehöre. Ich werde es nicht mehr abnehmen. So sind wir immer aneinandergekettet, solange ich weg bin. Und du wirst sehen, wenn der Krieg vorbei ist, sitzen wir wieder im Les Deux Magots, bestellen eine schöne Flasche Champagner, und das Armband blinkt in der Pariser Sommersonne.«

Sie umarmte ihn fest und legte ihren Kopf auf sein Herz. Es schlug gleichmäßig, kräftig, ruhig. Er war sich seiner Sache sicher.

Also sollte sie ihm wohl vertrauen. Ihm und dem lieben Gott, dass er ihren Gatten, der sich freiwillig in diese große Gefahr begab, behüten würde.

»Ich werde dir jeden Sonntag einen Brief schreiben, wenn du weg bist«, sagte sie, weil dies das Einzige war, was sie nun noch tun konnte.

»Und ich werde dir ebenfalls sehr oft schreiben, wenn ich auf dem Stützpunkt im Wüstensand sitze, lauter junge Piloten um mich herum, und dich als wunderschöne Fata Morgana vor mir sehe.«

»Du hast es so gewollt.«

»Ich habe es nicht so gewollt«, sagte er ernst. »Es ist die einzige Möglichkeit, die mich jetzt noch bei Verstand bleiben lässt.«

Kapitel 80

Wohnung am Beekman Place,
17. April 1943

Er nahm sie in den Arm und hielt sie ganz fest. Sein Fliegermantel roch nach Leder und Schrank und knarrte, als er sie langsam hin- und herwiegte wie ein Kind. Sie vergrub ihren Kopf in seiner Seite. Hanni drängte sich zwischen ihre Beine und winselte. Die zwei Koffer standen bereit, die Hutschachtel lehnte daran, das Auto wartete unten vor dem Haus.

»Pass auf dich auf, hier in New York! Es ist möglicherweise gefährlicher als im Krieg«, versuchte er einen Scherz und gab ihr einen Kuss auf das Haar.

Sie klammerte sich an seinen Mantel. »Weißt du, in der Hutschachtel ist nicht dein Hut, sondern ich habe dir Hustenbonbons, deine Vitamine und die Meerschaumpfeife hineingetan. Rauch doch bitte lieber die Pfeife mit dem Apfeltabak. Die Zigaretten machen dich ganz krank.«

Er strich ihr über das Haar.

»Und wenn du alle zwölf Bleistifte verlierst, die ich dir eingepackt habe, dann findest du einen Ersatzstift, eingenäht ins Futter deiner marineblauen Uniform.« Sie nickte, um die Tränen am Hervortreten zu hindern, vielleicht half es. Vielleicht half es ja. »Und dort findest du auch ein Ersatzabzeichen der

Ehrenlegion, denn das richtige, in einem der großen Koffer gut verpackt, findest du bestimmt niemals zwischen all den …«

»Consuelo, Vögelchen«, er hob ihr Kinn, sodass sie ihm in die Augen blicken musste. »Ich muss los, sonst legt das Schiff ohne mich ab«, sagte er leise. »Ich muss jetzt erst einmal los, aber ich werde wiederkommen und dich abholen. Nach Hause, nach Frankreich.«

Sie nickte. Das Lächeln fiel ihr schwer, aber sie zwang sich dazu. Schließlich sollte er als letztes Bild von ihr nicht die verlaufene Wimperntusche im Gedächtnis behalten. Sie stellte sich auf die Zehenspitzen und küsste seine Wange.

»Adieu, Liebe meines Lebens. Meine Rose.« Er küsste ihre Augenlider, sodass sie sie schließen musste. »Und nun lass die Augen zu. Wenn du sie wieder aufmachst, komme ich vielleicht mit einem weißen Bart zurück, oder lahm, und du musst mich schön finden wie einen Baum, der mit Schnee überpudert ist, dem Schnee der Kriegszeit.«

Sie spürte, wie er ihre Hände nahm und sich langsam rückwärts entfernte, bis ihr die Fingerspitzen entglitten. Sie hörte, wie er die Koffer aufnahm, hörte die Schritte auf dem Parkett, hörte Hannibal jaulen, die Wohnungstür aufgehen.

Und sich leise schließen.

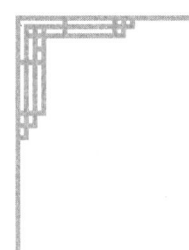

Kapitel 81

Beekman Place,
vier Monate später

Der Hudson River war von Nebel verhangen, als sie den Kopf kurz vom Briefpapier hob, auf dem sie schon sorgfältig Ort und Datum vermerkt hatte. Es war ihr fünfzehnter Sonntagsbrief. Sie senkte den Blick wieder auf den Füllfederhalter, der ihre Bewegungen in dunkelblaue, geschwungene Buchstaben umsetzte:

» *Tonio, mein Pilot, mein kleiner Prinz des Herzens,*

lieben Dank für Deinen letzten Brief. Wie langweilig es dort nun für Dich sein muss, seit Du auf dem Stützpunkt wartest. (Insgeheim bin ich natürlich froh, dass sie Dich vorerst nicht mehr einsetzen und dass Du Deine Verletzung von dem Treppensturz erst mal auskurieren sollst – wie oft habe ich Dir gesagt, immer nur eins tun: Treppen laufen oder Buch lesen.)

Die Aufklärungsflüge über dem Mittelmeer klingen tatsächlich sehr aufregend. Wie schön, dass Du die heimatliche Küste von oben sehen konntest. Sogar das Château Agay hast Du erkannt? Wenn Didi und Pierre noch da wären, hättest du ihnen zuwinken können. Wie froh bin ich, dass es zu keinem Beschuss kam und dass Du wertvolle Aufnahmen liefern konntest. Wie wäre es doch schön, wenn der Krieg nun ganz plötzlich vorbei wäre und Du nie mehr starten müsstest, sondern herkämst, um mich abzuholen, damit wir uns schick machen können, um uns Paris und die Boulevards zurückzuerobern.

Es erscheint mir absurd, dass ich hier in New York zwischen den glitzernden Häuserfassaden meine täglichen Gänge mache, mein Studium weiterführe, zum Friseur gehe und Kaffee trinke mit meinen Kommilitonen. (Von den Surrealisten haben ich übrigens nicht mehr viel gehört seit Deiner Abreise. Ich nehme an, sie plagt das schlechte Gewissen der träge gewordenen Exilanten nun umso mehr. Eine lustige Begebenheit will ich Dir in dem Zusammenhang aber erzählen: Ich lief vorgestern die Fifth Avenue Höhe 49. Straße hinunter, als ich plötzlich André Breton und Jacqueline Arm in Arm auf mich zukommen sah. Sie erkannten mich, und Du hättest die Spitzkehre sehen sollen, die sie vollführten, um vor mir in den nächstbesten Laden zu flüchten. Das war zufällig Tiffany. Vielleicht hat Jacqueline bei dieser Gelegenheit dem armen André noch einen kleinen Klunker abgeschwatzt. Für einen großen wird es wohl auch bei ihnen nicht reichen.)

Ich küsse und umarme Dich dort drüben in Deinem Fliegerstützpunkt. Möge der liebe Gott bei Dir sein und Dich beschützen und behüten, auf dass Du bald wieder bei mir bist. Wenn ich hier auf den Hudson River schaue, von dem ich heute nur Schemen erkennen kann, dann scheint sein graues Band mich mit Dir zu verbinden, am andern Ende dieses Wassers. Am liebsten würde ich zu Dir schwimmen, immer geradeaus, von der Strömung getrieben, unsere Liebe im Herzen. Unsere Zukunft im Blick.

Ach, wäre der unsägliche Krieg doch endlich vorüber.

Ich liebe Dich, mein tapferer Krieger, dort drüben unter dem Sternenhimmel der algerischen Wüste. Ich liebe Dich. Bringe Dich und Deinen Körper, in dem dieser Geist mit der reichen Fantasie und der Liebe zu mir schlummert, nur sicher wieder her. Dann will ich Dich pflegen und bekochen und herzen – ein Blumenstrauß steht immer für Dich bereit, und una taza de café.

Ich drücke Dich, mein kleiner Prinz, in Liebe ewig
Deine einzige Rose, Consuelo.«

Epilog

Wohnung am Beekman Place,
1. August 1944

Das Telefon klingelte. »Madame de Saint-Exupéry?«

Das Rauschen klang nach Überseeleitung. »*Sí*.«

»Hier ist der Kommandant des Aufklärungsgeschwaders 2/33. Ich rufe von unserem neuen Standort in Korsika an.«

Consuelos Hand am Hörer verkrampfte sich. Sie schloss die Augen.

»Es tut mir außerordentlich leid, Madame, dass ich Ihnen mitteilen muss, dass Ihr Mann gestern früh zu einem für vier Stunden geplanten Aufklärungsflug gestartet ist.«

Zum Rauschen der Leitung kam ein Rauschen in Consuelos Ohren.

»Die Maschine kehrte nicht zum Stützpunkt zurück und ist spurlos verschwunden«, sagte der Kommandant.

Consuelos Knie wurden weich, sie sank auf den Teppich. Der Telefonhörer glitt ihr aus der Hand.

»Madame, Madame?«, schallte es noch lange aus dem Apparat.

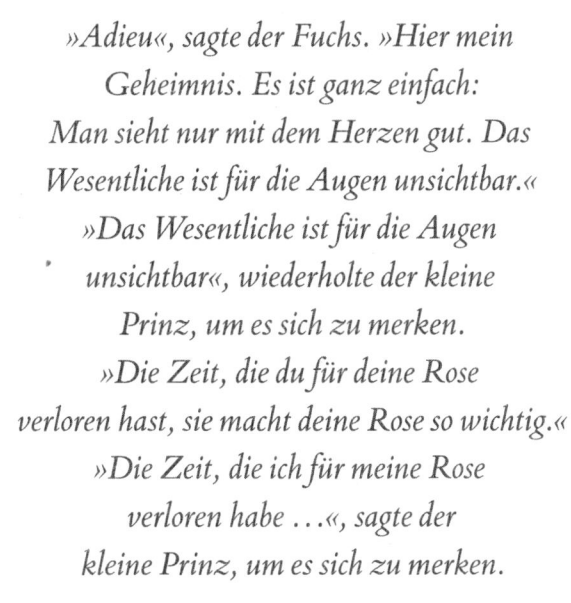

»Adieu«, sagte der Fuchs. »Hier mein
Geheimnis. Es ist ganz einfach:
Man sieht nur mit dem Herzen gut. Das
Wesentliche ist für die Augen unsichtbar.«
»Das Wesentliche ist für die Augen
unsichtbar«, wiederholte der kleine
Prinz, um es sich zu merken.
»Die Zeit, die du für deine Rose
verloren hast, sie macht deine Rose so wichtig.«
»Die Zeit, die ich für meine Rose
verloren habe …«, sagte der
kleine Prinz, um es sich zu merken.

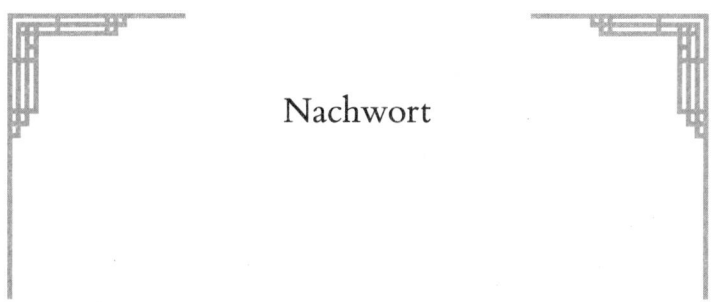

Nachwort

Am 7. September 1998 zogen die Fischer Jean-Claude Bianco und Habib Benamor wie jeden Tag in der Bucht von Marseille ihr Netz ein. Zwischen den Fischen blinkte etwas in der Sonne: ein silbernes Kettenarmband. Die Gravur war noch deutlich zu erkennen: *Antoine de Saint-Exupéry (Consuelo) c/o Reynal and Hitchcock Inc. 386 4th Ave. N.Y. City-USA.*

Taucher hoben Teile des Wracks von Antoines Lightning im Jahr 2000 aus achtzig Metern Tiefe. Drei Jahre später konnte die Maschine anhand der Seriennummer 2734 einwandfrei identifiziert werden. Die Trümmer sind heute im Flugzeugmuseum Le Bourget bei Paris ausgestellt.

Es gab und gibt viele Spekulationen über den Absturz. War es ein Flugfehler, Todessehnsucht, Leichtsinn oder Maschinenversagen? Als am wahrscheinlichsten gilt aber das Naheliegende: Antoine de Saint-Exupéry wurde von deutschen Truppen abgeschossen.

Consuelo schrieb bis kurz vor ihrem Tod im Jahr 1979 in Grasse weiter ihre Sonntagsbriefe an Tonio und sammelte sie, um sie ihm zu überreichen, wenn er wiederkäme. Nach dem Krieg lebte sie sehr zurückgezogen und widmete sich ihrer Malerei und Bildhauerei. Unter anderem schuf sie mehrere Skulpturen des kleinen Prinzen und eine lebensgroße Skulptur ihres Mannes Antoine de Saint-Exupéry. Nach ihrem Tod entdeckte man im Keller ihres Hauses Übersee-Schrankkoffer, die ganz offensichtlich seit der Rückkehr aus Amerika nicht geöffnet worden waren. Darin fand man einen halb leeren Parfumflakon von *Vol de Nuit*, zahlreiche Fotos – und die Tonbänder, auf die sie bereits kurz nach Antoine de Saint-Exupérys Verschwinden die Erinnerungen an ihre Liebe aufgesprochen hat. Es wurden ihre Memoiren, die 2000 zunächst in Frankreich als *Mémoires de la rose* herauskamen, in sechzehn Sprachen übersetzt und ein Bestsellererfolg in sechsundzwanzig Ländern wurden. Außerdem fand man die gesammelten »Sonntagsbriefe«, die 2002 ebenfalls als Buch erschienen.

Diverse Briefe von Antoine an Consuelo und von berühmten Persönlichkeiten dieser Zeit an das Ehepaar Saint-Exupéry warten noch immer auf ihre Auswertung und Veröffentlichung.

Der Welterfolg des *Kleinen Prinzen* begann erst nach dem Krieg, nachdem das Buch 1946 bei Gallimard in Paris erschien. Inzwischen gehört das Werk zum Kanon der Weltliteratur, ist in mehr als 300 Sprachen und Dialekte übersetzt und rund 200 Millionen Mal verkauft worden.

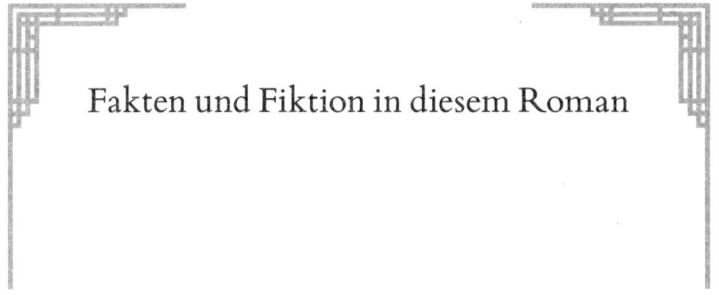

Fakten und Fiktion in diesem Roman

Ich habe versucht, mich weitestgehend an die zeitlichen Abläufe zu halten, die ich in den Dokumenten und Büchern gefunden habe. Die sehr farbenfrohen Memoiren von Consuelo dienten mir dabei als Richtschnur und lieferten mir viele Anhaltspunkte, Eindrücke und Details. Das echte Leben ist aber natürlich nicht ganz so geradlinig, folgerichtig und kathartisch wie ein Roman. Deshalb habe ich einiges zugespitzt, zeitlich ein wenig versetzt oder weggelassen. Wer Interesse hat, Consuelos ganz persönliches Erleben ihrer Ehe mit Antoine zu lesen, dem seien ihre unterhaltsamen Erinnerungen *Die Rose des Kleinen Prinzen* (siehe folgende Literaturliste) empfohlen. Auch sehr spannend ist ein Bildband mit vielen Fotos, Briefen und Dokumenten aus dem Nachlass von Consuelo, der zurzeit leider nur noch antiquarisch zu bekommen ist (siehe Literaturliste). Und wer einmal gute Liebesbriefe lesen möchte, dem seien Consuelos gesammelte »Sonntagsbriefe« ans Herz gelegt.

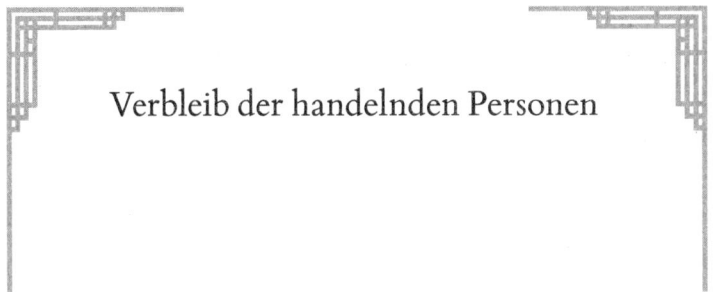

Verbleib der handelnden Personen

Nelly de Vogüé veröffentlichte 1949 die erste Biografie über Antoine de Saint-Exupéry unter dem männlichen Pseudonym Pierre Chevrier. In dieser wird Consuelo nur mit einem einzigen Satz erwähnt. Antoine hatte Nelly, sollte ihm etwas zustoßen, das Manuskript von *Citadelle/Stadt der Wüste* versprochen, an dem sie zeitweise gemeinsam gearbeitet hatten. Zusammen mit seiner Schwester Simone brachte sie es 1948 heraus. Nelly starb im Jahr 2003. Ihr Nachlass mit Dokumenten und Briefen von Antoine wird im Französischen Nationalarchiv aufbewahrt. Sie hat verfügt, dass dieser Nachlass erst 50 Jahre nach ihrem Tod eingesehen werden darf.

Léon und Suzanne Werth überlebten den Krieg versteckt im Keller ihres Ferienhauses im Jura, dank der heimlichen Versorgung mit Lebensmitteln durch Nachbarn. Antoine widmete seinem besten Freund Léon den *Kleinen Prinzen*. Später soll er gesagt haben, er bereue es, das Buch nicht Consuelo gewidmet zu haben, seiner Muse, seiner Rose, die so maßgeblich dieses Werk geprägt hat.

Benjamin Crémieux, der Consuelo und Antoine in Buenos Aires bekannt machte und somit die Liebesgeschichte entfachte, wurde im April 1943 ins KZ Buchenwald deportiert und starb dort im Mai 1944.

Der Gallimard-Lektor **Jean Paulhan** floh aus seiner im Roman beschriebenen Wohnung über den Balkon und die Dächer von Paris, als er von den Deutschen verhaftet werden sollte. Er arbeitete mit Jean-Paul Sartre im literarischen Flügel der Résistance. Gallimard legte 1945 die erste Ausgabe des *Kleinen Prinzen* in Europa auf, die ab 1946 verkauft wurde. Paulhan starb 1968 bei Paris.

Antoines Mutter **Marie de Saint-Exupéry** stand nach dem Krieg als Einzige der Familie in Kontakt mit Consuelo und kümmerte sich um ihre Schwiegertochter, so wie Antoine es einmal in einem Brief erbeten hatte. Sie starb 1972 in Cabris.

Consuelos Malerfreund **André Derain** nahm während der Besatzung von Paris an einer von den Deutschen organisierten Gruppenreise zu Künstlern nach Berlin teil, die später von der deutschen Propaganda ausgeschlachtet wurde. Warum er sich darauf einließ, ist nicht klar. Vermutet wird, dass im Falle einer Verweigerung die Zerstörung seines Ateliers gedroht hätte. Er starb 1954 in der Nähe von Paris.

Der Architekt und Consuelos Gefährte in Oppède, **Bernard Zehrfuss**, entwarf nach dem Krieg unter anderem das UNESCO-Gebäude in Paris und Teile des modernen Viertels

La Défense, das er als »französisches Manhattan« sehen wollte. Er starb 1996 in der Nähe von Paris.

Für das New Yorker **Verlagshaus Reynal & Hitchcock** blieb *Der Kleine Prinz* der größte Erfolg. Der Verlag wurde 1948 vom Konzern Brace Harcourt Trade Publishers übernommen.

Bevin House am Eaton's Neck in Northport, Long Island, befindet sich in Privatbesitz und kann leider nicht besichtigt werden. Seit 2006 erinnert eine Statue des kleinen Prinzen vor der Stadtbibliothek an die Entstehung des Werkes und den Aufenthalt des Ehepaar Saint-Exupéry im Sommer 1942.

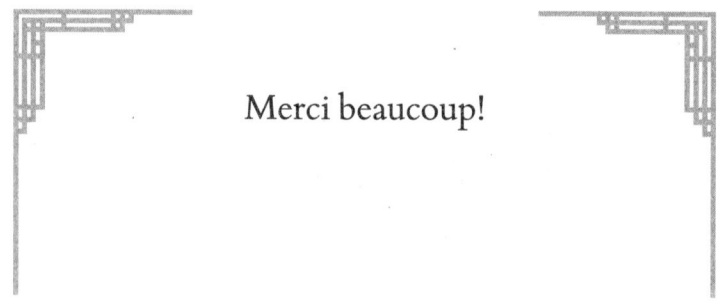

Merci beaucoup!

Ich bin sehr dankbar, dass ich mich mit dieser großen Liebesgeschichte, die so sehr ans Herz geht und mehrere Kontinente und eine so aufregende Epoche umfasst, beschäftigen durfte. Die spannenden Details dieser *Amour fou* für den Penguin Verlag zu einem Roman zu verweben hat mir sehr viel Freude bereitet.

Besonders bedanken möchte ich mich bei meiner Lektorin Anna Mezger für den stets so umsichtigen Umgang und die herzliche Begleitung. Außerdem bei Susann Harring für den angenehmen und produktiven Austausch während der Redaktion. Bei Katharina Eichler bedanke ich mich herzlich für die engagierte Pressearbeit. Meiner Agentin Dr. Dorothee Schmidt danke ich für ihre stetige Ansprechbarkeit und Beratung – und natürlich zuallererst für die Begeisterung für diese Idee und ihre Vermittlung an Penguin/Random House. Meiner Familie danke ich für ihre Liebe und Freude, die sie mir täglich schenkt. Und Antoine de Saint-Exupéry danke ich für die Geschichte des *Kleinen Prinzen*, die uns auch heute noch so sehr bewegt.

Literaturliste

Consuelo de Saint-Exupéry: Die Rose des Kleinen Prinzen. Erinnerungen an eine unsterbliche Liebe, Verlag Marion von Schröder, 2001

Consuelo de Saint-Exupéry: Sonntagsbriefe, List, 2002

Paul Webster: Consuelo de Saint-Exupéry. Das Leben der Rose des kleinen Prinzen, List, 2007

Alain Vircondelet, José Martinez Fructuoso: Antoine und Consuelo de Saint-Exupéry. Eine legendäre Liebe, Kunstmann, 2006

Paul Webster: Saint-Exupéry. Leben und Tod des kleinen Prinzen, Metamorphosis Verlag, 1993

Joseph Hanimann: Antoine de Saint-Exupéry. Der melancholische Weltenbummler, Orell Füssli Verlag, 2013

Karlheinrich Biermann: Antoine de Saint-Exupéry, rororo, 2012

Antoine de Saint-Exupéry: Der kleine Prinz, übersetzt von Grete und Josef Leitgeb, Karl Rauch Verlag, 1950

Lesen Sie weiter >>

Die inspirierende Geschichte der berühmten Kunstsammlerin

Paris 1937: Die rebellische Erbin Peggy Guggenheim genießt ihr Leben in der schillernden Künstlerbohème, eine glamouröse Abendgesellschaft folgt auf die nächste. Doch Peggy hat einen Traum. Sie will ihre eigene Galerie eröffnen und endlich unabhängig sein. Da verliebt sie sich in einen hochgewachsenen Schriftsteller mit strahlenden Augen: Samuel Beckett. Aber ihre Liebe steht unter keinem guten Stern, denn Peggys Traum lässt sich nur im fernen London verwirklichen, weit weg von Beckett. Und auch am Horizont ziehen dunkle Wolken auf: Der Krieg zwingt zahlreiche Künstler zur Flucht aus Europa. Peggy hilft vielen von ihnen dabei – und begibt sich und ihre Liebe in große Gefahr …

PENGUIN VERLAG

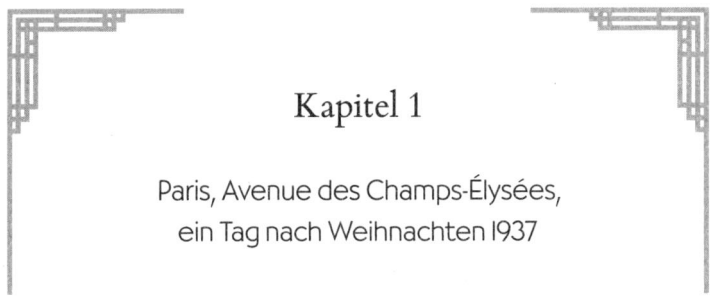

Kapitel 1

Paris, Avenue des Champs-Élysées,
ein Tag nach Weihnachten 1937

Peggy schwang die Pelzstiefeletten aus dem Taxi auf das nasse Trottoir vor dem Eckhaus und zog den Zobel enger um sich. Die Fenster des Fouquet's leuchteten ihr durch den Schneeregen golden entgegen, als sie dem Lachen, dem Swing und den Stimmen zueilte. Ein wenig Wehmut begleitete sie, denn dies sollte eine ihrer letzten Nächte hier in Paris werden. Der Stadt, in der sie als junge Frau die Liebe gefunden hatte und die sie nun verließ, um ihrer neuen Liebe zu frönen. Einer Liebe, die nichts mit Männern zu tun hatte, sondern die einem deutlich edleren Interesse diente, wie sie fand.

Die Einladung zu James Joyce' Dinnerparty heute Abend hatte sie trotz der Reisevorbereitungen gerne angenommen. Denn die Partys des berühmten Schriftstellers waren stets ein ausgesprochen anregendes Vergnügen. Wie froh sie war, dass diese Freundschaft ihre Scheidung von Laurence überdauert hatte, denn das war absolut nicht mit allen Bekannten der Fall.

Schnell schob sie die trüben Gedanken fort, öffnete die Tür und trat durch den schweren Samtvorhang in die Wärme des Fouquet's. Heute schien etwas Besonderes auf sie zu warten in dieser altehrwürdigen Brasserie, deren holzgetäfeltes und mit rotem Jacquard gestaltetes Interieur sich zu einem Lieblingsort der Joyce entwickelt hatte. Ihr selbst war das Ganze viel zu viktorianisch. Aber so waren sie nun mal, diese Leute von den Britischen Inseln.

Sie überließ dem Kellner den Zobel und überprüfte den Sitz ihrer Marlene-Hose im barockumrandeten Spiegel. Die Jüngste war sie mittlerweile tatsächlich nicht mehr, dachte sie, als sie den Hut vom zerdrückten Haar nahm und die durch Trauer und Schlafmangel entstandenen Augenringe betrachtete, die selbst das dicke Make-up nicht verdecken konnte. Aber sie war noch hier! Sie richtete sich gerade auf, drückte die Brust raus, so wie es ihr damals im Ballettunterricht eingebläut worden war. Und nun hatte sie auch noch diesen Plan entwickelt! Diesen verrückten, aber perfekten Plan. Warum war sie nicht schon viel früher darauf gekommen? Denn es war ja genau das, was sie immer hatte tun wollen: Künstler fördern und mit ihnen zusammen sein. Die letzten knapp zwanzig Jahre hatte sie das als Ehefrau und Lebensgefährtin beeindruckender Männer getan. Aber jetzt, mit beinahe vierzig, war es Zeit für einen neuen Lebensabschnitt. Sie würde selbst etwas Besonderes schaffen! Einen Ort, an dem Menschen Kunst hautnah erlebten, sie lieben lernten und ins Nachdenken kamen.

Und schon in knapp vier Wochen würde es so weit sein: Im lebhaften London, in der Cork Street Nummer 30, hatte sie passende Räume in der ersten Etage gemietet. Dort würde sie, Peggy Guggenheim aus New York, ihre erste eigene Galerie eröffnen, mit Kunst handeln und sich schon bald einen ausgezeichneten Namen in der Branche gemacht haben. Allerdings! Schon bald wäre sie eine anerkannte Geschäftsfrau.

Daran bestand kein Zweifel! Absolut keiner. Und kein Mann würde ihr bei diesem Vorhaben in die Quere kommen, jetzt nicht mehr. Sie war eine erwachsene Frau und konzentrierte sich ab sofort auf ihre Arbeit statt auf Männer.

Peggy schritt kerzengerade hinter dem Kellner über den dicken roten Teppich durch den Saal. Die Blicke der dinierenden Pariser Gesellschaft an den weiß gedeckten Tischen richteten sich durch den Zigarettenqualm auf sie, als offensichtlich wurde, dass sie die Gruppe des großen Schriftstellers ansteuerte, zu der illustre Gäste zählten.

»Peggy!« James Joyce erhob sich, umarmte und küsste sie, die Nickelbrille rutschte von seiner Nase, er richtete sie. James trug eine irische Weste, die er von seinem Großvater geerbt hatte, wie er stolz erzählte, als Peggy ihn auf die besondere Stickerei ansprach. Nora winkte ihr, dass sie neben ihr Platz nehmen sollte. Wie lange waren die beiden nun schon verheiratet? Peggy wusste es nicht mehr. Doch bereits als sie ihnen zum ersten Mal begegnet war, 1923 in Villerville in diesem gruseligen Ferienhaus mit der Badewanne im Keller, das Laurence für sie nach der Geburt von Sindbad gemietet hatte, waren sie unzertrennlich. So unzertrennlich, wie Peggy und Laurence es nie gewesen waren. Außer auf der ausgedehnten Hochzeitsreise, als sie Capri, Ägypten und Israel besucht hatten. Da schon. Aber auf Hochzeitsreisen war das ja auch nicht so schwierig. Nach acht Jahren war es Zeit geworden, sich aus dieser Ehe, dieser Amour fou, zu befreien. Überfällig und richtig, bestärkte sich Peggy wieder einmal. Laurence hatte ihr zwei wunderbare Kinder geschenkt, das war gewiss, und diese beiden wollte sie auch nie und nimmer missen. Er hatte sie zu Beginn ihrer Ehe mit seinem blonden Strandjungen-Look und seinem Charme verzaubert und sie in die Pariser Künstlerszene eingeführt. Aber als seine Karriere nicht voranging und er immer frustrierter wurde – als die Tritte, Schläge, Wutanfälle überhandnahmen –, da hatte sie das einzig Richtige getan und war gegangen. Bedauerlicherweise war die Scheidung sehr teuer für sie geworden, die Berichterstattung in der Presse schmerzhaft. Und die Kinder hatte man aufgeteilt: Sindbad zu Laurence und Pegeen zu ihr. Wie gut, dass sie die Schlammschlacht von ihnen weitestgehend hatten fernhalten können, weil ihre Lebensmittelpunkte inzwischen die Internate waren. Nein, es hatte keine andere Möglichkeit gegeben. Schließlich hatte sie sich befreien müssen. Sie hatte ihre Würde – und vermutlich auch ihr Leben – retten müssen.

Peggy verdrängte die traurigen Erinnerungen und zwang sich zu einem Lächeln, als sie endlich neben Nora Platz nahm, die wie immer etwas plump und gewöhnlich aussah. Auch der knallrote Lippenstift auf ihrem schlaffen Mund und die frische schwarze Farbe in ihrem störrischen Haar konnten nichts daran ändern. Dass diese Frau das Vorbild für Joyce' berühmteste Frauenfigur Molly Bloom sein sollte, war ihr nach wie vor unbegreiflich. Sofort fing Nora an, von James' Gedichtsammlung zu erzählen, die dieses Jahr erschienen war. James stoppte sie, indem er das Glas erhob.

»Auf diesen Abend, den wir mit lieben Freunden in Frieden verbringen dürfen, auch wenn die Welt um uns herum anfängt, verrückt zu spielen. Solange wir können, trinken wir: Auf die Liebe, auf die Worte, auf Paris!«

»Auf die Liebe, auf die Worte, auf Paris!«, erklang es aus den zehn Kehlen am Tisch, die alle offenbar zu trocken waren. Jeder stürzte den Champagner hinunter.

Aus dem Grammofon sang Fred Astaire »They Can't Take That Away From Me«, und Peggy nahm sich die Zeit, die übrigen Gäste näher zu betrachten. Die Martins kannte sie. Nette Menschen aus Devon, mit denen sie und Laurence bereits an der Côte d'Azur geurlaubt hatten. Aber wer war das? Ihr genau gegenüber? Der junge Mann, er mochte vielleicht so um die dreißig sein, kam ihr vage bekannt vor. Er war hager und offenbar sehr groß, soweit sie das im Sitzen erkennen konnte. Sein billiger französischer Anzug beulte und hatte abgeschabte Ellenbogen. Aber er trug ihn mit der Eleganz eines Marquis aus einer anderen Zeit. Die schwarzen üppigen Haare hatte er offenbar mühsam mit Zuckerwasser gebändigt. Die blauen Augen über der scharfen Nase schauten traurig aus einem erstaunlich ernsten Gesicht für seine jungen Jahre. Sein Blick war in die Ferne gerichtet, und seine Gedanken schienen sich mit schwerwiegenden Dingen zu beschäftigen, jedenfalls nicht mit dem Studium der Speisekarte, die er in der Hand hielt.

»Peggy, du kennst sicherlich unseren Freund Sam«, sagte Nora, die ihren Blick wohl bemerkt hatte. »Samuel Beckett, James' guter Bekannter und Helfer? Ich glaube, ihr hattet schon das Vergnügen.«

Peggy nickte ihm zu, und da fiel es ihr wieder ein. Der junge Mann korrigierte für Joyce Druckfahnen und erledigte Korrespondenzen. Sie hatte von ihm gehört, und vor ungefähr zehn Jahren war er bei einer Party bei ihr und Laurence in der Avenue Reille dabei gewesen, im Schlepptau der Joyce. Damals noch ein halbes Kind, Herrgott! Deshalb hatte sie ihn als Mann nicht wahrgenommen. Aber jetzt! Himmel hilf! Wie er sich zurücklehnte und rauchte, als ob ihn das alles hier nichts anginge. Famos!

»Was macht die Kunst?«, fragte Nora, nachdem sie ihre Speisekarte zugeklappt hatte.

Natürlich war das keine ernst gemeinte Frage. Niemand wusste bislang von Peggys Plänen. Es war reine Höflichkeit, dass Nora sich erkundigte, was in ihrem Leben los war, vielleicht sogar Mitleid. Denn was war das für ein Jahr gewesen! Nicht nur, dass sie noch immer unter der Scheidung und der Trennung von ihrem Sohn litt – auch ihre Mutter war im November verstorben. Sie schob die Bilder von den schwarz gekleideten Menschen bei der Beerdigung in New York, von der sie gerade erst zurückgekehrt war, mit Vehemenz beiseite. Fünfundzwanzig Jahre hatte ihre Mutter ihren Vater überlebt. Ein Schauder stieg in Peggy auf, als sie an die Umstände seines ungewöhnlichen Todes dachte, der die Familie damals mehrere Jahre gelähmt hatte. Schnell griff sie nach der Champagnerschale und nippte an dem perlenden Getränk. War es denn nicht endlich einmal Zeit für glücklichere Umstände?

»Was meinen Sie, was eine Frau glücklich macht, Peggy?«, fragte auf einmal James mitten in ihre Gedanken hinein, als ob er sie gelesen hätte. »Sind es Kinder, Kleider, Autos oder Männer?« Er lachte schon über seinen eigenen Scherz. Aber ganz so unernst hatte er das wohl gar nicht gemeint.

»Es sind die Zeiten im Leben, in denen sie mit sich und ihren Entscheidungen vollkommen im Einklang ist«, sagte Peggy prompt und stellte das leere Champagnerglas auf das Tischtuch.

Ein kleines Lächeln erschien auf dem traurigen Gesicht ihr gegenüber. Nur ein kleines, aber Peggy hatte es gesehen.

»Haben Sie denn in diesem Jahr Entscheidungen getroffen, die Sie glücklich machen?«, fragte Joyce weiter.

Peggy nickte. »Eine sehr wichtige: Ich werde im Januar eine Galerie für moderne Kunst in London eröffnen.« Sie fingerte eine Zigarette aus dem Elfenbein-Etui und ließ sich von James Feuer geben.

»In London, wie deprimierend«, sagte Nora. »Und dann auch noch ganz alleine?«

»Wie meinen Sie?« Peggy zog die Augenbrauen hoch und blies den Rauch aus. Hoffentlich meinte Nora es nicht so, wie es klang.

»Na, Sie als Frau?«

Natürlich hatte sie es so gemeint. Nora war eben doch so plump, wie sie aussah. »Das sollte doch wohl kein Hinderungsgrund mehr sein heutzutage«, entgegnete Peggy.